얼떨결에 시골을 접수한
메르타 할머니

얼떨결에 시골을 접수한 메르타 할머니

CATHARINA INGELMAN-SUNDBERG

카타리나 잉엘만순드베리 장편소설 최민우 옮김

GODA RÅN ÄR DYRA
by CATHARINA INGELMAN-SUNDBERG

Copyright (C) Catharina Ingelman-Sundberg, 2020
First published by Bokförlaget Forum, Stockholm, Sweden
Korean Translation Copyright (C) The Open Books Co., 2023
All rights reserved.

Korean edition published by arrangement with Bonnier Rights, Stockholm,
Sweden through MOMO Agency, Seoul.

읽고 격려하고 지지해 준
내 동생 헨리크 잉엘만순드베리에게
감사를 보내며

게릴라 활동을 하면서 좋은 사람이 되기는 어렵다…….
— 메르타, 79세

등장인물

메르타 안데르손 노인 강도단의 리더. 합창단을 함께하던 친구들과 요양소를 벗어나 노인 강도단을 만들었다. 천재와 약혼 중.

천재(오스카르 크루프) 보행기나 전동 휠체어 등 기계를 조립하고 개조하는 취미가 있다.

안나그레타 비엘케 전직 은행원. 웃을 때 말 울음소리를 내서 사람들을 놀라게 한다.

갈퀴(베르틸 엥스트림) 정원 가꾸는 것을 좋아한다. 한때 선원이었음을 자랑스럽게 생각한다.

스티나 오케르블롬 노인 강도단의 막내. 항상 차림새에 신경을 쓰며 문학, 미술 등 예술을 사랑한다.

롤란드 스벤손 농부. 노인 강도단이 마을을 재건하는 데 힘을 보탠다.

쿠르트 뢰반데르 경찰관. 마을에 이사 온 이들이 그 유명한 노인 강도단이라 짐작하고 홀로 수사에 나선다.

잉마르 셰베리 프리랜서 기자. 우연히 발견한 플래시 드라이브에서 노인 강도단의 흔적을 발견하고 특종을 위해 경찰과 손잡는다.

프롤로그

참으로 평범하기 그지없는 오후였다. 하지만 내내 평범할 지는 모를 일이었다…….

메르타 안데르손은 뉘브로가탄 쪽으로 몸을 돌려 심호흡을 했다. 바로 이곳, 스톡홀름 경매장에서 7천만 크로나에 달하는 보석이 매물로 나온다. 그 정도 돈이면 수많은 가난한 은퇴 노인들에게는 차고 넘칠 액수다. 메르타는 주변을 둘러보았다. 바람이 쌀쌀해서 그녀는 몸을 부르르 떨었다. 잘 차려입고 조그만 개에게 목줄을 채우고 다니는 나이 든 여자들과 모자 쓴 남자들은 천천히 걷는 반면, 무선 이어폰을 착용하고 휴대 전화를 든 젊은이들은 허겁지겁 움직이는 모습이 꼭 쫓기는 것 같았다. 메르타는 가발을 점검하고 친구들에게 신중한 태도로 고개를 끄덕였다. 이제 부딪칠 때였다.

느긋하고 위엄 있는 태도로 경매장에 접근하는 다섯 명의 은퇴 노인을 주목하는 사람은 아무도 없었다. 최신 유행 모피를 걸친 노부인 셋, 그리고 노부인들과 비슷한 연배에 우아한 낙타털 외투를 입은 노신사 둘은 경매장 창문으로 가서 안을 들여다보았다. 일꾼들이 드릴로 구멍을 내느라 바빴고, 한편에서는 잔뜩 긴장한 경매장 직원들이 개봉된 종이 상자들과 전시장 사이를 분주히 오가고 있었다. 진행 요원들은 전시품을 설치하고 그림을 걸면서 눈앞에 닥친 정기 경매를 준비하느라 여념이 없었고, 자기들 일에 완전히 정신이 팔려 있었다.

경매 물품 전시 직전의 어수선한 상황은 예나 지금이나 똑같았고, 메르타는 준비가 다 되어 있었다. 그녀는 고정 핀을 꽂은 모자를 써 변장했으며, 친구들 역시 변장 중이었다. 천재는 거의 알아볼 수 없을 정도였다. 그가 걸친 낙낙한 외투에는 널찍한 주머니들이 달려 있었고, 그 주머니 안에는 석고 한 봉지, 비닐봉지 두 개, 물을 채운 보온병이 들어 있었다. 천재는 약간 절뚝거리며 걷고 있었는데, 안타깝게도 한쪽 다리를 감싼 석고 깁스가 엉덩이까지 똑바로 뻗어 있어서였다. 깁스 윗부분에는 여분의 큰 공간이 마련되어 있었다. 그렇지 않고서야 배터리로 구동되는 드릴을 무슨 수로 숨기겠는가? 메르타는 깁스한 팔을 팔걸이 붕대에 걸고 있었다. 노인 강도단 단원들은 창 안쪽을 흘끗 살핀 다음 길 건너편으로 갔다. 그곳에서는 외부 출입문이 아주 잘 보였다. 이제 그들이 할 일은 기다리는 것뿐이었다.

강도단이 입구를 신중히 지켜본 지 얼마 안 되어 경매장 소속 화물차가 나타났다. 운전기사가 회사 건물 외부에 주차한 뒤 화물차 뒷문을 열어 상자 두 개를 내리자 메르타가 신호를 줬다. 그들이 계속 기다렸던 게 바로 저것이었다.

「좋아, 시작할 때야!」 메르타의 말에 천재가 석고 봉지를 꺼냈고, 보온병 뚜껑을 열어 하얀 가루를 물에 탈탈 털어 넣었다. 그는 병을 흔들고 나서 죽처럼 걸쭉해진 석고 반죽을 비닐봉지 두 개에 나눠 담았다. 메르타가 그 봉지 중 하나를 집어 팔걸이 붕대 안쪽에 집어넣는 동안, 천재는 나머지 봉지를 엉덩이 뒤쪽의 널찍한 여유 공간에 숨겼다. 카운트다운이 시작되었다. 석고가 굳는 데는 5분에서 10분밖에 걸리지 않았다. 경매장 쪽을 흘끗 쳐다본 메르타는 미소를 짓지 않을 수가 없었다. 예상했던 대로 운전기사가 상자를 나르려고 외부 출입문을 그냥 열어 두었던 것이다. 운전기사가 등을 돌렸을 때 강도단은 서둘러 길을 건넜다. 메르타와 천재가 경매장 건물로 살금살금 움직이는 동안, 나머지 단원들은 인도에서 상황을 계속 지켜보았다.

메르타와 천재는 안으로 들어가자마자 곧장 러시아제 귀걸이 진열장이 위치한 보석 전시장으로 향했다. 현장 작업자들은 옆방에서 드릴로 전기 배선용 구멍을 뚫고 있었는데, 아직 진열장 위에는 스포트라이트가 설치되어 있지 않았다. 하지만 그 점은 문제가 되지 않았다. 푸른색과 분홍색 다이아몬드로 만든 그 유명한 귀걸이가 주말 전시를 대비하여 이미 검은 벨벳 위에 놓여 있었던 것이다. 메르타가 천재의 옆구리를 쿡 찔렀다.

「지금이야!」

「알았어. 젠장, 드릴 하나면 어찌어찌 되겠지…….」 천재가 우물우물하고는 마치 권총이라도 뽑듯 엉덩이에서 재빨리 전동 드릴을 꺼냈다. 현장 작업자들이 바쁘게 자기네 쪽 구멍을 뚫는 동안, 천재는 원통형 톱을 드릴에 부착해 진열장 옆을 뚫었다. 메르타는 최선을 다해 그 모습을 가렸다. 천재가 진열장에 구멍을 낸 다음 그 조각을 빼내 메르타가 손을 놀릴 공간을 마련해 주었다.

메르타는 족제비처럼 날렵하게 구멍으로 손가락을 집어넣고 귀걸이를 잡아 조심스레 빼낸 뒤 깁스한 팔에 떨어뜨렸다. 팔 안쪽에는 미리 반죽해 놓은 석고를 담은 비닐봉지가 깔려 있었다. 그녀가 뾰족한 모자 핀으로 비닐봉지에 구멍을 내자, 흘러나온 하얀 석고 반죽이 보석을 덮어 감추었다. 한편 천재는 진열장에 낸 구멍에 그 조각을 도로 끼우고는 가장자리에 암갈색 안료 가루를 바른 뒤 드릴을 엉덩이 쪽 공간에 집어넣었다. 그러고 나서 자기 비닐봉지에 구멍을 내자 아직 굳지 않은 반죽이 천천히 전동 드릴 위로 퍼졌고, 이내 드릴을 완전히 덮었다. 천재와 메르타가 서로를 보았다. 석고 반죽은 몇 분만 있으면 굳을 것이다. 그러면 아무도 찾아낼 수 없을 것이다.

「거기 잠깐만요! 여기 들어오시면 안 돼요!」 두 사람의 뒤에서 별안간 엄한 목소리가 들렸다. 메르타가 몸을 비틀며 돌아보았다. 하얀색 코트를 입은 직원이 짜증스럽게 팔을 흔들고 있었다.

「아이고, 이런.」 메르타는 그렇게 말하고는 직원에게 자기가 지을 수 있는 가장 애교 넘치는 미소를 지으며 주머니에서 경매장의 가을 일정표를 꺼냈다. 메르타가 일정표를 크게 읽었다. 「〈정기 경매는 12월 3일 토요일에 개최됩니다……〉이거 맞죠, 그렇죠?」

「네. 그런데 오늘은 금요일이에요. 그러니 죄송합니다만…….」직원이 손으로 출구 쪽을 똑바로 가리켰다.

「아이고, 미안해요! 쯧쯧, 늘 날짜를 착각한다니까! 앞만 보고 막 걷다 보니 전시장이 닫혔는지 아닌지 알아보기가 영 쉽지 않네요. 그래도 뭐 괜찮아요. 내일 다시 오면 되죠.」메르타는 예의 바르게 말하고는 천재의 팔짱을 끼고 문으로 걸어갔다. 하지만 그들이 인도에 막 발을 디디려는 순간, 사이렌 소리가 들리더니 경찰차 한 대가 그들 앞에 딱 멈춰 섰다. 헬멧을 쓰고 경찰봉을 손에 든 경찰관 두 명이 차에서 내렸다.

「망할, 무음 경보기가 있었나 봐…….」천재가 목에 올가미가 걸리기라도 한 듯 중얼거렸다. 메르타는 천재가 잔뜩 겁에 질렸다는 걸 알아차리고는 그의 손을 꽉 쥐었다.

「치료보다 예방이지. 먼저 치고 나가자. 잘될 거야.」메르타가 말했다. 그녀는 만면에 미소를 띠고 경찰에게 다가갔다.

「저희 방금 전시장에서 나오는 길인데요, 제가 가버리기 전에 저랑 제 가방을 수색하는 게 좋지 않겠어요?」메르타는 그렇게 말하며 붕대를 한 팔을 흔들고 밍크코트 앞섶을 열어 허리에 찬 전대를 보여 주었다. 천재는 누가 총이라도 겨누며 위협하기라도 한 듯 팔을 머리 위로 들어 올렸다. 하지만 경찰관은 그들에게 손을 휘휘 내저었다.

「비켜 주세요! 들어가야 합니다. 경보가 울렸다고요!」

스톡홀름 중심 쿵스홀멘의 주거 지구에 위치한 노인 강도단이 사는 방 다섯 개짜리 아파트에는 활기가 넘쳤다. 메르타와 천재가 깁스를 푸는 동안 신나게 키득거리는 소리가 곳곳에서 났다. 하지만 깁스를 완전히 떼어 내기 전에, 다들 그 하얀 석고 표면에 각각 다른 색깔의 펜으로 서명한 다음 웃는 이모티콘, 하트 모양, 그 외 재미있는 그림들을 추가로 그려 넣었다. 한편 강도단 최고령 단원인 82세의 갈퀴는 망치와 끌로 깁스를 쪼개느라 바빴고, 강도단 단원들은 갈퀴가 망치를 내리칠 때마다 박수를 치며 「생일 축하합니다」를 합창하다가 「당신은 내 마음을 부숴 버렸어요」로 곡을 변경했는데, 〈마음〉 대신 〈깁스〉라고 가사를 바꿔 불렀다. 그렇게 단원들이 노래를 부르는 동안 갈퀴는 계속 깁스를 쪼갰고, 마침내 다이아몬드가 바닥에 떨어졌다. 노래가 뚝 그쳤다. 모두 몸을 숙여 그 노획물을 꼼꼼히 살펴보았다.

〈우아〉라는 감탄이 비정한 범죄자들 사이에서 터져 나왔다. 그렇게 아름다운 것은 본 적이 없었으니까. 다이아몬드가 조명을 받아 반짝반짝 빛났다. 그들이 그 귀중품을 집어 들자 보석의 절단면에서 폭포수처럼 쏟아져 나오는 빛이 불꽃놀이라도 하듯 춤을 추었다.

「이 귀걸이가 스웨덴에 정착하고 마는구나. 뉴욕에서라면 최소한 8천만 내지 9천만 크로나에 팔렸을 텐데.」 강도단의 은행원 격이자 늘 돈 계산을 하는 안나그레타가 말했다. 「뉴욕에서 처분할 수 있다면 최고일 거야.」

「분명 그렇겠지만, 우선은 이걸 숨겨야 해.」 노인 강도단의 원기 왕성한 두목인 메르타가 그 귀한 보석을 검지로 쓰다듬으며 말했다. 「네 생각은 어때, 스티나?」

여든을 바라보는 스티나는 뛰어난 인문학자이자 예술적 재능을 겸비한 사람이었다. 문학 지식뿐 아니라 수채화 솜씨도 최고 수준이었다. 유화도 그릴 수 있었고, 가끔은 조각에도 손을 댔다. 사람들이 대답을 기다리고 있을 때 그녀는 옷장으로 가서 최신작 다비드와 비너스상을 꺼내 왔다. 두 인물이 받침대 위에서 손을 잡고 서 있는 모습을 묘사한 조각 작품이었다. 다비드는 피렌체에 있는 미켈란젤로의 유명한 조각상을 탁자에 올려놓을 수 있는 크기로 복제한 것이었고, 비너스는 오스트리아 빌렌도르프에서 출토되어 세계적으로 널리 알려진, 2만 5천 년 전의 그 풍만한 비너스상의 모조품이었다.

「여기가 은닉처야.」 스티나가 무척이나 뿌듯해하며 말했다. 「그런데 귀걸이를 어디다 집어넣는다?」

「다비드 머리털에다 숨길 수 있겠네.」 안나그레타가 제안했다. 「아니다. 그러니까…… 그래, 알겠다.」 그녀가 음흉한 표정으로 제안을 좀 고쳤다. 「몇천만 크로나짜리 물건을 좀 아래쪽 털에다 못 숨길 것도 없지. 분명 아무도 거긴 안 볼 테니까.」

「안나그레타! 부끄러운 줄 알아!」 스티나가 격하게 항의했다. 그녀는 스웨덴의 바이블 벨트[1]인 옌셰핑에서 자란 사람이었고, 안나그레타의 제안에 정이 뚝 떨어진 듯했다.

「받침대 아래쪽에 구멍을 뚫어서 거기에 귀걸이를 집어넣고 석고로 구멍을 메울 수는 없을까?」 이번에는 메르타가 제안했다.

「그건 지나치게 단순한데. 비너스는 풍요의 여신이잖아, 그렇지? 뭐, 그럼, 내가 손볼게.」 갈퀴가 말했다. 갈퀴는 실제 강도 짓에서는 소소한 역할을 담당했기 때문에 메르타는 그의 뜻대로 하는 것이 좋겠다고 생각했다. 갈퀴는 무척 기뻐하며 천재의 전동 드릴을 빌려 스티나의 조각에 구멍을 두 개 뚫고 석고를 새로 반죽한 뒤 본인 생각에 보석과 가장 잘 어울리는 부분, 즉 비너스의 가슴 양쪽에 하나씩 귀걸이를 집어넣었다. 그렇게 함으로써 스티나의 비너스는 그저 풍만한 풍요의 신에 그치지 않고 아주 비싼 가슴을 지니게 되었다.

갈퀴가 석고 작업을 마치자 사람들은 샴페인으로 건배를 했고, 스티나는 비싼 가슴과, 가슴으로 사귀는 친구들에 대한 시를 지었다. 그러고 나자 그들은 자기들이 너무 바보같이 굴었고 이제 잘 시간이라는 사실을 깨달았다. 이렇게 노인 강도단은 위업을 달성하였으며 보석도 잘 감췄다. 지금 그들이 해야 할 일은 경찰을 피하는 것뿐이었다.

---

1 Bible Belt. 기독교 교세가 강한 미국 남부와 중서부 지대. 이하 모든 주는 옮긴이의 주이다.

1

눈이 내리고 있었다. 그들 앞에 눈 더미가 쌓여 갔다. 망할, 지금 그냥 도랑에 처박힐 수는 없는 노릇이었다. 어째서 도로에 제설이 안 된 거지? 이래서야 거의 앞으로 나갈 수가 없었다. 메르타는 기어를 낮추고 자동차 앞 유리를 통해 밖을 내다보았다. 버려진 농가, 허물어져 가는 헛간, 끝없이 펼쳐진 숲이 보였다. 얼른 목적지에 도착해야 하는데. 노인 강도단이 바로 얼마 전 매입한 부동산은 작은 마을을 통과하는 간선 도로 가까이에 있는 2층짜리 목조 건물로, 가로대와 문설주가 달린 창문, 베란다, 작업장이 있고, 뒤쪽 안뜰에 별채 두 채를 갖추었다고 했다. 요즘에는 시골에서나 발견할 수 있을 우아한 건물이었다. 그리고 무엇보다 좋은 점은 그곳이 한때 지역 은행 지점이었다는 사실이다. 그 점이 노인 은행 강도단에게 친숙한 기분을 안겨 주었다. 메르타는 벌써 집 이름까지 정해 두었다. 〈금고실〉이라고.

노인 강도단이 매입한 본채와 별채, 널찍한 부지의 가격은 스톡홀름 중심지에서라면 방 하나짜리 작은 아파트도 사지 못할 액수였다. 하지만 스웨덴 전원 지역의 이러한 아름다움과 고요함은 다른 어디서도 찾을 수 없으리라. 오늘날 사람들은 정신이 나간 게 분명했다. 어째서 다들 대도시로만 이사하는 걸까?

「우리 여기 있으면 안전한 거 맞아? 경찰이 우리를 찾아내기라도 하면 어떡해?」 뒷좌석에서 스티나의 애처로운 목소리가 들렸다. 그녀는 강도단에서 가장 근심이 많았고, 한때 사서를 꿈꿨기 때문에 책을 많이 읽었지만, 유감스럽게도 읽은 책 대부분이 범죄 소설이었다. 스티나는 그 책들 때문에 겁을 잔뜩 먹었다. 그녀는 차창에 서린 김을 닦아 밖을 내다보았다. 숲 너머 숲이었다. 이 나무들 사이에서 이게 무슨 짓일까? 고작 경찰을 피하려고 이러고 있단 말이야? 그녀는 예쁜 옷을 사고 싶고, 화장을 하고 싶고, 매력적인 인물이 된 기분을 느끼고 싶은 사람이었다. 옹이 박힌 늙은 소나무에게 멋져 보일 이유가 대체 뭐가 있겠나?

「이 시골구석에는 경찰 따위 하나도 없어, 스티나. 여기 경찰인 척 있는 것들은 우리가 TV에서 본 그런 경찰들뿐이야.」 스티나의 연인인 갈퀴가 그녀를 달랬다. 「그러니 걱정 마. 앞으로 몇 년은 경찰이 더 늘어날 일이 없을 테니까.」

「내 말이. 다 괜찮다니까!」 메르타가 동의했다.

「하지만 경찰이 우릴 쫓고 있잖아. 네가 경찰에게 널 수색해야 하지 않겠느냐고 묻지만 않았어도 괜찮았을 텐데. 대체 왜 그랬어?」 안나그레타가 물었다.

「자청해서 경찰을 돕겠다는 사람이면 범죄자라고 생각 안 할 줄 알았지. 그때 그 경찰도 그렇게 생각했다니까.」메르타가 우물우물 대답하면서 운전대를 꽉 잡았다.

「하지만 경찰이 전대를 봤잖아!」

「홍, 요즘 외스테르말름에는 패션에 관심 많은 노인네들이 사방에서 전대를 차고 다녀. 그거 다시 유행이란 말이야.」

「하지만 경찰이 배포한 인상착의에 전대가 포함되어 있었잖아. 그래서 지금 우리가 여기 있게 된 거고.」

안나그레타가 불만스럽게 투덜거렸다. 강도단이 또 집을 옮기게 되는 바람에 화가 났던 것이다. 스톡홀름에서 살던 집은 참 좋았는데, 이 시골까지 와서 이제 뭘 한단 말인가? 하지만 허리에 전대를 찬 노부인과 은퇴자들 몇 명이 경매장 부근에서 목격되었고, 경찰이 그들을 찾고 있었다. 도시를 떠나는 것 말고는 도리가 없었다.

「한동안 납작 엎드려 있으면 돼. 그럼 저절로 다 해결될 거야.」메르타가 사람들에게 확언했다. 「그나저나 조각상 상태는 어때, 스티나?」

「〈다비드와 비너스〉 상태는 아주 좋아. 내 최고작 중 하나 같아.」

「그렇겠지. 그런데 나는 귀걸이 이야기를 하는 거거든…….」

「그 자리에 아주 잘 걸려 있는 것 같은데.」갈퀴가 말했다.

그 말에 모두 킬킬거렸다. 그러다 미니버스에 다시 정적이 찾아왔다.

이리하여 메르타와 친구들은 잠시 숨어 지내야 했는데, 그들에게는 창살 뒤에 앉아 있을 시간이 없었기 때문이다. 사회가 더 이상 적절한 건강 관리와 교육 과정, 그리고 제대로 된 사회 복지를 제공하지 않았으므로 강도단은 도둑질을 하여 가난한 자들에게 돈을 나눠 주는 방식으로 직접 자금을 마련해야 했다. 평생 일했는데 연금으로 먹고살 수 없는 사람들이 요즘에도 허다했다. 이러한 상황에서 노인 강도단이 그냥 앉아 쉴 수만은 없었다. 그래서 최근 몇 년간, 메르타와 강도단은 일종의 노인 로빈 후드 — 다만 기동성은 좀 떨어지는 — 처럼 강도 짓을 하고 궁핍한 사람들에게 노획물을 나눠 주고자 최선을 다했다. 하지만 이제 그들은 더 많은 돈을 손에 넣을 필요가 있었고, 수동적으로 도둑질에 임하는 데도 염증이 났다. 게다가 그들 모두 합리적인 일에 몰두해야 할 필요도 있었다. 그래야 때 이른 노화를 막을 수 있으니까.

메르타가 생각한 게 바로 이것, 합리적인 일이었다. 강도단이 다른 방식으로 선행을 베풀 수도 있지 않을까? 그녀는 버려진 농가들과 황폐해진 마을들에 주목했다. 이 문제를 해결할 확실한 방법이 과연 있을까? 하지만 헴마비드라는 마을로 차를 몰고 가던 중 메르타에게 새로운 아이디어가 떠올랐다. 비록 아직 다른 사람들에게는 차마 말을 꺼내지 못했지만…….

「도착했어!」 마침내 헴마비드의 마을 표지판이 눈에 들어오자 메르타가 안심하며 외쳤다. 눈이 약간 잦아든 덕에 어느 방향으로 가고 있는지 알 수 있었다. 메르타가 시계를 보았다. 오후 5시가 다 되어 가고 있었다. 때도 완벽하게 맞췄으니 미니버스에 휘발유를 채우고 음식을 살 시간이 있었다. 그러면 새집에서 첫 식사를 즐길 수 있었다. 그들은 신중을 기하는 차원에서 가구가 구비된 건물을 구입했다. 그들 나이에는 조그만 육각형 드라이버와 다루기 힘든 나사로 가구를 조립하기는커녕 이케아 매장을 돌아다니며 염가 제품을 살 힘도 없었으니까. 그럴 수는 없었다. 메르타와 친구들은 부지 건물의 모든 가구와 시설을 현 상태 그대로 넘겨받기로 전 소유주와 합의를 보았다.

「저기 주유소야!」 경매장 건에서 메르타의 공범이었던 천재가 조금 떨어진 곳에 보이는 주유기를 가리켰다.

「완벽하네.」 그동안 읽은 범죄 소설에서 매우 많은 것을 배운 스티나가 탄복하듯 말했다. 「사기꾼이라면 늘 차에 기름이 가득 차 있어야 하거든.」

「기름을 채우는 이야기라면, 나도 연료가 다 떨어지고 있어서 일단 우리부터 먹어야 하지 않을까 싶은데.」 피곤하고 허기진 안나그레타가 말했다. 한동안 그녀는 실연 때문에 힘들어했고, 과식으로 마음을 달랬다. 은퇴한 경찰 에른스트 블롬베리와의 연애가 끝나 버렸는데, 그녀는 아직도 그 일을 극복하지 못하고 있었다. 처음에 그는 자기가 사립 탐정이자 전직 경감이라는 사실을 털어놓지 않았고, 그다음에는 노인 강도단이 열심히 일해서 거둔 수익 일부를 횡령했으며, 그러고는 달아나 버렸다. 그자는 그저 사기꾼에 불과

했던 것이다. 안나그레타는 가슴이 찢어졌고, 단것을 몸에다 마구 채워 넣었다. 지난 몇 달 동안 그녀는 7킬로그램이 불었다.

「단것이랑 케이크랑 맛있는 것들을 사자. 도착하면 근사한 저녁을 차려 먹는 거야. 후식으로는 멋진 타르트를 즐기고. 봐, 저기 가게가 있네.」 안나그레타가 주유소 옆에 보이는 〈식료품 ― 영업 중〉이라 적힌 빛바랜 간판을 가리켰다. 그녀의 배가 꼬르륵거렸다.

「좋은데!」 나머지 사람들이 외쳤다. 점심 이후 먹은 게 없었기 때문에, 그들은 햄버거와 즉석식품에서 조개류와 샐러드까지 온갖 메뉴를 제안했다. 그들이 시끄럽게 떠들면서 소란을 떨자 메르타마저 허기를 느끼기 시작했다. 그녀는 Q8[2] 주유소로 차를 몰고 갔는데, 진창 같은 눈에서 미끄러지기는 했지만 어찌어찌 주차를 했다. 그런 다음 연료 탱크를 채우기 위해 미니버스에서 내렸다. 그러고 나서야 그녀는 알아차렸다. 주유소가 문을 닫았다. 그래도 은행 카드를 사용할 수 있는 셀프 주유기가 있지 않을까? 메르타는 건물 뒤쪽으로 돌아가 보았지만, 거기에는 아무것도 없었다. 주유소는 그냥 영업을 마친 게 아니었다. 아예 폐업을 한 거였다! 꽤 최근에 일어난 일임이 분명했는데, 주유소 바깥 게시판에는 여전히 포스터와 안내문이 붙어 있었기 때문이다. 메르타는 혼잣말로 욕을 하면서 사람들에게 돌아갔다.

「여긴 폐업했어! 이제 어디로 가야 하지?」

2 Q8 Oils. 쿠웨이트의 국영 석유 회사.

「음, 그럼 식사부터 하자. 기름은 내일 채우고.」안나그레타가 귀청이 떨어져라 큰 목소리로 주장해서 사람들은 모두 깜짝 놀랐다. 그녀는 보청기를 사용하지 않을 때는 늘 무척 크게 말했지만 차에서는 보청기를 착용하고 싶어 하지 않았으므로, 나머지 사람들이 이 상황에 대처하기 위해 할 수 있는 일은 별로 없었다.

〈식료품 ― 영업 중〉 간판을 내건 마트는 길을 따라 조금 더 가면 있었다. 메르타는 미니버스를 몰고 가 마트 앞 주차 공간에 차를 세웠다. 나머지 사람들이 뒷좌석에서 시간을 보내는 동안 메르타는 다시 미니버스에서 내려 뒷문을 열고 바퀴 달린 쇼핑백을 꺼냈다. 주변이 너무 조용하고 황량하다는 생각이 퍼뜩 들었다. 마트 옆에 낡은 자전거와 눈에 덮인 볼보 스테이션왜건이 있기는 했지만 사람은 하나도 눈에 띄지 않았다. 메르타는 마트에 다가가다가 돌연 깨달았다. 가게는 닫혀 있었다. 세상에나! 이제 어쩐다? 영업시간이 분명 문에 붙어 있을 것이다. 메르타는 몸을 굽혀 살펴보았고, 손으로 쓴 메모를 발견했다.

우리 가게는 영업을 중단했습니다. 오랜 시간 손님들께서 보내 주신 성원에 감사드립니다. 말린과 릴리안 드림.

메르타의 손에 문손잡이의 감촉이 느껴졌다. 그렇다. 마트는 문을 닫았다. 완전히 폐업했다. 그녀는 한동안 그 자리에 그대로 서 있었다. 대체 무슨 짓을 저지른 걸까? 노인 강도단 전원을 음식도 휘발유도 살 수 없는 곳에 데리고 와버렸다. 불과 몇 년 전만 해도 시골이 이렇지는 않았는데. 무슨 일이 벌어진 걸까? 메르타는 근심에 차서 사람들에게 돌아가 미니버스에 올라탔다.

「닫았어. 가게가 폐업했어.」메르타가 말했다.

「더 이상 강도 짓을 하지 말아야 한다고 내가 말 안 했던가?」천재가 웅얼거렸다. 「그랬다면 우린 다이아몬드 요양소에서 계속 살 수 있었을 테고, 이런 데까지 오진 않았겠지.」

「나도 더는 범죄를 저지르고 싶지 않았어. 우리는 강좌도 듣고, 재즈에 귀 기울이며 저녁을 보내고, 온갖 활동을 하면서 요양소에서 무척 좋은 시간을 보내고 있었다고. 다이아몬드 요양소가 스톡홀름에서는 제일 좋은 노인 보호 시설이잖아. 우리가 직접 만들기도 했고! 그런데 지금은 어딘지도 모르는 곳 한복판에 꼼짝없이 갇혀 있어.」갈퀴가 한숨을 쉬었다.

다른 사람들이 이 말에 동의한다는 듯 웅얼거렸다. 그들도 다이아몬드 요양소에서의 생활을 좋아했으니까. 낙담의 물결이 메르타의 지친 머리에 밀려왔다. 그녀는 공기에 떠도는 기운을 느꼈다. 친구들의 마음이 메르타에게서 떠나가는 것 같았다.

2

　노인 강도단은 집까지 가는 길을 찾아내 미니버스를 주차
한 다음 집 안으로 들어와 코트를 벗었다. 그들은 식탁에 모
여 앉기 전에 집 안을 얼른 살펴보았다. 판매자가 알려 준 바
에 따르면 이 건물은 1900년경 지어졌고, 1950년대에 은행
지점으로 용도가 변경되었다고 했다. 위층에 지점장용 침실,
거실, 식당, 개인 사무실이 있었지만, 몇 년 전 은행이 문을
닫으면서 큰 공동 주택 두 채와 작은 공동 주택 한 채로 부지
구성이 바뀌었다. 은행 고객들이 방문하던 1층은 주방, 서재,
벽난로가 딸린 커다란 거실이 되었다. 메르타와 친구들은
제비를 뽑아 어디서 지낼지 결정한 다음 여행 가방을 각자
의 방으로 가져다 놓으며 식사하고 나서는 좀 쉬고 싶다고
웅얼거렸다.
　메르타는 이 집이 정말 멋지다는 사실을 사람들이 알고
나면 기분이 나아지지 않을까 기대했지만, 한 시간쯤 뒤 노
인 강도단이 식사를 하러 자리에 앉았을 때도 분위기는 다

소 침울했다. 메르타가 헴마비드 마을에 도착하면 식료품을 파는 가게가 있을 거라고 말했었기 때문에 다들 먹을 걸 많이 챙겨 오지 않았다. 다행스럽게도 메르타가 토마토소스에 절인 고등어 통조림을 몇 개 챙겼고, 아침 식사로 그뢰트[3]를 좋아하는 천재가 귀리 한 봉지를 들고 왔다. 그래서 강도단은 그뢰트를 약간 만든 다음 거기에 고등어 몇 조각을 넣었다.

「이 냄새 좀 봐. 참으로 맛있고 고급스러운 요리네. 정말 특별한 한 상이야.」안나그레타가 눈을 흡뜨며 말했다.

「그러게, 정말 진수성찬이야. 어느 별 다섯 개짜리 레스토랑에서 공수해 온 거지?」갈퀴가 찐득찐득한 덩어리를 자세히 살피며 말했다.

「걱정 마. 내일은 가까운 마을로 식료품을 사러 가자.」메르타가 약속했다.

「다행히도 냉장고와 냉동고는 작동해. 그러니 최소한 차가운 샴페인으로 마음을 달랠 수는 있겠군.」천재가 한마디 없었다.

「스톡홀름 사람들이 최신 시설 하나 없는 인적 드문 시골에 오면 뭘 할지 몰라 막막하게 마련이야. 그나마 먹을 거라도 있는 게 어디야.」스티나가 말을 이었다.

「시골 사람들이 대도시에서 살아 나가는 것도 쉽지 않은 건 마찬가지야.」천재가 웅얼거렸다. 「말이 나온 김에, 애들한테 전화해서 우리 도착했다고 이야기 안 할 거야?」

3 귀리에 우유나 물을 부어 걸쭉하게 죽처럼 끓인 음식.

「걔들이 걱정하는 성격은 아니지만, 그래도 당신 말이 맞네.」스티나는 그렇게 말하고는 휴대 전화를 들어 사랑하는 아들 안데르스의 전화번호를 눌렀다. 아무 일도 일어나지 않았다. 그녀는 자리에서 일어나 위층으로 올라가 발코니에서 다시 통화를 시도했다. 하지만 거기서도 신호가 잡히지 않았다. 아래로 내려왔을 때 스티나는 짜증이 난 듯 보였다.

「여긴 휴대 전화 신호도 잘 안 잡히는 것 같네. 도대체 어떻게 이런……?」

「스톡홀름 사람들은 외진 곳에 떨어지면 뭘 할지 몰라서 막막해한다며. 모스 부호라도 쳐보지 그래.」갈퀴가 스티나를 놀렸다.「내가 바다로 나갔을 때는 몇 주 동안 전화로 연락이 안 됐지.」

「저기, 내 말 좀 들어 봐. 현실적인 문제들은 내일 처리하면 돼. 지금은 샴페인을 한 잔씩 하는 게 어떨까 싶어. 오늘 차를 오래 탔잖아.」메르타는 그렇게 말하고는 주방으로 가서 샴페인 잔과 샴페인병을 올린 쟁반을 들고 와 갈퀴에게 넘겨줬다. 갈퀴는 젊은 시절에 여러 크루저 여객선에서 웨이터 일을 했고, 지금도 여전히 음료가 든 쟁반을 솜씨 좋게 다룰 수 있었다. 그는 쟁반을 받아 들고 나서 술을 한 방울도 흘리지 않고 샴페인 뚜껑을 딴 다음 직업적 우아함을 발휘하며 잔에 술을 채웠다.

「자, 건배, 모두 이 멋진 날에 감사하자고!」메르타가 활기차게 외쳤다.

「멋진 날? 이 외진 곳에는 햄버거 파는 노점도 하나 없다고. 설마 우리가 여기서 살 거라고 생각하는 건 아니겠지?」 갈퀴가 투덜거리며 쟁반을 내려놓았다.

「여기서는 건강해야만 할 거야. 지역 진료소도 운영 중단한 거 봤지?」 스티나가 한숨을 쉬었다. 모두 메르타를 나무라듯 쳐다보았다.

「그럼 차라리 감옥에 들어가고 말까?」 메르타는 그렇게 받아치며 짐짓 날카로운 어조로 말을 이었다. 「계속 살 일 없어. 잠시 동안 경찰 눈을 피해 숨어 지내면서 상황에 대처할 거야. 모두에게 건배!」

그들은 건배했지만, 메르타는 이 자리에서 아무런 열의도 느끼지 못했다. 다들 피곤해서 그러는 게 분명하다고 메르타는 생각했다. 하지만 괜찮은 음식을 사고, 자리를 잡고, 몰두하기 적당한 소일거리를 찾아내면 다 잘 풀릴 거라고 스스로를 위안했다. 물론 강도단이 서둘러 떠나야 하기는 했다. 스톡홀름 경매장에서 절도 사건을 벌인 바로 다음 날, 경찰이 전시장을 찾은 두 노인의 인상착의를 배포했던 것이다. 현장 작업자와 경매장 직원을 제외하면 귀걸이가 전시된 방 안에 있던 유일한 사람이 그들이었다. 은퇴 노인 세 명이 근처 보도에 있는 모습도 CCTV에 잡혔다. 이를 근거로 경찰은 그 악명 높은 노인 강도단이 이번 사건에 연루되었으리라고 믿게 되었다. 메르타와 친구들은 이번 다이아몬드 절도 건으로만 의심받는 게 아니라 그 외 수많은 범죄의 용의자이기도 했으므로, 그들은 스톡홀름을 떠나는 것 말고는 선택지가 없었다. 메르타는 잔을 내려놓았다. 지금 무슨 짓을 저질러 버린 걸까?

　다른 사람들이 자러 간 뒤 메르타는 목욕을 했다. 그녀는 커다란 세면대, 금박으로 테두리를 두른 거울, 파란색과 하얀색 타일을 붙인 벽, 사자 발 모양 받침대가 달린 구식 욕조가 갖춰진 그 욕실이 마음에 들었다. 메르타는 욕조에 물을 가득 채우고는 가는 백발이 푹 젖도록 목욕물에 몸을 깊이 담갔다.

　거품 목욕은 뜨끈하니 좋았고, 메르타는 천천히 긴장이 풀렸다. 이제 혼자 생각하면서 앞으로의 계획을 세울 수 있었다. 뜨끈한 물이 그녀를 따스하게 포옹하듯 에워싸자 메르타는 눈을 감았다.

　메르타와 친구들은 스톡홀름에서 노인들을 위한 거주 시설인 다이아몬드 요양소를 만드는 데 성공했다. 그곳에는 체육 시설도 있었고, 합창, 도예, 수채화 강좌도 있었다. 거기에 더하여 스티나는 독서 모임을 꾸렸고, 갈퀴는 사람들이 맛있는 음식을 먹고 나서 춤을 출 때 필요한 록과 빅 밴드 재즈 음악을 선곡했다.

　보석 절도 건 이후 경찰에서 뿌린 그 짜증 나는 인상착의 전단만 아니었어도 그들은 계속 거기서 살았을 것이다. 그 건은 전적으로 그녀 잘못이긴 했다……. 하지만 7천만 크로나였다! 정말 많은 액수였고, 그 돈으로 도울 수 있는 가난한 사람들이 무척 많았다! 메르타가 입으로 거품을 불자 배 위에 솜털 같은 하얀 구름 모양이 만들어졌다. 그 모습에 2만 5천 년 된 풍만한 비너스상 생각이 났다. 비너스도 참으로 상당한 배를 가졌지만, 당시 사람들은 그런 풍만하고 여성적인 형상을 숭배했다. 이제 중요한 것은 패션 산업이 발명한 해골, 하이힐을 신은 채 반쯤 굶은 듯 사악한 얼굴을 한 인물들이었다! 스티나가 다비드와 비너스를 짝지어 만든 조각상은 무척이나 특이한 작품이었고, 강도단은 그보다 더 나은 은닉처를 찾아낼 수가 없었다. 보석을 팔아 치울 수 있기 전까지 노획물은 거기 안전히 있을 것이다. 다만 유감스럽게도, 사태가 완전히 진정되기 전까지는 잠시 기다려야 했다! 그동안 메르타와 친구들은 다른 할 일을 생각해 내야 했다. 외지디외진 곳에 있는 작은 마을에서 납작 엎드려 산다는 게 오래갈 수 있는 일은 아니었다. 몰입할 수 있는 일을 찾아야만 했다. 하지만 뭘 하지?

그들은 예전에 모든 거주자가 행복하고 만족스럽게 살 수 있는 이상적인 마을을 만들겠다는 포부를 품은 적이 있었다. 그 구상을 다시 시작하면 어떨까? 헴마비드는 그에 필요한 건물들이 이미 다 갖춰져 있는 작은 공동체다. 이제 남은 것은 일이 진행될 수 있게 시도해 보는 것뿐이었다……. 메르타는 마트, 도서관, 미용실, 진료소, 약국, 그 외 과거에 마을에서 찾을 수 있던 시설들이 다시 문을 여는 모습을 눈앞에 그릴 수 있었다. 이 마을은 지역 사람들을 위한 만남의 장소가 될 것이다. 정말 멋진 일이지 않을까!

예전에 메르타와 친구들은 자기들이 훔친 수백만 크로나를 〈노인 강도단 기금〉에 모아 거기서 나온 돈을 가난한 사람들에게 나누어 줬다. 하지만 미래에도 투자해야 했고, 그러려면 혁신적인 사고가 필요했다. 인구가 적은 시골에 투자를 집중하는 건 어떨까? 메르타는 마개를 뽑아 욕조에 든 물을 모두 뺐다. 몸을 닦아 말린 다음 두툼하고 포근한 실내복을 걸쳤다. 불가능은 없어. 그녀는 생각했다. 그저 어떤 계획은 조금 더 거창하고, 조금 더 시간이 걸릴 뿐이지.

3

    다음 날 아침, 강도단은 식사를 마친 후 집과 주변 부지를 돌아보며 자기들이 어떤 곳에 떨어졌는지 확인했다. 구내를 샅샅이 조사한 결과, 다행스럽게도 본채는 그들의 예상보다 훨씬 양호한 상태였다. 두껍고 넓은 판자를 끼운 마루는 질 좋은 목재를 사용했고, 오래된 창문 유리는 수작업으로 짜여 있었으며, 화덕에는 타일을 붙였고, 널빤지를 덧댄 문과 개방형 벽난로가 설치되어 있었다. 집 안에는 목재와 아마인유 냄새가 났고, 파란색과 하얀색을 사용한 영국식 벽지가 아늑한 느낌을 안겨 주었다.

    「이거 한번 봐봐!」 스티나가 손을 뻗어 가리켰다. 「건물의 개성이 아직도 제대로 살아 있어. 이 창문 최소한 1백 년은 된 거야.」

    거주용 건물은 마을 도로와 마주해 있었고, 한때 은행 고객들이 사용하던 계단이 여전히 남아 있었다. 난간은 검은색 철로 만들었고, 모르타르가 너덜거리는 지점이 한 군데 있었다. 건물 뒤쪽 자갈이 깔린 넓은 안뜰에는 황톳빛 도는 붉은색 페인트를 칠한 별채 두 채, 작업장과 창고가 딸린 낡은 축사, 커다란 온실이 있었다. 본채 바로 오른쪽에는 장군풀이 무성한 텃밭이 있었는데, 거의 허물어지긴 했어도 까치밥나무와 꽃나무로 만든 울타리가 세워져 있었다. 여기는 우리가 정말 멋지게 만들어 놓아야겠어. 메르타가 생각했다.

주변을 좀 더 둘러본 뒤, 강도단은 가장 가까운 소도시인 스콕소스로 가서 장을 좀 보고 필요한 것을 구했다. 그들은 도시 변두리에 있는 대형 슈퍼마켓에서 깔개, 커튼, 침대용 리넨 천, 가정용품을 구입하고 최신식 냉장고와 대용량 전자레인지도 같이 주문했다. 그런 다음 한동안 버틸 수 있을 양의 식료품을 샀다. 그들은 맛있는 점심을 먹고 나서 근방의 DIY 상점으로 향하기 위해 다시 미니버스에 탔다. 하지만 그들이 막 떠나려는 참에, 메르타의 눈에 석간신문 『엑스프레센』 광고판에 적힌 다음과 같은 문구가 들어왔다. 〈스톡홀름의 다이아몬드 도난 사건, 해결 임박.〉

메르타는 배 속에 돌덩이가 내려앉는 기분이었다. 그녀는 시동을 끄고 슈퍼마켓으로 들어가 신문을 샀다. 신문을 얼른 옆구리에 끼고, 돈을 낸 다음 일행에게 돌아갔다. 도난 사건은 1면에 실려 있었는데, 몇 주 전 일어난 이 범죄 사건을 설명한 예전 기사도 첨부되어 있었다.

「우리에 대한 새로운 정보를 진짜로 파악했을지 궁금하네.」 메르타가 혼잣말로 중얼거렸다(목소리가 확실히 점점 작아지는 듯했다). 그녀는 신문을 펼쳐 읽기 시작했다.

스톡홀름 경매장에서 일어난, 7천만 크로나 상당의 보석을 훔친 대담무쌍한 절도 사건이 해결을 눈앞에 두고 있다. 경매장 내에 설치된 CCTV 기록이 커다란 도움이 되었으며, 경찰은 절도범의 행적을 확보했다.

이 값비싼 보석은 직원들이 올해의 정기 경매를 위한 전시 관람을 준비하느라 분주하던 사이 사라졌다. 절도범들은 직원들이 포장을 풀고 진열장을 쌓아 올리느라 정신이 없어 방심하던 사이를 틈타 진귀한 다이아몬드 귀걸이 한 세트를 훔쳤다. 근방에 있던 현장 작업자들은 별다른 낌새를 전혀 채지 못했으나, 한 직원이 장내에서 노인 두 명을 목격했다. 전시품은 경보기와 연결되어 있었지만, 경찰이 즉시 현장에 도착했음에도 범인을 체포하지는 못했다.

경찰관은 한 노부인의 전대를 수색했고 경매장 밖에 은퇴 노인들이 모여 있는 것을 발견했으나 찾아낸 건 아무것도 없었다. 현재 경찰 측 전문가들은 CCTV 영상을 분석한 끝에 이번 절도 사건과 노인 강도단이 예전에 저지른 범죄 사건 사이에 유사점이 있음을 알아냈다. 노인 강도단은 아직 검거되지 않은 상황이다. 경찰은 용의자를 추적 중이며, 조만간 사건이 해결되리라고 전망하고 있다. 도난당한 보석의 소유자는 러시아 신흥 재벌 유리 이반코프의 부인이다.

마지막 문장을 읽을 때 메르타의 목소리는 더 떨렸지만, 그녀는 고개를 들고는 태연하게 신문을 탁탁 쳤다.

「아, 그냥 빤한 내용이네. 새로운 건 아무것도 없어. 설사 경찰이 사건의 배후에 노인 강도단이 있다고 생각한다고 쳐도 우리를 잡지는 못해. 우리가 어디 있는지 아는 사람은 하나도 없으니까.」

「게다가 넌 전대도 더 이상 안 차고 다니니까.」 스티나가 그렇게 말하며 스스로를 달랬다. 스티나는 감옥에 갈까 봐 무서워했고, 메르타는 그녀에게 다른 가방을 사용하겠다고, 설사 어깨에 걸쳐야 하는 비실용적인 가방이라 해도 그걸 쓰겠다고 엄숙히 약속한 바 있었다.

「이런 시골에 그렇게 유능한 경찰은 없어. 한동안 납작 엎드려 있으면 다 저절로 해결될 거야.」 메르타가 계속 말했다. 이제 그녀의 목소리는 훨씬 침착하게 들렸다.

「노인 강도단이 납작 엎드린다? 그게 며칠이나 가려나?」 갈퀴가 중얼거렸다.

스콕소스를 떠나는 길에 천재는 작업장에서 사용할 목재와 도구를 샀다. 갈퀴는 온실을 개조하여 가꿀 요량으로 정원 도구, 씨앗, 식물을 샀다. 그들은 미니버스를 타고 집까지 갔고, 집 안에 들어가자마자 안도의 한숨을 쉬었다. 강도단은 특별히 나무딸기술을 듬뿍 탄 차를 마신 뒤 시나몬롤도 잔뜩 먹었다. 그들은 신문 기사 때문에 약간 겁을 먹었다. 어째서 신문은 〈스톡홀름의 다이아몬드 도난 사건, 해결 임박〉이라고 보도한 것일까?

4

프리랜서 기자 잉마르 셰베리는 햄버거를 마지막 한 입까지 게걸스럽게 먹어 치우고는 맥주 캔도 싹 비웠다. 그는 그전에 이미 감자칩과 빵을 해치웠고, 이제 남은 것이라고는 끈적끈적한 포장지뿐이었다. 잉마르는 접시를 밀어내고 시계를 보았다. 이삿짐 트럭이 도착하려면 아직도 한 시간이 남았다. 가구를 어떻게 배치할지 계획을 짜보는 것도 좋을 듯했다. 그의 새 사무실(사실은 방 하나짜리 아파트였지만)은 42제곱미터 넓이로 주방과 작은 발코니가 딸려 있었으며, 도시 한가운데 위치해 있었다. 스톡홀름 중심가에서 이런 집을 찾아낸 건 행운이었다. 이전 세입자가 서둘러 떠나는 바람에 집주인이 당장 새 세입자를 구하고 싶었던 모양이었다. 잉마르는 바로 결정을 내렸다. 그는 프리랜서 작업을 할 수 있는 사무실을 오랫동안 찾고 있었고, 마침 우연찮게 그런 집이 나온 것이다. 잉마르가 계약을 성사시킬 수 있었던 건 아마도 석 달 치 집세를 기꺼이 선불로 내겠다고 말해서인 듯했다. 정말 원하던 것과 딱 마주쳤을 때 해야 하는 일이 바로 그런 것이다! 그는 턱수염에 묻은 음식 부스러기를 털고 나서 실내를 둘러보았다. 도심 남쪽에 있는 프리랜서 사무실을 같이 쓸 수도 있었지만, 그는 탐사 보도 기자이다 보니 자기만의 사무실을 갖는 쪽을 선호했다.

잉마르는 자리에서 일어나 아파트를 걸어 다니며 가구를 어떻게 배치할지 생각했다. 이삿짐 트럭이 도착하기 전에 충분히 생각을 해두는 편이 나을 듯했다. 이전 세입자는 스톡홀름의 다른 지역에 위치한 쿵스홀멘 경찰서에서 일했던 모양이다. 에른스트 블롬베리라는 사람인데, 65세가 넘어 경찰에서 퇴직한 뒤 자기 탐정 사무소를 차렸더랬다. 집주인은 잉마르에게 그 전직 경감에 대해 말하면서 분통을 터뜨렸다. 그자가 월세를 제때 내기는 했지만, 법으로 정해져 있는 3개월 전 퇴거 통보도 지키지 않고 가구까지 모두 내버려 둔 채 떠났던 것이다. 그자는 월요일에 통보하고 화요일에 나가 버렸다.

「세무 당국에 체납한 세금이 있었던 게 분명해요. 아니면 범죄자들에게 쫓기던 중이었거나.」 집주인이 말했다. 「그쪽이 아파트에 바로 입주하지 않았으면 난 몇 달 치 월세를 날려 먹었을 거예요. 믿을 수 없는 세입자를 둔다는 건 끔찍한 일이지. 심지어 그자는 전직 경찰이었는데. 어쨌거나, 선생은 이제 가구까지 갖춰진 아파트를 임대할 수 있는 거죠.」

나야 죽도록 운이 좋았지. 잉마르는 생각했다. 희한할 정도로 저렴한 월세에 주차 공간까지 포함되어 있었다. 가구는? 소파, 의자들, 책장은 남겨 놓아도 되겠지만 식탁과 식기장은 잉마르도 자기 것이 있었다. 기다리는 동안 필요 없는 물건은 창고에 내려다 놓는 것이 더 나을 듯했다. 그는 과단성을 발휘하여 승강기에다 가구를 채워 넣은 뒤 지하실로 가는 버튼을 누르고 자신은 계단으로 내려갔다.

지하실에 도착하자 잉마르는 승강기 문을 열어 그대로 고정시킨 뒤 창고 자물쇠를 열었다. 그는 승강기에서 식탁과 식기장을 끌어냈다. 식탁은 문제없이 꺼냈는데, 식기장이 생각보다 꽤 무거웠다. 어찌어찌 창고 문턱을 넘는데 식기장이 한쪽으로 기울더니 문틀에 부딪혔다. 뭔가 아래로 떨어졌다. 잉마르는 식기장을 발로 밀어 문턱을 넘기고는 끙끙거리는 소리와 함께 용을 써가며 벽에 붙여 세웠다. 창고를 나가면서 그는 바닥에 떨어진 물건을 집어 들었다. 그가 눈살을 찌푸렸다. 플래시 드라이브라…… 이게 도대체 뭐람? 짐작건대 찬장에서 떨어진 듯했다. 그는 손가락으로 드라이브를 만지작거리면서 생각에 잠겼다. 이전 세입자는 탐정이었다. 드라이브에 범죄 사건, 조사 내용, 미해결 사건의 증거, 그 외에 많은 것이 들어 있을 수도 있었다. 살펴봐야 했다. 운이 좀 따른다면 여기서 기삿거리를 많이 건져 낼 수 있을지도 모른다. 그리고 잉마르에게는 기삿거리가 필요했다.

그는 언론계 최고의 탐사 보도 기자 중 하나로 꼽혔고, 그가 터뜨린 특종 중에는 경찰이 경매장에서 일어난 절도 사건의 배후에 노인 강도단이 있다고 의심한다는 사실을 밝혀

낸 기사도 있었다. 그 기사는 스웨덴 전역의 신문 광고판에 굵은 글씨로 실려 사람들의 이목을 끌었지만, 잉마르에게는 그다음에 보여 줄 것이 별로 많지 않았다. 그 뒤로 아무 일도 일어나지 않는 듯했고, 그러니 새로운 정보도 확보하지 못했다. 하지만 이 플래시 드라이브가 그에게 금광이 될지도 몰랐다. 어쩌면 더 많은 특종과 1면 기삿거리를 제공할 수도 있었다. 물론 블롬베리가 내용물을 모두 삭제하지 않았다면 말이다…….

5

노인 강도단이 마침내 인터넷에 접속했을 때, 그들은 경
매장 절도 사건에 대한 정보가 더 있는지 알아보기 위해 인
터넷 이곳저곳을 돌아다녔다. 하지만 새로운 소식은 찾을
수 없었다. 상황은 진정되었고, 강도단은 최선을 다해 편안
히 지내려고 노력했다. 일명 천재, 본명 오스카르 크루프는
80대로, 예전에 스톡홀름 교외 지역인 순드뷔베리에 자기
작업장을 소유한 적이 있었다. 이제 그는 새 작업장을 마련
하면서 목공용 작업대, 시렁, 선반을 설치했다. 또 그는 건물
에 있던 낡은 전기 트럭과 MIG 용접 장비를 작동할 수 있도
록 조치해 놓았다. 그렇게 할 도구는 이미 갖고 있었다.

그러는 동안 갈퀴는 온실을 깨끗이 정리하여 벤치, 탁자,
의자를 갖다 놓았다. 그는 자기가 바쁘게 움직이는 동안 연
인인 스티나가 책을 들고 앉아 같이 있어 주거나 강도단 전
원이 오후에 온실에서 커피 타임을 가질 수 있겠다고 생각
했다. 이제 사람들은 이런저런 일을 정하는 사람이 메르타

만이 아니라는 사실을 알게 될 것이다. 그건 진짜 좋은 일이다!

메르타는 자갈 깔린 안뜰이 밋밋하고 따분해 보인다고 생각했고, 미니버스 — 사실 특별히 매력적인 차량은 아니었다. 휠체어를 탄 승객 수송을 위한 맞춤형 택시로 개조된 차량이었는데, 그러다 보니 차량 뒤쪽에 휠체어용 경사로가 자랑스럽게 설치되어 있었다 — 가 주차되어 있는 모습과 안뜰에 널려 있는 잡동사니들도 보기 싫었다. 그래서 그녀는 〈붉은 위협〉(강도단이 미니버스에 붙인 별명이었다)을 눈에 안 띄는 곳으로 주차하고 주변의 잡동사니 중 꼴 보기 싫은 것들을 치웠다. 나중에 스티나와 갈퀴가 별채 둘레를 파서 예쁜 꽃을 심으면 어떻겠느냐고 제안하자 메르타는 못마땅하던 마음이 풀렸다. 그들은 여기 헴마비드에서 집에 있는 듯 편안히 지내야 할 터였는데, 그러려면 당연히 마을에 대해 잘 알아야 했다.

강도단은 평상시 입는 외출복(모피와 낙타털 외투는 다락에 있는 상자에 숨겨 놓았다)을 차려입고 헴마비드를 관통하는 울퉁불퉁한 길로 나섰다. 마을 중심에 위치한 길은 좁고 반달처럼 구부러져 있었으며, 길 양옆에 집들이 있었다. 어떤 집들은 하얀 회반죽을 발라 놓았고, 노란색과 하얀색 페인트를 칠한 집도 있었다. 하지만 대부분의 집은 스웨덴의 전통적인 황톳빛 도는 붉은색인 팔루뢰다로 칠해져 있었다. 모두 멋지고 쾌적해 보였다. 메르타는 시골 삶의 아늑함을 경험한 적 있는 사람이었다. 그녀는 스웨덴 남부 외스텔렌에서 스톡홀름으로 이사하여 현재는 〈스톡홀름 대학교 체육 교육 단과 대학〉, 그녀가 다닐 때는 〈왕립 체조 중앙 학원〉이라 불리던 학교에서 공부했고, 그 뒤로는 쭉 도시에서 살았다……. 일이 그렇게 되기는 했지만, 메르타는 자연과 가까운 삶을 자주 그리워했다.

메르타 일행은 마을 회관과 목재로 지은 오래된 십자형 교회를 지나 창문에 하드보드를 덧댄 석조 건물 앞에서 걸음을 멈췄다. 이 건물이 분명 문을 닫은 진료소였다. 주차장 너머로 약간 떨어진 곳에 폐업한 마트와 주유소가 보였다. 마을이 크지 않았는데도 작은 골목길을 따라 걷다 보니 카페가 하나 나와서 다들 놀랐다. 카페는 팔루뢰다를 칠하고 테두리에 흰색으로 멋을 낸 작고 아담한 주택으로, 1층에 커다란 창 두 개가 달려 있었다. 메르타는 호기심이 생겼다.

「들어가서 커피 한잔 어때?」

「좋은 생각이야.」 단것을 좋아하는 안나그레타가 동의했다.

그들은 카페 안으로 들어가 가게를 둘러보았다. 1940년대에 제작된 가구들이 아늑하게 채워져 있었다. 벽은 녹색이었고 어두운 빛깔의 마호가니 탁자는 솜을 채워 넣은 회색 의자들과 잘 어울렸다. 탁자는 여러 개로, 꽃과 자수를 놓은 테이블보로 장식되어 있었으며, 가게 맨 구석에 설치된 핀볼 기계 앞에는 남자 몇이 서 있었다. 다른 쪽 구석에는 낡은 주크박스와 레버를 돌리면 과일 그림이 나오는 슬롯머신이 있었다. 노인 강도단은 계산대로 가 미리 만들어 둔 샌드위치, 화려한 크림케이크, 여러 종류의 비스킷 중에서 먹을 것을 골랐다. 안나그레타를 제외한 전원이 커피와 따뜻한 치즈샌드위치를 선택했고, 안나그레타는 크림케이크와 조그만 스위트브레드비스킷을 달라고 했다. 그들은 자리를 잡아 앉았고, 잠시 뒤 카페 종업원이 쟁반을 들고 왔다.

「처음 뵙네요. 이 지역 분들이세요?」주문한 음식을 탁자에 놓으며 종업원이 물었다. 종업원은 40대 여성으로 검은 머리칼에 갈색 눈이 아름다웠다.

「아뇨. 우린 스톡홀름에서 왔어요.」메르타가 대답했다.

「아, 그럼 대도시에서 오셨군요? 손님들께서도 자기들이 기후 친화적이라고 으스대면서 자가용 대신 버스를 타고 여행하시나요?」

「아뇨, 우린 미니버스가 있어요.」메르타가 놀라 그녀를 바라보았다. 말투가 거의 공격적이다시피 해서였다.

「저희는 전에 마트를 운영했었거든요. 그런데 이제는 샌드위치를 만들고 커피를 내야 해요. 건물이 저희 소유가 아니었다면 이런 일마저도 못 했을 거예요. 그래도 지금은 이렇게나마 할 일이 있긴 하지만요.」

아, 말린과 릴리안이 마트를 어쩔 수 없이 폐업하고 나서 카페를 연 모양이었다. 그렇다면 즐거운 기분이기는 어렵겠네. 메르타가 생각했다. 그녀가 막 위로의 말을 꺼내려는 찰나에 주방에서 달그락거리는 소리가 나더니 한 여성이 나왔다. 두 사람의 외모가 무척 비슷한 것이 아마도 쌍둥이 자매인 듯했다.

「아, 그렇군요. 여러분이 그 옛 은행 건물에 새로 들어오신 분들이겠네요. 환영합니다! 말린, 이분들께 맛있는 거 대접 좀 해드려. 그래야 할 것 같지 않아?」

말린은 고개를 끄덕이고는 스위트브레드비스킷이 든 접시를 또 가져와 탁자에 놓았다.

「헴마비드에 오신 걸 환영하는 뜻이에요!」

「정말 고마워요.」 메르타가 그렇게 말하고 나서 보니, 카페에 다른 손님이라고는 핀볼 기계를 조작하는 사람들뿐이었다. 그러니 북적이는 사람들 속으로 메르타와 친구들이 숨어들기란 불가능했다. 어쨌거나 지금은 너무 늦었다. 그들 다섯 명 모두 이미 사람들 눈에 띄고 말았으니까. 하지만 다른 쪽으로 생각해 보자면, 여기서 그들을 찾을 경찰관이 누가 있을까?

쌍둥이 자매가 자리에 앉자 메르타는 그들을 흘끗거렸다. 말린은 가늘게 다듬은 눈썹에 콧날이 곧고 입매가 멋졌으며, 긴 머리는 포니테일로 묶었다. 릴리안임이 분명한 쌍둥이 자매 역시 머리칼은 검었지만, 헤어스타일은 소년 같은 단발이었다. 릴리안이 그들을 보며 미소를 지었다.

「여기 이 촌구석에 저희랑 같이 있으니 좋으세요?」

「그럼요! 정말 아름답고 멋지고 조용한 곳이에요.」 메르타가 말했다. 「스톡홀름과는 정반대네요.」

「그렇죠. 저희도 그래서 여기 사는 거예요.」 릴리안이 말했다.

말린이 손으로 포니테일을 곧게 펴듯 잡아당겼다. 「사람들이 스톡홀름에서 어떻게 사는지 이해가 안 가요. 대도시에서는 아파트 한 채를 사는 데도 돈이 많이 들고 숲이나 수력 발전도 없잖아요. 식량을 제공하는 소나 들판이 없다는 건 말할 것도 없고요. 거기 사람들은 우리 없이는 살아남을 수 없을 거라니까요.」

「그쪽이 말씀하시는 건 스톡홀름 토박이겠지. 하지만 난 예테보리 출신이에요.」 갈퀴가 목소리를 높여 반박했다.

「저는 옌셰핑 출신이고요.」 스티나가 지적하듯 말했다.

「제가 스톡홀름에 오랫동안 살기는 했어요. 그건 맞지만, 자란 곳은 남부 외스텔렌이었답니다.」 메르타가 말했다.

천재는 자기가 스톡홀름 밖 교외 지역 순드뷔베리 출신이고 안나그레타는 부자 동네인 유르스홀름의 상류층 가정에서 자랐다고 말하려다가 입을 다물었다. 자신들에 대한 정보를 너무 많이 노출할 수는 없었다. 그들은 정말로 납작 엎드려 있어야 했으니까. 대신 천재는 재빨리 머리를 굴려 화제를 전환했다.

「스위트브레드비스킷을 정말로 잘 구우셨군요!」

「네, 할머니 조리법대로 만들었어요. 이제 할 수 있는 건 이런 일뿐이죠. 저희 가족은 50년 동안 마트를 운영했답니다.」 말린이 한숨을 쉬었다.

「어쩌다 가게를 닫았어요?」 메르타가 궁금해서 물었다.

「가게가 계속 손해를 보고 있어서 더 이상 꾸려 갈 수가 없었거든요. 사람들이 필요한 물건을 죄다 대형 슈퍼마켓에서 사니까요. 사실 모든 것을 망친 주범은 대형 트레일러트럭이에요. 외국 화물 수송업자들이 해외에서 값싼 식재료를 들여와서 가격을 낮춰 파니까 우리는 경쟁을 할 기회도 갖지 못했죠.」

「정말 안타까운 이야기네요.」

「트럭 운전기사들이 다른 경로를 택해서 스톡홀름으로 곧장 가기만 했어도 어땠을까 싶어요. 그랬다면 우리는 독일산 저가 우유와 검역도 안 거친 폴란드산 묵은 고기와는 경쟁할 필요가 없었겠죠.」

메르타는 말린을 피곤한 얼굴로 바라보았다. 이 사람은 계속 불평만 늘어놓고 있었다! 그렇긴 해도, 한편으로 인구가 줄어들고 있는 시골 지역에서 살아남는다는 게 쉬운 일은 당연히 아니었다. 노인 강도단이 간식을 먹으러 카페에 자주 방문해야 했다. 그래야 자매가 수익을 올릴 수 있으니까. 하지만 근처의 농민도 마찬가지로 지원이 필요했다. 메르타는 농산물을 농장에서 직거래로 판매한다고 적힌 간판을 본 기억이 났다. 그들은 커피를 다 마신 다음 일어섰고, 집으로 가는 도중 농장에 잠깐 들르기로 했다.

메르타 일행이 〈롤란드 농장 가게〉에 들어서자 벨 소리가 났다. 처음 그들의 눈길을 끈 것은 벽을 따라 늘어선 선반이었다. 선반에는 밀가루, 허브, 호르트브뢰드, 비스킷, 초콜릿이 놓여 있었고, 가게 한쪽에는 유제품과 고기를 살 수 있는 냉장고가 있었다. 대형 냉동고도 있었고, 그 옆에는 맥주 상자와 채소 바구니 들이 있었다. 상점에서는 갓 구운 빵과 허브 냄새가 났다. 강도단은 필요한 것을 고른 다음 계산대로 갔다. 계산대에는 아무도 없었지만, 주인을 부르자 반가워하는 목소리가 들렸다.

「마을에 새로 오신 분들이군요. 환영합니다!」 검은 곱슬머리에 녹색 작업 바지를 입은 사람이 반갑게 인사했다. 함박웃음을 짓고 있었고, 푸른 눈은 초롱초롱하게 빛났다. 그가 계산대에 앉았다. 「롤란드 스벤손입니다. 뭐든 말씀만 주세요!」

메르타와 강도단은 잘 들리지 않도록 우물우물 얼버무리면서 이름을 댔지만 농부는 전혀 신경 쓰지 않았다. 스벤손은 강도단이 구입한 물건을 포장하는 동안 쉼 없이 말을 하면서 그들에게 오래된 학교가 폐교 직전이고, 19세기 후반에 지어진 교회는 화가의 작업실이 되었으며 우체국과 은행은 오래전에 문을 닫았다는 이야기를 들려주었다. 그는 많은 마을 사람들이 떠났다고 말하며 투덜거렸다. 하지만 스벤손을 정말 짜증 나게 했던 것은 경보가 울리고 한 시간도 더 지나서야 경찰과 소방대가 도착한다는 사실이었다.

「그러게요, 마을에 경찰관이 하나도 없다니 정말 끔찍한 일이겠어요.」 메르타는 그렇게 거짓말을 하면서 신문 광고판을 떠올렸다. 다른 사람들은 우호적으로 고개를 끄덕이며 메르타의 말에 점잖게 동의했다.

「그러다 수상한 사람들이 떼로 마을에 오기라도 하면 어쩌냐고요. 막을 길이 없잖아요. 경찰은 아무런 대비책이 없고요.」 롤란드 스벤손이 걱정스러운 표정을 지었다.

「정말 충격적이네요.」 메르타는 다시 입에 침도 안 바르고 거짓말을 하며 바닥을 내려다보았다. 「하지만 우리가 두려워할 필요는 없을 것 같은데요. 그런 종류의 범죄들은 보통 대도시에서만 일어나잖아요.」

「그래요, 손님 말씀이 맞겠죠.」 스벤손이 그렇게 말하며 찌푸렸던 눈살을 폈다. 메르타와 스티나가 얼른 눈짓을 교환하고는 안 보이게 슬쩍 미소를 지었다. 급히 화제를 전환한 사람은 스티나였다.

「아까 그렇게 말씀하셨잖아요. 여기처럼 인구가 적은 지역에서 사는 게 정말 힘들다고요. 사장님은 왜 계속 여기 남아 계신 거예요?」 스티나가 질문했다.

「저는 헴마비드에서 나고 자랐어요. 제 가족도 몇 대에 걸쳐 여기 살았고요. 저희는 대도시로 이사해서 스트레스와 배기가스에 시달리고 싶지 않아요. 그게 아니더라도 갱단의 폭력과 콘크리트 건물들 사이에서 살겠죠. 안 갈 거예요. 저희는 자연에 둘러싸여 스스로를 돌보며 살고 싶어요.」

「그럼 사장님은 여기 농장에서 가족과 함께 사시는 건가요?」 메르타가 물었다.

「네. 아내와 저는 큰 농장에서 젖소와 양을 길러요. 이 농장 가게도 같이 운영하고요. 가끔 아이 둘이 돕기도 하지만 지금은 학교에 있어요. 학교가 문을 여는 동안에는 계속 다니는 거죠.」

「하지만 사장님이 학교를 구할 수 있지 않을까요? 뭔가 하실 수 있는 일이 분명 있을 텐데요.」 메르타가 물었다.

롤란드가 지친 표정으로 그녀를 보았다. 「네, 그럼요. 달에도 갈 수야 있죠…….」

그들은 다시 집으로 돌아왔다. 천재가 거실의 낡고 닳은 안락의자에 앉았다. 선반에 놓인 다비드와 비너스상이 그의 눈에 띄었다. 천재는 한동안 스티나의 조각 작품을 바라보다가 눈썹을 치켜세우고는 자리에서 벌떡 일어났다. 잠시 뒤 그는 연장과 스포트라이트를 들고 돌아왔다. 그는 아무에게도 도움을 요청하지 않고 스포트라이트를 위쪽에 고정한 뒤 석고 조각상을 비출 수 있도록 방향을 조정했다.

「이거 봐, 이제 진짜 예술 작품처럼 보이지.」 그가 만족스러운 듯 말하고는 안락의자로 돌아가 두 손을 무릎 위에서 맞잡았다. 다른 사람들도 동의하듯 웅성거렸다.

「7천만 크로나짜리 도난품을 깔고 앉아 있는데 가장 가까운 경찰서가 최소 한 시간 이상, 그 이상은 아닐지 몰라도 아무튼 그만한 거리라니 오히려 잘된 기분이야.」 그가 말했다. 「그렇다면 여기는 안전하겠구먼. 우리도 긴장 풀고 진짜 은퇴 노인이 될 수 있겠어.」

「안전하다고 말할 수도 있겠고,」 메르타가 말했다. 「이렇게 말할 수도 있겠어. 우리가 당국의 방해를 받지 않고 이 마을에 활기를 좀 불어넣을 수 있겠다고.」

「하지만 이 지역에 막 새로 온 사람인데 지역 일에 미주알고주알 결정을 내리기 시작하면 안 되지.」

「내 말이 그 말이야. 시골 사람들은 존중받아야 한다고.」 스티나가 거들었다. 「우리 스톡홀름 사람들이 와서 다 뒤엎지는 말아야 해.」

천재가 메르타를 흘끗 보았다. 저렇게 빈틈없이, 저렇게 정력적으로 살아야 하는 이유가 뭘까? 마을에 활기를 좀 불어넣는다고? 그는 메르타의 손을 잡고 엄지로 그녀의 손을 약간 서투르게 쓰다듬었다.

「우리 그냥 쉬엄쉬엄 살 수는 없을까? 당신은 주변을 뒤집어 놓는 사람이야.」

「지루해서 죽고 싶지는 않을 거 아냐!」

천재는 자리에서 일어나 고개를 내저었다. 그들은 바로 얼마 전에 경매장을 털었고, 거주지였던 노인 요양소에서 피신하여 여기까지 왔다. 그런데 이제 메르타는 또다시 새로운 계획을 궁리하겠다고 한다. 그는 약 찬장까지 뚜벅뚜벅 걸어가 해열 진통제인 아세트아미노펜을 먹었다.

그날 오후 천재는 메르타를 발코니로 데리고 갔다. 거기서는 주변 지역이 훤히 잘 보였다. 날이 점점 어두워지고 있었고, 두 사람은 그들 앞에 펼쳐진 벌판과 농가들, 어두운 숲을 볼 수 있었다. 바람은 잠잠했고 보름달이 계곡 반대편 언덕에서 천천히 떠올랐다. 꿀처럼 노르스름한 큰 달이 멀리 있는 호수에 반사되었다.

「메르타, 당신이 옳아. 정말 아름다운 시골이야. 하지만 그렇다면 느긋한 마음으로 저 모습을 즐길 수도 있어야 해.」

「우리에게는 그럴 시간도 있어.」

「무슨 말인지 모르겠어? 우린 다들 좀 늙었고, 스트레스를 너무 많이 받으면 안 돼. 게다가 당신과 나는 약혼했잖아. 잊어버렸어? 당신의 그 분주한 일정에는 나한테 내주는 틈이 없다고. 우린 오래전에 결혼했어야 해.」

「물론 그래. 하지만 그건 그냥 시간이 없어서였잖아.」 메르타가 말했다.

「시간이 없었다고! 그게 무슨 소리인 줄은 알고 있는 거야? 감정은 바깥으로 드러나야 알 수 있는 거야. 우리 사이가 망가질 위기야. 당신에게 다른 할 일이 너무 많다는 이유 때문에. 생각해 보라고!」

천재는 메르타에게 등을 돌린 뒤 대답을 기다리지 않고 집 안으로 들어갔다. 그가 마지막으로 들은 그녀의 말은 이랬다. 「하지만 천재, 하루는 고작 스물네 시간인걸…….」

6

그래, 게릴라식 활동을 펼치는 거야. 그게 이 시골 마을을 구할 수 있는 유일한 방법이야. 일찍 일어나 아침 식사를 만들기 위해 주방으로 가는 동안 메르타는 그렇게 생각했다. 그녀는 천재가 발코니에서 했던 말을 속으로 삭이면서 강도단이 마을에 정착하여 합리적인 할 일을 찾게 되면 만사가 저절로 해결되리라 희망했다. 늘 그런 식이었으니까. 사람들은 바쁘게 몰두할 만한 의미 있는 일을 원하게 마련이다.

커피를 한잔 마시자 메르타는 활기가 도는 걸 느꼈고, 콧노래를 흥얼거리기 시작했다. 위층에 있는 사람들이 다 들을 수 있을 정도였다. 그 콧노래가 사람들에게 우려를 불러일으켰다. 왜냐하면 메르타가 이렇게 이른 시간부터 노래를 부르거나 콧노래를 흥얼거린다는 것은 보통 그녀의 머릿속에 대단한 계획이 있다는 뜻이니까.

「있잖아, 어젯밤에 내가 침대에 누워서 생각을 해봤는데…….」 사람들이 모두 주방 식탁에 앉았을 때 메르타가 말을 꺼냈다. 「사실 헴마비드 마을은 주유소, 진료소, 그 외 여러 가지 시설들이 없으면 버틸 수가 없잖아. 우리가 마을을 다시 일으켜 세울 수는 없을까?」

「은행털이 대신에 새 직업을 갖자는 뜻인가?」 천재가 물었다.

「그래, 바로 그거야!」 메르타가 말했다. 그녀는 자기 흥을 숨길 수가 없었다. 「우리가 시골을 살리는 게릴라 활동가가 되자는 거야.」

「음, 게릴라 활동가라니, 위험하게 들리네. 반항아 정도로 해도 될 텐데.」 갈퀴가 그렇게 웅얼거렸다. 「그런데 살린다는 게 무슨 이야기야? 여기 사람들은 딱히 누가 살려 주길 원치 않는 것 같던데.」

「그래, 좋아, 그런데 그거 알아? 이 마을은 쇠락해 가고 있어. 우리가 관광객을 끌어들이고, 새 일자리를 만들고, 사람들이 여기로 이사를 오도록 해야 해.」 메르타가 맹렬한 기세로 계속 말했다. 「이렇게 생각해 봐야 해. 우리는 늘 노인들을 지원하고 싶어 했잖아. 그들에게 풍족한 삶을 누릴 기회를 주려고 말이야. 나는 모두가 여유 있는 삶을 살았으면 좋겠어. 그리고 지금 우리에게 기회가 생겼다고. 진짜 모범적인 마을을 만들 수 있는 기회.」

「아, 그래? 그게 다야? 더 없어?」 갈퀴가 금세 피곤한 표정을 지었다.

「시골에는 수천 년 동안 사람들이 거주해 왔어. 그냥 버려질 수는 없다고. 그걸 알아야지!」

「혹시 총리나 뭐 그런 게 돼서 스웨덴 전체를 다스려 보겠다는 생각을 한 적은 없으신가?」 갈퀴가 아이러니를 듬뿍 담은 목소리로 얼른 받아쳤다.

메르타는 자제했다. 지금 또 혼자 너무 멀리까지 가버렸으니까. 하지만 필수 시설도, 마트도 없고, 휴대 전화 신호도 잘 잡히지 않는데 누가 시골에서 살 수 있겠나? 국가는 위기 상황이 닥쳤을 때 자급자족할 수 있어야 한다. 그렇다, 식량을 생산할 수 있어야 한다는 소리다. 도시의 발코니에서 소를 키우고 밀밭을 확보할 방법은 없다. 그럴 수는 없다. 살아 있는 시골이 있어야 한다. 현재 메르타와 친구들은 범죄에 대해서는 상당히 잘 알고 있었다. 시골을 살리는 일은 물론 조금 더 까다롭다. 하지만 못 할 건 뭔가? 불가능한 것도 아닌데. 이런 생각을 하는 동안 그녀가 염두에 두고 있던 나라는 노르웨이였다.

「자, 들어 봐.」 메르타는 말을 계속하면서 다들 듣고 있는지 확인하기 위해 연극배우처럼 잠시 동작을 멈췄다. 「노르웨이에는 인구가 적은 시골에도 여전히 학교, 수영장, 도서관, 경찰서가 있어. 거기 정치인들은 수도 오슬로뿐만 아니라 나라 전체가 잘 살길 바란다고. 우리가 스웨덴에서 그렇게 못 할 이유가 어디 있어? 나는 다 같이 뭉치면 우리가 멋진 생각을 할 수 있다고 확신해.」

「이제 메르타가 우리를 다시 일하게 하겠군.」 천재가 미소를 지으며 말했다.

「그런데 그 문제는 생각해 봤어?」 갈퀴가 젠체하는 표정을 지으며 낮은 목소리로 말했다. 「왜 항상 만사를 해결하고 모두를 살리는 게 우리여야 해? 설사 메르타가 옳다 쳐도, 우리가 메르타 말에 순순히 따를 이유는 없잖아, 아냐?」

프리랜서 기자 잉마르 셰베리는 사무실 의자를 뒤로 밀고 컴퓨터 화면을 빤히 바라보았다. 그는 혼잣말로 욕을 하면서 엄지와 검지로 턱수염을 배배 꼬았다. 사립 탐정 에른스트 블롬베리의 플래시 드라이브에서 재미있는 건수를 발견할 수 있을 거라고 생각했는데, 아직 드라이브 속 내용물에 접근하지 못하고 있었다. 그럼에도 드라이브를 버리고 싶다는 마음은 들지 않았다. 분명 이 안에 흥미로운 게 있을 것이다. 그 정보를 얻으려면 도움이 필요했다. 블롬베리가 예전에 근무했던 쿵스홀멘 경찰서를 찾아가는 건 어떨까? 경찰서라면 분명 해킹을 하여 드라이브를 열 수 있을 것이다. 만약 경찰 IT 부서에서 뭔가 재미있는 걸 찾아내면, 그는 거기 담긴 모든 흥미로운 사실들에 대한 독점적 권리를 요구할 셈이었다. 그게 자신을 곤경에 빠뜨리는 일이 되리라는 점을 알아차리긴 했지만, 어쩔 수 없는 일이었다. 잉마르는 늘 특종을 찾으려 혈안이 되어 있는 사람이었다. 그는 최고가 되고 싶었다. 아마도 그건 잉마르가 작고 약하고 성장이 더디다는 이유로 학교에서 괴롭힘을 당하며 살았기 때문일 것이다. 그는 툭하면 울고 엄마에게 매달렸는데 이런 행동은 상황을 호전시키지 못했다. 사람들은 그를 마마보이라 불렀다.

하지만 이제 그는 어른이고, 일주일에 두 번 헬스장에 나가 근육을 키웠다. 과단성, 근육, 매력적인 사교적 태도 덕에 그는 여성들에게 인기가 있었고 인터뷰 대상들은 그에게 기꺼이 마음을 열었다. 잉마르만큼 열심히 일하는 사람도, 그가 하는 것만큼 1면 특종을 많이 내는 사람도 없었다. 하지만 이 플래시 드라이브를 경찰에 가져가면, 그들은 당연히 그에게 누구보다 먼저 모든 정보를 주겠다고 약속할 수밖에 없을 것이다…… 가능한 상황은 그것뿐이다. 경찰은 그를 신뢰했으니까. 잉마르는 한 번도 중요 사항을 누설하거나 취재원을 노출한 적이 없었다.

잉마르 셰베리는 컴퓨터를 끄고 자리에서 일어나 장발을 축구 선수 즐라탄 스타일 상투머리로 질끈 묶었다. 그런 다음 냉장고를 열어 시원한 맥주를 꺼냈다. 그는 맥주를 몇 모금 크게 꿀떡이며 마시고 나서 마음의 결정을 내렸고, 드라이브를 가지고 와 천 조각에 쌌다. 그는 드라이브를 손에 쥔 채 잠시 서 있었다. 가치가 없었기 때문에 에른스트 블롬베리가 이 드라이브를 식기장에 내버려 두었을지도 모르지만, 선반 사이에 끼는 바람에 못 봤을 가능성이 더 컸다. 잉마르 본인도 식기장을 열어 봤을 때는 눈치채지 못했고, 문턱을 넘어 식기장을 옮기려다가 드라이브가 떨어지는 바람에 그게 있다는 걸 알아차렸으니까.

잉마르는 시계를 보았다. 그는 주간 근무 시작 시간 전에 경찰서에 도착하곤 했다. 잉마르는 두 걸음 만에 문까지 도달한 다음 재킷을 걸쳤다. 플래시 드라이브를 경찰에 넘긴

다는 결정은 괜찮은 듯했다. 이제 드디어 그 안에 뭐가 들어
있는지 보게 될 것이다.

7

　매복. 그렇다, 그게 그들이 짜야 할 작전이었다! 메르타는 한 주가 넘도록 친구들의 말에 열과 성을 다해 귀를 기울이면서 우선은 이 지역을 파악하자고 약속했다. 하지만 그녀는 매복 작전 이야기는 꺼내지 않았다. 이 문제는 아주 조심해서 진행해야 했다. 게다가 다른 사람들에게는 이 모든 것이 그저 시험 삼아 해보는 것일 뿐이고, 스웨덴 시골 전역을 살리려고 드는 것까진 아니라며 안심을 시켜 놓았으니 말이다(최소한 아직은 아니었지만, 그 이야기는 입 밖에 내지 않았다). 반면에 성공한다면, 그들의 아이디어를 퍼뜨릴 수도 있는 것이다. 그렇지 않은가?

　강도단은 휴식을 취하면서 저장실과 냉장고와 냉동고를 음식으로 채웠고, 브리지와 커내스터[4] 카드 게임을 했으며, 노래를 합창했다. 가끔은 그 작은 카페, 〈대니시페이스트리〉에서 커피와 간식을 즐기기도 했다. 하지만 그들은 뭔가 의

---

　4 canasta. 카드 두 벌로 하는 카드 게임.

미 있는 일을 해내지는 않았다. 이 점이 메르타를 고통스럽게 했지만 그녀는 아무 말도 하지 않았다. 대신 그녀는 거기에 맞추려 노력했다. 메르타와 여자 친구들은 종종 탁자를 차지하고 앉아 대니시페이스트리에 곁들여 커피를 마셨고, 그러는 동안 남자들은 핀볼 기계에서 게임을 했다. 가끔은 남자들이 커피 탁자에 앉아 있고 여자들이 슬롯머신 앞에서 놀거나 산책을 나가기도 했다.

「희한하네.」 말린이 그들을 관찰하다가 말했다. 「같은 집에서 사는 사람들인데 카페에서 다 같이 앉는 일이 별로 없어.」

「아마 서로가 피곤한가 보지.」 그녀의 자매가 의견을 냈다.

「하지만 그렇다면 아는 사람 하나 없는 여기다 집을 산 이유가 뭐야? 대체 왜 여기 온 거지? 저 사람들 헴마비드에는 아무 연고도 없잖아, 안 그래? 있잖아, 나는 누군가 이사를 오면 언제나 좀 미심쩍어. 너는 절대 모르겠지만…….」

메르타와 친구들이 대니시페이스트리 카페를 방문한 것은 간식과 커피를 즐기기 위해서이기도 하지만 이 지역에 대해 가능한 한 많은 것을 알기 위해서이기도 했다. 예전에 숲에서 철광석을 채굴했고, 그래서 옛 주조 공장과 광산의 흔적이 지역에 남아 있다는 이야기를 메르타가 들은 곳도 이 카페였다. 심지어 스웨덴 국립 문화유산 위원회 소속 고고학자들이 여기서 고대의 거주지를 발굴했다고 하는데, 메르타는 그 장소가 보고 싶었다. 그래서 그녀는 사람들을 데리고 숲으로 가 주변 지역을 탐사했다. 전나무와 소나무가 무성한 어두침침한 숲에서 그들은 오래된 광산 갱도들, 옛 주조 공장의 흔적과 광재 더미를 발견했고, 심지어 석기 시대에 판 구덩이 함정도 찾아냈다. 하지만 사람은 한 명도 보지 못했다.

「아무도 이런 걸 못 보다니 안타까워. 우리가 관광객을 위한 매력적인 숲 사파리를 조성해야 해.」 며칠 뒤 갈퀴의 온실에서 사람들이 차를 마시고 있을 때 메르타가 말했다. 탁자 위에는 커다란 꽃무늬로 장식한 찻주전자가 놓여 있었다. 웨이퍼를 담은 접시도 있었는데, 남아 있는 건 겨우 두 개였다. 안나그레타가 과자를 다 먹었던 것이다.

「숲 사파리? 그냥 평범한 산책이 뭐 어때서?」 안나그레타가 질문했다.

「멋있게 들리도록 해야지. 그래야 최신 방식으로 마케팅을 할 수 있잖아.」

「그럼 호수 쪽은 어때? 우리가 낚시 탐험대도 조직할 수 있고 배 타는 법도 가르칠 수 있는데.」 스티나가 제안했다. 「그러니까, 방문객들이 여기서 하룻밤을 보낼 수 있는 활동을 해보자는 이야기야.」

「돈도 더 들어오겠지.」 안나그레타가 거들었다. 「그렇긴 한데, 사람들은 평소에 산책도 하고 낚시도 하러 가잖아. 우리는 새로운 걸 생각해 내야 해. 전체적으로 더 〈힙합하게〉 해야 한다고. 〈힙합하다〉고 하는 거 맞지?」

「그럼, 알겠다. 은행 터는 법에 대한 강좌를 열면 어떨까? 인터넷에 온라인 강좌를 열 수 있잖아. 그거야말로 최신식이지, 그렇잖아?」 갈퀴가 이죽거리며 천재를 보았다. 둘은 동의하는 눈짓을 교환했다.

「저기 말이지, 지금 진지한 이야기 하는 거야. 이 지역에 사는 사람들이 지금까지 한 번도 보지 못했던 멋진 걸 만들어 보자고.」 메르타가 말했다.

메르타의 말에 사람들 모두 그녀가 머릿속에 특별한 계획을 꾸미고 있다는 사실을, 하지만 그걸 다 털어놓지는 않으리라는 것을 알아차렸다. 한 번에 조금씩만 생각을 드러내는 것이 자기 뜻대로 진행하기 훨씬 쉽다는 점을 메르타가 깨달았다는 사실을 다들 알았으니까. 그렇지 않을 경우 한 번에 감당하긴 너무 버거우니까. 모두에게 말이다.

강도단이 어느 날 카페로 가 휴식을 취하고 있을 때 메르타가 선공을 날렸다. 세 노부인은 외따로 있는 탁자에 앉아 있었고 천재와 갈퀴는 슬롯머신과 핀볼 기계 옆에 서 있었다. 메르타가 남자들에게 다가갔다.

「그만 와서 우리랑 같이 앉아. 저 탁자에서는 우리가 하는 말이 사람들한테 안 들려.」 메르타가 스티나와 안나그레타가 앉아 커피를 마시고 있는 구석 탁자 쪽으로 고개를 끄덕였다. 「우리는 매복 계획을 짤 거야.」 그녀가 속삭이듯 덧붙였다.

「매복이라고!」 갈퀴가 공포에 질려 소리쳤고, 그러다 손잡이를 놓치는 바람에 핀볼이 퐁당 구멍으로 빠지고 말았다.

「쉿, 그렇게 큰 소리 내지 마.」 메르타가 검지를 입술에 갖다 댔다.

「가서 앉아야겠군.」 천재가 한숨을 쉬었다. 「아주 심각한 이야기처럼 들려.」

「그래, 당신이 얼떨떨하다고 해도 이해해.」 남자들이 커피와 크루아상을 들고 오자 메르타가 말했다. 모두 그녀를 주목했다. 「하지만 내게 아이디어가 하나 있어.」

「아이고, 놀라워라.」 갈퀴가 한숨을 쉬었다.

메르타는 갈퀴에게 신경 쓰지 않았다. 「여기를 지나가는 장거리 화물 트럭을 막아야 해.」

「아, 그래? 그게 다야?」 갈퀴가 검지를 이마에 대고는 천재를 바라보고 나서 메르타 쪽으로 어련하시겠냐는 듯 고개를 끄덕였다.

「우리가 신선 식품을 못 산 지 오래됐잖아. 닭도 고기도 못 샀다고. 롤란드네 농장 젖소가 아니었으면 우유도 못 구했을 거야.」 메르타가 설명했다. 「말린 말로는 원래 자기들 마트에서 주변 농장에서 만든 고기와 치즈와 우유를 팔았대. 그런데 이제 그런 제품들이 전부 외국에서 장거리 화물 트럭에 실려 운송되고 있어. 그 제품들이 훨씬 싸서 지역 생산자들이 가격 경쟁을 할 수가 없다는 거야.」

「그러니 이제 매복을 해서 그 괴물 트럭을 제거하고 싶다 이거지.」 메르타의 머릿속이 어떻게 돌아가는지 훤히 꿰고 있는 천재가 거들었다.

「딱 그거야.」 메르타가 쐐기를 박듯 분명히 말했다.

「정말 재밌겠네.」 안나그레타가 그렇게 말하고는 기뻐서 손뼉을 쳤다. 「그래서, 우리 이제 덤불 뒤에 숨어 있다가 총을 들고 뛰쳐나오는 거야?」

「아냐, 아냐, 무기는 절대 안 써!」 메르타가 단언했다. 「우리는 아주 우아하게 이 일을 처리할 거야.」

「게릴라 활동가인데 〈우아하다〉라. 넥타이라도 매야 하나?」 갈퀴가 의아해했다.

「아니, 진지하게 말인데, 메르타, 우리가 뭘 〈하게〉 되는 거지?」 천재가 물었다.

「간단해. 겁을 줘서 장거리 화물 트럭을 쫓아 버리는 거야. 이제 그걸 어떻게 할지만 생각하면 되는 문제지.」 메르타가 열정적으로 손을 흔들며 말했다.

「어떻게 할지만 생각하면 된다고? 아주 사소하기 그지없는 문제가 하나 빠진 셈이구먼.」 갈퀴가 중얼거렸다.

「그냥 공격하자!」 안나그레타가 외쳤다. 「통행세나 뭐 그런 걸 물리는 건 어때?」

「그것도 좋은 생각이야. 도로에 바리케이드를 설치해야겠어.」 메르타의 두 눈에 생기가 돌았다. 천재는 회의적인 표정으로 그녀를 보았다. 그의 연인 메르타가 다시 시동을 걸었다. 두 눈을 빛내고 팔을 흔들면서. 어째서 그녀는 그냥 쉽게 살지를 못하는 걸까?

메르타가 계속 말했다. 「만약 우리가 도로에 바리케이드를 설치한 다음에 통행세 같은 걸 요구하면 장거리 화물 트럭 운전기사들이 다른 경로를 택하지 않을까 싶어. 그럼 우리가 헴마비드를 살리게 되는 거지……. 롤란드 스벤손의 작은 농장 가게가 새로운 동네 마트가 되는 거야.」

「〈다섯 명의 은퇴 노인이 40톤짜리 장거리 화물 트럭을 멈춘다〉라. 당신에게는 한계라는 게 없는 건가, 내 사랑 메르타?」천재가 물었다.

「그래, 전혀 없어. 지금도 없고, 앞으로도 없을 거야. 변화를 일으키기에 너무 늙은 사람이란 아무도 없다는 걸 당신이 알아줬으면 좋겠어.」

8

마을을 우회하는 커다란 간선 도로는 어둠에 잠겨 있었다. 장거리 화물 트럭의 헤드라이트가 인적 없는 풍경에 넓게 빛을 흩뿌리며 지나갔다. 가끔씩 땅이 흔들렸고, 대형 트럭이 지나갈 때마다 울리는 굉음 같은 소음이 고막을 덮었다. 메르타는 쌍안경을 눈에서 떼어 천재에게 건넸다.

「정말 괴물이네! 저 커다란 외제 자동차 좀 봐. 화물 트럭을 세 대는 이어 붙인 것 같아.」

천재는 남쪽으로 사라져 가는 차량을 망원경으로 바라보았다. 「그러네, 무게 80톤에 길이는 30미터가 넘는 대형 트럭이야. 그러니 도로로 뛰쳐나가 손을 들어 〈멈춰요〉라고 말하는 식으로 간단히 끝날 문제는 아니지.」

「나는 분명 될 거라고 봐. 우리가 유조선 이야기를 하는 게 아니잖아. 저런 현대식 트럭은 새끼손가락 하나로도 운전이 가능하다고. 아마 제동도 쉽게 걸 수 있을 거야.」

천재는 한 걸음 뒤로 물러선 뒤 옷깃을 올리고 메르타를 흘끗 보았다. 대체 어떻게 해야 이 사람을 멈출 수 있을까? 그녀의 계획은 늘 많이 위험했다……

「그래서 당신은 여전히 우리가 바리케이드를 세워야 한다고 생각해?」 천재가 애처로운 목소리로 물었다.

「당연하지. 반란군이자 시골 활동가가 되고 싶다면 그에 합당한 일을 해야 해.」

천재는 머뭇거렸다. 뭐라고 해야 할지 정말 알 수가 없었다. 정부가 시골을 챙기지 않는다는 이유로 노인 강도단이 문제 해결사로 나설 수는 없는 노릇이었다. 은퇴한 노인 다섯 명이 국가와 맞먹는 힘을 가질 수는 없다. 정신 나간 소리다. 하지만 메르타는 이미 미래의 모습을 다 그려 놓은 상태였다.

「농장, 유제품, 동네 마트가 없으면 마을들은 소멸할 거야. 하지만 이제 우리가 대형 트럭을 겁줘서 쫓아 버리는 거지. 만세!」

여기다 대고 뭐라 대답할 수 있을까? 메르타는 늘 확신에 차서 말했고, 이제는 사회 개혁가 역할을 맡고 있었다. 그녀는 이전에는 노인 돌봄 사업에 열중했고, 그다음에는 탈세를 저지르는 억만장자들의 인생을 고달프게 만들었다. 그리고 이제는 인구가 줄어 가는 시골이라는 문제를 건드리고 있었다. 장거리 트럭 두 대가 굉음을 울리며 지나가자 땅이 흔들렸다.

「메르타, 당신이 지금 직접 보고 있잖아. 크고 괴물 같은 위험한 트럭이라고.」 천재가 도로를 가리키며 말했다. 손이 떨리고 있었다. 「우리가 트럭에 치일 수도 있어. 아니면 우리도 모르게 동유럽 마피아 소속 운전기사들을 상대할 수도 있고. 게다가 바리케이드를 세우는 데는 허가가 필요하지 않겠어?」

「우리가 언제부터 법을 준수했다고 그래?」 메르타가 놀란 얼굴로 천재를 보며 대꾸했다. 「그랬다가는 아무것도 못 해. 당신도 다 알잖아.」

이런 말을 듣고 있자니 천재는 무척 피곤해지면서 대답할 힘도 사라졌다. 우리 강도단이 편안하게 살아야 한다고 그녀에게 이미 이야기하지 않았는가 말이다. 천재는 사랑에 필요한 건 실제로 드러나는 마음이지 매복이 아니라고 소리 높여 외치고 싶었지만, 사랑하는 동반자가 범법자라면 무슨 할 말이 있을까? 그는 입을 다물었다.

「이제 여기 사정이 어떤지 알았으니 집에 가서 전략을 짜자.」 메르타가 말했다. 「약속할게. 이번 일, 정말 멋진 결과로 이어질 수 있을 거야.」

날이 점점 더 어두워져 갔고, 천재는 집에 가서 안락의자에 몸을 파묻고 싶었다. 논쟁을 벌이기 싫었다. 메르타는 말을 마치자 몸을 돌리고는 헤드 랜턴을 켜고 마을까지 앞장서서 걸어갔다. 천재는 몇 발짝 뒤에서 그녀를 따라갔다.

메르타는 빠르고 힘차게 발걸음을 옮겼는데, 머릿속에 영감이 잔뜩 떠올라 있어서였다. 커피 한 잔과 나무딸기술을 마시고 나면 분명 모두에게서 동의를 끌어낼 수 있으리라. 마을은 살아날 것이고, 이에 필수적인 바리케이드 ─ 혹은 통행세, 뭐라 부르건 그건 중요치 않았다 ─ 도 기막히게 잘 작동할 것이다. 그녀가 좀 안이하게 생각하는 것일 수도 있겠지만, 그래도 투쟁해야 한다!

두 사람이 〈금고실〉에 도착했을 때, 나머지 사람들은 주방에서 기다리고 있었다. 천재의 얼굴에 떠오른 스트레스를 본 안나그레타가 그에게 앉으라고 했다.

「그래, 즐거운 시간 보냈어?」 안나그레타가 천재에게 김이 모락모락 나는 뜨거운 커피와 얇게 썬 레몬스펀지케이크를 한 조각 가져다주었다.

「뭐, 최소한 우리 둘 다 트럭에 치이진 않았지.」 천재가 웅얼거렸다.

「너희도 거기 있었어야 해. 얼마나 신났는데.」 메르타가 활기차게 말하고는 의자에 앉았다. 그녀는 한껏 고양된 상태에서 레몬스펀지케이크 조각을 집고 나무딸기술을 머리 위로 치켜들며 건배를 했지만, 그만 잔이 무언가에 부딪히고 말았다. 헤드 랜턴에 말이다! 메르타는 약간 당황하며 잔을 탁자에 놓았다.

「우리 계획은 실현 가능해.」 메르타가 계속 말했다. 「인터넷에서 경찰 제복을 살 수 있어. 제복을 입고 경찰용 일시 정지 표지판을 들고 있으면 장거리 트럭을 멈출 수 있지. 그런 다음 면허증을 보자고 하는 거야. 그러면 우리가 그 사람들 운행 기록을 볼 수 있고, 운전자들이 법정 휴식 시간을 준수했는지 알 수 있는 거야. 그 뒤에 운전자들은 음주 검사를 받게 될 거고. 이 계획, 먹힐 거야.」

「아니, 잠깐만. 천재, 메르타를 꽉 쥐고 산다고 그랬던 것 같은데?」 갈퀴가 친구를 놀리며 그의 눈을 바라보았다.

천재는 잘 들리지 않는 발음으로 꿍얼거리더니 부루퉁한 표정을 지었다.

「자, 자, 우리 건배를 잊어버리면 안 돼.」 공기 중에 감도는 긴장을 감지한 안나그레타가 끼어들었다. 「나 이거 될 거라고 봐. 사람들은 대부분 경찰 검문에 겁을 집어먹으니까.」 그녀는 그렇게 외치고는 머리를 뒤로 넘기며 잔을 단숨에 비웠다. 「장거리 트럭 운전기사에 대한 기사를 읽었는데, 검문소를 발견하고는 고속도로에서 거의 1킬로미터를 후진했대. 검문에서 뭔가 걸리기라도 하면 엄청 크게 벌금을 물 수 있거든.」

「우리가 이제 도로의 공포가 된다는 건가.」 천재가 한탄했다.

「그렇지, 바로 그거야! 은행 강도만큼이나 신날 거야.」 메르타가 말했다.

9

쿵스홀멘 경찰서에서 게르트 아론손 경감이 책상에 다리를 올리고 무릎에 노트북 컴퓨터를 놓은 채 앉아 있었다. 갑자기 문이 열렸다.

「경감님, 이 블롬베리 관련 건, 생각도 못 한 게 튀어나왔습니다!」 동료 형사 브뤼뇰프 옌손이 머리칼을 휘날리며 뛰어 들어왔다.

「뭐라고? 블롬베리? 에른스트 블롬베리 말이야? 그 친구가 뭘 어쨌는데?」 아론손이 대머리를 쓰다듬으며 하품했다.

「그 기자가 우리 쪽에 준 플래시 드라이브에 들어가 봤거든요. 블롬베리가 암호를 제대로 걸어 놓지 않았더군요.」

「당연히 자기 생각에야 아무도 못 찾을 줄 알았겠지.」

「이거 좀 보세요. 보셔야 합니다.」 옌손이 데스크톱 컴퓨터에 로그인한 다음 아이콘을 클릭했다. 잠시 뒤 파일 목록이 떴다.

「그 사람 사건 여러 개를 병행해서 맡고 있었더라고요. 아직 전부 다 살펴볼 시간은 없었지만 말입니다. 하지만 그중에 딱 제 눈에 걸린 게 바로 이겁니다. 국립 박물관 외부에 있는 노인 강도단이요.」

아론손이 몸을 앞으로 기울였다. 화려한 19세기 건물 바깥에서 희끄무레한 사람 형체 몇이 이리저리 걸어 다니는 모습이 보였다.

「음, 사진이 막 선명하지는 않은데…….」

「하지만 한델스방켄 은행과 그랜드 호텔 외부에서 목격된 그 강도단이에요. 거기서 강도 사건이 일어났잖아요, 기억하시죠? 블롬베리가 그 사건들을 수사하던 것 같았는데 계속 진행하지는 않았고요.」

「호텔과 한델스방켄 은행 사건 둘 다 끝내 해결되지 못했지. 경매장 안에서도 노인 몇이 목격되었고 말이야. 엄청난 도난 사건이었어. 7천만 달러가 흔적도 없이 사라졌으니까! 만약 여기서 우리가 뭔가 큰 걸 건진다면 어떻게 될까?」

두 사람은 컴퓨터 앞에 앉아 영상들을 뜯어보았다. 대부분은 희미한 CCTV 영상이라 자세하게 보이지는 않았지만, 노인 다섯 명이 돌아다니고 있는 모습이라는 점만큼은 분명했다. 블롬베리가 항상 수사망에서 빠져나가는 수상쩍은 노인 강도단에 대해 이야기한 적이 있었다. 다수의 심각한 범죄를 저지른 노인들 말이다. 브뤼놀프 옌손이 화면에 더 가까이 몸을 기울였다. 얼굴이 땀으로 번들거렸다.

「만약 이게 그자들이라면?」 그가 거의 속삭이듯 말했다.

「만약 이게 노인 강도단이라면 범죄 현장에서 이자들을

확인해 볼 수 있겠지. 비록 정보가 더 필요하겠지만 말이야. 블롬베리는 무슨 생각으로 이걸 남기고 간 걸까?」

「제가 듣기로는 아주 급하게 내뺐나 봅니다. 러시아와의 불법 거래에 연루되어서 경찰에 쫓기고 있었거든요. 컴퓨터 디스크와 드라이브가 한 무더기 있었을 테니까, 이건 그냥 잃어버린 것일 수도 있어요.」

두 사람은 한동안 CCTV 영상을 계속 조사했다. 마침내 아론손 경감이 의자를 뒤로 빼고는 양손을 목뒤로 돌려 깍지를 낀 자세로 고개를 끄덕였다.

「매일 조금씩 꾸준히 수사 업무를 하다 보면 아마 그 강도 단을 붙잡을 수 있겠지. 그러면 한 건 올리는 거야!」

「맞습니다. 그자들도 조만간 실수를 저지를 거고, 그러면 우리가 체포할 겁니다.」 옌손이 말했다. 「강도단은 모두 감 옥에 들어가겠죠. 제가 말씀드렸잖습니까. 이제 그자들을 감옥에 가둬야 할 때가 왔다고요. 지명 수배자 명단에 올려 야 한다고 생각합니다!」

「문제는 어째서 블롬베리가 직접 이자들을 체포하지 않았 느냐인데…….」

「아마 그러려고 했을 텐데, 그때 러시아 쪽 사업에 발목을 잡힌 게 아닐까 합니다.」 브뤼놀프 옌손이 클립으로 귀를 후 볐다. 예전이라면 면봉을 사용했겠지만 면봉은 더 이상 환 경 친화적이지 않았다. 그는 클립을 쓰레기통에 던져 넣었 다.「현재 우리는 경매장에서 나온 CCTV 영상을 확보했습 니다. 뭐 보석 전시장에서 찍힌 건 노인 둘뿐이지만 멀지 않은 인도에 노인 세 명이 더 있었죠. 그건 우연이 아닙니다. 2 더하기 3은 5, 즉 노인 강도단이에요!」

『『엑스프레센』 기사는 전국에서 다 읽을 수 있지. 우리가 지금 그 은퇴한 노인들을 찾고 있다고 말하면 분명 사람들이 노인 강도단을 알아볼 거야.」

두 사람은 동의의 뜻으로 고개를 끄덕이며 자리에서 일어났다. 플래시 드라이브를 넘긴 잉마르 셰베리가 이미 경매장 절도 건에 대해 기사를 쓰고 노인 강도단도 언급했다. 그때 그들은 셰베리가 너무 경솔하다고 생각했다. 하지만 아닐지도 모른다. 어쩌면 결국 그가 옳았을 수도 있다!

10

눈이 녹고 있었다. 노인 강도단은 더 이상 킥슬레드[5]가 필요치 않았고, 아이젠을 착용하지 않고도 밖에 나가 걸을 수 있었다. 공기에서 빛과 봄이 오고 있다는 사실이 느껴졌다. 그러니 이제 첫 번째 〈게릴라 공격〉은 변경할 수 없었다. 노인 강도단은 커다란 식탁 앞에 서서 두려움과 기쁨이 뒤섞인 기분으로 자기들 앞에 포장이 풀린 채 놓여 있는 꾸러미를 바라보았다. 경찰복이 도착한 것이다.

「안에 경찰은 들어 있지 않다니 운이 좋군!」 천재가 그렇게 말하며 제복을 집어 들고 킁킁대며 냄새를 맡았다.

「이런 경찰복을 보면 아주 무서워.」 스티나가 다소 가련한 목소리로 말했다. 「우리 다시 감옥에 들어가면 어쩌지?」

「걱정 마, 스티나. 경찰복이 사람들을 감옥에 집어넣는 일은 거의 없으니까.」 갈퀴가 옷 더미를 살펴보며 스티나를 달랬다. 위아래가 다 갖춰진 어두운색의 경찰복 다섯 벌에는

5 눈썰매의 일종. 선 채로 사용하며, 발로 눈과 얼음을 지친다.

멋진 단추와 사람들의 존경심을 불러일으키는 낯익은 경찰 표지가 달려 있었다. 제복과 어울리는 모자도 다섯 개였다. 그들은 눈에 아주 잘 띄는 노란색 형광 조끼와 발에 꼭 맞는 검은색 부츠도 주문했는데, 그것들은 식탁 근처 의자에 놓여 있었다. 메르타가 형광 조끼를 잘 살펴본 다음 사람들에게 나눠 주었다.

「이제 우리가 경찰관이라는 사실을 알아차리지 못할 사람은 하나도 없을 거야.」 그녀가 만족스럽게 말했다.

「네가 사이즈를 확인했을 줄 알았는데.」 안나그레타가 불평했다. 키가 큰 그녀에게 조끼는 마치 〈경찰〉이라는 글자가 정면에 떡하니 찍힌 커다란 노란색 브래지어처럼 보였다.

「하지만 재킷이 위쪽에 걸쳐 있는 건 좋은 일이잖아.」 메르타가 그녀의 불만을 가라앉히려 했다. 「그러면 트럭 운전기사 눈에도 잘 뜨일 거고.」

「그나저나 이런 물건을 사는 게 합법이라는 사실이 이해가 안 가.」 안나그레타가 계속 말하면서 머리에 경찰모를 썼다. 그럴싸한 경찰 표지가 아주 잘 보였다. 「사람들이 날 진짜 경찰관이라고 생각할 만하겠어.」

「아니, 그럴 가능성은 전혀 없어. 경찰관은 보통 백발도 아니고 지팡이를 짚고 돌아다니지도 않거든.」 갈퀴가 그렇게 말하며 안나그레타가 늘 들고 다니는 구부러진 떡갈나무 지팡이를 흘끗 보았다. 사실 지팡이는 딱히 필요 없었다. 지팡이는 일종의 속임수 장치 같은 것으로, 안나그레타는 주로 추억을 돌아보기 위해서라는 이유로 그걸 사용했다. 천재가 여러 번 수리해 준 그 지팡이는 그녀의 범죄 인생에서 수많은 모험을 같이 겪었기 때문에, 지팡이 없이 살아가기가 힘들었다.

강도단은 각자 자기에게 맞는 치수의 제복을 고른 다음 방으로 들고 가 입어 보았다. 메르타는 제복을 입고는 제법 그럴싸해 보인다고 생각했다. 스티나는 여러 각도로 자기 모습을 거울에 비춰 본 다음 제복이 참 잘 어울린다고 판단했다. 천재와 갈퀴는 자기들이 아주 듬직해졌다는 생각에 만족했고, 한편 안나그레타는 〈꼼짝 마! 경찰이다!〉라고 소리치고는 거울에 비친 자기 모습에 흡족해했다. 그들은 경찰복으로 갈아입은 뒤 거실에 들어갔다가 하마터면 놀라 자빠질 뻔했다. 서로가 입은 경찰 제복이 정말로 진짜 같아서 순간적으로 자기들이 체포되는 줄 알았던 것이다. 그러다가 그 경찰관이 자기 친구들이라는 사실을 뒤늦게 깨달았다.

「살려 줘! 널 보니까 내가 감옥에서 10년은 갇혀 있어야 할 것 같아.」 메르타가 안나그레타를 보며 말했다. 사실 그녀는 진짜 경찰관처럼 보였던 데다, 제복에 경찰봉과 수갑까지 달아 놓고 있었다. 경찰봉은 지팡이의 대체품이지 싶었다.

「경찰관 역할에 너무 몰입하지 마, 안나그레타.」 갈퀴가 한마디 했다. 「참고로 말하는데, 우리는 범법자를 체포하지 않을 거야. 이 나라의 다른 경찰들과 마찬가지로 우리도 충분한 자원이 없거든.」

노인 강도단은 그 말에 키득거리면서 경찰 인력 부족과

현행 경찰 조직 개편이라는 문제를 잠시 토론하다가 교통 통제 임무에 대한 논의로 돌아갔다.

「하지만 〈경찰〉이라고 적힌 안전 삼각대는 갖고 있어야 해.」 갈퀴가 말했다. 「당연히 손에 들 수 있는 경찰 표지판도 있어야 하고.」

「삼각대 두 개와 경찰 표지판 두 개는 이미 만들어 놨어. 스티나가 색칠도 했고.」 천재가 그렇게 말하더니 서둘러 작업실로 갔다. 「이거 봐!」 그가 돌아오면서 말했다. 그의 손에 표지판과 삼각대가 들려 있었다.

「훌륭해, 천재!」 메르타가 말했다. 「색칠도 멋지게 잘 됐네. 완벽해, 스티나.」

「그럼. 가능한 한 진짜처럼 보이게 하려고 애썼는걸.」 스티나가 칭찬에 우쭐하며 말했다. 「장거리 트럭을 손짓으로 세우려면 당연히 모든 게 진짜 같아 보여야 하잖아.」

「그런데 우리가 이렇게 늙었다는 점은 어떻게 설명할 거야?」 안나그레타가 물었다.

거실에 당혹스러운 웅성거림이 퍼졌다. 사람들이 한창 수군덕대고 있을 때 메르타가 입을 열었다.

「현재 경찰 인력이 부족한 상황인데, 은퇴한 경찰관을 대체할 수 있을 만큼 충분한 수의 신입 경찰을 훈련시키지 못한 거야. 그래서 우리가 증원 인력으로 불려 나왔다고 말하면 되는 거지. 거짓말은 단순하게 해야 해. 단순한 만큼 쉬워지니까.」

「좋아, 그렇다면.」 스티나가 말했다. 「내가 너희에게 화장을 해줄 수 있어. 한 10년쯤 젊어 보이는 건 어때?」

「훌륭해.」 메르타가 결정을 내렸다. 「60대 안팎으로 보이게 해줘. 그런 다음 나가서 경찰 검문소를 설치하자.」

이야기가 끝난 후 스티나가 주도권을 쥐고는 사람들의 얼굴을 피부색으로 두껍게 화장하여 가렸다. 미인 대회 입상자처럼 보이는 사람은 아무도 없었지만 그래도 주름은 상당히 사라졌다. 맨 마지막에 스티나가 자기 얼굴에 화장을 했고, 그러자 그녀의 나이가 별안간 열 살은 줄어들었다. 일이 마무리되자 거실에서 미용실 냄새가 조금 났다. 스티나가 자기 머리에 헤어스프레이 한 통을 몽땅 썼기 때문이다.

「화장을 하지 않은 영화배우를 보면 조금 전 우리 모습이랑 똑같아 보여. 진짜라니까. 그러니 우리도 그 사람들만큼 아름답다고.」 스티나가 자기 화장품을 도로 챙기면서 그렇게 요약했다. 그러자 다들 미소를 지으며 정말 공감이 가는 말이라고 생각했다.

「하지만 있잖아, 내면의 아름다움은 평생 간단 말이지.」 메르타가 말했다. 「만약 내면과 외면을 뒤집을 수만 있다면 미용 산업은 쓸모없어질걸.」

「메르타, 그런데 지금 이건 믿음직스럽게 보여야 하는 경찰 검문소에 관한 문제라서 당신 의견이 그렇게 훌륭한 것 같지는 않네.」 천재가 말했다.

모든 준비를 마친 친구들은 수첩, 스마트폰, 음주 측정기를 챙겨 배낭에 집어넣고는 밖으로 나가 미니버스를 탔다.

그러자 별안간 이 일이 현실로 다가왔다. 메르타는 차 열쇠로 시동을 걸고 미니버스를 몰아 도로로 나갔다. 은행 강도에서 경찰관이라, 꽤나 큰 도약이었다……. 하지만 이번에도 잘될 것이다.

11

장거리 화물 트럭용 검문소를 설치하기로 점찍어 둔 장소에 가까워지자, 메르타는 미니버스를 검문소 설치 예정 장소에서 몇백 미터 떨어진 길가에 세워 두었다. 그래야 고속도로 쉼터에서 차가 눈에 띄지 않을 터였다. 「휠체어 경사로가 달린 미니버스에 앉아 있는 경찰관의 모습이 그렇게 그럴싸해 보이지는 않을 테니까.」 메르타가 말했다. 그녀는 차를 주차한 뒤 시동을 끄고 다른 사람들을 보았다.

「이제 교통 통제를 해서 그 사람들을 겁줄 차례야. 준비됐어?」

「당연하지! 살면서 지금만큼 경찰관 같은 기분이었던 적이 없어.」 안나그레타가 열성적으로 말했다.

아스팔트에 발을 내딛자마자 육중한 차량이 만들어 내는 충격파를 느낄 수 있었다. 다행스럽게도 크게 붐비지는 않았지만, 그럼에도 놀랄 만한 수의 장거리 트럭이 도로를 지나갔다. 그들은 잠시 엉거주춤하게 가만히 서서 쉼터 입구

쪽을 바라보았다.

「방금 떠오른 건데,」스티나가 불쑥 말했다. 「장거리 트럭 안에 뭐가 들어 있는지 우리가 어떻게 알아? 음식 같은 건 전혀 운송하지 않을 수도 있잖아. 화물 운송이 죄다 불법인 것도 아니고.」

당혹스러운 침묵이 감돌았고, 메르타는 얼굴을 붉히면서 적당한 대답을 생각해 내려 필사적으로 노력했다. 그녀는 어떤 종류의 상품이 운송되는지 감을 잡을 수 있으리라 믿었는데, 트럭들에 회사 상표가 붙어 있지 않거나 너무 빨리 달릴 경우에는 알아내기가 어려울 터였다.

「네 말이 옳아, 스티나. 하지만 트럭을 충분히 많이 검문하면 수상한 트럭을 여러 대 발견하게 돼 있어. 알아서 될 거야. 두고 보라고.」

그 말에 사람들은 어떤 이의 제기도 메르타를 멈출 수 없다는 사실을 깨달았다. 그러니 그냥 일을 시작할 수밖에 없었다.

「좋아, 그럼 가자!」메르타가 기운차게 말했지만, 그 목소리에는 어느 정도 초조감이 드러나 있었다. 그때 그녀는 자기 손안에 들어온 다른 손의 감촉을 느꼈다.

「메르타, 내 사랑. 조심할 거지, 응? 트럭 운전기사들이 험하게 나올 수 있어.」천재가 말했다.

「조심하겠다고 약속할게.」메르타가 몸을 앞으로 기울여 천재를 안아 주었다. 당연한 이야기지만, 메르타 역시 천재가 좀 걱정되었으니까.

그들은 침묵 속에서 약간 주저하며 쉼터를 향해 걷기 시작했다. 메르타, 스티나, 안나그레타가 장비로 가득 찬 배낭을 메고 앞장섰고, 나머지 사람들은 삼각대에 연결한 카메라와 묵직한 노란색 바퀴 잠금장치를 나르며 뒤를 따랐다. 하지만 그건 거의 보여 주기용이나 다름없었던 것이, 그들은 트럭 바퀴에 잠금장치를 채우는 방법 같은 건 전혀 몰랐기 때문이다. 그래도 어쨌거나 트럭 운전기사가 짜증이라도 낸다 싶으면 뒷바퀴에 잠금장치를 채우겠다고 협박할 수 있었다.

갈퀴가 어깨에 짊어지고 있는 카메라는 전문적인 제품처럼 보였고 리모컨으로 조작할 수도 있었다. 무슨 일이 생기면 기록을 해두는 게 좋을 거라고 메르타는 말했는데, 이는 주로 스티나를 안심시키려고 한 이야기였다.

「게다가,」 메르타가 계속 말했다. 「경찰들은 보통 카메라를 자동 중량 측정기에 연결해서 트럭이 과적을 하고 있지 않나 확인하잖아. 그러니까 우리 카메라가 그 사람들에게 얼마나 겁을 줄지 생각해 보라고.」

그 말에 천재가 미소를 짓고는 감탄하는 심정으로 메르타의 손을 따뜻이 살짝 쥐었다. 그녀는 정말 모든 걸 다 고려하는 사람이었다!

쉼터 입구에 도착한 강도단은 배낭을 열어 노란 안전 조끼를 재빨리 꺼내고 소형 단말기와 음주 측정기를 장착했다. 그다음 〈경찰〉이라고 적힌 삼각 표지판 두 개를 설치했다. 그러고 나서 여러 번 헛기침을 해서 목청을 가다듬고는 서로를 위한 주문을 되풀이했다. 〈운전면허증 보여 주시죠. 운행 기록계를 살펴볼 수 있을까요? 여기다 후 하고 불어 주시고요.〉 마지막으로, 사람들은 스티나가 트럭 주위를 걸어 다니며 타이어의 마모 상태를 점검하는 와중에 덤덤하게 타이어를 발로 차는 척하는 모습을 지켜보았다. 그녀의 발길질은 무척 멋졌고 진짜 경찰처럼 그럴싸해 보였다.

「훌륭해. 그럼 우리 이제 준비된 거지?」 메르타가 말했다.

「은행을 털 때는 움직이지 않는 목표를 쟁취해야 했지. 하지만 이번에는 움직이는 목표야. 힘들기는 하겠어.」 천재가 거대한 트레일러트럭이 지나가는 모습을 지켜보며 말했다.

「힘내, 문제없어. 다 저절로 잘될 거야. 한 번에 장거리 트럭 한 대씩만 처리하면 돼.」 메르타가 사람들의 기운을 북돋았다.

그런 다음 강도단은 각자의 임무를 골고루 배분했다. 단호하고 강단 있어 보이는 갈퀴가 차량을 세우고 쉼터 쪽으로 가라고 손을 흔드는 임무를 부여받았다. 그러면 나머지 사람들이 검문을 실시할 것이었다. 갈퀴는 주위를 둘러보고는 몸을 쭉 펴고 도로 가장자리로 권위 있게 걸어갔다. 하지만 그는 장거리 트럭 여러 대를 그냥 보내고 나서야 마침내 용기를 그러모아 트럭 한 대를 향해 팔을 흔들었다. 볼보 트럭으로, 내구연한이 10년은 지났음 직한 차량 같았다. 나머지 사람들은 준비를 갖추고 서 있었다.

메르타는 운전석을 향해 뚜벅뚜벅 걸어가서는 운전기사에게 옆 차창을 내리라고 신호한 다음 무척 권위 있는 목소리로 말했다.

「운전면허증이요!」하지만 메르타는 전혀 이해할 수 없는 언어로 나오는 대답을 들었고, 그녀는 운전기사가 먼 외국 출신이라는 사실을 깨달았다. 그래서 그녀는 다시 말했다. 「Driving licence, please(운전면허증 보여 주시죠)!」

바로 그때, 메르타는 자기에게 운전면허증이 진짜인지 아닌지 판단할 능력이 없다는 사실을 깨달았지만 그 점이 그녀를 멈추게 할 수는 없었다. 그녀는 운전기사가 내민 면허증을 태연하게 살펴본 다음 수첩에다 뭔가 끼적였다. 그렇게 하면 최소한 진지하고 전문적으로 보일 수 있었다.

「Now, you here(자, 여기에) 불어 주시고요!」메르타가 음주 측정기를 내밀었다. 운전기사가 미심쩍은 표정을 지었다.「Ah, you need(아, 당신에게 필요하겠군요), 부리.」그녀는 그렇게 말하며 농담 한번 했다는 양 굴었지만 실은 세부 절차를 완전히 잊어버리고 있었다. 메르타는 측정기에 부리를 부착하고 운전기사에게 불도록 한 다음 눈금을 확인했다. 이런, 이걸 어쩐다. 표지가 바로 음주를 나타내는 빨간색으로 변해 버렸다. 이런 경우를 미리 생각해 뒀어야 했다……. 경찰이 이럴 때 뭘 하더라? 운전기사에게 경찰서까지 따라오라고 하던가?

메르타가 이 문제를 궁리하고 있는 동안 스티나는 트럭 주변을 돌면서 할 수 있는 한 전문적인 자세로 타이어를 걷어찼고 천재는 차대 아래로 몸을 기울여 GPS를 고정시켜놓았다. 마지막 회의에서 그들은 장거리 트럭이 어디까지

가는지 계속 확인하여 자기들의 겁주기 계획이 실제로 먹히는지 알아보기로 했다. 장거리 트럭들이 돌아올까, 안 돌아올까?

「You look very old(나이가 많아 보이시네요).」 운전기사가 메르타를 빤히 바라보며 말했다.

「Me? Oh, no. Just tired. And some love problems(내가요? 오, 아니에요. 그냥 피곤해서 그래요. 연애 문제도 좀 있고).」 메르타는 그렇게 말하면서 손바닥 크기만 한 소형 단말기를 태연하게 톡톡 두드렸다. 그러고는 음주 측정기를 가리켰다.

「Bad, bad. You are not allowed to drive anymore. You are drunk. You are absolutely(결과가 나쁘군요. 아주 나빠요. 선생님은 더 이상 운전하시면 안 되겠어요. 당신 취했거든. 아주) 취했다고요. You should go to your(선생님은 지키셔야 해요), 휴식 기간을요.」 운전기사는 낙담한 얼굴로 메르타를 바라보다가 1백 크로나 지폐를 꺼내더니 땅에 떨어뜨렸다. 뇌물이군. 메르타가 생각했다. 그녀는 유럽 대륙에서 이런 일이 어떤 식으로 이뤄지는지에 대한 기사를 읽은 적이 있었다. 그녀가 몸을 굽히는 동시에 엔진이 돌아가는 소리가 들렸다. 메르타가 다시 몸을 일으키기도 전에 운전기사는 속도를 높여 도망가 버렸다. 장거리 트럭이 속도를 올리는 데 시간이 걸리긴 하지만, 그렇다고 해서 메르타가 트럭을 따라잡을 방법은 없었다.

「빌어먹을 놈, 하마터면 차에 치일 뻔했잖아.」 천재가 소리를 지르며 트럭을 향해 주먹을 휘둘렀다. 한편 트럭이 출발할 때 타이어를 걸어차고 있던 스티나가 부츠 한 짝을 잃어버린 채로 절뚝거리며 걸어왔다.

「바퀴가 굴러가면서 내 부츠가 거의 말려 들어갈 뻔했어.」 스티나가 화를 내며 소리쳤다. 메르타가 손전등으로 찾아보니 부츠가 눈에 띄었다. 그녀가 허리를 굽혀 그것을 주웠다.

「여기 있어.」 메르타가 그렇게 말하며 스티나에게 부츠를 건넸다. 「다행히 망가지지는 않았네. 저 못돼 처먹은 놈은 교통에 위험이 되는 자식이야! 하지만 천만다행으로 우리가 저 머저리 모습을 녹화했지!」 그녀가 카메라 쪽으로 고개를 끄덕였다.

「우리 조심하는 게 좋겠어. 저런 운전기사들은 되게 험악한 인간들일 수도 있다고.」 안나그레타가 말하자 스티나가 고개를 주억거렸다.

「그래, 맞아. 아무래도 타이어를 그렇게 세게 걸어차지 말았어야 했나 봐.」

노인 강도단은 잠시 한숨을 돌렸고, 몇 대의 트럭이 굉음을 내며 지나간 뒤 갈퀴는 다시 용기를 내어 다른 트럭을 쉼터로 유도했다. 부츠를 되찾은 스티나가 또다시 타이어를 걸어차는 동안 천재는 운행 기록계를 점검했다. 그러던 중 한 트럭에서 천재가 뭔가 문제를 찾아냈다.

「운전기사가 자석으로 기록계를 조작했어.」 천재가 메르타에게 속삭였다.

「그렇다면 이 불쌍한 친구는 법으로 규정된 휴식을 취하지 못하겠네.」 메르타가 운전기사를 동정했다. 「하지만 이건 스웨덴 트럭의 일거리를 빼앗는 부정한 방법이야.」

「그야 그렇지. 하지만 지금 우리는 이자를 겁줘서 쫓아 버려야 한다고.」천재가 그렇게 소리치며 몸을 굽혀 차대에 GPS를 부착했다.「스웨덴 당국이 자기를 추적할 수 있다는 걸 알게 되면 이 친구 얼마나 겁을 먹을지 생각해 봐.」

「당국이라, 뭐, 그건 잘 모르겠네…….」메르타가 중얼거리며 대답하고는 소형 단말기를 꺼내 벌금 액수를 출력했다.

「타이어도 완전히 마모됐어. 접지면 홈이 다 닳았네. 이 차, 도로에서 엄청 위험했겠어.」차 주위를 돌며 타이어를 툭툭 차던 스티나가 말했다.

「그럼 타이어에도 벌금을 물리자.」메르타는 그렇게 말하며 소형 단말기에서 벌금 고지서를 출력하여 운전기사에게 건넸다.

「This is a dangerous place for drivers like you(여기는 당신 같은 운전자에게는 위험한 곳이에요), 사기꾼 씨!」메르타가 꾸짖었다.「다시는 여기 오지 말아요!」

운전기사는 인쇄된 벌금 고지서를 받아 들었고, 이 이후로 강도단은 좀 더 자신감을 얻었다. 그들은 장거리 트럭에게 차례차례 손을 흔들었고, 불법을 저지른 것으로 밝혀진 운전기사들에게는 모두 엄청난 벌금이 부과되었으며, 실제로 밤이 깊어질수록 벌금 액수는 점점 높아졌다.

나중에 가서 노인 강도단은 다른 일을 해볼 수 있도록 서로의 임무를 교환했다. 안나그레타가 손을 흔들어 트럭을 유도하는 동안 스티나, 메르타, 천재는 모든 사항을 순서대로 점검했고 갈퀴는 차량 주변을 돌며 타이어를 걷어찼다. 만사가 순조롭게 돌아가던 중 비가 내리기 시작했다. 그러자 도로에 무슨 차량이 돌아다니고 있는지 알아보기 어려워졌고, 점점 더 젖어 가는 도로 면 때문에 문제가 일어나기 시작했다. 육중한 장거리 트럭이 지나가면서 오물과 진흙을 강도단의 얼굴에 뿌렸고, 특히 안나그레타의 안경은 여러 번 흠뻑 젖었다. 그녀는 가급적 안경을 깨끗이 닦으려 했지만 조금만 지나도 다시 더러워졌다.

안나그레타가 소방차에, 그리고 바로 직후 우체국 밴에 손을 흔들자 모두 이제 끝낼 때가 되었다는 걸, 짐을 챙긴 뒤 가능한 한 서둘러 현장을 벗어나야 한다는 걸 깨달았다. 소방관은 어디서 화재라도 난 줄 알았고, 파란색 포스트노르드[6] 밴 운전기사는 배달이 지연되었다며 그들에게 욕을 퍼부었기 때문이다.

「요즘 편지처럼 늦었나 보네.」 갈퀴가 별 뜻 없이 한마디 했는데 그 말에 우체국 밴 운전기사는 화가 잔뜩 났고, 엔진을 세게 돌린 다음 쌩하니 출발하여 강도단에게 더 많은 흙탕물을 뿌리고 떠났다.

하지만 안나그레타를 막기에는 이미 때가 너무 늦었다. 그만두게 하려던 바로 그 순간, 안나그레타가 실수로 대형 경찰 밴에다 손을 흔들고 만 것이다. 타이거가 끼익 소리를 내면서 보닛과 옆문에 〈경찰〉이라고 써 붙인 무시무시해 보이는 밴이 멈춰 섰다. 경찰차의 푸른 불빛이 한밤중에 번쩍

6 스웨덴과 덴마크가 공동으로 설립한 우편 공기업.

이며 빛났다. 차 문이 빠르게 옆으로 열리더니 〈진짜〉 제복을 입은 경찰 다섯 명이 쏟아지듯 몰려나왔다.

12

「아, 이를 어째, 세상에나…… 이건 생각 못 했어.」메르타가 말했다. 귓불이 새빨개졌다. 경찰관들이 그들을 향해 다가오는 모습이 보였다. 「진짜야. 경찰이 하필 지금 나타날 수도 있다는 생각은 전혀 못 했어.」

「어쩌면 저 친구들도 교통 검문소를 설치하려 하는지도 모르지.」갈퀴가 평소와 달리 긴장된 목소리로 말했다. 모두 메르타를 쳐다보았다. 이 모든 걸 생각해 낸 사람이 바로 그녀이므로 문제를 해결하는 것도 그녀의 몫이었다. 하지만 그들이 뭔가 말하거나 전략을 결정할 시간을 갖기도 전에 콧수염을 기른 체격 좋은 경찰관 한 명이 수첩을 들고 그들에게 다가왔다.

「여기 지금 무슨 일이죠?」경찰관은 그렇게 질문하면서 처음에는 메르타를, 그다음에는 안나그레타를 보았다.

「저희는 재미있게 놀고 있었어요, 물어봐 주셔서 감사하네요. 그쪽도 안녕하신가요?」메르타가 대답했다.

「여러분 지금 경찰 제복을 입고 계신데요.」경찰관이 수첩을 넘기다가 빈 면을 찾았다. 경찰관이 수첩을 사용해야 하다니, 참 희한했다. 경찰 당국에서 스마트폰이라도 지급해 줘야 하는 거 아닌가? 메르타는 그렇게 생각하고 하마터면 자기 전화기를 줄 뻔하다가 간신히 충동을 자제했다.

「아, 맞아요, 제복이죠. 아주 세련되지 않나요?」

「뭐랄까.」안나그레타가 신중을 기하며 거들었다.「경찰관님 제복은 훨씬 더 멋지네요.」

「무슨 이유로 두 노부인께서 경찰관으로 변장하고 돌아다니시는지 제가 좀 여쭤보아도 될까요?」

「평생 꿈꿔 온 직업이거든요, 경찰관 말이에요.」메르타가 거짓말을 했다.

「아, 그것참…….」경찰관이 말을 중간에 멈췄다. 노란 형광 조끼를 입고 있는 갈퀴와 천재가 눈에 들어왔기 때문이다.「이게 뭐야, 일행이 더 있었어요?」

「네, 요즘 같은 시절에는 아무리 조심해도 지나치지 않으니까요. 저희가 운행 기록계를 조작한 불법 장거리 트럭을 세 대나 적발했답니다. 대단하죠!」

「아니, 세상에, 지금 뭘 하시는 겁니까? 경찰 놀이라도 하시는 거예요?」

메르타는 여기서 제대로 된 변명을 생각해 내지 못할 경우 일이 단단히 꼬일 수 있다는 사실을 깨닫고는 경찰모를 똑바로 쓴 뒤 몸을 앞으로 기울였다.

「저희 영화에 출연하시겠어요?」그녀가 자신이 지을 수

있는 가장 달콤하고 친근한 미소를 지으며 물었다. 「저희가 진짜 경찰관을 찍을 수 있게요. 지금 은퇴 노인 동호회에서 상영할 단편 영화를 찍는 중이거든요. 스웨덴의 힘들고 어려운 직업에 대한 영화인데, 우리 머릿속에 바로 경찰이 떠오른 거예요. 경찰관님 같은 분이요, 그러니까, 그래요, 늘 맨 앞에 서고 임금도 인상되어야 하는 직업 말이죠.」

경찰관은 할 말을 잃었다.

「영화를 찍고 계신다고요?」

「네, 맞아요. 이미 경찰관님을 찍었답니다.」 메르타가 재잘거리며 그들 옆에 놓인 카메라 삼각대를 향해 고개를 끄덕였다. 「하지만 영화 출연을 원치 않으신다면 말씀하세요. 저희가 그 부분은 잘라 낼게요.」

경찰관이 자기 모자의 골을 엄지로 쓰다듬으며 이마에 주름을 잡았다. 「그런데 이 촬영, 허가는 받으신 겁니까?」

「아이고, 세상에나, 아시잖아요. 경찰관분들이 해야 할 번잡한 행정 작업이 많다는 거. 우린 그냥 그분들 서류 작업을 덜어 드려야겠다고 생각했어요. 악당을 잡는 게 훨씬 중요한 일이니까요, 안 그래요?」

경찰관이 뭐라고 중얼거렸다. 동료들이 초조해하기 시작했다. 그가 허리를 폈다.

「오늘 저녁에 여기에 교통 검문소를 설치할 겁니다. 그러니 자리를 비워 주시죠.」

「교통 검문소요?」 메르타가 얼른 맞장구를 쳤다. 「어, 그렇다면 저희가 도와드릴 수 있는데요. 왜냐하면 아시다시피 저희가 영화를 찍고 있었는데, 엄청 현실적인 영화였거든요. 보시면 아시겠지만 저희가 운전면허증, 타이어, 운행 기록 계도 검사하고 심지어 음주 측정까지 했으니까요. 저희가 경찰 업무를 좀 공부했어요. 그러니 원하시면 저희가 찍은 걸 사용해도 된답니다.」

「제안은 감사합니다만 저희가 알아서 하겠습니다.」

「하지만 영화에 다 닳은 타이어도 많이 나오고 음주 측정 에서 걸리는 모습도 자주 찍혔는데요.」 메르타가 그렇게 말 하며 강도단이 인터넷에서 구입한 음주 측정기를 내밀었다.

「아, 그거요. 압니다. 그냥 장난감이죠. 아무튼 감사합니 다.」 경찰관이 자기 뒤에서 점점 더 초조해하는 동료들을 바 라보았다. 그는 이제 결정을 해야 한다는 생각이 들었다. 경 찰 놀이를 하는 은퇴 노인 무리와 관련된 법 같은 건 법전에 없었다. 유일한 해결책은 얼른 이 사람들을 치워 버리는 것 이었다. 그는 경찰모를 똑바로 쓰고 심호흡을 한 뒤 말했다. 「촬영이 잘되길 바랍니다. 하지만 이런 짓은 다시 하지 마세 요. 허가를 받지 않으면 곤란한 상황에 처하실 수 있습니다. 그러니 이제 그만 자리를 비워 주시면 좋겠는데요……」

「아니 그런데, 트럭 운전사 중 한 명이 정말 뻔뻔했어요. 우리 거의 차에 치일 뻔했다고요.」

「보세요. 이런 일은 어르신들께 맞지 않는다니까요. 그러 니 이만 자리를 비워 주시면 좋겠습니다.」

「당연히 더 이상 경찰 영화는 찍지 않을 거예요. 좋아요. 지금 당장 짐을 챙길게요. 그런데 저희가 다른 영화도 준비

중이거든요. 바이킹처럼 차려입을까 생각 중이에요. 그걸 역할극이라고 하나 보던데. 어떻게 생각하세요? 거기는 출연하고 싶지 않으세요? 힘 좋고 근육 있는 남성분들이 필요하거든요.」

「그럼요, 좋죠. 그런데 지금은 일단 쉼터에서 나가 주시지 않겠습니까? 그래야 저희가 일을 시작할 수 있거든요.」

「당연히 그래야죠, 경찰관님. 정말 중요한 일을 수행하고 계시잖아요. 여러분이 없으면 우리 시민들이 뭘 할 수 있겠어요?」 메르타가 경찰관이 갖다 댈 수 있도록 자기 엄지를 번쩍 들어 올렸다. 경찰관은 키득거리는 자기 동료들을 난감한 표정으로 바라보고는 심호흡을 한 뒤 자기 엄지를 그녀의 엄지에 갖다 대었다.

「자, 그럼 됐어요. 오늘은 더 이상 영화를 안 찍을게요. 저희 갑니다.」 메르타가 그렇게 결론을 내고는 촬영을 종료하는 척했다. 노인 강도단은 지금껏 한 번도 내본 적 없던 속도로 짐을 챙기고는 부리나케 미니버스를 출발시켰다.

그들 뒤로 갈퀴가 잠금장치를 채워 놓은, 타이어가 다 닳은 장거리 트럭 두 대가 쉼터에 남겨져 있었다. 안타깝게도 갈퀴가 그걸 벗겨 내는 방법을 알아내지 못했던 것이다…….

13

「내 안경, 그래, 바로 그게 문제였어. 너무 지저분해서 아무것도 보이지 않았다니까.」안나그레타가 풀 죽은 얼굴로 한탄했다. 「닦으려고 해봤는데 더 나빠지기만 했어.」

금융업의 귀재였던 큰 키의 안나그레타는 집 주방 싱크대 옆에 서서 뿔테 안경을 깨끗이 씻으려 애썼다. 그 와중에도 그녀는 경찰 밴을 실수로 유도한 일에 대해 몇 번이고 사과했다. 그녀는 여전히 충격에 빠진 상태였고, 교통 검문소 때문에 모두에게 끔찍한 일이 닥칠 수도 있었다는 사실을 뼈저리게 실감하고 있었다.

「괜찮아. 천만다행으로 메르타가 상황을 정리해서 아무도 의심을 받지 않았으니까. 하지만 지금부터는 좀 더 조심해야 해.」천재가 말했다.

「맞아. 게다가 우리가 대체 트럭 검문을 얼마나 많이 해야 마을을 살릴 수 있는 거지? 우유 트럭이나 식료품 트럭은 그런 거 아랑곳하지 않고 계속 다닐걸.」

「우리가 곤란해질 수 있다는 사실은 더 말할 것도 없어. 경찰이 우리를 조사하기 시작할지도 몰라.」스티나가 한숨을 쉬었다.

「아냐, 내 생각에 우리 계획은 순조롭게 시작됐어. 다음부터 화물 수송 회사는 자기네 운전기사들에게 헴마비드 근방 경로를 이용하라고 지시하는 걸 주저할 거야. 날 믿어.」메르타가 말했다.

「하지만 경찰은 어쩌고?」갈퀴가 굽히지 않고 말했다.

잠시 침묵이 흘렀다. 스티나가 자기 귓불을 잡아당겼다. 뭔가 하고 싶은 말이 있는 눈치였는데, 당근 하나를 먹어 치우고 사과주스 한 컵을 비운 뒤 용기를 내어 입을 열었다.

「아무래도 있잖아, 운전기사들에게 벌금을 직접 내라고 하지 말았어야 했을 것 같아.」그녀가 생각에 잠겼다. 「내가 장거리 트럭이 과적을 할 때마다 2만 크로나를, 마모된 타이어를 사용했을 때는 1만 크로나를 벌금으로 물렸거든. 그런데 벌금은 원래 화물 수송 회사가 내잖아. 내 생각엔 계속하면 우리가 돈을 아주 많이 긁어모으게 될 거라고 봐.」

「저기, 지금 대체 무슨 말을 하는 거야, 스티나? 우린 그러기로 합의한 적이 없잖아.」메르타가 신음하듯 말했다.

「아무 문제 없어. 경찰은 휴대 전화로 이루어지는 스위시[7] 결제를 추적할 수 없으니까. 게다가 나는 우리 노인 강도단 기금에 넣을 돈을 다크 웹으로 보냈거든. 알다시피 거기는 IP 주소가 암호화되어 있어서 추적하기가 아주 힘들잖아.

7 스웨덴의 모바일 결제 시스템.

안나그레타가 다 가르쳐 줬어.」 스티나가 자랑스럽게 대답했다.

안나그레타가 안경을 다 닦고 다시 썼다. 늘 그렇듯 안경이 약간 미끄러져 내려갔다. 하지만 그럼에도 그녀는 다른 사람들의 경악에 찬 얼굴을 잘 볼 수 있었다.

「걱정할 필요 없어. 가짜 디지털 은행 ID를 만들어 뒀거든. 경찰이 우리를 추적할 방법은 전혀 없어.」 그녀가 얼른 말했다. 「우리가 더 이상 초보는 아니잖아, 메르타. 일을 어떻게 하는지 배웠다고. 교통 검문소를 몇 개 더 차리면 이 지역 전체를 대상으로 일을 진행시킬 수 있는 자금을 넉넉히 모으게 될 거야.」

이건 믿을 수 없는 일이었다. 이 친구들이 지금 뭐 하는 거지? 메르타는 자기가 모든 일을 결정하는 데 익숙해 있었고, 그래서 다른 사람들이 별안간 아무에게도 알리지 않고 자기들끼리 결정을 내리자 다소 상실감을 느꼈다. 물론 주도권을 행사하는 거야 좋지만, 아무에게도 제대로 말하지 않을 경우 일이 끔찍하게 잘못될 수도 있었다. 그녀는 이 문제를 무척 에둘러서 솜씨 좋게, 또한 아주 적절한 순간에 제기해야 할 것이다. 메르타는 심호흡을 한 번 — 사실은 무척 깊게 여러 번 — 하며 긍정적으로 생각하려고 애썼다.

「벌금이 여기 시골에 지원이 필요한 사람들에게 간다면야 당연히 괜찮아. 그 문제도 생각을 해봤을 것 같은데.」 메르타가 억지로 미소를 지으며 말했다.

「오, 당연히 그 몫도 할당이 되어 있지.」 스티나는 그렇게 말했지만 얼굴이 빨개지며 심란한 기색을 내비쳤다.

「하지만 있잖아, 지금 가장 중요한 건 경찰을 어떻게 처리하느냐는 거야, 안 그래?」 안나그레타가 끼어들었다. 「우리가 강도질로 마련한 돈을 항상 궁핍한 사람들에게 기부하기는 했지만, 그래도 우리가 그 범죄들에 대해 유죄인 건 사실이니까.」

사람들의 표정이 생각에 잠겨 심각해졌다. 경찰이 그들을 잡아야 할 이유는 차고 넘쳤다. 경매장에서는 CCTV에 찍혔고, 블롬베리가 그들의 인생에서 사라지기 전 알려 준 바에 따르면 이전의 강도 행각도 CCTV에 찍혔다고 했다. 블롬베리는 한델스방켄 은행이 털리기 전 건물 외부에서 찍힌 CCTV 영상과, 주요 미술품 도난 사건과 관련하여 국립 박물관 바깥에서 찍힌 영상도 갖고 있었다. 안나그레타를 향한 사랑 때문에 그는 그 영상을 조사에 쓰지 않았지만, 블롬베리 말고도 강도단을 본 사람이 또 있지 않을까? 블롬베리가 그 영상을 컴퓨터나 디스크, 또는 플래시 드라이브에 저장이라도 했다면? 그렇다면 강도단은 아주 끔찍한 곤경에 빠질 것이다.

메르타가 헛기침을 했다. 「경찰. 그래, 교통 검문소에서 경찰을 만난 건 운이 없었어. 하지만 그자들이 거기 나타난 건 분명 예외적인 상황이었을 뿐이야.」 그녀가 말했다. 「여하간 우리는 헴마비드를 위해 뭔가 더 해야 해.」

「그렇지만 우리만의 힘으로 이 시골 지역 전체를 살릴 수는 없어. 우리를 도와줄 사람을 마을에서 몇 명 확보해야 해.」안나그레타가 말했다. 「농장 가게의 롤란드 스벤손 부부랑, 학교 교장이랑, 그 외 중요한 사람들과 힘을 합쳐 보는 건 어때? 그렇게 해야 우리가 정말로 강해질 거야.」

모두 고개를 끄덕이며 안나그레타의 선견지명에 찬사를 보냈다. 물론 그들이 직접 주도할 수야 있었지만, 강력한 시골 재건 운동을 조직하기 위해서는 더 많은 사람이 필요했으니까. 메르타와 강도단은 그 점에 한마음으로 동의하고는 만족스러운 기분으로 저녁 모임을 마치고 자러 갔다.

잠들기 전 메르타는 그들이 지금까지 이루어 낸 성과에 대해 오랫동안 생각했다. 장거리 트럭 운전기사들은 헴마비드 근처 경로를 다시 이용하기 전에 분명 한 번 더 생각할 것이다. 외국 운전기사들이 그쪽 길을 이용하여 스웨덴 국내에서 집배나 배달을 하려 든다면 천재가 그자들을 경찰에 신고할 수 있었다. 그 GPS인가 뭔가 하는 게 차대에 아주 단단히 달라붙었으니까. 그렇다, 교통 검문소가 몇 개만 더 있으면 헴마비드는 분명 다시 살 만한 마을이 될 것이다. 그날 밤 메르타는 걱정으로 눈살을 찌푸리지 않은 채 잠에 들었다. 대신 그녀는 미소를 짓고 있었다. 에른스트 블롬베리의 플래시 드라이브가 쿵스홀멘 경찰서에 있다는 사실을 까맣게 모르고 있었으니까. 그들이 경찰을 사칭하여 저지른 놀라운 행동에 대한 소문이 스톡홀름까지 퍼질 줄은 전혀 몰랐으니까.

14

 교통경찰이 부족해 교통 검문에 참여해야 했던 쿠르트 뢰
반데르 경감은 지치고 피곤한 채 경찰서로 돌아왔다. 제복
에는 도로에 제설용으로 뿌린 염화 칼슘과 진흙이 튀어 있
었고, 부츠는 흠뻑 젖어 있었다. 그는 얼굴과 콧수염을 닦고
나서 겉옷은 걸어 놓고 부츠는 라디에이터 옆에 놓아둔 뒤
민간인 복장으로 갈아입었다. 참 멋진 저녁이군! 마모된 타
이어와 조작된 운행 기록계, 과적 장거리 트럭, 질문에 제대
로 대답하기 힘들어하는 성가신 운전기사들. 기사들 몇몇은
영어를 해보려 애썼지만 무슨 말인지 이해하기가 거의 불가
능했다. 다른 기사들은 손짓을 하고 자기네 나라 말로 설명
하면서 외국 서류를 흔들어 댔다. 그는 경험상 그 서류들이
잘못되었다는 걸 알고 있었다. 그가 대처해야 했던 최악의
기사들은 공격적이기도 했다. 진짜 마피아 같은 인간들이
었다.
 뭐, 연금 받고 사는 노인네들을 상대하는 것보다야 훨씬

나왔다. 정신 나간 무리였다. 은퇴 노인 동호회에 보여 줄 영화를 찍는다고 경찰 행세를 하다니. 그 영화, 보고 싶기는 했다. 경찰들 크리스마스 파티에서 틀면 진짜로 즐거운 여흥이 될 것 같았다.

하지만 대체 무슨 짓인가! 늙으면 사리 분별을 다 잃어버리나? 심지어 그 노부인들 중 한 명은 같이 있던 늙다리 — 건 뭐건 간에 — 가 커다란 장거리 트럭 바퀴에 잠금장치를 채우는 동안 트럭 타이어를 발로 차면서 돌아다녔다. 웃음이 안 나올 수가 없었다! 매일매일 우중충한 경찰 업무를 수행하는 와중에 이런 일을 보면 기분이 좋아지지만 그 노인네 무리가 경찰의 평판을 깎아 먹는 그런 짓을 계속하도록 놔둘 수는 당연히 없었다.

그는 시계를 보았다. 집에 갈 시간이었다. 하루 일과를 마쳤고 근무 교대도 끝냈다. 책상에 놓인 서류를 모아서 정리한 다음 자리를 뜨려는데 마음이 바뀌었다. 저녁 내내 아무것도 먹지 못해서 배가 무척 고팠다. 그는 탕비실로 들어가 냉장고에서 피자를 꺼내 전자레인지에 밀어 넣었다. 집에 가기 전에 배 속에 뭘 좀 넣어 두는 게 최선이었다. 뢰반데르의 부인은 그가 8시를 넘겨 돌아오면 음식을 차려 주지 않았고, 그도 집에 오자마자 부엌을 배회하고 싶은 마음은 추호도 없었다. 맛있는 피자 냄새가 탕비실을 가득 채우면서 전자레인지에서 땡 하는 소리가 났다. 그는 피자 접시를 꺼낸 다음 카프리초사피자 두 판을 더 돌렸다. 서의 다른 경찰들도 분명 뭘 먹고 싶을 테니까.

얼마 안 있어 동료인 함마스트룀이 문으로 어슬렁어슬렁 들어왔다.

「피자! 음, 맛있겠네. 나 굶어 죽기 직전인데.」

다른 사람들도 피자 냄새를 맡았음이 분명했다. 뢰반데르가 피자를 접시에 올려놓기도 전에 서장이 탕비실로 들어왔으니 말이다.

「저녁 내내 바쁘긴 했지…….」

「서장님 몫도 충분히 있습니다.」 뢰반데르가 냉장고에서 맥주와 콜라 캔을 꺼내 들고 와서 탁자에 놓았다. 사람들이 자리에 앉았다. 처음에는 한 입 베어 물고 우적우적 씹는 소리만 들리더니 그다음에는 대화가 시작되었다. 뢰반데르와 함마스트룀이 저녁에 실시한 교통 검문 이야기를 하면서 수첩을 꺼내 들었다. 이야기가 끝나자, 법을 위반하는 운전기사와 트럭의 수가 무서울 정도로 증가하고 있다는 사실에 모두 한숨을 쉬었다.

「이 수상쩍은 화물 수송 회사들이 우리 나라에서 벌어지는 대부분의 교통사고에 책임이 있어요. 우리가 대체 이자들을 어떻게 처리해야 하죠?」 함마스트룀이 말했다.

「그 은퇴 노인네들 되게 재미있었는데 말이죠.」 뢰반데르가 말했다.

「은퇴 노인네들?」 서장이 물었다.

뢰반데르가 노인 다섯을 만난 일과 그들이 찍고 있다던 영화에 대해 설명했다.

「그 노인네들 분명 그 영화를 은퇴자 친목회 같은 데 돌아다니면서 틀 거예요.」함마스트룀이 거들었다.

「영화를 찍는다고 장거리 트럭을 세워? 어라, 그것참 희한한 소리네. 그 사람들, 전부 다 노인이었다고?」 서장이 의문을 표했다.

「아, 그렇긴 한데, 문제가 될 사람들은 아니었습니다. 그냥 유쾌한 노인네들이었어요. 영화도 상당히 많이 찍었더라고요. 자기들이 불법 화물 운송을 잔뜩 적발했다던데요. 심지어 트럭 두 대에는 잠금장치까지 걸어 놓았고요.」 뢰반데르가 미소를 지으며 말했다.

「세상에 맙소사!」

「네, 타이어가 마모된 차량 두 대를 손을 흔들어 유도했답니다. 그 차량들이 교통 상황에 위험이 되고 사고를 일으킬 수 있다고 생각했대요. 그런데 어떻게 트럭에다 잠금장치를 걸었는지는 모르겠네요.」

「그 사람들 벌금도 물린 거 아냐?」 서장이 갑자기 심각한 표정을 지었다.

쿠르트 뢰반데르는 그 말에 놀라 콧수염을 신경질적으로 쓰다듬었다. 그런 생각은 해보지 않았다.

「그 사람들이요? 벌금을 물렸다고요? 설마요, 말도 안 됩니다. 그냥 자기 인생을 즐기는 사람 좋은 노인네들이었어요. 우리가 그런 분들을 그렇게 못마땅해할 필요는 없죠.」

「글쎄, 나는 모르겠군. 경찰서에 전화를 걸어 불평한 성질 나쁜 운전기사가 실제로 있었으니까. 자기가 잘못한 건 인정하겠는데, 어째서 벌금을 그 자리에서 스위시로 바로 납부해야 했는지는 모르겠더래. 그 사람은 스웨덴에 있는 동안 그 돈이 필요했단 말이야. 벌금은 자기가 일하는 화물 수송 회사에서 나중에 내줄 수 있는 거라던데.」

뢰반데르와 함마스트룀이 서로를 마주 보았다. 운전기사가 거짓말을 하고 있는 걸까, 아니면 그 정신 나간 은퇴자 노인네들이 그저 자기들 연금을 불려 보려고 했던 걸까? 뢰반데르가 웃기 시작했다.

「은퇴한 노인들이 요즘 힘든 시기를 보내는 거야 저도 알죠. 하지만 그 사람들이 그렇게까지 약삭빠를까요?」

「그렇게 말하지 마. 노인들을 과소평가하지 말라고. 어쩌면 그 사람들을 주시할 필요가 있을지도 몰라.」

「저희가 아직 일을 충분히 안 했다는 듯 말씀하시네요.」 뢰반데르가 한숨을 쉬고는 커다란 피자 한 조각을 집어 들었다. 「뭐, 이제 그 이야기는 그냥 하지 말죠.」

「기다려 봐. 잘 모르겠어서 그래. 현장에 노인들이 몇 명 있었지?」

「여자 셋에 남자 둘이요. 다들 60세는 넘어 보였어요. 약간 더 나이 들었을 수도 있고.」

서장이 휘파람을 불었다. 「스톡홀름 국립 박물관에서 일어난 미술품 절도 건 기억하지?」

「아, 그럼요, 그 악명 높은 사건, 그런 건 금방 잊을 수가 없죠.」 뢰반데르가 기억을 떠올리며 말했다.

「박물관 측이 르누아르와 모네 그림을 아무 줄에나 걸어 놓았지. 그냥 집어 가라고 놔둔 셈이야. 하지만 지금은 경비

104

원들이 어디에나 있고 그림도 모두 철저히 고정시켜 놓았어.」

「세상에, 아주 잘 아시는 것 같네요.」뢰반데르가 끼어들었다. 「하지만 그 일이 지금 이거랑 무슨 관계입니까?」

「내가 쿵스홀멘 경찰서의 에른스트 블롬베리 경감과 같이 일을 한 적이 있어. 그 친구는 퇴직한 뒤에 사립 탐정 사무소를 열었는데, 내게 그 노인들 이야기를 했지. 블롬베리는 그 노인들이 여러 건의 범죄를 저질렀다고 의심했어. 그랜드 호텔의 절도 사건과 그 외 다른 사건들 말이야. 하지만 그러다가 싹 잠잠해졌지. 그 뒤로는 어찌 됐는지 모르지만.」

탁자 주위로 침묵이 감돌았다. 뢰반데르와 함마스트룀 생각에는 노인들이 찍는 영화와 장거리 트럭 유도에서 국립 박물관 미술품 절도로 나가는 건 비약이 좀 심한 게 아닌가 싶었다. 두 사람은 불편한 듯 헛기침을 하고 목을 가다듬으며 서로를 이해한다는 듯한 눈길을 교환했다. 늘 보는 서장의 모습이었다. 서장 생각에 자기가 해결할 수 없는 범죄는 하나도 없었다. 스톡홀름에서 빛나는 경력을 쌓을 거라고 기대했다가 시골로 전임되면 당연히 이렇게 될 수밖에 없다. 하지만 두 경찰관은 오래 근무하다가 교대한 뒤라 무척 피곤했으며, 서장의 또 다른 이론에 장단을 맞춰 줄 힘이 없었다. 그들은 재빨리 차와 여자로 화제를 전환하여 대화를 이어 갔고, 그런 다음 자리에서 일어나 먹다 남은 피자를 쓰레기통에 버린 뒤 접시를 싱크대에 집어넣었다. 그때 뢰반데르의 부인인 베탄에게 전화가 왔다.

「집에 언제 와? 저녁 내내 기다렸는데.」

「가는 중이야.」 그는 대충 웅얼거리고는 얼른 전화를 끊었다. 아내는 요즘 정말 까다롭게 굴었다. 몇 년 전 진료소 일자리를 잃고 난 뒤로, 그녀는 그를 한시도 조용히 평화롭게 놓아두지 않았다. 늘 전화를 걸어 댔고, 평소보다 조금이라도 늦게 돌아오면 바람을 피운다고 생각했다. 하지만 그는 경찰관이라 근무 시간이 불규칙했다. 더군다나 일 때문에 힘들어서 다른 짓을 할 시간도 기력도 없었다. 그렇지만 그녀는 그를 믿지 못했다. 이러다 보니 당연하게도, 뢰반데르는 집에 일찍 돌아갈 수 있는데도 근무 후에 동료들과 같이 쉬는 걸 더 좋아하게 됐다. 예전에 그는 그녀를 정말로 깊이 사랑했고 학교에서 가장 인기 있던 소녀를 붙잡았다는 사실이 자랑스러웠다. 둘은 한동안 무척 행복한 시간을 보냈다. 하지만 이제는……. 뢰반데르가 집에 돌아오면 그녀는 그에게 어디 있었는지 물어 놓고 그의 대답을 의심하곤 했다. 요즘은 거의 항상 그랬다. 그는 점점 더 자주 그녀와 헤어지는 생각을 했다. 다른 사람과 새로 시작하는 거야……. 그렇게 상념에 빠져 있는데 함마스트룀이 끼어들었다.

「끝났어?」

뢰반데르는 고개를 끄덕였다. 문밖으로 나가는 길에 그가 서장에게 말했다. 「너무 오래 일하지는 마십시오. 퇴근 시간입니다.」

하지만 서장은 그 말을 듣고 있지 않았다. 「봐봐, 그 은퇴 노인들이 국립 박물관 그림과 스톡홀름 경매장의 다이아몬드를 훔친 그 강도단이면 어쩌겠나⋯⋯.」그가 자기 생각을 소리 내어 말했다. 「그거 정말 더럽게도 약아빠진 아이디어 아니냐고. 교통 법규를 위반한 사람들에게 스위시로 송금을 시키다니. 어떻게 보면 범죄 수법이 똑같아.」

「하지만 돈이 우리한테 오면 아무 문제가 없는 거잖습니까. 우리가 그걸로 우리 임금을 채울 수 있는 거고요.」뢰반데르가 말했다.

「그런데 그게 바로 중요한 점이야. 내가 점검해 봤거든. 빌어먹게도 돈이 한 푼도 이쪽으로 오지 않았어. 흔적도 없이 사라졌다고. 장담하는데 이 일에서 수상한 냄새가 나.」

15

장거리 트럭에서 도박으로 건너뛴다? 뭐, 사실 그렇게까지 큰 비약은 아니었다. 친구들이 트럭 뒤꽁무니를 쫓기 전부터, 메르타는 매복 작전 대신 사람들을 이 지역으로 끌어들일 즐겁고 매력적인 오락거리가 있어야 한다고 생각해 왔다. 마침내 그녀가 떠올린 것은 그냥 평범한 놀이가 아닌, 소빙고 게임[8]이었다. 메르타 본인도 남부 지방에서 그 게임이 벌어질 때 사람들이 무척이나 즐거워하던 모습을 직접 본 적이 있었고, 그녀가 어린 시절을 보낸 마을에서는 내기는 물론이고 그와 연관되어 이루어진 여러 활동 역시 마을 기금에 큰 보탬이 되었다.

그러므로 근처 농장의 롤란드 스벤손이 축사에서 겨울을 보낸 젖소들을 들판에 풀 예정이라는 말을 들었을 때, 메르타의 두뇌는 그 즉시 작동하기 시작했다. 그녀는 생각을 떠

---

8 땅에 그림을 그려 구획을 나눠 놓고, 그중 어디에 소가 똥을 눌지 예측하는 게임.

올린 바로 그날 롤란드를 찾아가 젖소 방목과 소 빙고 게임을 결합시키자고 제안했다.

「소 빙고 게임요?」 그가 그 말을 따라 하고는 녹색 작업복 주머니에 손을 찔러 넣었다.

「얼마나 재미있는지 몰라요.」 메르타는 그렇게 대답하고는 소 빙고 게임이 남부 지방에서는 무척 많은 사람들을 끌어모았다고 설명하면서, 비슷한 게임을 헴마비드에서도 열어 보는 게 어떻겠느냐고 했다. 농부는 메르타를 빤히 보다가 눈썹을 치켜세웠다.

「젖소 방목에다 소 빙고 게임을요?」

「네, 바로 그거예요.」 지을 수 있는 가장 사랑스러운 미소를 지으며 메르타가 말했다. 그러자 롤란드는 우선 잠시 그 문제에 대해 생각을 좀 하고 싶다고, 그게 가능한 일인지 알아보고 싶다고 대답했다. 하지만 분명 그 말투에는 흥분이 깃들어 있었다.

그래서 메르타는 그를 거듭 여러 번 찾아갔다. 그리고 자기 노트북으로 그에게 소 빙고 게임을 찍은 영상을 보여 주었다.

천재는 그 수다스러운 농부에 대한 메르타의 관심이 무럭무럭 자라나고 있다는 것을 알아차렸고, 자기는 하루가 다르게 점점 무시당하고 있다는 느낌이 들었다. 천재는 〈아아아주〉 사근사근하고, 〈아아아주〉 재미있는 이야깃거리를 잔뜩 늘어놓는 그 작자에게 점점 더 진저리가 났다. 메르타는 쇠똥 냄새를 풀풀 풍기면서 그 농부의 유기농 농법에 대해 열정적으로 설명했는데, 그 농법 덕에 농장의 상당 부분이 환경친화적으로 바뀌었으며 기후 변화에도 적응하였고 소들이 축사에서 아주 넉넉한 공간을 차지한다는 것이었다.

그렇지만 천재는 젖소라면 끔찍했다. 만약 그 농부가 하다못해 자동차 정비소라도 운영했다면 그들 사이에 대화가 오갈 수 있는 공통의 관심사가 있었을 것이다. 휘발유와 엔진 기름 냄새라면 견딜 수 있었으니까. 하지만 쇠똥이라니! 그건 아니었다. 천재는 자기 자신이 참으로 가엾게 여겨졌다. 자기가 대체 어떻게 해야 메르타가 인생을 무던히 살도록 할 수 있을까? 요리책은 매년 수천 권이 쏟아지는데, 에너지 넘치는 여성을 대하는 법에 대한 실용서는 아무도 안 쓴다. 물론 메르타가 그런 〈에너지 넘치는 여성〉의 범주에 딱 들어맞지는 않겠지만 말이다. 오로지 메르타에게만 사용할 교본이 필요할 것이었다.

며칠 뒤 노인 강도단이 저녁에 거실에서 차를 마시고 있을 때, 메르타가 자기 주특기인 설득 활동에 돌입했다. 롤란드 스벤손이 그 아이디어에 대해 생각을 바꾸기 시작했는데, 그녀는 희망이 있다는 느낌을 받았다. 이제 그녀가 친구들을 끌어들이기만 하면 되었다. 그래서 사람들이 잡담을 좀 나누고 차를 마시며 늘 먹는 웨이퍼비스킷을 먹고 난 뒤, 메르타는 탁자에 자기 노트북을 올려놓았다.

「자, 모두 봐봐. 이게 사람들을 끌어모을 수 있다고.」 메르타가 유튜브 영상을 클릭했다. 「그냥 보기만 해. 소 빙고 게임 영상이야. 이런 식의 행사를 열면 마을에 돈을 끌어들일 수 있어. 확실해.」그녀는 말하는 동안 열정적으로 손짓을 하다가 그만 자기 컵을 쳐서 바닥에 떨어뜨리고 말았다.

「젖소를 마을에 데려오겠다고? 나는 당신이 이 동네에 사람을 이주시키려고 하는 줄 알았는데.」갈퀴가 말했다.

「그러니까 당신은 우리가 젖소를 활용해서 마을을 살려야한다고 생각하는 거지? 이 아이디어 제대로 충분히 생각해보기는 한 거야?」천재가 한숨을 쉬며 물었다.

「당연하지. 식은 죽 먹기야. 그냥 한번 들어 봐. 일단 목초지에 커다란 사각형들을 그려. 그런 다음 각 사각형에 숫자를 적는 거야. 예를 들면 1에서 20까지. 이제 거기다 젖소를 풀어놓으면 돼. 개들이 자기 명함을 어디에 갖다 놓느냐에 따라…….」

「명함? 그거 너무 돌려 말한 거 아냐?」갈퀴가 말했다. 「그냥 쇠똥이잖아!」

「좋아, 좋아. 그럼 젖소들이 목초지를 돌아다니다가 풀도 먹고 조그만 덩어리도 남기는 거야. 개들이 각자 다른 숫자에 그렇게 하겠지. 그럼 결국 누군가에게 빙고가 뜨는 거야.」

「개들은 똥을 싸는 거라니까!」갈퀴가 되풀이했다.

늘 경제적 관점에서 생각하는 안나그레타에게 화색이 돌았다. 「잠깐 들어 봐, 이거 진짜로 돈이 될 수도 있겠어.」그녀가 말했다. 「우리에게 필요한 건 스벤손의 젖소와 표시할 때 쓸 하얀 페인트뿐이잖아. 풀밭에 사각형을 그리고 번호만 매기면 된다고. 인쇄물도 필요 없고 투자 자금도 전혀 비싸게 들지 않아. 영리한 방법인데!」

「어이구, 은행 강도가 더 수지맞겠어.」천재가 항변했다.

「내 말이 그 말이야! 1백만 크로나를 벌려면 도대체 소 배설물이 얼마나 많이 필요할지 누가 알겠냐고.」갈퀴도 그에게 동의했다.

사람들이 한꺼번에 떠들어 댔고, 메르타는 상황이 불편해지기 시작했다는 사실을 알아차렸다. 「저기, 여러분, 우리 이 문제는 자면서 생각해 봐야 할 것 같아. 내일 아침 회의 때 누가 더 좋은 생각을 떠올리지 못하면, 일단 소 빙고 게임을 만들어 보자.」

메르타의 친구들은 서로를 무력하게 바라보았다. 자기들이 뭐라 말하든 메르타가 자기들에게 일을 시키리라는 사실을 깨달았으니까. 또다시 말이다!

천재와 다른 사람들은 잠을 이루기 어려웠고, 결국 노인 강도단은 다음 날 평소와 같은 시간에 일어나지 못했다. 따라서 아침 회의에도 다들 참석하지 못했다. 거실에 있는 대형 괘종시계가 10시를 치는데도 아무도 나타나지 않자, 메르타는 스벤손을 찾아가 이야기를 나눴다. 그녀가 말했듯 소 빙고 게임으로 얻은 수익은 곧장 헴마비드로 넘어갈 것이니까.

그런 다음 메르타는 친구들을 소집해 새로 구획해 놓은 목초지에 페인트로 하얀색 사각형을 칠하고 숫자를 적어 달라고 부탁했다. 친구들을 설득하기가 쉽지는 않았지만, 메르타가 유튜브 영상을 다시 보여 주면서 저 영상에 나오는 사람들이 얼마나 행복해 보이는지 보라고 말하고 나서부터는 그들도 마음이 풀리기 시작했다. 거기에 더하여, 메르타는 설사 소들이 좀 느릿느릿 일을 본다고 해도, 기다리는 동안 작은 장식품, 햄버거, 아이스크림을 팔아 돈을 벌 수 있다고 호언했다.

「아무리 그래도 소 빙고 게임이라니! 우리 강도 짓은 최소한 머리를 쓰는 도전이었다고.」 갈퀴가 한숨을 쉬었다.

「은행 강도와 소 빙고 게임이 같지 않다는 건 인정해, 하지만…….」

「확실히 다르지. 은행이 음매 하고 우는 걸 언제 들어 봤다고.」

노인 강도단은 한동안 투덜거렸지만, 결국 목초지를 페인트칠하고 이 볼거리에 약간 도움을 주는 데 동의했다. 참으로 다행스럽게도 투우를 하라는 것도 아니었고, 젖소들이야 보통은 유순하게 마련이었으니까.

16

태양이 환히 빛나는 멋진 날이었다. 롤란드 스벤손의 축사에도 햇볕이 내리쬐었고, 여기저기서 달그락거리는 소리와 음매 하고 소가 우는 소리를 들을 수 있었다. 햇볕에 피부가 그을린 농부들이 체크무늬 셔츠와 펑퍼짐한 바지를 입고 손에는 맥주 캔을 든 채 서 있었고, 꽃무늬 드레스와 해진 청바지를 입은 사람들은 수다를 떨거나 아이들을 붙잡아 두려애쓰고 있었다. 한 무리 어린이들이 울타리를 치지 않은 구역에서 서로를 쫓아다녔고 커다란 래브라도 개 한 마리가축사 밖에 있는 물웅덩이에서 데굴데굴 굴렀다. 널따란 잔디밭 옆에도 사람들이 많았으며, 안나그레타의 얼굴은 기쁨으로 빛났다. 이 단순한 행사에서 그녀가 센 유료 방문객은 280명이었고, 출연료를 받을 의향이 없는 네발 달린 예능인의 신나는 공연까지 더해졌다! 이보다 더 좋을 수 있을까?

천재는 눈을 깜박여 땀을 훔치고는 얼굴을 문질렀다. 메르타는 롤란드 스벤손의 도움으로 헴마비드 최초의 소 빙고 게임을 개최했는데, 그 농부는 마치 그 정도로는 충분치 않다는 듯 메르타에게 홀딱 빠진 것처럼 보였다. 때로 인생은 골치 아픈 것이었다.

천재가 초조해하는 건 메르타를 위해서였다. 왜냐하면 당연하게도, 그는 그녀가 성공하기를 바랐으니까. 그는 축사를 건너다보았다. 저 동물들이 얌전하게 굴어 주기만 한다면야. 메르타가 롤란드와 이 일을 벌이기로 합의한 직후, 그는 젖소가 사람들 생각만큼 유순한 동물은 아닐지 모른다는 소문을 들었다.

하지만 그때는 이미 멈추기에 너무 멀리 나간 상황이었다. 지역 신문에 젖소 방목과 소 빙고 게임에 대해 쓴 기사가 실렸고, 롤란드 스벤손은 엄청난 재미를 약속했다. 천재는 고개를 내저었다. 이 일이 어떻게 흘러가려나?

메르타는 울타리 옆에 서 있었다. 커다란 꽃무늬 드레스 차림이었고 어깨에는 파란색 핸드백을 걸치고 있었다. 천재가 메르타에게 다가갔다.

「잘될 거야, 메르타.」 천재가 그녀의 손을 쥐었다. 하지만 사실 그 말은 천재 본인을 달래는 말이기도 했다. 그는 저 음매 하는 동물들이 정말 무서웠다.

「당연히 잘될 거야, 천재. 이제 우리 아주 재미있는 시간을 보내게 될걸!」 그녀는 그렇게 대답하고는 걱정이라고는 전혀 없는 즐거운 미소를 그에게 지어 보였다. 바로 그 순간, 천재는 메르타가 몹시도 부러웠다.

갑자기 커다란 소 울음소리가 났다. 갈퀴가 첫 번째 젖소를 축사에서 데리고 나온 것이었다. 스벤손은 갈퀴에게 동물을 다루는 임무를 맡겼고, 그는 태연하게 젖소를 숫자가 적힌 빙고 게임장에 풀어놓았다.

갈색 얼룩이 점점이 찍힌 젖소 로사가 한참을 음매 울더니 피곤한 기색으로 풀밭을 향해 터벅터벅 걸어갔다. 갈퀴가 미간을 찌푸렸다. 이게 뭐지? 스벤손은 자기네 소들이 아주 건강하다고 호언장담했는데, 지금 이 가여운 생물은 제꼬리도 잘 흔들지 못했다. 소는 아주 힘들어하며 풀밭을 가로질러 가서는 숫자가 적힌 사각형을 뭉그적뭉그적 밟았다. 하지만 그런 다음에는 동작을 멈추더니 되새김질을 시작했다. 스티나와 안나그레타가 메르타와 천재에게 다가왔다.

「메르타, 소들에게 뭘 먹인 거야? 아무 일도 안 일어나니 당황스럽네.」 안나그레타가 로사를 흘끗거리며 말했다. 갈색 얼룩무늬 젖소는 숫자가 표기된 사각형 사이를 게으르게 어슬렁대면서 사람이고 물건이고 죄다 무시하고 있었다. 가끔씩 멍한 눈길로 자기 주위를 둘러보다가 비틀거리더니 음매 하고 울었다. 하지만 쇠똥은 쥐똥만큼도 생산해 내지 못했다. 구경꾼들이 기다렸고 시간이 흘러갔다.

「이제 확실히 뭔가 일이 벌어져야 하는데.」 천재가 웅얼거렸다. 「혹시 당신 저 망할 놈의 소에게 블루베리나, 아니면 변비에 걸리는 먹이를 먹인 거 아냐?」

「아냐, 소들을 먹인 건 롤란드였어.」 메르타가 스스로를 변호했고, 천재는 그 와중에 그녀가 스벤손을 성이 아니라 친근하게 이름으로 부른다는 사실을 알아차렸다.

「어휴, 소 빙고 게임은 시간이 걸리는 법이야. 이건 소에게는 일종의 마음 챙김 같은 거니까. 쟤들이 마음을 편히 먹는 게 좋지.」 스티나가 지적했다.

「맞아. 시간이 걸리면 긴장감도 높아진다고.」 안나그레타가 거들었다. 「게다가 사람들이 기다리는 동안 우리는 아이스크림을 더 팔 수 있고.」 그녀는 수제 아이스크림을 파는 가판대를 열었고, 그 아이디어에 푹 빠져 있었다. 아이스크림을 팔면 돈을 많이 벌 수 있다는 소리를 들었던 것이다.

「저기, 내 말 좀 들어 봐! 이건 아이스크림 문제가 아니라 젖소들이 어디다 똥을 싸느냐 하는 문제야.」 갈퀴가 웅얼거리고는 다시 목초지 쪽을 바라보았다.

하지만 아무 일도 일어나지 않았고, 로사는 혼자만의 생각에 깊이 빠진 채 천천히 풀밭을 배회했다.

「여기서 이긴 사람은 얼마를 딸까?」 잠시 뒤 스티나가 궁금해 했다.

「2천 크로나. 정식 화폐야. 비트코인이나 뭐 그런 거 말고.」 안나그레타가 대답했다.

「고작 2천? 내가 젖소라면 막 애써서 노력하지 않을 것 같은데.」 갈퀴가 말했다.

「하지만 갈퀴, 돈을 따는 건 소가 아니라고.」 천재가 지적했다.

「그런데 상금은 더 키우는 게 어떨까, 안나그레타. 이긴 사람한테 2만 크로나를 주자고 말하자.」 메르타가 제안했다.

「꼭 그러면 저 웃기는 소가 빨라질 것처럼 말하네.」 갈퀴가 한숨을 쉬었다.

하지만 바로 그때, 로사가 하품을 하더니 꼬리를 들고 방광을 비웠다. 구경꾼들이 손뼉을 치며 기대에 찬 눈길을 교환했다. 이제 곧! 하지만 로사는 그 정도에 만족했고, 다시 느긋한 속도로 아까까지처럼 계속 움직였다.

「이제는 저 망할 놈의 소가 제 할 일을 해야지! 풀을 먹이든가. 젠장, 뭐라도 좀 하라고!」 인내심을 잃은 구경꾼 한 명이 소리를 지르며 주먹을 쥐었다.

「아니, 그런데 소 빙고가 뭐 1백 미터를 9초에 주파하는 그런 게임은 아니잖아요.」 갈퀴는 큰 목소리로 받아치면서 로사가 굼뜨게 방향을 몇 번 트는 모습을 지켜보았다. 그런데 그때 소가 걸음을 멈추더니 머리를 흔들었다. 뭔가 집중하는 듯했다.

「만세! 우아, 이제 하려나 봐!」 스티나가 기쁨의 환호성을 내며 외쳐 댔는데, 그 소리가 너무 시끄러운 나머지 로사는 겁을 먹고 자기가 뭘 하려 했는지 잊어버렸다. 소는 전속력으로 내달렸고, 안타깝게도 갈퀴가 문을 제대로 닫지 않은 탓에, 그 겁먹은 동물은 울타리가 쳐진 구역을 벗어나 축사 밖 경사면으로 올라가 버렸다. 그리고 거기서 아주 시끄럽게 방귀를 뀌고는 쇠똥 두 덩이를 떨어뜨렸다.

「빙고!」 안나그레타가 기쁨에 넘쳐 소리쳤다. 「이런 경우에는 우리가 상금을 보관해.」

「아니, 아니, 안 되지. 이건 셈에 넣는 게 아니지. 게임은 계속해야 한다고.」 주먹 쥔 사람이 소리쳤다. 하지만 갈퀴는 침착하게 대응하며 앞으로 걸어 나가 두 번째 소를 풀었다. 사가라는 이름의 세 살짜리 얼룩소였다. 하지만 아까와 마찬가지로 갈퀴가 문을 닫는 걸 깜박하는 바람에 안타깝게도 로쇠가와 카시아라는 젖소 두 마리가 빙고 게임장으로 달려 나갔다. 소들은 행사 전날 풀을 잔뜩 먹었던지라 풀밭에 채 다다르기도 전에 쇠똥을 번갈아 쌌다. 어느 소가 무슨 똥을 쌌는지 아무도 제대로 보지 못했다. 소 세 마리가 서로 다른 사각형에 자리를 잡았다.

「빙고, 빙고, 빙고.」스티나가 고함을 쳤다.

「세상에.」천재가 중얼거렸다. 「우리 지금 뭐 하는 거지?」

「걱정 마.」메르타가 천재를 안심시켰다. 「이긴 사람이 세 명이 되는 거야. 그러면 다들 행복해할 거라고.」

「계속 이런 식으로 가다가는 우리 파산하겠어.」안나그레타가 투덜거렸다.

「그렇겠지. 하지만 좋은 평판을 얻는 게 중요해.」메르타가 그렇게 말하고는 단상에 올라 마이크를 잡았다. 그녀는 소들이 흔적을 남긴 숫자 세 개에 돈을 건 사람들 모두 승자가 될 거라고 선언했다.

분위기가 무르익어 가면서 사람들은 아이스크림을 더 많이 사 먹었고, 새로 판이 깔리자 다시 빙고를 시작했다. 이번 차례는 마이로스였는데, 이 젖소는 제 나름의 생각을 품고 있었다. 소는 곧장 빙고 판을 가로질러 가다가 28번이 적힌 사각형에서 멈추더니 몇 번 음매 하고 울고는…… 그냥 풀밭에 풀썩 주저앉았다. 사람들 사이에서 실망을 담은 웅성거림이 들리더니 뒤이어 고함 소리와 발 구르는 소리가 터져 나왔다. 그랬다. 관객들이 소리치고 외쳐도 마이로스는 꾸벅꾸벅 졸면서 일어날 의향을 전혀 내비치지 않았다. 그랬다. 마이로스는 털끝만큼도 움직이지 않았다.

이때 갈퀴는 이만하면 됐다 싶은 마음에 후고를 데리고 나왔다. 이 거대한 소가 수소라는 사실은 전혀 고려하지 않고 말이다. 후고는 눈알을 굴리며 고개를 숙이고는 마이로스를 목표로 나아갔다. 그러자 엄청난 일이 벌어졌다. 하지만 그건 소 빙고 게임이라 부를 수 있는 일이 아니었다.

그 자리에 있던 지역 여성 재봉 동아리 회원들 중 많은 수가 새치름하게 시선을 아래로 내렸다. 이웃 마을에서 온 목사는 딴 데로 눈을 돌렸으며, 어떤 노부부는 곧바로 행사장에 있는 다른 것들을 가리키며 손주들이 그쪽을 바라보도록 했다. 천재가 이마에 손을 짚었다. 수소는 소 빙고 게임에 참여해서는 안 됐는데, 갈퀴가 그 말에 귀를 기울이지 않은 바람에 지금 엄청난 소란이 벌어지고 만 것이다. 게다가 갈퀴는 그것만으로는 충분치 않다는 양 문을 활짝 연 채로 놓아두었고, 그래서 또 다른 젖소인 블렌다도 뛰쳐나왔다. 후고는 블렌다를 보고는 기쁨에 차 울부짖었다. 구경꾼들이 뒤로 물러섰다. 블렌다는 평소 보기 드문 열정을 표현하며 음매 하고 울었다.

이렇게 상황이 크게 활기를 띠자, 별채에서 핫도그와 도수 높은 맥주를 즐기고 있던 스벤손은 이제 자기가 나서야 할 때라는 사실을 알아차렸다. 그는 얼른 목초지로 뛰쳐나가 거기 있던 소들을 모두 모은 뒤 끙끙거리며 소들을 원래 있던 자리로 집어넣었다.

그러자 관람객들이 일제히 야유를 보내며 환불을 요구했고, 천재는 절망적인 얼굴로 메르타를 보았다. 하지만 메르타는 그의 손을 잡고 안심시키듯 토닥였다.

「괜찮아, 천재. 앞으로 소 빙고 게임 대신 다른 재미있는 걸 개발하면 돼.」 그녀가 말했다. 「지금은 관람객들이 다음 행사를 기대할 수 있도록 보너스를 주고 복권도 나눠 주자. 우리도 사람들이 만족스러운 마음으로 떠나게 하면 훨씬 좋잖아.」

메르타가 대체 어떻게 해낸 건지 천재는 알 수가 없었지만, 아무튼 관람객과 소를 모두 깔끔하게 정리하고 나자 스벤손과 다른 이들 모두 기분이 좋아졌다. 안나그레타가 돈을 세어 보고는 그날 하루에 132,570크로나를 벌었다고 말해 주었다. 메르타와 강도단은 문화와 오락 발전을 위하여 그 돈을 헴마비드 기금에 기부했다. 또한 이 행사를 개최함으로써 메르타와 노인 강도단은 스벤손뿐 아니라 마을 사람의 신뢰 또한 얻었다. 혹은, 얻었다고 믿었다.

마을 카페에서는 주민들이 뜨거운 김이 오르는 커피 잔을 놓고 소 빙고 게임에 대해 이야기를 나누면서, 마을에 새로 온 사람들이 주눅 하나 들지 않고 이런 큰 행사를 개최했다는 사실에 놀라워했다. 말린은 행사 동안 카페에서 아이스크림을 팔 수 없었던 탓에 부루퉁했지만 릴리안은 행사 날 카페에 손님들이 평소보다 더 와서 기분이 좋았다.

「우리 그 은퇴 노인들을 주시하는 게 좋겠어.」손님들에게 커피와 대니시페이스트리를 갖다준 말린이 컵을 들고 릴리안 옆에 앉아 목소리를 낮춰 말했다. 「너도 스톡홀름 사람들 못 믿잖아.」

「음, 그 사람들이 다양한 볼거리로 헴마비드를 부흥시킬 수 있다고 생각한다면, 그건 당연히 아무것도 모르는 거지.」 릴리안이 동의했다.

「새로 온 사람들은 늘 자기네가 상황을 바꿀 수 있다고 생각해. 하지만 여기서는? 아니, 절대 안 먹혀. 만약 여기에 철도가 다시 깔린다고 해도, 사람들은 기차를 그냥 이 동네에서 더 쉽게 떠나는 수단으로 이용하고 말겠지.」

「어쨌거나 헴마비드를 살리기는 무척 어려울 거야. 알란 페테르손이 스콕소스 시장이 되면 우리는 끝장이야. 중앙집중에 환장한 사람이라서 각종 기관들을 죄다 스콕소스로 옮기려 들 테니까. 그 인간이 하고픈 대로 마음껏 하면 이 마을에 남을 사람은 하나도 없을걸.」

「그렇게 비관적으로 생각하지 마. 알란 페테르손도 자기가 뭘 하고 있는지는 분명 알 거야.」말린이 얼굴을 슬쩍 붉히며 반박했다. 자기가 알란을 몰래 만나고 있다는 사실을 릴리안에게는 아직 말하지 않았기 때문이다. 사람에게는 자기만 알고 있는 일이 있게 마련이다.

「뭐라고, 그 인간이? 그 사람은 확신에 찬 사기꾼 유형이야! 유쾌하고, 매력 있어 보이고, 바깥에서 어떻게 처신할지도 잘 알지만 믿을 수는 없는 사람이라고. 하지만 나는 그 노인네들은 마음에 들더라. 그 사람들에게 짜증 내지 마. 이 마을에 신선한 기운을 불어넣기는 했잖아.」

「신선한 기운? 내가 확실히 말하는데, 그 노인네들이 일을 너무 크게 벌려 놔서 내가 진이 다 빠진다고. 신선한 기운은 무슨. 그 사람들 여기서 뭘 하고 있는 거야? 수상쩍은 데가 있어.」

「왜 그런 쪽으로만 생각해? 그런데 말린, 탄내 난다. 오븐에 넣은 빵 잊지 마.」

말린이 욕설을 내뱉으며 자리에서 일어났다. 그녀와 릴리안이 마트를 운영했을 때, 둘은 이 마을의 조용하고 비밀스러운 중심이었고, 사이도 무척 좋았다. 하지만 지금은 상황이 통제를 벗어나고 있는 듯했다. 마을을 살려 보겠다고 별의별 것들을 다 생각해 내는 그 스톡홀름 노인네들 때문이었다. 그 사람들을 막을 방법이 전혀 없을까?

17

신임 스콕소스 시장 알란 페테르손은 책상에 몸을 푹 파묻고 파이프 담배에 불을 붙였다. 그는 행복했다. 기분이 째질 듯했다. 지방 자치구 의회가 만장일치로 그를 스콕소스 시장으로 선택했다. 이제 그가 대장이고, 모든 걸 직접 통제했다. 인정컨대 이 작은 도시의 인구는 고작 1만 명 남짓이기는 했지만, 그는 그냥 멀거니 앉아 그 사실을 받아들이고 있지만은 않을 생각이었다. 그는 이 소도시를 성장시켜 사람들의 입에 오르내리는 장소로 만들어 낼 셈이었다. 헴마비드 마을과 스콕소스를 통합하여 하나의 도시로 만들면 돈도 많이 아낄 수 있을뿐더러 더 큰 영역을 지배할 수도 있었다. 그러니 모든 시정 활동을 스콕소스로 옮기는 것이 급선무였다.

헴마비드는 아스팔트 도로가 자갈길로 바뀐 곳, 농부와 늙은이로 가득 찬 외지고 쓸쓸한 곳이었다. 기차도 더 이상 역에 정차하지 않았고 학교는 조만간 폐교될 예정이었다.

목사관으로 쓰이던 쓰레기장 같은 건물은 더 말할 나위도 없었다. 그 건물은 갈수록 황폐해져 갔고, 조만간 철거될 수도 있었다. 그래, 그 마을에서 유일하게 가치 있는 것은 땅밖에 없었다. 물론 소중한 말린도 있었지만. 쌍둥이 자매는 어쩔 수 없이 마트를 닫아야 했는데, 그럼에도 말린은 여전히 그 마을에서 살았다. 페테르손은 이왕 그렇게 되었으니 그녀가 스콕소스로 이사 와서 자기 근처에 살기를 바랐지만, 자매는 그러는 대신 카페를 열었다. 어쨌거나 그 카페도 그리 오래가지는 못할 테고, 그러면…… 그녀는 독신이고 자녀도 없으니 이사를 오는 데는 아무 문제도 없었다. 더군다나 그는 그녀가 도시에 아파트를 임대할 수 있도록 일을 처리해 줄 수도 있었다. 그러면 결국 그녀는 그의 가까이에 있게 되리라.

그런 외딴 마을에서 말린처럼 아름다운 여인이 태어났다는 사실을 생각하자 페테르손은 괜스레 가슴이 울렁거렸다. 그는 그들이 함께 있는 순간을 갈망했고, 그 이상이 될 수 있기를 소망했다. 하지만 신중해야 했다. 페테르손의 부인은 의심이 많았다. 지난주만 해도 그는 고작 두 번 차를 몰고 나가 그녀와 밀회를 즐겼다. 그 이상은 엄두를 내지 못했다.

생각이 이리저리 갈피를 못 잡다 보니 페테르손은 집중하기가 어려웠다. 시정 활동을 스콕소스로 더 많이 옮기려면 납세자들의 돈을 적절히 사용해야 했다. 어떻게 해야 잘 해낼 수 있을까? 우선은 학교를 합리적으로 운영해야 했다. 헴마비드에 있는 학교는 폐교시키고 아이들은 통학 버스를 태워 스콕소스의 학교에 다니도록 할 수 있을 것이다. 그는 그 문제를 생각하면서 집무실의 회색 의자에 몸을 기대었다. 그것 말고도 처리할 일이 더 있었다. 스콕소스 외곽의 끔찍한 재활용 센터 겸 쓰레기 매립지 같은 문제들 말이다. 일단 두 지역이 병합되면 그는 그 시설을 헴마비드 외곽으로 확실히 옮길 작정이었다. 수익이 나는 건 인수하고 사람들이 원치 않는 건 제거하는 것, 그게 중요한 문제였다. 페테르손은 넥타이를 똑바로 매고 바지 주름을 폈다. 그는 세상일이 어떤 식으로 이루어지는지를 미국으로 유학한 뒤에 배웠다. 그는 사회학에서 좋은 성적을 거두었고, 아버지의 사업 감각을 물려받았다. 이제 그의 것이 된 스콕소스에서는 모든 것이 아주 잘 돌아가기 시작할 것이다. 여전히 헴마비드에서 살아갈 소수의 사람들은? 그들을 고려할 필요는 없었다. 전혀.

교통 검문소와 소 빙고 게임을 마치고 난 시기에, 메르타는 정말 무척이나 기분이 좋았다. 그녀는 벌써 몰래 새 계획을 짜는 중이었다. 그 계획은 분명 실현 가능했는데, 다른 사람들이 이제 기운을 차렸기 때문이다. 스티나는 수채화를 그렸고, 안나그레타는 레코드판을 틀고는 프랭크 시나트라의 「나의 길」을 즐겁게 따라 불렀다. 소 빙고 게임 행사 동안 그녀는 수제 아이스크림을 모두 팔아 치운 덕에 하늘을 날 듯한 기분이었다. 본인이 직접 만든 아이스크림이었으니까.

「우리 얼마나 벌었어?」 거실 거울 옆에 서서 신제품 마스카라를 칠하던 스티나가 물었다. 그녀는 파란색 코트 대신 밝은 노란색 코트를 입기로 마음먹었고, 그래서 화장도 노란 코트에 어울리는 색조로 하고 싶었다. 마스카라를 칠하던 중 스티나는 화장을 멈추고 손가락으로 얼른 머리를 걸어 올렸다. 이런 세상에, 요즘 마스카라는 파란 색조였고 그건 노란색 코트와 전혀 맞지 않았다. 스웨덴 국기처럼 보이는 건 절대 안 될 일이었다. 다시 파란색 코트를 입는 편이 나아 보였다.

「얼마나 벌었냐고? 보자, 교통 검문소가 우리한테는 빙고였어. 모두 128,550크로나를 거뒀거든. 네가 운전기사들에게 온갖 구실로 다 벌금을 물린 것 같던데. 과적, 마모된 타이어, 운행 기록계 조작으로 수입이 들어왔으니까. 깔끔한 일 처리였지! 아이스크림 판매로는 그 정도까지 벌지 못했는데, 그래도 몇천 정도는 이익이 났어. 하지만 그쪽으로 돈을 더 벌 생각이면 우리가 아이스크림을 더 팔아야겠지.」안나그레타가 생각에 잠긴 표정을 지으며 말했다.

「전문 젤라토 기계를 구입하지 그래? 그럼 아이스크림도 더 만들 수 있고 너만의 향도 첨가할 수 있을 텐데.」

「당연히 좋지. 하지만 우유가 아주 많이 필요할 거야.」

「그거야 식은 죽 먹기지.」스티나가 말했다. 지금 그녀의 자신감은 하늘을 찌르고 있었다. 「어떻게 하면 되는지 알아.」그녀가 하도 힘주어 말하는 바람에 립스틱이 미끄러져서 뺨에 빨간 줄이 그어졌다. 「우리가 검문소 차렸을 때 봤던 유제품 트럭 있잖아, 그것들 핀란드, 덴마크, 독일에서 왔고, 다른 나라에서 온 것도 분명 있었어. 그 트럭들을 세워서 우유를 약간만 빼돌리면 네 아이스크림 정도는 충분히 만들지.」

「뭐라고?」 안나그레타는 화들짝 놀랐다. 스티나가 어떻게 된 거지? 노인 강도단이 시골에 오고 나서부터 그녀에게는 아이디어가 넘쳐 났다.

「완전 범죄잖아.」 스티나가 계속 말했다. 「운전기사는 목적지에 도착할 때까지는 우유가 사라졌다는 걸 알아차릴 수가 없어. 그때 가서 뭘 하기에는 너무 늦고. 좋은 아이디어잖아. 그렇게 생각하지 않아?」

안나그레타가 감탄하며 친구를 바라보았다. 그녀는 계산하고 관리할 수 있는 사람이었지만, 스티나처럼 새로운 아이디어를 떠올리는 데는 서툴렀다.

「진짜 아이디어 좋다. 그런 생각은 다 어디서 나오는 거야?」 안나그레타가 말했다. 두 눈에 기쁜 기색이 가득했다. 그녀는 천성이 알뜰했고, 이 아이디어에서 가욋돈을 벌 잠재적 가능성을 금세 알아보았다. 그뿐만이 아니었다. 돈을 버는 와중에 재미있는 일도 약간 할 수 있을 터였다. 「하지만 말이야,」 안나그레타가 좀 머뭇거리며 덧붙였다. 「메르타가 그 생각에 찬성할 것 같아?」

「이래도 메르타, 저래도 메르타. 걔가 모든 걸 다 알아야 할 필요가 있을까? 늘 우리를 쥐고 흔들잖아. 우리가 어쩌다 마주친 트럭에서 우유를 좀 빼낸다고 해도 별로 큰일은 아니잖아, 그렇지? 게다가 우리끼리만 소소하게 모험도 할 수 있고.」

블롬베리와의 연애가 강제로 끝나는 바람에 그동안 무척이나 외로웠던 안나그레타는 이 말에 의욕이 크게 솟았다. 자기가 다시 쓸모 있는 사람이 된 기분이 들었다. 노인 강도단이 은행 강도 일을 그만둔 이후로 그녀는 쭉 따분하고 울적했지만, 지금 기대감에 몸이 다시 들썩이는 것이 느껴졌다. 그녀와 스티나가 함께 약간 대담하면서도 위험한 일을 저지르는 것이다. 정말 멋질 터였다.

「그런데 안나그레타, 이 아이디어는 우리끼리만 알고 있기로 하자. 괜찮지? 안 그랬다가는 메르타가 끼어들 거야.」 스티나가 불현듯 진지한 표정을 지었다.

「찬성이야!」 안나그레타가 그렇게 말하고는 신중을 기하고자 가슴에 성호를 그었다. 무신론자였는데도. 「이건 우리만의 소소한 모험이 될 거야. 다른 사람 말고 너와 나만의 모험. 노인 강도단과 헴마비드 마을의 이익을 위한 비밀 프로젝트. 그렇지?」 그녀는 천장을 올려다보며 아이스크림으로 얼마를 벌 수 있을지 재빨리 암산했다. 좋아, 외국 우유 트럭에서 원재료의 80퍼센트를 공짜로 얻게 될 테고……

「있잖아, 이거 절도 아닌가 모르겠네.」 안나그레타가 차분해지더니 고개를 내리며 의문을 제기했다.

「트럭에 우유가 2만 리터 들어 있는데 우리가 몇 방울 뽑아낸다고 티가 날 리가 없잖아. 그 정도는 그냥 자연스러운 손실로 기록돼. 그런데 우유 50리터만 있어도 아이스크림 350인분은 충분히 만들거든. 대단하지!」

「너 천재구나.」안나그레타가 미소를 지었다. 더는 죄책감을 가라앉히지 않아도 되었다. 「그리고 설사 그쪽에서 무슨 일이 벌어졌는지 알아차린다 해도, 아마 앞으로는 헴마비드를 피해서 가야겠다고 생각하겠지. 외국 우유 트럭이 더 이상 여기를 안 지나가는 거야. 설상가상이지!」

「일석이조야.」스티나가 안나그레타의 표현을 바로잡아 주었다.

스콕소스의 따분해 보이는 낡은 시 청사는 불 켜진 창문들이 아니었다면 회색에 묻혀 거의 눈에 띄지 않았을 것이다. 시 의회가 이제 막 회의를 끝낸 참이었고, 시장 알란 페테르손은 위풍당당하게 문을 열어젖혔다. 그는 옆구리에 서류를 한 무더기 낀 채 만족스러운 태도로 회의실을 떠나 복도를 따라 걸어갔다. 헴마비드의 학교는 내년에 스콕소스로 옮겨지고, 장기적으로는 폐교될 것이었다. 8학년 학생들이 과정을 마치고 나면 학교도 끝이었다. 페테르손은 회의에서 분노에 찬 반발과 강한 저항이 있으리라 예상했지만, 헴마비드의 재정 상태가 하도 나빠서 시 의회 의원들도 사태의 심각성을 깨달았다. 결의는 조만간 통과될 듯했다. 지방 자치세의 과세 수준은 이미 스톡홀름보다 훨씬 높았고, 여기서 세금을 더 올릴 수 있겠다는 생각은 누구도 하지 못했다. 할 수 있는 일 중 남은 것은 폐쇄와 중앙 집중화뿐이었다.

페테르손은 흡족한 기분으로 휘파람을 불며 성큼성큼 복도를 걸었다. 대부분 그가 바라던 대로 이루어졌고, 이제 머지않아 그의 지역구 스콕소스는 이 나라의 일류 도시로 성장할 것이다. 그렇게 되면 더 많은 사람들이 그가 다스리는 도시로 이사를 올 터였다.

하지만 여전히 해야 할 일이 남아 있었다. 쓰레기 매립지와 재활용 센터 문제도 해결해야 했는데, 바람이 안 좋은 방향에서 불어올 때면 스콕소스로 끔찍한 악취가 풍겨 왔기 때문이다. 물론 이에 대한 계획은 이미 짜두었다. 헴마비드 학교 뒤편에 낡은 갱도가 있었다. 거기야말로 쓰레기와 유독성 폐기물을 처리하기 딱 알맞은 곳이었다. 죄다 거기 옮겨 두기만 하면 되었다. 그럼 문제도 곧 해결될 것이다. 그렇다. 정말 잘되어 가는 듯 보였다. 모든 일이 그의 예상보다 훨씬 더 수월하게 진행되었다.

18

침실 창문으로 아침 햇살이 쏟아져 들어오자 — 천재가
커튼을 치는 걸 깜박했다 — 메르타는 잠에서 깼다. 첫 번째
소 빙고 게임 이후 일주일이 지나자 메르타는 다음과 같은
사실을 깨우쳤다. 그들이 교묘한 술책을 담은 행사를 개최
하여 사람들을 끌어들이기는 했으나, 시골을 살리는 것은
훨씬 어려운 임무라는 사실 말이다. 그녀는 아직 코를 골며
자고 있는 천재를 흘끗 보고는 조심조심 침대에서 빠져나왔
다. 메르타는 발끝으로 살금살금 계단을 내려간 다음 다른
사람들을 깨우지 않고 조용히 아침 식사를 준비하기 시작했
다. 커피를 내리고, 계란을 삶고, 그뢰트를 만들었다. 그녀만
의 아침에 방해가 되는 것은 아무것도 없었다. 헴마비드의
주방은 스웨덴 남부 외스텔렌에 있던 어린 시절의 부엌을
떠올리게 했다. 거기에도 나무 바닥과 널빤지로 만든 벽이
있었다. 이곳의 주방 또한 유리문이 달린 예스러운 나무 찬
장이 있어서 안에 뭐가 있는지 들여다볼 수 있었다. 벽 찬장

아래에는 냄비와 프라이팬을 보관할 수 있는 선반이 갖춰진 위풍당당한 작업대가 놓여 있었다. 주방 가구들은 벽 폭이 짧은 쪽 창문 옆에 서 있었다.

메르타는 소나무로 만든 대형 접이식 식탁, 안성맞춤인 등받이가 달린 편안한 파란색 의자들, 갈비뼈 모양의 등받이가 있는 길쭉한 구식 안락의자를 바라보았다. 천재와 갈퀴는 그 안락의자에 앉는 걸 좋아했다. 주방에 아일랜드 식탁이나 별의별 재미있는 소리를 내는 멋진 최신형 요리 기구는 없었지만, 커다란 오븐과 천천히 달아오르는 열판이 달린 번듯한 구형 레인지가 있었다. 조리대 위, 주걱과 국자와 거품기 등이 걸린 선반에는 요리책도 몇 권 꽂혀 있었다. 그 옆에는 거의 매일 불을 때는 근사한 장작 난로가 놓여 있었다. 천재는 장작을 패길 좋아했고, 난롯불은 그에게 자기가 아직 쓸모 있다는 의미로 다가왔다. 주방의 유일한 사치품은 새로 설치한 식기세척기로, 양판문 뒤에 숨겨져 있었다. 하지만 메르타는 식기들을 싱크대에서 직접 설거지하는 쪽을 더 좋아했다. 설거지는 생각할 필요가 있을 때 마음을 편히 가라앉히는 방법이었다. 지금 그러고 있듯 말이다.

그들의 이웃이자 농부인 롤란드 스벤손은 무척 사근사근했다. 늘 기분 좋아 보였고 언제든 재미있는 이야기를 할 준비가 되어 있는 사람이었다. 메르타는 누군가의 기운을 북돋아 주고, 남의 에너지를 빨아먹으며 살지 않으면서도, 지원을 필요로 하는 사람들이 좋았다. 그리고 참 다행스럽게도 그는 이 지역에서 소 빙고 게임을 열자는 아이디어에 찬

동해 주었다. 유머 감각이 있는 사람이었다. 이해력도 있었다. 사실 메르타는 그가 정말로 마음에 들었다. 물론 그녀는 천재와 사랑하는 사이였지만, 천재는 여러 가지 문제에 대해 점점 더 의견을 일치하기 어려운 사람이 되어 갔고, 본인 일을 하는 편을 선호했다.

아침 식사가 준비되자 메르타는 헨델의 「트럼펫 협주곡」 음반을 틀었다. 친구들을 침대에서 나오게 하는 멋진 방법이었고, 자명종 내지 군대 나팔보다 훨씬 나았다. 당연하다. 사람들은 아침에 취약하므로 정중한 대접을 받아야 한다. 그녀가 위층으로 통하는 문을 열자 음악이 계단을 타고 흘러 올라갔다.

이내 위층 방에서 발소리들이 들렸고, 그 직후 친구들이 문간에 차례차례 나타나 눈을 비비며 불안한 표정으로 그녀를 보았다. 왜 우릴 깨운 거지? 뭔가 수상쩍었다. 메르타는 그들을 모종의 임무에 파견하려 하거나 무언가를 하자고 설득하려 드는 사람이었으니까.

전날 밤 모두 — 스티나는 예외였다. 실수로 수면제를 복용했던 것이다 — 오랫동안 잠을 이루지 못하고 깨어 있었고, 아침에 곧장 활기차게 움직이기란 전혀 쉬운 일이 아니었다. 그들은 커피를 마시고 아침을 먹었지만 잠에서 완전히 깨는 데 바빠서 말을 별로 하지 않았다. 마침내 사람들이 기운을 좀 차리기 시작하자, 메르타는 천재에게 팔을 뻗어 그의 손을 몇 번 부드럽게 쓰다듬은 뒤 입을 열었다.

「천재, 내 생각엔 우리가 다시 아침 회의를 열어야 하지 않나 싶어.」

「뭐…….」 피곤이 덜 풀린 천재가 보란 듯 손으로 배를 감쌌다. 그러더니 정신을 차렸다. 「그래. 그러자고, 메르타!」

「우리는 조를 짜서 할 일을 나눠야 해.」 메르타가 계속 말하며 사람들을 보았다.

「네 말은 관광과 행사를 맡는 사람, 새 일자리를 생각해내는 사람, 게릴라 공격을 하는 사람, 이렇게 역할을 나누자는 거야? 그게 네가 원하는 방식이야?」 안나그레타가 물었다.

「맞아. 바로 그거야.」

「하지만 메르타! 너 그건 생각해 봤어? 우리가 내내 그런 일만 하고 다닐 수는 없어. 우리도 쉬어야 한다고.」

메르타는 그들을 보며 반발의 기운을 감지했다. 그렇다면 할 일은 딱 하나뿐이었다. 그녀는 커피를 조금 더 마시고는 준비가 됐다 싶어지자 나무딸기술을 꺼냈다. 그러다가 마음을 바꿔 먹고 작은 보드카병을 가져왔다. 그런 다음 각자의 컵에 보드카를 조금씩 따랐다.

「자, 내 말은 이런 거야.」 친구들이 보드카를 탄 무척 맛있는 커피를 모두 마시고 난 다음 메르타가 말했다. 「요즘 대기업들은 시골에서 전기, 목재, 광물을 끌어다 쓰면서도 세금은 시골에 한 푼도 안 내. 이러면 당연히 성장할 수가 없지. 헴마비드와 다른 시골 지역들로 세금이 걷혀야 해. 그렇지 않았다간 시골이 죄다 사라지고 말 거야.」

「이제 메르타가 다시 설교를 하시는군.」 갈퀴가 천재의 옆구리를 쿡 찔렀다.

「쉿, 이거 중요한 문제일지 몰라.」천재가 친구의 말을 막았다.

「우리가 그 상황을 바꿔야 해. 여기에 더해서 우리가 재미있는 행사를 더 많이 개최해야 사람들이 이 마을의 존재를 알아차릴 거라고. 스티나, 혹시 할 말 없니? 뭐 떠오르는 거 없어?」

「나 아는 거 있어. 아내 업고 달리기 대회. 혹시 들어들 봤어?」

「도대체 누가 자기 마누라를 업고 돌아다니고 싶어 하는데?」갈퀴가 웅얼거렸다.

「아내 업고 달리기는 핀란드에서 하는 경기야.」스티나가 반박했다. 「남편이 아내를 등에 업고 가능한 한 빨리 장애물을 통과하는 거지. 1등은 아내 몸무게만큼의 맥주를 상으로 받아. 엄청나게 인기 많다고.」

「여자를 업고 돌아다니는 것 말고도 여자와 함께 할 수 있는 더 즐거운 일이 있지 싶은데.」갈퀴가 힘주어 말했다.

「당신 진짜, 상상 참 추잡하기도 해라!」안나그레타가 한숨을 쉬었다.

「아내를 업고 뛰잖아? 그럼 남편 업기도 가능하지 않을까?」스티나가 계속 말했다.

「그러면 남편을 돌봐 줘야 하는 것도 모자라서 업고 다니기까지 해야 하는 거잖아.」안나그레타가 반대 의견을 제시했다.

「그래, 네가 한번 업고 다녀 봐. 그거 진짜 관광 명소가 되겠는데.」갈퀴가 빈정거리는 웃음을 지으며 거들었다.

사람들이 모두 폭소를 터뜨리는 바람에 메르타가 다시 말을 계속할 수 있기까지는 시간이 좀 걸렸다.

「오락 행사는 마을에 돈을 끌어오기 위한 거야. 우리는 학교를 위해서도 뭔가 해야 하고 직업을 얻을 기회도 마련해 줘야 해.」

「내가 공방을 열어서 사람을 고용할 수 있어.」천재가 자기 말을 긍정적으로 들리게 하려 애쓰면서 제안했다.

「도서관 버스를 운영할 수 있다면 어떨까?」스티나가 말했다.

사람들이 있는 힘껏 자기 두뇌를 괴롭히는 동안 침묵이 흘렀다. 갈퀴가 한참 콧노래를 흥얼거리더니 마침내 입을 열었다.

「취업 아이디어를 생각해 봤는데.」그가 말했다.「너희도 알지만 내가 젊을 때 바다에 나간 적이 있잖아.」

「그걸 기억 못 할 수야 없지.」스티나가 끼어들었다.

「우리 부모님이 그렇게 말씀하셨어. 음, 내가 망나니 같은 놈이라서 바른 생활을 배워야 한다고 말이야. 그 바른 생활을 배운 곳이 내게는 바다였지.」갈퀴가 턱수염을 쓸었다. 「지금이었다면 분명 대문자로 조합된 무슨 최신 증후군 따위를 갖고 있다는 진단을 받았겠지만, 어쨌거나 나는 바다에서 많은 걸 배웠어.」갈퀴는 잠시 말을 멈추고 다들 자기 이야기를 듣고 있는지 확인했다.「그래서 하는 말인데, 우리가 인생에서 도움을 좀 받을 필요가 있는 10대들을 위한 수업을 하나 열면 어떨까 싶네. 사람들은 여기 학교가 문을 닫기를 바라지만, 만약 우리가 교과목을 다변화하고 특별 보조금을 신청하면 학교가 살아날 수도 있겠지. 그러면 일자리도 더 생길 테고.」

「당신 천재야, 갈퀴. 정말 좋은 아이디어네!」 메르타가 그렇게 말하고는 메모를 했다.

「나는 우리가 ADHD와 아스퍼거 증후군을 앓는 10대 영재들과 같이 일해야 한다고 봐. 그러다 걔들이 학교를 마치면 우리가 일자리를 주선해 주는 거야.」 스티나가 논의에 합세했다. 그녀는 〈다르게〉 여겨지는 사람들에게 큰 존경심을 품고 있었고, 그 문제에 대해 생각이 많았다. 그녀는 저명한 인물에 대해 읽는 걸 좋아했는데, 최근에는 알베르트 아인슈타인, 스티븐 호킹, 스티브 잡스처럼 인생에서 자기만의 길을 걸은 사람들에게 푹 빠져 있었다. 그녀가 목소리를 높였다. 「인류의 발전에 기여한 수많은 위대한 인물들은 약간 특별한 사람들이었어. 이제 우리가 새로운 세대의 천재들을 돕자고.」

「우리가 새로운 레오나르도 다빈치를 발견할 수도 있는 일이지.」 천재가 열정적으로 말했다. 「내가 방과 후에 작업실에서 목공, 선반 작업, 또 그것 말고도 실용적인 기술들을 가르치는 수업을 열 수 있어. 정말 좋을 거야.」

「걔들을 바다로 내보내는 건 어때?」 갈퀴가 끼어들었다. 「허리케인이 몰아치고 파도가 높이 출렁여서 돛을 내려야 할 때 얼마나 힘든지 너희는 상상도 못 할걸. 그러고 나면 아주 기쁜 마음으로 배우게 되는 게 있는데 ——」

「그거 좋겠다, 갈퀴. 작은 보트를 몇 개 산 다음에 수영장 옆에서 선박 조종술을 가르치면 되겠어. 아주 잘될 거야.」 스티나가 거들었다.

「확실히 말해 두고 싶은데, MS 쿵스홀름[9]과 항해용 소형 보트는 같은 게 아냐.」 갈퀴가 그녀의 말을 바로잡고는 상처 받은 표정을 지었다.

이때쯤 되자 노인 강도단의 논의 속도에 불이 붙었고, 모두들 여러 가지 제안을 던졌다. 마침내 그들은 학교 관련 아이디어를 가을 학기에 실행해 보고, 심지어 기숙사까지 마련해 보자는 데 동의했다.

「걔들 구 목사관에서 지낼 수 있을 거야. 거기 아직 매매 되지 않았거든. 교구 위원회와 이야기해 볼게.」 교회와 관련 된 대부분의 일에 정통한 스티나가 말했다. 목사가 이사를 가는 바람에 옛 교회는 화가의 작업실로 바뀌었고 구 목사 관은 파손된 채 방치되어 있었다. 관심이 필요한 곳이었다.

「거기 살게 한다고? 사람 살려! 목사 부인이 그 집 지하실 에서 살해당했다는 소문을 모르는 거야?」 안나그레타가 말 했다.

「어라, 그거 완벽하군!」 갈퀴가 소리쳤다. 「우리가 그 집을 사서 유령의 흔적을 심어 놓으면 되겠어.」

---

9 대형 여객선. 1928년부터 1941년까지 스웨덴과 미국을 오갔다. 제2차 세계 대전 때는 군함으로 활약했고, 1965년 폐선되었다.

이제 그들은 한꺼번에 떠들어 대고 있었다. 게릴라 전술, 교습 방법, 자녀 양육법 등에 영감을 얻은 시골 활동도 댄스 음악 밴드와 아내 업고 달리기만큼이나 좋은 분위기에서 논의되었다. 메르타가 사람들을 바라보았다. 갑자기 모두 한마음 한뜻으로 다시 나아가고 싶어 하는 듯 보였다. 아니면 그냥 그녀의 비위를 맞춰 주려고 와글와글 떠드는 것일 뿐일까?

19

태양이 화창하게 빛나고 있었고, 이제 노인 강도단은 덥고도 멋진 여름을 맞이하였다. 소들은 목초지에 나와 풀을 뜯어 먹었다. 길가 도랑에서는 데이지, 수레국화, 미나리아재비가 환하게 피었다. 나비 한 마리가 꽃 주변을 춤추듯 날아다니다 여름 바람에 하늘 높이 날아올랐고, 공기 중에는 그윽한 향이 감돌았다. 메르타는 걷는 속도를 늦췄다. 헴마비드 남녀 공학 중등학교 교장 이르마 회글룬드가 이곳에 거주했다. 그녀는 혼자 살았다. 남편과 사별했고 자녀는 없었다. 사람들을 외면하는 모지고 심술궂은 사람은 아니어야 할 텐데. 메르타가 생각했다. 불행한 사람들에게 그런 일은 충분히 일어날 만했다. 그녀는 좀 불안했지만 교장의 집 바깥에 세워진 표지판을 보자 다시금 용기를 얻었다.

〈농장이 없었다면, 우리는 굶주리고 헐벗은 채 취할 일도 없이 살았을 것이다〉라는 글귀가 널따란 모퉁이 땅으로 들어서는 입구 옆, 아름답게 채색된 표지판에 적혀 있었다. 그렇다. 이 표지판의 목적은 분명 교육과 훈계였지만 다른 한편으로 재미도 있었다. 요즘 대도시 젊은이들은 옷을 어떻게 만들고 맥주를 어떻게 양조하는지 모르는 건 고사하고 자기네가 먹는 음식이 어디서 나오는지조차도 거의 알지 못한다. 이제 메르타는 자기가 곧 만날, 나이 50이 다 된 교장이 인생에서 별의별 꼴을 다 보았고 어떤 상황에건 준비가 되어 있는 창의적인 여성일 것이라는 희망을 품었다. 그렇지 않다면 저런 표지판을 세울 수가 없었을 테다.

당연히 이 시기에 학교 교사들은 여름휴가를 보내고 있겠지만, 그래도 문을 한번 두드려 볼 만한 가치는 있었다. 어쩌면 정원에서 느긋이 빈둥거리거나 그녀처럼 흔들리는 소파에 앉아 책을 읽고 있을지도 모르니까. 그 역시 휴가를 보내는 방법이었다. 반드시 어디 멀리 떠날 필요는 없을 터였다.

메르타는 문을 열고 과일나무와 딸기 관목 사이에 정갈하게 나 있는 자갈길을 따라 교장의 집까지 걸어갔다. 계단을 오르기 전 그녀는 걸음을 멈추고 주위를 둘러보았다. 양옆으로 벌판, 축사, 헛간과 목초지가 보였고, 약간 떨어진 곳에는 숲이 있었다. 거무스름한 제비들이 목재로 지은 붉은색 농가 위를 맴돌았으며, 목초지의 풀과 인동덩굴의 냄새를 맡을 수 있었다. 헴마비드의 많은 집들이 그러하듯 목가적인 풍경이었다. 대부분의 사람들이 편안함을 느낄 장소였다. 하지만 마을에는 사람이 몇 살지 않았고, 만약 신임 스콕소스 시장이 자기 뜻대로 하게 되면 더 줄어들 것이었다. 메르타도 그 소문을 들었다. 지역 학교를 진짜로 폐교한다니 안 될 말이었다! 권력에 굶주린 알란 페테르손은 이 문제로 그녀와 한판 벌여야 할 것이다.

초인종을 눌렀지만 아무도 답하지 않아서, 메르타는 이르마가 있는지 보려고 집 뒤쪽으로 돌아 들어갔다. 뒤뜰에 발을 디디자마자 청바지와 반소매 블라우스 차림에 어깨가 널찍한 여성이 정원 가장자리에서 잡초를 뽑고 있는 게 보였다. 팔뚝은 햇볕에 그을렸고 금발은 머리에 두른 빨간색 스카프 안으로 밀어 넣은 채였다. 그녀는 민들레와 엉겅퀴를 단호히 뽑아내어 낡은 외바퀴 손수레로 집어 던지는 중이었다. 리듬에 맞춰 콧노래를 흥얼거리는 모습을 보니 귀에 끼고 있는 검고 큼지막한 헤드폰에서 멋진 노래가 나오고 있는 게 분명했다. 메르타가 아주 가까이 다가가고 나서야 이르마는 반응을 보였다. 그녀가 허리를 펴고는 작업용 장갑을 벗었다.

「이게 누구야. 저 그쪽 알아요. 새로 이사 오신 분 맞죠?」

교장이 손을 뻗으며 인사를 했다. 악수를 하는 그녀의 손이 워낙에 굳세고 단단해서 메르타는 본능적으로 잡았던 손을 뺐다. 관절염에 걸린 손가락이 견디는 데는 한계가 있었다.

「학교 문제 때문에 왔어요. 제게 아이디어가 하나 있거든요.」 연약한 손가락을 문지르면서 메르타가 말했다. 이르마가 흥미롭다는 듯 그녀를 보았다.

「저기 정자에 앉아서 이야기하죠. 커피 괜찮으세요?」

메르타가 고개를 끄덕였다.

「커피에 곁들여서 뭘 좀 드시겠어요?」

메르타는 미소를 지었고, 지금 그녀가 말하는 게 비스킷인지 아니면 독한 술 한 방울인지 궁금했다. 이르마는 덴마크 혈통이었고, 덴마크 사람들 속은 아무도 모른다.

「저는 뭐든 잘 먹고 마신답니다.」

「멋지네요. 저는 커피에 케이크나 비스킷을 생각했는데, 혹시 제가 집에서 만든 술을 맛보실 의향이 있으실까요? 야생자두술이에요.」

메르타가 눈썹을 치켜세웠다. 「맛있겠네요!」

「좋아요, 그럼 여기 흔들의자에 앉아 계세요.」 이르마는 그렇게 말하고 집으로 들어갔다.

이르마가 부엌에서 분주한 사이 메르타는 흔들의자에 앉아 몸을 천천히 앞뒤로 움직였다. 암탉 몇 마리가 양계장 옆에서 땅을 쪼아 댔고, 고양이 한 마리가 그늘이 진 따뜻한 바위에 누워 잠들어 있었다. 교장의 집에서 조금 떨어진 곳에는 까치밥나무 덤불과 깔끔하게 가지치기된 사과나무가 줄지어 있었고, 그 너머에는 구불구불한 벌판이 펼쳐져 있었다. 훈훈한 여름 산들바람이 메르타에게 기분 좋게 불어오며 나무 꼭대기를 우수수 흔들었다. 메르타는 파리 한 마리를 손으로 툭 털어 내고는 눈을 감았다. 정말 상쾌하고 평화로웠다. 이 마을에는 스톡홀름에서는 참으로 드물게 경험한 고요함이, 오로지 시골에서만 발견할 수 있는 평온함이 있었다. 하지만 사람들은 이곳을 떠나고 있었다. 원해서가 아니라 어쩔 수 없이. 먹고살기 위해. 참으로 슬픈 일이었다!

까치밥나무 열매를 한번 먹어 보고 싶은 기분이 들어 메르타가 흔들의자에서 일어나려는데 바로 그때 이르마가 집에서 나왔다. 들고 오는 쟁반에 커피 보온병, 컵, 시나몬빵을 담은 접시가 놓여 있었다. 빵에서 감미로운 향이 풍겼다.

「갓 구운 거예요.」 그녀가 쟁반을 내려놓으며 말했다.

「아, 저는 시나몬빵 정말 좋아해요. 특히 설탕을 듬뿍 뿌린 거요.」 메르타는 그렇게 말하고는 맨 위에 놓인 빵을 집었다.

「궁금한 게 있는데, 아까 학교 이야기를 하셨잖아요.」 이르마가 컵에 커피를 따르고는 바로 본론으로 들어갔다.

「네, 맞아요. 헴마비드 학교는 유지되어야 해요. 학교가 없으면 마을도 사라질 거예요.」

「저도 알아요. 그런데 스톡홀름에서 오시지 않았어요? 저는 대도시 사람들이 시골 따위는 신경 쓰지 않는 줄 알았는데.」 이르마가 메르타를 회의적인 눈길로 바라보았다.

「저는 시골에서 컸어요. 그래서 많은 사람들이 도시 교외에 있는 작은 아파트에서 불편을 느낀다는 사실을 안답니다. 그들이 거기 대신 여기 살 수도 있어요. 우리가 협력해서 사람들이 여기에 정착하도록 해볼 수 있을 것 같은데요.」

「정치인들이 우리 마을 시설들을 죄다 스콕소스로 옮기느라 분주한 판국에 어떻게 그런 일이 일어날 수 있을까요? 내년에는 아마 학교 차례일 텐데요.」

「제 말이 그 말이에요. 우리가 멈춰야 하는 게 바로 그거죠. 제 이야기 좀 들어 보세요.」

메르타가 핸드백을 열고 여러 항목을 꼼꼼하게 적어 둔 수첩을 꺼냈다.

「지금 선생님 학교 학생이 약 서른 명이죠. 정원을 쉰 명까지 늘리면 어떨까 해요.」

「정원을 늘린다고요?」

「헴마비드에서 이 지역만의 특성을 만들어 낼 방법이 있어요. 아스퍼거 증후군과 ADHD를 앓고 있는 특별한 영재들을 돌보는 거죠. 훌륭한 업적을 이뤄 낼 수 있는 아이들 말이에요. 그 아이들에게는 훌륭한 전문 맞춤 교육을 받을 수 있는 학교가 필요해요. 재능을 꽃피우고 자기 자신이 될 수 있는 학교 말이에요. 그 아이들을 챙길 실력 있는 교사를 고용하고 이곳에 자리를 제공하면 당장 이번 가을부터라도 학생 수를 늘릴 수 있을 거예요.」

이르마의 얼굴이 환해졌다. 「조금 빠듯하기는 하지만, 될 것 같아요……. 마을에 새로운 가족이 열몇 집 정도만 들어와도 굉장한 일이죠.」

「당연하죠! 그 사람들이 자기 사업을 시작할 수도 있어요. 수공예품 제작 강좌라거나, 관광 활동, IT 회사 같은 것들이요. 제 생각에는 그 사람들이 그런 식으로 아이들뿐 아니라 다른 사람들을 위한 일자리를 만들 수 있을 거예요.」

이르마는 새삼 존경심을 품고 메르타를 바라보았다. 이 새로 이사 온 주민은 문제를 해결하려 노력하는 긍정적인 사람이었다. 지금 지역 사람들에게 필요한 것이 바로 이런 인물이었다. 이르마는 학교 문제로 오랫동안 고민했다. 학교가 없다면 마을은 서서히 죽어 갈 테고 그녀 또한 일자리를 잃을 터였다. 이르마가 커피를 저으며 말했다.

「하지만 우리도 이 마을로 이사 오는 사람들을 챙겨 줘야 해요. 은행에서는 헴마비드에 집을 짓겠다는 사람들에게 대출을 해주지 않을 테고요. 그 사람들은 어디서 살죠?」

「별장을 팔고 싶어 하는 사람들이 늘 있게 마련이에요. 예전에 요양소였던 건물도 있고요. 조금만 개조하면 젊은이들이 지낼 기숙사로 사용할 수 있을 거예요.」

「이 문제에 대해 정말 많이 생각하셨군요!」이르마가 말했다. 감탄이 깃든 목소리였다.「옳은 말씀이에요! 우리가 더는 비관적으로 살아서는 안 되죠!」

메르타는 고개를 끄덕이고는 수첩을 건넸다. 그녀가 두 면에 걸쳐 빼곡하게 적어 넣은 메모를 손으로 가리켰다.

「여기 대략의 계획을 간단히 적어 놓았어요. 이걸 참고하시면 될 거예요.」

이르마가 낡은 검정 수첩을 받아 들고는 처음 몇 쪽을 얼른 훑어보았다. 찌푸렸던 얼굴의 주름이 펴지면서 입술에 즐거운 미소가 퍼져 나갔다.

「와, 이건 진짜 혁명이네요. 저 가서 야생자두술 좀 가져 올게요.」

20

비는 그쳤고, 하늘은 여전히 구름으로 덮여 흐렸지만 춥지는 않았다. 스티나는 감시 업무를 수행하러 나오기에 좋은 날씨라고 생각하며 널따란 도로를 계속 주시했다. 그녀와 안나그레타는 트럭 운전기사들이 가끔씩 멈추곤 하는 쉼터 근처에 자리를 잡았다. 교통은 혼잡했고 장거리 트럭들이 굉음을 울리며 지나갔다. 그녀는 날을 바짝 세워 주의를 기울였다. 그렇게 지나가는 대형 트럭들 중 우유를 가득 채운 반짝이는 탱크 트레일러를 볼 수 있기를 바라 마지않았다. 스티나와 안나그레타는 — 둘은 신선한 공기를 쐬러 산책을 좀 다녀오겠다 말하고 나왔다 — 도롯가에 딱 붙어 서서 조금 떨어진 곳에 위치한 쉼터에 유제품 트럭이 얼마나 자주 정차하는지 수첩에 적었다. 여름 동안 두 친구는 무척 많은 유제품 트럭 운전기사들이 휴식하기 위해 쉼터에 차를 세운다는 사실을 알아냈다. 당연히 바로 그때가 그들이 공격을 감행할 때였다. 메르타의 개입 없이 말이다……

그건 묘하면서도 짜릿한 기분이었다. 하지만 스티나와 안나그레타는 자기들도 그동안 배운 게 있고, 나름으로 강도단에 기여할 수 있다는 사실을 보여 주고 싶었다. 게다가 두 사람 모두 메르타가 늘 사람들을 쥐락펴락하는 데 염증을 느꼈다. 그들이 은행 강도 계획을 짤 때는 그것이 합당했다. 사람들에게는 구심점과, 만사를 꼼꼼히 챙기는 강력한 지도자가 필요했으니까. 하지만 지금 메르타는 스웨덴의 시골 마을을 살린다는 엄청난 정치적 계획을 실행하려 들었고, 그건 너무 멀리 나간 일 같았다.

「그런데 스티나, 너는 늘 걱정을 달고 사는 사람이잖아. 이번 일 잘 처리할 수 있겠어?」별안간 안나그레타가 날카로운 시선으로 물었다.

「아니, 이해 못 하겠어? 나는 자기 계발을 하려 애쓰는 중이야. 이번 일은 내겐 성숙해질 수 있는 기회고.」

「그래서 유제품 트럭에서 우유를 빼내는 게 강한 자아를 얻는 방법이다?」

「그렇지. 모두 각자 자기 나름의 방식으로 자기 계발을 하는 거야.」스티나가 뻔뻔하게 보이려고 애쓰며 대답했다. 하지만 그녀는 손거스러미를 계속 잡아 뜯으면서 만약 정신과 의사 앞에서라면 뭐라 이야기했을지 생각했다. 대충 이런 식으로 말하지 않았을까? 〈저는 우유를 훔친 덕에 자아가 강해졌답니다.〉

스티나와 안나그레타는 다음 주 목요일 밤에 이 일을 결행하기로 했다. 목요일을 택한 까닭은 운전기사들이 나흘 내내 운전을 하느라 그때쯤에는 지쳐 있을 것이기 때문이었다. 주차를 하자마자 코를 골며 곯아떨어질 테니 절도 행각을 전혀 눈치채지 못할 것이다.

그렇게 날짜를 정하고 나서, 두 노부인은 평소보다 훨씬 열심히 운동하기 시작했다. 그들은 평소처럼 메르타와 같이 체력 단련을 했고, 그러는 한편으로 안나그레타는 더 나은 몸 상태를 만들기 위해 스티나가 하는 요가에도 참여했다. 며칠 동안 두 사람은 특히 몸의 균형을 잡는 운동과 무거운 물건을 들어 올리는 연습에 집중했는데, 비록 무척 힘이 들기는 했어도 거기에 많은 노력을 쏟아부었다. 수요일 아침에 그들은 근육통을 느꼈지만 그걸 제외하면 무척이나 기운이 넘쳤다. 흠뻑 땀을 흘리고 샤워를 마친 뒤, 그들은 강도단의 집인 〈금고실〉에 새로 마련된 체력 단련실 바깥에서 채소주스 컵을 든 채 안락의자에 편안히 앉아 있었다.

「이렇게 건강 음료도 마시고, 요가도 하고, 운동도 열심히 했으니 우리 생물학적 나이가 평소보다 10년에서 20년쯤 젊어졌을 게 분명해.」스티나가 재잘대며 말했다.

「뭐, 최소한 15년은 젊어졌겠지.」안나그레타가 말했다.

「맞아. 나 지금 정말로 강해진 기분이 드는 거 있지. 봐봐!」스티나가 실내복 소매를 걷어 근육을 자랑했다. 근육이 지난주보다는 좀 덜 처져 있었다.

「그러게, 멋지게 불룩해졌네.」안나그레타는 스티나가 획득한 두 개의 조그만 근육 덩어리를 가리키며 웃음을 터뜨리고는 시끄럽게 후루룩거리며 채소주스를 얼른 마셔 넘겼다.「그 생물학적 나이 문제 말인데, 내 나이는 확실히 젊어졌어. 운동도 너만큼 많이 하는 데다 호르몬 약도 먹고 있거든.」안나그레타가 자리에서 일어나 벽 쪽에 있는 밸런스 보드로 갔다. 그녀는 결연히 보드 위로 발을 디디고 올라가더니 스티나에게 미소를 보내며 왼쪽 다리를 허공으로 들어 올렸다.

「봐봐, 이런 걸 할 수 있다니 멋지지 않아? 심지어 이런 것도 할 수 있어. 간다!」안나그레타가 그렇게 외치며 발을 슬쩍 더 흔들었다. 인터넷에서 보고 점찍어 둔 원 그리기 동작을 따라 한 것이었다. 그러자 밸런스 보드가 흔들렸고, 그 바람에 안나그레타도 흔들렸다. 그녀는 이리저리 팔을 허우적대다가 중력의 법칙에 의해 바닥으로 떨어졌다. 스티나가 그녀에게 서둘러 달려갔다.

「이를 어째. 안나그레타, 괜찮아?」

안나그레타가 다시 일어섰다.「전혀 문제없어. 내 뼈다귀는 스웨덴 강철 같거든. 그나저나 이거 되게 웃긴 밸런스 보드네.」

「음, 몸에 어디 특별히 잘못된 곳은 없는 것 같아. 하지만 조심해. 우린 내일 실전에 들어갈 거니까. 게릴라 아이스크림을 생각하라고!」

「게릴라 아이스크림이 그날의 구호구나!」안나그레타가 킬킬거렸다.

그들의 비밀 게릴라 작전이 실행되는 목요일은 다른 날과 다름없이 시작되었지만, 스티나는 시간이 갈수록 점점 더 불안해졌다. 그 일을 책임지고 담당할 사람이 메르타가 아니라 자기였으니까. 더군다나 이번 건은 아무도 모르게 실행될 일이었다. 점심 식사 후 — 스티나와 안나그레타는 놀랄 만큼 적게 먹었고, 평소에 비해 눈에 띌 정도로 접시 한쪽에다 음식을 밀어 뒀다 — 두 명의 공모자는 그날 밤의 행동을 위한 준비에 착수했다.

우선 스티나는 정원 헛간으로 가서 가벼운 알루미늄 사다리를 꺼내 왔다. 〈가지고 있으면 쓸모 있을〉 때가 있을지 모른다는 이유로 스콕소스의 철물점에서 구입한 물건이었다 (그리고 바로 지금이 그 〈쓸모 있을〉 때였다). 그녀는 이 새로 구입한 등반 도구를 펼치고는 헛간 벽에 기대어 놓은 뒤 자기가 잘할 수 있는지 보려고 몇 걸음 올라갔다가 내려오며 사다리를 시험해 보았다. 열 번 정도 잇따라 시험해 보는 동안, 그녀는 외려 자신감이 더 붙었다. 일은 완벽하게 잘 돌아갔고, 그 순간 그녀는 요가와 체력 단련에 찬사를 보냈다. 메르타와 함께 아침마다 체력 단련을 하지 않았다면 그녀가 사다리를 열 번씩이나 오르내리지는 못했을 것이었다.

사다리 점검을 마치고 나서 스티나와 안나그레타는 스콕소스로 미니버스를 몰고 가 저녁의 임무를 위해 트레일러를 하나 임대했고, 몇 가지 장비, 배관, 헤드 랜턴, 흡입용 펌프를 마련했다. 그들은 짐을 가득 실은 트레일러를 숲 공터까지 몰고 간 다음 차에서 분리해 숨겨 놓고는 도둑맞지 않기를 기원했다. 그런 다음 집으로 돌아와 안뜰에 미니버스를 주차했다. 다음으로 해야 할 과업은 불법 흡입, 혹은 〈우유 빨아 들이기 작전〉을 실제로 연습해 보는 것이었다. 이 과정 전체가 모유로 아이를 키우는 엄마들이 사용하는 착유기 같다는 연상이 안나그레타의 머릿속에 떠올랐는데, 그런 짓을 불법으로 한다는 생각이 들자 그녀는 스티나가 미처 말리기도 전에 말처럼 히힝 하는 웃음을 터뜨리고 말았다. 그들은 플라스틱 흡입 펌프를 물통에 꽂아 물을 빨아들인 다음 땅바닥으로 흘리며 통을 비우는 연습을 했지만, 지나가던 메르타가 둘에게 의아한 시선을 보내자 즉시 연습을 중단했다.

그날 저녁 둘은 평소처럼 사람들과 함께 저녁을 먹었지만 가끔씩 서로에게 둘만이 이해할 수 있는 비밀스러운 눈짓을 교환했다. 그들은 장난을 치는 듯한 기분과 기대감을 동시에 느꼈다. 저녁을 먹고 나서는 카드 게임을 하고, 차를 마시고, 사람들과 잡담을 나누다가 잠자리에 들었다. 스티나는 크게 하품을 하더니 갈퀴에게 자기는 이제 피곤하다며 가서 자야겠다고 말했고, 한 시간쯤 뒤 그가 방에 들어왔을 때는 자는 척했다. 갈퀴는 이내 낡은 바우어 압축기처럼 코를 골았는데, 이는 좋은 징조였다. 일단 그가 코를 그렇게 골면 깨우는 데 한참이 걸렸기 때문이다. 스티나는 갈퀴가 잠든 후 휴대 전화에 진동 알람을 설정한 뒤 잠옷 아래 입은 브래지어 안에 집어넣고 출발 전까지 두 시간 동안 잠을 청했다. 그녀가 에로틱하면서도 정말 사랑스러운 꿈을 한창 꾸고 있는데 휴대 전화가 진동했고, 처음에 제대로 잠이 깨기 전까지 그녀는 갈퀴가 자기를 유혹하는 행동을 열렬히 하고 있는 줄 알았다. 그래서 비록 한순간이기는 했지만, 그녀는 갈퀴 때문에 계획을 모두 내다 버릴 마음까지 먹었다. 하지만 압축기 같은 그의 코골이를 듣자 마치 화산 폭발이 눈앞에 닥친 듯한 느낌이 들었고, 그녀는 자기 인생의 동반자가 아주 깊이 잠들어 있다는 사실을 깨달았다.

스티나는 살금살금 침실을 빠져나와 미니버스 예비 열쇠를 꺼내 왔고, 그러는 와중에 안나그레타를 흔들어 깨웠다. 그로부터 반 시간 뒤(나이가 있다 보니 옷을 후다닥 재빨리 입지는 못했다), 두 노부인은 안뜰로 살금살금 나와 미니버스로 갔다. 지금은 밤 11시 30분, 행동을 개시할 때였다!

스티나는 만전을 기하기 위해 마지막으로 한 번 더 메르타의 방 창문을 올려다보았고, 불이 꺼져 있는 것을 확인한 다음 차분히 안도의 한숨을 쉬었다. 이제 들킬 위험은 없었다. 그녀는 얼른 미니버스에 올라 열쇠로 시동을 걸었다. 안나그레타가 미니버스에 타 안전벨트를 매자, 스티나는 액셀러레이터를 가볍게 밟으며 기어를 저속으로 둔 채 안뜰을 빠져나갔다. 차 엔진 소리가 들릴 범위를 벗어나고 나서야 그녀는 속도를 내어 어둠 속으로 달려 나갔다. 그들은 트레일러를 미니버스에 연결한 다음 — 다행히 아무도 손을 대지 않았다 — 쉼터를 향해 차를 몰고 갔다. 얼마 지나지 않아 다시 불빛이 보였다.

헴마비드를 벗어나자마자 쉼터가 나타났는데, 그들은 쉼터가 텅 비어 있다는 사실을 알아차렸다. 장거리 트럭도, 유제품이 든 탱크도 없었다. 차량이라고는 한 대도 눈에 띄지 않았다.

「징조가 안 좋은데. 이건 어제 내가 기대했던 게 아냐. 어제는 여기 트럭이 두 대나 있었는데.」 안나그레타가 한숨을 쉬었다. 「알라[10] 트럭들도 봤다고. 그 안에 수천 리터의 우유가 들어 있는 게 분명한데!」

「우리가 좀 일찍 왔을 수도 있어. 트럭은 나중에 올 거야.」 스티나가 코를 풀며 말했다. 날씨가 끔찍하게 추워서 그녀는 몸이 편치 않았다.

「카드라도 칠까? 그럼 지루하지 않을 거야.」 안나그레타가 제안했다. 그녀는 숫자에 매우 밝았을 뿐 아니라 카드 게임을 할 때도 무척이나 머리가 잘 돌아갔다.

스티나가 고개를 끄덕였다. 그녀는 쉼터에서 조금 떨어진 곳에 있는 나무 아래로 차를 몰고 간 다음 시동을 껐다.

「좋아, 카드 꺼내자!」

두 노부인은 연이어 카드 게임을 두 판 했고, 점점 더 자주 하품을 했지만, 트럭은 코빼기도 비치지 않았다. 마침내 스티나가 눈을 거의 뜰 수 없을 지경이 되고, 그 와중에도 속임수를 쓰는 바람에 안나그레타가 카드 한 벌을 몽땅 바닥에 흩뜨려 파투를 냈을 때 드디어 일이 벌어졌다. 별안간 그들의 눈앞에 어둠 속에서 빛나는 커다란 헤드라이트 불빛이 나타나더니 트럭 한 대가 쉼터로 들어갔다. 운전기사가 트럭을 세웠고, 차의 불빛이 꺼졌다. 두 노부인이 기대에 차 서로를 보았다. 바로 저기, 고작 20미터 거리에 대형 트럭이 멈

10 스웨덴과 덴마크 합작의 세계적인 유제품 회사.

155

춰 서 있었던 것이다. 운전기사는 법으로 정해진 휴식 시간을 보내려는 게 확실했다. 두 노부인은 기사가 푹 잠들었으리라는 확신이 들 때까지 끈기 있게 기다렸다.

「15분만 더 기다리자. 그런 다음 저기에 〈승선하는〉 거야.」 안나그레타가 말했다. 〈승선한다〉는 표현은 갈퀴에게서 빌려 온 것으로, 바다에서 쓰는 용어였는데, 지금 이 상황에 딱 들어맞는 말이었다. 이제 그들은 도로의 해적이 되었으니 말이다.

「좋아.」 스티나가 기침을 삼키며 말했다. 바깥을 내다보았다. 여전히 컴컴했고 달조차 보이지 않았다. 하지만 헤드 랜턴이 있으니 문제 될 일은 거의 없었다.

「트럭에 〈알라〉라고 적혀 있어?」 안나그레타가 물었다. 어둠 속을 뚫어져라 바라보아도 트럭을 장식하는 로고가 전혀 보이지 않아서였다.

「모르겠어. 알라 트럭은 보통 죄다 번쩍이는 금속으로 만들어져 있고 뒤쪽에 녹색 로고가 박혀 있거든. 수상쩍은 우유 트럭이면 로고 따위는 달고 있지 않겠지.」

「하지만 묵은 우유를 아무렇게나 뽑아 가서 쓸 수는 없어. 인증도 받고 품질 관리도 되어 있어야 한다고. 내 아이스크림을 사 먹는 고객들이 배탈이 나면 안 되잖아.」 안나그레타가 공포에 질려 소리쳤다.

「가까이 다가가면 어떤 트럭인지 알아볼 수 있을 거야!」 스티나는 그렇게 말하고는 미니버스에서 내려 트레일러를 열었다. 그녀는 안나그레타의 도움을 받아 가며 장비를 들어 올리고, 커다란 빈 플라스틱 통을 트레일러 위에 올려놓은 뒤 접이식 사다리를 맨 위에 얹었다. 그런 다음 가능한 한 조용하게 트럭을 향해 갔다. 안나그레타가 헤드 랜턴으로 트럭 탱크의 길쭉한 옆면을 비추자 반짝반짝 빛나는 탱크가 보였다.

「알라 트럭이 확실해.」그녀가 속삭였다.

「좋아, 그럼 뭘 기다려?」스티나는 그렇게 말하고는 기침을 참으려 애썼다.

두 친구는 트레일러를 세운 다음 정찰을 위해 트럭 주위를 조용히 살금살금 돌았다. 어둠 속에 멈춰 있는 거대한 차량에서는 아무 소리도 들리지 않았다. 운전기사가 푹 잠이 든 모양이었다.

「이제 상단 뚜껑을 열고 흡입 펌프를 작동시키기만 하면 되는 거지?」안나그레타가 바짝 긴장한 채 속삭였다.

스티나가 고개를 끄덕였다. 둘은 힘을 합쳐 사다리를 편 다음 트럭에 기대어 놓았다. 스티나가 사다리를 타고 올라갔다.

스티나가 탱크 상부에 이르자 커다란 해치가 보였다. 흡입 펌프 관을 집어넣기 전에 그것부터 돌려 열어야 했다. 보통 그곳을 통해 우유를 부었으니까. 하지만 헤드 랜턴을 켰을 때, 그녀는 해치를 열기는커녕 상부를 따라 거기까지 걸어갈 수도 없을 것 같다는 사실을 깨달았다. 여기서부터는 도움이 필요했다. 그녀는 좌절하여 다시 내려왔다. 젠장, 이 문제를 생각해 뒀어야 했다. 반짝거리고 미끄러리는 표면,

그리고 늙은이 한 명이 돌려서 열 수는 없을 듯한 해치라는 문제 말이다. 두 명이 있다고 해도 사정이 더 나아질 성싶지 않았다.

「흡입 펌프로 우유를 빨아올리기 어렵겠어.」스티나가 실망하여 한숨을 쉬었다.

「하지만 뒷문을 살펴볼 수도 있잖아. 거기서 관에 든 우유를 빼낼 수도 있어.」안나그레타가 그렇게 말하며 뒷주머니에서 오래 사용한 비자 신용카드를 꺼냈다. 「요즘은 은행에 현금이 부족해서 돈을 인출하는 게 어렵다지만, 신용카드는 자물쇠 여는 데 꽤 쓸모가 있지.」

안나그레타가 마치 진짜 악당이라도 된 듯 전문적인 동작으로 비자 골드 카드를 자물쇠에 집어넣고 몇 번 시도하자 딸깍 소리가 나며 문이 열렸다. 그녀가 막 손잡이를 잡고 돌리려는데 쾅 하는 소리와 함께 문이 저절로 열리면서 뭔가가 떨어졌다. 스티나와 안나그레타가 뒤로 비틀거리며 물러섰다.

「아이고야!」안나그레타가 소리쳤다. 「요가로 균형 잡기를 연습해 두었기 망정이지!」

「운전기사가 호스를 제대로 걸어 놓지 않았나 봐. 부주의하기는!」스티나가 말했다.

그들은 잠시 조용히 서서 운전석에서 뭔가 반응이 나올까 봐 기다렸지만, 아무 일도 일어나지 않았다. 안나그레타가 고무호스를 꽉 쥐어 보았다.

「그런데 이거 두꺼운 데다가 너무 끈적끈적해.」

「뭐, 그럴 수도 있지.」스티나가 말했다. 그녀는 손수레를 가져온 다음 50리터짜리 빈 통의 뚜껑을 열었다. 「좋아, 호스는 어디 있어? 통에 집어넣어!」

「이거 냄새 좀 이상하지 않아?」안나그레타가 호스를 통에 집어넣으려다가 머뭇거렸다.

「아냐, 그냥 계속 진행하자.」스티나가 대답했다. 그녀가 신호를 주고 나서 호스 마개를 열자 안에 있던 내용물이 흘러나왔다.

「잠깐! 멈춰! 빌어먹을!」안나그레타가 애처롭게 외치며 격렬히 손짓을 해댔다.

「와, 나온다!」스티나가 기쁜 듯 말했다. 그녀는 몇 번 재채기를 하고는 내용물이 콸콸 쏟아져 나오도록 마개를 끝까지 돌렸다.

「세상에.」안나그레타가 신음했다. 그때쯤에는 호스에서 액체가 너무 많이 흘러나와서 심각한 감기에 걸린 사람조차도 탱크 안에 들어 있는 물질의 냄새를 맡을 수 있을 정도였다.

「아, 이를 어째. 세상에, 이거 밭에 뿌리는 똥거름이 분명해. 우리가 엉뚱한 트럭을 골랐어.」스티나가 당혹스러워하며 중얼거렸다.

「우리? 네가…….」안나그레타가 입술을 불만스러운 듯 오므리고는 한쪽으로 크게 한 걸음 내딛었다.

「도와줘. 이거 막 쏟아져 나와.」스티나가 절망에 빠진 채 마개를 닫으려 했다. 안나그레타가 최선을 다해 도왔지만 아무리 용을 써도 마개를 잠글 수가 없었다. 이제 남은 할 일은 하나뿐이었다. 도망치는 것!

이런 연유로, 쉼터에서 들리는 목소리와 덜커덕하는 소리 때문에 잠에서 깬 운전기사는 평생 잊지 못할 충격을 받았다. 여전히 잠이 좀 덜 깬 상태로 지저분한 조끼를 입은 채 운전석에서 내려와 보니 호스가 땅에 떨어져 있었고, 호스에서는 똥거름이 콸콸 쏟아져 나오고 있었다. 조금 떨어진 곳에 사람 두 명이 달아나고 있었고, 그 모습을 본 기사가 뒤를 쫓아가려고 했지만 그만 발이 미끄러져 넘어지고 말았다. 다시 일어나기 전, 차가 출발하는 소리를 들은 기사는 한 쌍의 헤드라이트를 보았다. 그다음 순간 트레일러를 달고 있는 대형 차량이 휙 지나가며 속도를 올리더니 밤의 어둠 속으로 사라졌다. 기사는 얼떨떨한 채로 멍하니 사라진 차 쪽을 바라보다가 고개를 내젓고는 트럭으로 돌아갔다. 노르웨이 사람들이 쓰레기차에서 물건을 훔친다는 농담은 들어 봤지만 이건 한술 더 뜨는 짓이었다. 똥거름을 도둑질하다니! 그는 호스 마개를 잠그고 고개를 내저었다. 그런 다음 몸을 닦고 운전석에 올라탔다.

몇 시간 뒤 다시 눈을 떴을 때, 운전기사는 혼란스러웠다. 지난밤에 그는 자기가 노부인 두 명이 달아나는 모습을 봤다고 생각했다. 똥거름을 훔치는 노부인 두 명? 그럴 리가. 아무래도 평소처럼 보드카를 너무 많이 마신 게 분명했다.

스티나와 안나그레타가 새벽 2시쯤 집 안뜰로 돌아왔을 때, 둘의 몸은 더러웠고 무척 피곤했다. 스티나가 미니버스를 주차했고, 두 사람은 가능한 한 조용히 흡입 펌프와 플라스틱 통을 옮겼다.

「있잖아, 안나그레타.」스티나가 말했다. 「그게 우유가 아니라는 걸 우리가 알아차린 게 얼마나 다행인지 몰라.」

「달리 보면 말이지, 요즘은 아이스크림 종류가 워낙 많잖아. 똥거름으로도 분명 맛있는 아이스크림을 만들 수 있을 거야.」안나그레타가 또 말처럼 히힝거렸는데, 웃음소리가 천둥처럼 크게 울리는 바람에 스티나가 손으로 그녀의 입을 막아야 할 정도였다. 하지만 그때 스티나는 자기 친구가 이 일을 기분 좋게 받아들였다는 사실을 깨달았다. 비록 성공은 못 했지만 둘 다 정말로 열심히, 최선을 다했으니까.

21

다음 날 아침 스티나와 안나그레타는 늦잠을 잤다. 메르타는 닫혀 있는 침실 문을 못마땅한 듯 바라보다가 고개를 저었다. 두 사람은 아침에 점점 더 늦게 일어났고 아침 식사도 자기들끼리 하는 일이 잦았다. 메르타가 그들의 방에 들어가 뭐라고 말해 보려 했을 때도 그 말을 듣지 않는 것 같았다. 마치 자기들끼리의 비밀이 따로 있고, 나머지 강도단 단원들이 무엇을 하느라 바쁜지는 전혀 신경 쓰지 않는 듯했다. 심지어 갈퀴조차도 딱히 알고 있는 게 없었다.

뭐, 중요한 건 모두 행복하게 잘 지내는 일이지. 메르타는 그렇게 생각했다. 하지만 그럼에도 마음 깊은 곳에서는 불만이 있었다. 사실 그녀는 자기가 거의 외부인인 듯 느꼈고, 그 때문에 걱정이 되었다. 자기 결정에 대해 스티나와 안나그레타의 승인을 얻고자 둘을 어르고 달래며 설득해야 하는 빈도가 점점 늘고 있었다. 만약 천재와 갈퀴마저 똑같은 태도로 행동하기 시작하면 어쩐다? 그렇다면 문제가 심각해지리라. 메르타는 더 세심하게 다른 이들의 감정에 귀를 기울이도록 노력해야 했다. 그러지 않았다가는 모든 것이 완전히 실패로 끝나고 말 것이다.

메르타는 커피를 내린 다음 커피 잔과 웨이퍼로 가득 찬 그릇을 정리해 놓았다. 주방 창문 밖에서 햇살이 빛났고, 그녀는 흔들의자에 앉아 재미있는 책을 읽고 싶었다. 하지만 그럴 수는 없었다. 준비해야 할 일들이 너무도 많았다.

「왜 우리 맨날 커피에다 웨이퍼만 곁들여 먹는 거야? 바삭한 귀리비스킷이 훨씬 더 맛있을 텐데.」안나그레타가 한마디 했다.

「아니면 최소한 쇼트브레드핑거쿠키만 되어도 좋겠는데.」스티나가 거들었다.

「그래그래, 물론이지.」메르타가 웅얼거렸다. 그녀의 생각은 딴 데 가 있었다. 「아무래도 우리 잠깐 회의를 해야 할 것 같은데.」그녀가 오만한 〈주최자〉 같은 목소리를 내지 않으려고 애쓰며 부드럽게 말했다.

「또 회의를 하자고? 아, 제발 좀!」갈퀴가 질색하며 팔을 휘저어 댔다.

하지만 천재는 무슨 뜻인지 이해했고, 그들은 다 같이 탁자와 의자를 들어 정원으로 나간 다음 온실 옆 흔들의자 쪽에다 내려놓았다. 하지만 강도단은 그 외에는 아무것도 하지 않았고, 메르타가 아침 일찍 구운 시나몬빵을 들고 나타나 엘더플라워샴페인과 함께 내려놓고 나서야 한데 모여들었다.

「더 많은 사람들을 이 마을로 이사 오게 해야 해.」메르타가 주스를 따르며 말했다. 그녀는 자기가 만든 이 음료를 엘더플라워샴페인이라 불렀는데, TV에서 본 대로 이스트를 약간 첨가했기 때문이다. 하지만 스티나는 잔을 바로 내려놓고는 트림을 하더니 이 음료는 〈풍선주스〉라 해야겠다고 말했다. 메르타는 눈썹을 치켜세웠지만 아무 말도 하지 않았다. 그녀는 새 잔과 채소주스가 든 병을 가져왔다.

「하지만 사람들이 이사 온다 해도 살 곳이 있어야지.」스티나가 말했다.

「주인이 죽고 나서 한 번도 사용 안 하는 여름 별장이 많아. 식구들이 유언장을 가지고 시시비비를 가리며 집안에서 말다툼을 벌이고 있거든…….」갈퀴가 생각에 잠겼다. 강도단의 최연장자로서, 그는 가끔 사후 세계를 생각하곤 했다. 「어쩌면 그런 집들을 가지고 뭘 좀 해볼 수 있지 않을까?」

「그 말이 맞아. 천재와 차를 타고 주변 지역을 돌아봤는데 빈집을 세어 보니 스물두 채더라.」메르타가 커다란 숄더백에서 수첩, 펜, 그리고 엽서와 우표 한 무더기를 꺼냈다.

「이걸로 우리가 뭘 해야 하는 거지?」갈퀴가 엽서를 보며 물었다. 노란색과 빨간색으로 칠하고 테두리를 하얗게 두른 아름다운 전통 농가와 숲, 목초지, 석양이 엽서에 그려져 있었다.

「우리가 집주인 이름을 알아내는 데 성공했거든. 그 사람들에게 이 엽서를 보내 집을 팔라고 제안하면 어떨까?」

「진짜? 그렇지만 이렇게 먼 시골 촌구석에 있는 집을 사고

싫어 할 사람은 아무도 없을걸.」스티나가 이의를 제기했다.

「우리는 살 수 있지.」메르타가 말했다. 「우리가 자녀와 함께 여기로 이사 오는 부모들을 위한 숙소를 마련하면 이르마 교장이 이번 가을에 새 학생을 받을 수 있어. 노인 강도단 기금에 돈 넣어 뒀잖아. 기억하지?」

「은행 강도에서 부동산 소유주라.」갈퀴가 한숨을 쉬었다.

「우리 덕에 학교가 살아나면 학생들의 가족도 여기 어딘가에 살아야 하지 않겠어? 그렇잖아. 장기적으로는 우리가 산 집들을 시 당국 아니면 관심 있는 사람에게 팔 수 있을 거야. 이 지역에 사람이 늘면 집값도 더 오를 테고, 그러면 우리는 돈을 회수할 뿐 아니라 적당히 이득도 볼 수 있겠지.」메르타가 계속 말했다.

안나그레타가 놀라서 친구를 바라보았다. 메르타가 지금 발을 걸치고 있는 일이 이렇게 많다니, 굉장했다. 심지어 그녀는 재정 문제까지 생각하고 있었다.

「그래, 지역을 살리는 동시에 사업도 쏠쏠하게 벌이는 건 전혀 나쁜 생각이 아니지.」

「하지만 여기로 이사 오는 사람들도 직업은 있어야 해.」갈퀴가 지적했다.

「노인 강도단 기금에 있는 돈을 일부 사용해서 새로 시작하는 소규모 사업을 지원할 수 있을 거야.」메르타가 생각에 잠겨 말했다. 「전적으로 우리가 책임지지는 않지만, 사업을 시작할 때 약간 도움의 손길을 뻗을 수는 있겠지. 게다가 우리가 즉시 돈을 찔러 넣어 줄 수도 있으니까.」

천재는 미래의 제자들에 대해 생각했다. 만약 그 애들이 멋진 신제품을 개발할 수 있다면 걔들을 설득해서 회사를 차리라고 할 수 있지 않을까?

「훌륭해. 좋아. 그럼 그림엽서에다가 쓸 말을 생각해 보도록 하자.」 회의를 가능한 한 빨리 끝내고 싶어 애가 단 스티나가 말했다. 그녀가 팔을 뻗어 펜을 하나 집었다. 「이렇게 써보는 건 어때? 〈집주인 귀하. 우리는 귀하의 집과 사랑에 빠졌으므로 그 집을 구입하고 싶습니다. 우리는 시장 최고가를 지불할 수 있고, 돈도 곧장 드리도록 하겠습니다. 이 제안은 이달 말까지 유효합니다.〉」

「그래, 그런 식으로 쓰자.」 다들 그렇게 쓰는 게 괜찮아 보인다고 생각하며 동의했다. 노인 강도단은 작업에 착수하여 스물두 명의 주택 소유자에게 친절한 제안을 담은 엽서를 썼다. 엽서 쓰기가 끝나자 메르타가 그걸 한데 모았고, 스티나는 자기가 안나그레타와 같이 가서 우체통에 넣고 오겠다고 했다.

메르타는 고맙다고 했지만, 이내 의문이 생겼다. 스티나와 안나그레타가 둘이서 같이 잠깐 자리를 비울 요량으로 온갖 그럴싸한 구실을 다 대고 있는 듯했던 것이다. 뭔가 숨기는 게 있는 걸까? 아냐. 그럴 리 없지. 메르타는 그 말도 안되는 생각을 지워 버리고는 엽서들을 살펴보기 시작했다. 그녀는 갈퀴가 쓴, 거의 알아볼 수 없게 휘갈긴 엽서를 집어 들었다.

집주인 귀하

귀하의 주택을 수없이 지나다녔는데, 슬프게도 거기에 사람이 살고 있지 않더군요. 그런 멋진 집은 더 나은 팔자를 누릴 가치가 있고, 사랑으로 보살펴 줄 수 있는 주인을 만나야 합니다. 내가 바로 그런 사람인 것 같고, 그래서 그 집을 사고 싶습니다.

이만 총총, 베르틸 뢰브[11]

추신. 나를 〈갈퀴〉라고 불러도 됩니다.

메르타가 킬킬거렸다. 「갈퀴, 친근하게 쓰긴 해야 하는데, 그래도 본명은 쓰면 안 되지.」

갈퀴는 얼굴이 새빨개지면서 한참을 더듬거렸는데, 그 생각은 미처 하지 못했던 데다 엽서도 더 이상 없었기 때문이다. 하지만 스티나가 그에게 팔을 두르며 그런 건 전혀 문제가 되지 않는다고, 엽서에 쓴 글은 완벽하다고 말해 주었다.

노인 강도단은 엽서를 마저 다 살펴본 다음 수업을 언제 시작할지 논의하고 기숙사 학생들 문제도 조금 더 이야기했다. 마지막으로 안나그레타가 자리에서 일어나 여름 캠프에 참가한 아이들에 대해 노래한 코르넬리위스 브레이스베이

11 스웨덴어 Löv는 〈나뭇잎〉이라는 뜻이다. 〈갈퀴〉라는 별명과 연결 지은 말장난.

크[12]의 곡을 부르며 자리를 마무리 지었다. 강도단의 나머지 사람들도 따라 불렀다. 노래 덕에 다들 기분이 좋아졌고, 노래가 끝나자 스티나가 엽서를 가방에 넣었다.

「자, 그럼, 우리는 가서 이거 부칠게.」 그녀가 그렇게 말하고는 안나그레타에게 고개를 끄덕였다. 둘은 자리에서 일어나 미니버스를 타고 출발했다. 얼마 가지 않아 스티나가 도저히 참지 못하고 입을 열었다.

「아유, 메르타는 아주 모범 시민이 다 됐네. 준법정신 투철하고, 따분하고, 흠잡을 데 하나 없으셔. 집을 사서 하숙을 치겠다니. 젠장, 메르타 오늘 은행 강도 이야기는 입도 벙긋 안 한 거 봤지? 요즘은 재미있는 일을 하려면 우리가 직접 준비해야 한다니까.」

「그렇긴 하지만, 우리가 여러 가지 재미있는 행사를 기획하게 될 거라고 메르타가 말했다는 것도 잊으면 안 되지.」

「행사랑 오락거리? 그게 뭐가 재미있다고? 나는 몸으로 뛰는 걸 원해!」

스티나는 쉼터에 도착할 때까지 빠르게 운전하면서 속도를 늦추지 않았다. 그녀는 전날 밤 거기서 우체통을 보았고, 그러니 거기다 엽서를 집어넣는 한편으로 혹시 뭔가 자취를 남기고 온 게 없는지 점검할 수 있었다.

쉼터에 도착했을 때, 스티나는 여전히 그곳에서 풍기는 거름의 악취를 맡을 수 있었다. 운전기사가 새던 거름을 금

---

12 Cornelius Vreeswijk(1937~1987). 네덜란드 출신의 스웨덴 싱어송라이터, 시인, 배우.

세 막았을 테고, 간밤에는 비도 왔지만 별 소용이 없었다. 스티나와 안나그레타는 모르고 있었지만, 잠이 덜 깬 운전기사는 누가 똥거름을 흡입해 가려고 했다는 사실을 제대로 파악하지 못했다. 운전기사가 강도를 당할까 봐 두려워하자 심리 치료사가 그럼 다른 물품 대신 거름과 쓰레기를 운송하면 어떻겠느냐고 조언했던 건데, 그런 일이 벌어져 버렸던 것이다……

두 노부인은 엽서를 들고 가는 도중에 있는 오염 지역을 조심스럽게 우회했고, 우체통에 도착해 짐을 한꺼번에 떨어뜨렸다.

「이제 시 당국을 돕는 오늘의 선행은 다 마친 셈이네.」 스티나가 만족스러운 어조로 말했다. 그들은 미니버스로 돌아갔다. 하지만 막 출발하려는 참에 두 사람의 눈에 말 운반용 트레일러를 달고 가는 자동차 한 대가 들어왔다. 차에 탄 사람은 천천히 운전하다가 그들 가까이에 정차했다. 그러곤 시동을 끄고 창문을 열어 소리쳤다.

「근처에 차하고 화물차를 주차할 수 있는 식당이나 카페가 혹시 있나요?」

「그럼요, 헴마비드에 카페가 하나 있어요. 〈대니시페이스트리〉라고, 따뜻한 샌드위치에 세상에서 제일 맛있는 크루아상을 팔죠.」 안나그레타가 알려 주었다.

「멋지네요.」 그 사람은 그렇게 대답하고 차에서 내려 말 운반용 트레일러를 점검했다. 그 사람은 트레일러 문을 열고 안을 들여다보았다. 「말 상태를 살펴봐야 해요. 그래야 다 괜찮다는 걸 확인할 수 있죠.」

「그럼요, 맞아요. 사실 나 말 엄청 좋아하는데.」 안나그레타가 외쳤다. 「봐도 돼요?」

그 사람이 다정한 눈길로 안나그레타를 바라보고는 고개를 끄덕였다.

「되게 잘생긴 녀석이에요. 제가 애를 얼마나 자랑스러워하는지 모른답니다.」

안나그레타가 트레일러 안을 들여다보았다. 검은 털과 길쭉한 다리를 가진, 무척 멋진 수말 한 마리가 눈에 들어왔다.

「이름이 뭐예요?」 안나그레타가 물었다.

「〈허리케인〉이요. 서러브레드 경주마예요. 진짜 우승마죠. 정말이에요!」 그 사람은 말에게 다가가 목을 몇 번 쓰다듬고는 그 자리에 그대로 서 있었다. 「가끔은 다른 종목을 시작할 걸 그랬나 싶어요. 그럼 이렇게 힘들게 말 운송을 하지 않아도 되니까. 하지만 저는 말을 사랑해요.」

「무슨 뜻인지 알겠어요. 저도 말을 많이 타봤거든요.」 안나그레타가 말했다.

「헴마비드에 있는 〈대니시페이스트리〉라고 하셨죠? 주차하기 쉬운 곳인가요?」

「그럼요. 3킬로미터쯤 쭉 가다가 오른쪽으로 꺾으면 헴마비드 표지판이 나와요. 그러고 나면 갓 구운 빵 냄새를 맡을 수 있을 거예요.」 안나그레타가 말했다.

그 사람은 손을 들어 작별 인사를 하고는 운전석으로 돌아가 차를 몰고 떠났다. 안나그레타는 차와 말 운반용 트레일러가 시야에서 사라질 때까지 지켜보았다.

「말 진짜 멋지다! 분명 몇백만 크로나는 나가겠어.」

스티나는 대답하지 않은 채 미니버스로 돌아갔다. 그녀는
차가 주도로에 진입했을 때에야 입을 열었다.

「그거 알지? 어떤 경주마 가격은 5천만 크로나까지 나가.
만약 우리가 그런 말 하나를 납치해서 몸값을 크게 요구하
면 어떨까?」

「농담으로라도 그런 소리는 말아. 우리는 범죄자의 삶을
청산할 거야. 메르타가 말했잖아. 납작 엎드려 있어야 한
다고.」

「그래, 알아. 하지만 1부터 10까지 점수를 매긴다면 그 일
은 몇 점짜리 재미일까?」

안나그레타는 그에 대해 생각해 보았다. 그녀는 그렇게
오랜 시간 슬렁슬렁 살아야 했던 것이 무섭도록 지루했었고,
강도단이 교통 검문소를 설치했을 때에야 그 유쾌한 삶의
기쁨을 새삼 다시 느꼈다. 그녀는 대답을 미루다가 심호흡
을 아주 많이 한 다음 드디어 말을 꺼냈다. 「범죄를 저지르
는 건 더러운 속임수야. 만약 훔친다면 그 수익은 자선 단체
에 기부해야 해. 그렇지 않다면 절대 해서는 안 돼.」 그녀가
단호하게 말했다.

「그렇지. 하지만 내 말 좀 들어 봐.」 스티나가 철학적인 얼
굴로 말했다. 「만약 은행 강도가 수십만 크로나를 훔치면 감
옥에 가게 되잖아.」

「당연히 그렇지. 하지만 현금이 없으면 은행 강도도 있을

수 없어. 요즘 은행 강도는 실직 상태라고.」

「그렇지만 은행이 고객의 탈세를 돕는다고 해봐. 그자들은 몇백만 크로나의 세금을 훔친 셈인데도 그건 또 갑자기 무사통과라고. 이거야말로 범죄 아니겠어!」

「당연히 그건 나도 알아. 그다음에는 은행이 고객을 위해 돈을 세탁해 주고 대가를 챙기지.」 안나그레타가 한숨을 쉬었다. 자기가 일하던 시절에는 은행이 아주 높은 도덕적 기준을 갖고 있었다는 생각이 떠올라서였다. 「그런데 그게 우리랑 무슨 상관이야?」

「뭐, 그러니까 우리도 양심에 거리낌 없이 말을 훔칠 수 있다, 이거지.」

「그거 알아, 스티나? 만약 천재와 갈퀴가 지금 네 말을 듣는다면 그 사람들은 〈여자들의 논리〉 운운할 거야.」

「그래, 하지만……」 스티나는 자기가 펼친 모호한 주장에 대해 잠시 뭐라고 웅얼거리다가 다시 말을 꺼냈다. 「어쨌거나 사소한 범죄라고 생각하지 않아? 우리가 한 3천만 크로나 정도 나가는 비싼 말을 훔친다면 상당한 몸값을 요구할 수 있어.」

「수백만은 요구할 수 있겠지.」 안나그레타가 미소를 지었다. 그녀에게 약간 활기가 돌았다. 「게다가 노획물을 타고 다닐 수도 있잖아. 전자 화폐로는 그렇게 못 하지.」

두 사람이 유쾌한 웃음을 터뜨린 것은 바로 그때였다. 두 사람이 서로에게만 공유할 비밀이 조만간 더 많아지리라는 걸 깨달았던 것이다. 메르타야 본인 소원대로 법을 준수할

수 있겠지만, 그들에게 필요한 단어는 바로 〈모험〉이었으
니까!

ㄹㄹ

아름다운 늦여름 날이었다. 공기는 맑고 상쾌했으며 온통
녹색인 나뭇잎 사이로 첫 가을 단풍이 슬쩍 고개를 내밀고
있었다. 아침엔 쌀쌀해서 북쪽으로 면한 경사지에 이슬이
맺혔고 햇살은 천천히 따뜻해지기 시작했다. 이르마 회글룬
드 교장은 학교 운동장을 바라보았다. 가을 학기, 개학, 새
학생들……. 개학식 때 아무 문제도 생기지만 않으면…….

이르마는 파란색과 회색이 섞인, 그녀가 가진 가장 예쁜
원피스를 입고 학교 건물을 돌아다니며 모든 것이 잘 돌아
가고 있는지 확인했다. 금발 단발머리를 똑 떨어지게 안으
로 말았고 화장도 했다. 그녀는 복도를 서둘러 걷는 동안 기
분 좋게 환영하는 말투가 정말로 중요하다는 점을 염두에
두며 환영사를 연습했다. 그녀는 주변을 둘러보았다. 모든
것이 말끔하게 정리되어 있었고, 교사들은 안에서 기다리고
있었다. 학교 연구실에서는 화학 교사가, 공방에는 목공예
와 수공예 교사가 준비를 마친 상태였고, 강당에서는 음악

교사가 그랜드피아노로 모차르트를 연주했다.

이르마는 문을 열고 밖으로 나갔다. 교정에는 밝은 색깔의 풍선들이 걸려 있었다. 그녀는 바람을 피할 수 있는 장소에 커피와 케이크뿐 아니라 메르타가 이야기했던 엘더플라워샴페인도 갖다 놓았다. 이르마는 마치 회오리바람처럼 찾아와 그녀와 학교 모두에 새로운 활력을 채워 넣은 그 노부인의 모습을 떠올리며 다시 한번 감사했다.

여름 방학 초에 메르타가 방문한 직후, 그들은 다시 만나임무를 배분했다. 이르마가 교육 위원회에 특수 교육이 필요한 학생에 대해 이야기하고, 심리학자들과 논의하고, 추가 교육 자원을 위한 보조금을 신청하는 동안 메르타와 친구들은 학생과 학부모가 살 장소를 물색했다. 학교는 열네 명의 신입생을 맞이했는데, 그중 일부는 가족과 또는 부모중 한 명과 함께 왔으며, 10대 학생 다섯 명은 예전 양로원 건물에서 하숙할 예정이었다. 건물 관리자는 빅토리아라는 예순두 살의 여성으로, 그녀가 사감 역할을 맡게 되었다.

이르마가 헴마비드처럼 사람이 없는 지역에서 대체 무슨 배짱으로 집들을 구입하느냐고 물었을 때, 메르타는 기꺼운 표정으로 대답했다.

「집을 삭아 가게 놔두지 않으려고 구입한 거죠. 이제 쓰이게 될 거고요. 일단 지역이 정상화되면 우린 집들을 헴마비드 마을이나, 아니면 여기 이사한 가족들에게 팔 거예요. 아주 간단한 문제죠.」

「설마 그 돈을 마련하려고 은행을 털지는 않았으리라 믿어요.」 이르마는 그렇게 농담을 던졌는데, 놀랍게도 그녀가 본 건 표정 관리를 하며 그 말에 웃음을 터뜨리기 전 새빨개졌던 메르타의 얼굴이었다.

자동차 한 대가 주차장으로 들어왔다. 이르마는 학교 시계를 바라보았다. 입학식은 30분 뒤에 시작할 예정이었다. 주차한 자동차에서 그녀가 아끼는 학생인 요나스 브라트가 부모와 같이 내렸다. 요나스는 짧은 빨간 머리에 약간 과체중인 8학년 소년으로, 엄청난 괴짜에다 자연 애호가였다. 그 아이가 이름을 모르는 식물은 없었고, 모르는 동물도 없었다. 하지만 요나스의 아빠는 엄격한 사람이었고, 요나스는 아빠에게 가끔씩 매를 맞았다. 그런 일이 벌어져도 요나스는 아무 말 않았지만 이르마는 알아차렸고, 할 수 있는 한 소년을 챙기려 노력했다.

그렇다, 이르마는 대부분의 학생과 학부모에 대해 알았지만 이제 새로운 도전에 직면할 것이었다. 특별한 재능이 있는 10대들을 가르친다는 건 어떤 기분일까? 물론 재미있고 흥미진진하겠지만, 새로운 학년이 시작되면 더 많은 일을 해야 할 것이다. 다행스럽게도 노인 무리, 최근 마을에 나타난 그 사람들이 도움을 약속했다. 천재는 기술을 가르칠 것이고, 그의 친한 친구이자 오랫동안 뱃사람으로 살았으며 정원 일에도 능숙한 갈퀴 또한 자기 지식을 나누어 주기로 했다. 일이 잘 풀릴 듯했다.

점점 더 많은 자동차가 주차장으로 들어왔고, 30분 뒤 교정은 기대감에 찬 10대 무리로 채워졌다. 메르타가 커피와 케이크를 대접하는 동안 서로 알고 지내던 학생들은 인사하고 포옹했다. 신입생들이 조금 어쩔 줄 몰라 하는 듯 보이자 그 모습을 본 메르타가 학생들에게 다가가 주스를 건네며 잠시 잡담을 나누었다. 이르마는 든든한 기분이었다. 메르타와 친구들이 그녀에게 돕겠다고 했을 때, 그 말은 정말 진심이었던 것이다.

각자 서로 인사하고 가벼운 대화를 나누는 시간을 가진 뒤, 학생들은 강당으로 안내되었다. 이르마가 강당 문을 열고 들어가려는데 이상한 소음이 들렸다. 교정에서 멀지 않은 숲에서 들려오는 소리 같았다. 그녀는 잠시 걸음을 멈추고 소리의 정체를 알아내고 싶었지만 학생들이 이미 강당으로 들어가기 시작했고, 그래서 학생들 뒤를 서둘러 따라갈 수밖에 없었다. 학생들이 모두 자기 자리에 앉자 그녀는 단상으로 올라갔다.

「여기서 만나게 되어 정말 반갑습니다. 환영해요!」

이르마는 그렇게 인사말을 한 뒤 학교에 대해 간단히 설명하고, 이번 가을 학기에 학생들을 기다리고 있는 교육 내용에 대해서도 이야기했다. 사람들은 다 같이 학교 구내를 둘러보고 교사들과 만났다. 학생들의 열의를 느끼고 그들이 터뜨리는 행복한 웃음소리를 듣자, 이르마는 내면에서 따스한 마음이 커져 가는 걸 느꼈다. 그녀도 학교가 필요했고 학교도 그녀가 필요했으니 무슨 일이 일어나든 학교를 지키기 위해 싸워야 했다.

모두 교사와 인사를 나누고 학교를 둘러보자 그날 하루가 끝났다. 이르마는 학생들에게 풍선을 나누어 주었다. 푸른 8월의 하늘을 향해 띄울 풍선으로, 이는 오래된 전통이었다. 다들 풍선을 날려 보냈지만 신입생 중 몇몇 짓궂은 학생들은 풍선에서 나오는 헬륨 가스를 흡입한 다음 도널드 덕 목소리로 스웨덴 국가를 부르고 나서 풍선을 터뜨리려고 그 위에 주저앉았다. 마침내 환영 행사의 마지막 순서로, 음악 교사가 에베르트 타우베[13]의 곡을 피아노로 쳤다. 한 학생이 테이프로 붙여 놓은 건반에서 난 고음을 제외한다면 정말로 사랑스러운 연주였다.

학생과 학부모가 전부 집으로 돌아가자 개학 첫날이 마무리되었다. 이르마가 손을 흔들며 학생들을 배웅하고 나서 자기도 떠나려는데, 메르타와 친구들이 여전히 학교에 남아 있었다. 교장은 그들에게 다가갔다.

「정말 성공적인 입학식이었어요. 도움 주셔서 감사해요. 기분이 참 좋네요.」

「그래요, 제 생각도 같아요.」 메르타가 말했다. 「그런데요, 몇몇 학부모들과 이야기를 나누다가 아이디어가 하나 떠올랐어요. 다음 학기에는 학과 시간표를 지금보다 더 확장할 수 있을 것 같아요.」

「어떤 식으로요?」

「학교를 저녁에도 운영할 수 있겠죠. 교정에 한 부모 가정이 많더라고요. 싱글 맘이나 싱글 대디, 그리고 배우자와 사

---

13 Evert Taube(1890~1976). 스웨덴의 가수, 작가. 50크로나 지폐의 모델이다.

별한 사람들이요. 그분들은 지치고 체념한 듯 보이던데요.」

「어떻게 하면 좋겠다고 생각하세요?」이르마가 물었다.

「우리가 저녁 수업을 개설할 수 있어요. 멋진 삶을 사는
법, 외모를 근사하게 꾸미는 법. 그래요, 그러니까…….」

「사기꾼처럼 매력적으로 보이는 방법이군요. 사기꾼 강좌
인 셈인가요?」

「네, 그런 셈이죠.」

이르마가 대꾸하려는데 그 소음이 다시 들렸다. 무언가를
베는 듯한 날카로운 소리가 교정 바깥에서 들렸는데, 오후
에 전교생이 종종 산책을 하러 가는 숲에서 나는 소리 같았
다. 이르마 또한 아이들과 함께 숲에서 산책하며 새와 동물
을 관찰했고, 아이들에게 나무, 버섯, 이끼에 대해 가르치곤
했다. 지금 들리는 이 소음은 전기톱 소리 같았다. 그녀는 배
속이 조여드는 기분이었다. 나쁜 예감이 들었는데, 그 예감
이 곧 현실로 확인되었다. 바로 다음 순간 묵직한 것이 쓰러
지는 시끄럽고 요란한 소리가 난 것이다. 어떤 멍청이가 숲
에서 나무를 정신없이 베어 넘기고 있었다!

메르타와 이르마가 소리 나는 쪽으로 서둘러 달려갔고,
나머지가 그 뒤를 바짝 뒤따라갔다. 소음의 진원지에 도착
해 보니 얼굴 가리개가 달린 헬멧을 쓰고 보호복을 입은 건
장한 일꾼 두 명이 19세기에 생겨난 오래된 갱도 바로 옆에
서 있었다. 안전 난간은 치워졌고, 일꾼들은 주변 나무들을
베어 넘기느라 분주했다. 천재가 그들이 쓰는 최신식 전기
톱을 흘끗 보고는 더 자세히 관찰할 수 있으면 좋겠다고 생

각하는 동안 갈퀴는 턱수염을 긁적이며 이게 무슨 상황인지 궁금해했다. 아이들이 여기 자주 드나든다는 사실을 알고 있던 안나그레타와 스티나는 충격받은 얼굴이었고, 이르마는 격렬한 분노에 휩싸였다.

「이게 무슨 말도 안 되는 일이죠?」이르마가 손으로 얼굴을 감싸며 소리쳤다. 학생들과 함께 광재 조각을 모으고, 광산이 어떻게 운영되었는지 알려 주고, 옛 갱도 아래를 내려다보던 것이 소풍에서 가장 멋진 부분이었는데, 지금 갱도 울타리는 허물어졌고 거대한 기계가 나뭇가지와 덤불을 오래된 갱도 가장자리로 밀어내고 있었다. 「도대체 당신들 뭐 하는 거예요?」

「쓰레기 매립지 준비로 이 구역을 치우는 중입니다.」작업자 한 명이 지저분한 손으로 얼굴을 닦으며 말했다.

「무슨 쓰레기 매립지요?」

「어, 저희야 그냥 시키는 대로 하는 거예요. 스콕소스 당국에서 지시한 일이거든요. 그러니 그쪽에 문의해 보세요.」

「주변에 먼저 말도 하지 않고 이러시면 안 되죠. 이건 불법이란 걸 아셔야지!」

메르타의 머릿속에 최악의 의혹이 떠올랐다. 이 상황이 뜻하는 바는 시 의회가 스콕소스에는 유리하고 헴마비드에는 불리한 일을 하기로 결정했다는 소리일 터였다. 하지만 그렇다고 쓰레기 매립지를 학교 옆에다 짓다니, 정신이 나간 것 아닌가? 메르타, 이르마, 그리고 모두가 마을을 살리느라 바쁜데 스콕소스의 누군가가 이 장소를 망쳐 놓고 있었다. 당장 조치를 취해야 했다. 메르타는 생각을 시작했고, 빠르게 답을 냈다. 그녀는 엉덩이에 손을 올려놓고는 권위적인 목소리로 엄숙하게 통보했다.

「두 분, 이 자리를 당장 떠나야 해요. 경고 표지판을 못 본 게 분명하군요. 아마 갱도 아래로 떨어진 게 아닌가 싶은데.」 메르타가 구덩이를 가리키며 말했다. 「지난주에 쓰레기 투기꾼이 대형 트럭을 몰고 와서 갱도에 유독성 폐기물이 든 통들을 버리고 갔어요. 폴란드 사람이었는데 통에 뭐가 들어 있는지 전혀 모르더라고요. 그냥 그걸 없애 버리고만 싶어 했죠. 그런데 그러고 나서는 그냥 내빼 버린 거예요.」

이르마가 메르타를 빤히 바라보았다. 두 팔을 마구 휘두르며 손짓하는 메르타는 정말로 화가 난 듯 보였다. 천재와 갈퀴를 비롯한 사람들이 몇 걸음 뒤로 물러섰다. 스티나와 안나그레타는 겁에 질려 움츠러들었다. 하지만 메르타의 이야기는 아직 끝난 게 아니었다.

「그 덜떨어진 인간이 다시 나타났을 때 우리가 그자를 막아 세웠다고요. 더 이상 여기에 유독성 폐기물은 안 돼요. 폐기물 통이 갱도에 떨어져서 깨지는 바람에 내용물이 새기 시작했거든요. 그래서 만약의 사태에 대비하려고 화학 물질청에 연락하니까 그쪽에서 즉시 이 지역을 폐쇄했어요. 통에서 나오는 증기가 폐암을 일으킬 수 있대요. 당장 자리 정리하고 여길 떠나는 게 좋을 거예요.」

전기톱은 계속 돌아갔지만 아무도 그걸 사용하지 않았다. 일꾼들이 미심쩍은 표정으로 서로를 바라보았다.

「조심해야 한다니까요! 그래서 우리가 얼른 달려온 거예요. 당신들이 다치길 원치 않으니까.」 메르타가 계속 말했다. 「하지만 더 이상은 여기 서 있을 배짱이 없네요. 저런 유독성 폐기물에서 나오는 증기가 어떤 피해를 끼칠 수 있는지 당신들 전혀 모르잖아요.」

메르타는 이르마와 강도단을 데리고 자리를 떴고, 만전을 기하기 위해 기침을 시작하며 가슴에다 몇 번 과장되게 손을 올려놓았다.

「지금 대체 뭘 하는 거야?」 갈퀴가 물었다.

「유독성 폐기물 때문에.」 메르타가 말했다. 하지만 그 말을 하는 목소리는 유별날 정도로 가볍고 즐거웠다.

「무슨 유독성 폐기물이요? 지금 무슨 말씀 하시는 거예요?」 이르마가 질문했다.

「어, 그러니까, 가끔은 진실을 살짝 과장해야 할 때가 있는 거죠. 지금이 딱 그런 상황이에요. 이제 가장 가까운 고철 하치장으로 가서 낡은 철제 통을 몇 개 가져온 다음에 그걸 갱도에 버려야 해요. 통은 녹이 슬수록 좋고요. 그럼 왜 〈유독성 물질〉이라는 딱지가 사라져 있는지 설명이 되니까.」

그러니까 지금 뻥을 쳤다는 말이로구나! 친구들은 고개를 끄덕이며 그제야 상황을 이해했고, 이르마는 킥킥 웃기 시작했다. 그녀는 새로 사귄 이 친구에게 다가가 마음에서 우러나는 포옹을 했다. 이 마을을 위해 최선을 다해 고군분투할 준비가 되어 있는 강하고 믿음직스러운 사람이 자기 앞에 서 있다는 사실을 이제는 알게 되었으니까.

23

비가 내리는 덕에 노인 강도단은 집 안에 머물며 기력을 회복할 기회를 얻었다. 신학기 시작을 앞두고 쌓였던 긴장이 상당했던지라, 지금은 다음 행동을 계획하기 전에 쉬어야 했다. 모두 전에 없이 무기력하다 보니 강도단은 늦은 오후가 되어서야 매일같이 하는 산책에 나설 수 있었다. 심지어 아침에는 함께 체력 단련을 하자는 메르타에 맞서 파업까지 벌이는 바람에 메르타 혼자 체력 단련을 해야 했다. 그녀는 사람들에게 만약 운동을 멈추고 집에만 앉아 있는다면 무슨 결과가 벌어질지 경고했지만 아무도 그 말을 듣지 않았다. 결국 메르타도 인내심이 다 떨어지고 말았다.

「아침 운동으로 기운을 차리지 않으면 사람이 얼마나 무기력해지는지 직접 확인하게 될걸.」 그녀는 소파에 기대어 반쯤 잠에 빠진 갈퀴와 하품을 하며 어슬렁거리는 다른 사람들을 보고는 짜증을 내며 말했다. 「아침 체력 단련을 땡땡이치고 싶으면 최소한 찬물에 적신 수건으로 몸이라도 닦아야 할 거 아냐.」

「그래, 사랑하는 메르타. 내가 찬물이 든 양동이를 머리 위에다 쏟아부어야겠군. 그럼 만족하겠어?」 천재가 하품을 했다.

「양동이에 얼음도 넣어야 하나, 말아야 하나?」 갈퀴가 실실 웃으며 거들자 다른 사람들이 웃음을 터뜨렸다. 메르타도 미소를 짓기는 했지만 그녀는 거실 한가운데 서서 생각에 잠겼다. 그녀의 친구들은 정말 지독한 고집불통이었다! 헴마비드에 도착한 이후 강도단은 정말 다루기 어려운 사람들이 되었다. 어쩌면 그녀는 두목 노릇을 지나치게 하지 않도록 스스로를 약간 다잡아야 할지도 몰랐다. 하지만 시골을 살리는 일은 아이들 놀이가 아니었다. 성공하기 위해서는 튼튼한 체력을 유지해야 했다. 진짜 게릴라 병사들도 훈련을 열심히 했다.

메르타는 강도단 단원들에게 핀잔을 주고 싶었지만, 아니 사실 호통을 치고 싶었지만, 그녀는 그런 짓을 하는 사람들을 좋아하지 않았다. 그녀는 고개를 숙인 채 거실을 떠나 자기 침실로 올라간 다음 서가에서 책을 한 권 꺼내 읽으면서 마음을 진정시키고자 했다. 안데르스 한센이라는 정신과 전문의가 쓴 『진짜 신경 안정제』라는 책으로, 부제는 〈몸을 움직여 두뇌를 강화하세요〉였다. 책 내용 중에 운동이 사람의 두뇌를 아주 강하게 만든다는 내용이 있었다. 그러니 메르타가 옳았고, 그녀는 친구들이 훌륭한 체력으로 스스로를 돌보며 튼튼하고 건강하게 사는 것 외에는 원하는 게 없었다. 그렇다. 그렇게 해야 같은 목표를 향해 나아갈 수 있었다. 하지만 메르타는 거의 매일 공기 중에 감도는 짜증 섞인 반발을 느꼈다. 불현듯 그녀는 슬픔에 압도되어 책을 무릎에 내려놓았다. 그녀는 아무 때나 우는 사람이 아니었지만, 지금은 거의 눈물이 쏟아지기 직전이었다. 친구들의 반항 때문에 정말 끔찍하게 슬펐다. 어떻게 해야 그들이 다시 그녀의 뜻에 동의하도록 할 수 있을까?

아무래도 그냥 과격한 방법을 써야 할 듯했다. 메르타는 한숨을 쉬며 책을 치우고는 자리에서 일어나 아래층으로 내려갔다. 그녀는 얼굴에 꾸며 낸 미소를 지으면서 거실로 들어갔다. 아무도 그녀에게 주의를 기울이지 않았다.

「우리 저녁으로 뭘 먹을지 생각해야 하지 않을까?」 그녀가 애써 친근한 목소리로 말을 꺼냈다. 사람들이 놀라 그녀를 보았다.

「지금 요리를 하겠다는 거야? 어디 아픈 거 아니지, 그렇지?」 갈퀴가 물었다. 메르타가 레인지 앞에 있는 모습은 한 번도 본 적이 없었으니까.

「자기한테 필요한 건 다 냉장고에 있잖아.」 천재가 몸을 뒤로 기대며 덤덤하게 말했다.

「그렇지. 그런데 내가 도움이 좀 필요한 것 같아.」 메르타가 머뭇거리며 대답했다.

그러자 천재는 뭔가 느끼고는 정신이 번쩍 들었다. 「그렇군. 당연히 도와야지. 같이 주방에 가서 할 수 있는 일을 찾아보자고.」 워낙 사람 좋은 천재가 자리에서 일어났다. 그는 둘이서 강도 계획을 짜고 같이 순조롭게 일하던 시절을 떠올렸다. 레인지 옆에서 그 사랑스럽던 유대감을 다시 얻을 수 있다면 어떻게 될까?

「그래, 음…… 저녁 말인데…….」 메르타는 피곤을 느끼며 웅얼거리듯 대꾸하다가 자기가 스스로를 궁지에 몰아넣었다는 사실을 깨달았다. 이제 도망갈 수는 없었다. 삶은 주고받음에 대한 문제이며, 따라서 그녀 역시 노력을 해야 했다. 심지어 요리도 해야 했고! 메르타는 즉석 피자를 태우는 데 성공한 적이 적어도 한 번 이상 있었다. 물이 다 마를 때까지 팬을 끓이거나 레인지에서 여러 번 뭔가를 태워 먹었던 일은 말할 나위도 없었다. 그녀는 한숨을 쉬며 천재와 같이 주방으로 갔다. 하지만 메르타가 저녁 식사를 궁리 중이라고 천재가 짐작했다면, 그 생각은 틀린 것이었다. 그녀는 시골에 즉석식품을 제공할 수 있는 요리 애플리케이션 제작에 천재가 어떤 도움을 줄 수 있을지 생각하고 있었다.

메르타와 천재가 주방으로 사라지자 갈퀴는 TV를 켜 잠수함 영화를 보기 시작했고, 안나그레타와 스티나는 서재로 물러났다. 스티나는 좋아하는 책인 엘렌 케위[14]의 『여성이 가진 힘의 오용』을 집어 들고는 어떻게 해야 이동식 도서관, 다시 말해 〈책 버스〉를 이 지역에 마련할 수 있을지 생각에 잠겼다. 하지만 이내 그녀는 게릴라 활동가인 동시에 악당과 사서로서 살아가는 건 어색한 일이라는 결론을 내렸다. 그러니 당분간은 그냥 책 버스 프로젝트를 미뤄 둬야 했다.

14 Ellen Key(1849~1926). 스웨덴의 페미니스트 작가.

안나그레타는 노트북 컴퓨터를 열었다. 그녀는 세계 다른 지역의 사람들이 시골을 살리기 위해 뭘 하고 있는지 매일 인터넷으로 검색하는 버릇이 생겼는데, 그러다가 익명 페이스북 계정을 개설했다. 그녀가 잠시 화면을 내리다가 갑자기 멈추더니 스티나에게 이리로 오라는 신호를 보냈다.

「이거 좀 봐.」 안나그레타가 화면을 가리켰다. 「오늘 아침에 내가 갈퀴한테 배와 관련된 링크 두 개를 이메일로 보냈거든. 그런데 30분 뒤에 내 페이스북 페이지에 소형 요트, 소형 범선, 모터보트 광고가 뜬 거야.」

「그래서 어쨌다는 거야?」 스티나는 손톱 줄을 꺼내며 안나그레타가 계속 말하기를 기다렸다.

「그 뒤에 내가 시험을 한번 해봤거든. 페이스북에 이런 광고가 뜬 게 그냥 우연의 일치인지 아니면 그 뒤에 뭐가 진짜로 있는 건지 알고 싶어서. 그래서 갈퀴에게 다시 이메일을 보내서 우리가 소형 범선용 돛을 사야 하는지 아니면 모터보트를 사야 하는지 물어봤어. 갈퀴는 내가 무슨 얘길 하는지 전혀 몰랐고.」

「당연히 몰랐겠지. 너 배에 타면 뱃멀미한다고 맨날 투덜거렸잖아.」

「뭐 아무튼, 그러고 조금 있다가 페이스북으로 돌아가 봤어. 그런데 세상에나, 놀라워라, 내 페이스북 페이지가 보트 광고로 꽉 찬 거야.」

「와, 굉장하네. 하느님이 지켜보기라도 하는 거야?」 스티나가 저도 모르게 말했다. 「아니면 구글이 지켜보고 있든가.

희한하네, 그렇지?」

「내 말이 그 말이야! 내가 컴퓨터로 하는 일을 어딘가에서 지켜보고 있다가 인스타그램이랑 페이스북에다 광고를 띄운다는 거 아냐. 조지 오웰의 『1984』는 저리 가라지.」

「심지어 중국에서는 거리에서 이동하는 것도 추적하고 가게에서 무슨 제품을 사는지도 볼 수 있대. 첨단 기술이 잘못된 권력자들에게 이용당하는 날에는 무슨 일이건 일어날 수 있는 거지.」 스티나가 손을 너무 세게 비틀어 짜는 바람에 새로 매니큐어를 칠해서 느슨하게 붙어 있던 인조 손톱 하나가 떨어졌다.

「당연히 휴대 전화를 끄고 인터넷을 멀리하면 되겠지만, 은행 업무와 관청 사무를 전부 인터넷으로 처리해야 하는 상황에서 그게 실천 가능한 일은 아니지.」 안나그레타가 말했다. 「하지만 있잖아, 이걸 우리 쪽으로 이득이 되게 이용할 수 있어.」

「뭐? 스파이가 돼야 하는 거야?」

「아냐, 아냐. 이러면 돼. 내가 롤란드에게 이메일을 보내서 다시 승마를 시작하고 싶다고 말하는 거야. 그리고 말을 살 거라서 마구간을 하나 임대하고 싶다고 하는 거지.」

스티나의 눈에 불꽃이 튀었다. 「아, 이제 무슨 소린지 알겠다. 그러면 엄청 많은 말 광고가 네 페이스북에 뜰 거다, 이거지?」

「바로 그거야. 그러면 훔쳐서 몸값을 높게 부를 수 있는 진짜 비싼 말을 찾아낼 수 있어. 그러니까 우리 이제 판매용

말, 마구, 고삐, 재갈, 뭐 그런 물건에 대해 이메일을 쓰자고. 광고에 파묻혀 보는 거야.」안나그레타는 그렇게 말하며 자기 기발함에 기꺼워했다.

「그렇게 되면 어떤 말이 값나가는지만이 아니라 주소도 알아낼 수 있겠구나. 너 진짜 천재야, 안나그레타!」스티나가 소리쳤다.「인터넷으로 범죄를 계획하다니 정말 신나!」

친구의 뺨에 발그레한 온기가 돌았다. 안나그레타는 스스로에게 대단히 만족한 듯했다. 실제로 이 일은 재미있었으니까. 그녀는 이제 메르타와 천재가 강도 계획을 짤 때 정말로 신이 났었겠구나, 하고 이해했다. 하지만 사이버 공간을 통해 말을 훔치는 것도 나쁘지는 않았다.

「좋아, 우리 해보자.」안나그레타가 그렇게 말하며 전송 버튼을 클릭했다. 그런데 하필 그때 인터넷 연결이 끊기는 바람에 안나그레타는 이메일을 보낼 수 있도록 신호를 잡기 위해 발코니로 올라가야 했다. 하지만 한 시간쯤 뒤 연결 상태가 나아졌고, 둘은 다시 서재로 돌아와 일할 수 있었다.

「이거 진짜 식은 죽 먹기네.」안나그레타가 소셜 미디어에 다시 클릭하여 접속했을 때 스티나가 즐겁게 말했다. 이내 페이스북 피드가 매물로 나온 말에 대한 광고로 가득 찼다.

「페이스북이 개인 맞춤형 광고를 한다는 사실은 전혀 새로운 이야기가 아냐. 하지만 우리보다 앞서 이걸 사용한 사람들 중에 이 시스템을 경주마를 훔치는 데 써먹은 사람이 있는지는 모르겠네.」안나그레타가 그렇게 이야기하면서 말울음소리를 너무 크게 내는 바람에 스티나는 친구의 입에다 손을 올리면서 네가 진정할 때까지는 손을 치우지 않겠다고 말해야 했다.

두 친구는 광고를 뒤지고, 가장 값나가는 말을 키우는 마사가 어디인지 적어 두고, 가까운 종마 사육장이 어디인지 목록을 뽑으며 남은 하루를 보냈다. 그런 다음 구글 지도의 자세한 위성 사진에 나오는 종마 사육장 위치를 출력했고, 말을 훔칠 수 있는 가장 좋은 방법을 궁리했다. 둘은 정말 분주하게 일했고, 계획에 너무 몰입했던 나머지 메르타가 방으로 들어오는 소리를 듣지 못했다. 메르타의 얼굴은 불그스름했고 땀에 젖어 있었다. 레인지와 사투를 벌인 모습이었다.

「식사 준비됐어. 어디 있나 궁금하기 시작하던 참이야.」 메르타가 말했다.

안나그레타가 깜짝 놀랐다. 「아, 그렇구나. 컴퓨터 앞에 있다 보면 가끔 시간 가는 줄을 모른다니까…….」

「하지만 즐거운 시간을 보내고 있는 것 같은데. 신나는 계획이라도 짜고 있나 봐?」

스티나와 안나그레타가 안절부절못하며 얼굴을 붉혔다.

「음, 우리는 구글 검색을 좀 하고 있었어. 검색을 하면 다들 영감을 좀 얻잖아.」스티나가 말했다. 그녀는 거짓말에 서툴렀지만, 이번에는 반드시 거짓말을 해야 한다는 것을 깨달았다. 「우선은 이 지역에 사람들을 끌어들일 수 있을 만한 걸 생각 중이었고…….」

「진짜? 말해 줘!」

안나그레타와 스티나는 당황하여 서로를 보면서 할 말을 찾으려 발버둥을 쳤다. 뭐든 간에 아이디어를 떠올려야 했다. 일단 아무 말이라도……. 스티나가 먼저 떠올렸다.

「구 목사관 유령 투어. 분명 사람들이 꼬일 거야.」

「훌륭하네. 가능성 있는 이야기야!」

「옛 광산 입구를 새로 단장할 수 있겠다는 생각도 해봤어. 유원지에 있는 사랑의 터널 같은 걸 만드는 거지.」 덜 열성적인 사람으로 보이지 않으려고 안나그레타가 거들었다.

「멋진 생각이네.」 메르타가 미소를 지었다. 「확실히 그런 식으로 활용할 수도 있겠어. 제안서를 간단히 써줄 수 있을까?」

「어, 가능할 것 같네.」 스티나가 별다른 열의 없이 중얼거렸다.

「좋아. 그럼 식사하러 가자!」

「갈게.」 안나그레타가 한숨을 폭 쉬며 웅얼거렸다. 스티나와 같이 몰래 빠져나가 정찰을 해볼 계획이었기 때문이다. 둘은 계곡 반대편에 재계의 유명 거물이자 백만장자인 마르틴 보르예가 소유한 명마 사육장이 있다는 사실을 알아냈다. 보르예는 여러 신문에 대서특필된 적이 있었다. 학교 여러 곳을 사서 정부 보조금을 혼자서 다 긁어 간 다음 교사, 학교 기자재, 수업 시간을 감축하여 지출 비용을 줄였던 것이다. 그런 다음 부지를 전부 팔아 치워서 엄청난 부자가 되었다. 하지만 학교들은 파산 수준으로 규모가 축소되고 말았다. 1천 명 이상의 교사와 1만 명 이상의 학생이 피해를 입었다.

「좋아. 이런 인간의 말이라면 우리가 훔쳐도 되겠어. 수입이 적은 사람들에게는 해가 되지 않을 거야.」 스티나는 조금 전 그렇게 말했다. 게다가 그자는 삼림을 싸게 사서는 이 지역 여러 곳의 숲에 있는 수많은 나무들을 싹 베어 버리기까지 했다. 금방 잊어버리지 못할 교훈을 배울 자격이 있는 자였다. 하지만 지금은 안타깝게도 식사를 할 시간이었다. 메르타는 소시지를 걸쭉한 소스에다 재우는 본인만의 특제 조리법에서 소시지에도 설탕을 첨가하는 사람이었다. 안나그레타는 한숨을 쉬며 일어나 스티나와 함께 주방으로 갔다. 메르타가 뒤를 돌아보며 말했다.

「그런데 우리 조심해야 해.」 메르타가 속삭였다. 「경찰 수배 대상이 되어 있다는 사실을 잊으면 안 된다고.」

「풋, 강도 짓 한 번 더 한다고 무슨 차이가 있겠어. 대체 누가 여기서 우릴 찾아다니겠니?」

「그게 무슨 말이야?」 메르타가 궁금해했다.

「네 특제 소시지 정말 맛있겠다고.」 안나그레타가 거짓말을 했다.

그렇다. 경찰은 그들을 전국 지명 수배자 명단에 올려놓았지만 신고는 한 건도 들어오지 않았다. 노인 강도단은 흔적도 없이 자취를 감췄다. 프리랜서 기자 잉마르 셰베리는 의자를 뒤로 젖히며 자리에서 일어섰다. 그의 인내심은 바닥나기 시작했다. 경매장 절도 사건이 해결 직전이라는 기사를 썼는데 전혀 진전이 없었으니 말이다. 정말 아무 일도 없었다. 시간이 지날수록 그들을 추적하기는 더 어려워질 테고, 그렇게 아무 조치도 이뤄지지 않을 경우 그 다섯 명의 노인들은 이 건에서 빠져나가게 될 것이다. 그는 담배를 피우러 발코니로 나갔다. 배기가스 냄새가 났고 아래쪽에서는 차들이 지나가는 소리가 들렸다. 벌써 금요일 오후인데, 이번 주에는 딱히 거둔 성과가 없었다. 셰베리는 담배를 꺼내 불을 붙였다. 스타 신문 기자로 산다는 건 정말 지독하게도 압박감이 느껴지는 일이었다. 그의 상사들은 그가 새로운 특종을 쌓아 놓고 사는 줄 알았다. 하지만 한동안 그는 특종을 전혀 잡지 못했고, 그래서 마음을 가라앉히기 힘들었다. 셰베리는 담배를 깊게 빨아들였는데, 좀 지나치게 깊이 빨았는지 연기가 폐로 들어가는 바람에 기침이 났다. 그는 결정을 내리지 못한 채 손에 담배를 들고 오랫동안 서 있었다. 쿵스홀멘 경찰서가 플래시 드라이브를 확보했으니 지금쯤이면 끝내주는 정보를 건져야 했다. 아무래도 그쪽에 다시 상기를 시켜 줘야 할 듯했다. 그는 과단성 있게 전화기를 집어 들고는 게르트 아론손의 직통 전화번호를 눌렀다. 신호가 몇 번 울리자 익숙한 목소리가 들렸다.

「게르트 아론손입니다.」

「안녕하세요, 잉마르 셰베리입니다. 플래시 드라이브 문제로 전화했어요. 노인 강도단에 대한 추가 정보를 확보했나요? 기사로 쓸 만한 새로운 정보 말입니다.」

24

스콕소스 당국의 거물 알란 페테르손은 손에 전화기를 들고 시장 집무실을 왔다 갔다 하고 있었다. 목소리에 극도의 좌절이 배어 있었다.

「유독성 폐기물 통이 갱도에 떨어졌다고? 젠장, 그럼 거기를 쓰레기 매립지로 쓸 수 없다는 이야기잖아. 그럼 우리가 비난을 다 뒤집어쓸 수도 있어. 무슨 말인지 알겠어? 그 지역을 치운다고 해도 통에서 폐기물이 흘러나오면 몇 년 안에 큰 문제가 될 수도 있단 말이야!」

산림 관리 작업자들에게 갱도 주변을 깨끗이 치워서 스콕소스에서 나오는 쓰레기를 처리할 장소로 만들라고 했을 때, 그는 자기가 완벽한 계획을 세웠다고 확신해 마지않았다. 일단 나무를 다 베어 내고 나서 쓰레기 트럭에 있는 쓰레기를 거기다 투기해 버리면 반발하기에는 늦은 일이었을 테니까. 빌어 처먹을!

헴마비드 학교 교사들이 그곳을 자연 체험 소풍 장소로

사용했다는 사실과, 은퇴한 노인들이 거기 나타나 작업 전체를 중지시킨 것은 예상 밖의 일이었다. 비서가 그에게 전화를 걸어 삼림 관리 작업자들이 화가 잔뜩 났다고 전해 주었다. 그런 다음 이제 어떻게 할 계획인지 물었다. 어쩌긴 뭘 어째? 그는 아무런 아이디어도 떠오르지 않았다. 생각할 시간이 필요했다.

「삼림 관리 작업자들에게 이번 일에 대한 보수는 지급할 거고 나중에 다시 연락하겠다고 해.」 그는 신사라기보다는 지글거리는 프라이팬 같은 목소리로 대답했다. 그런 다음 통화를 종료했다. 다음 회의에 서둘러 가고 있어서 더 이상 전화 통화는 하고 싶지 않았다. 한 광산 회사가 이 지역에서 탐광을 하고 싶어 했는데, 만약 리튬이나 구리라도 발견하게 되면 광산업이 새로운 일자리를 제공할 것이었다. 완벽해! 스콕소스 역시 성장하겠지.

그는 자리에서 일어나 외투를 집어 들고 서둘러 집무실을 빠져나갔다. 그런 다음 빨간색 포르셰 911을 타고 출발했다.

페테르손은 액셀러레이터를 밟으며 스피드를 만끽했다. 그가 안고 있는 모든 문제가 사라졌다. 포르셰는 그의 기분을 풀어 주고 좋게 해주었다. 그는 시골길을 달리는 걸 좋아했다. 마음껏 액셀러레이터를 밟을 수 있고 다른 차와 거의 마주치지 않아서였다. 휘발유가 비싸다는 사실은 유감이었다. 자전거로 가기에는 너무 멀고 버스도 거의 안 다니는 지역에서 기름값까지 비싸다는 건 불공평했다. 그는 라디오를 켠 다음 음악에 맞추어 콧노래를 불렀다. 나무들이 빠르게 지나쳐 갔다.

그는 그렇게 운전을 하다가 말린에게 전화하는 걸 깜박했다는 사실을 깨달았다. 둘은 한동안 만나지 못했는데, 페테르손은 회의를 마치고 집에 가는 길에 그녀의 집에 들르기로 약속했었다. 아내는 그가 늦게까지 일하는 줄 알고 있었다. 그는 다시 기운을 차리고는 자기 휴대 전화를 꺼내 한 손은 운전대에 얹고 다른 한 손은 전화기를 잡은 채 단축 번호를 눌렀다. 말린은 즉시 전화를 받았고, 그는 몸이 슬슬 더워지는 걸 느꼈다.

「여보, 나 지금 가는 길이야. 우리…….」

그는 계속 말을 이어 가지 못했다. 제복을 입은 경관이 일시 정지 표지판을 들고 도로로 나오는 모습을 본 것이다. 페테르손은 세게 브레이크를 밟았다. 타이어가 끼익 하는 소리를 냈고, 차가 옆으로 미끄러지며 멈췄다. 교통 검문이라니! 빌어먹을! 그는 운전대를 세게 내려치고는 큰 소리로 욕설을 내뱉었다. 경찰관이 뭐라 말할지는 뻔했다. 그가 차창을 내리자 경찰관이 몸을 앞으로 기울였다.

「선생님, 지금 과속을 하셨는데요…….」

「중요한 회의가 있단 말입니다!」

「그럼요, 다들 중요한 회의가 있죠.」 널찍한 어깨에 체구가 건장한 경찰관이 말했다. 콧수염도 기르고 있었는데, 좀 바보 같아 보이는 수염이었다.

「나 스콕소스 시장이에요. 긴급한 용무 때문에 나왔다고.」

「법은 만인에게 평등하게 적용되어야죠.」 콧수염 경찰관은 차를 돌아보면서 차량 번호를 적은 뒤 벌금을 끊었다. 「우리가 차에다 잠금장치를 채우지 않는 걸 다행으로 여기셔야 할 겁니다. 몇 주 전에 은퇴 노인들이 여기다 가짜 검문소를 세웠을 때 그렇게 했거든요. 운전기사들이 아주 분통을 터뜨렸죠.」

「은퇴 노인들?」

「네, 영화를 찍고 있다던가 그랬는데.」

알란 페테르손은 미소를 짓지 않을 수 없었다. 「요즘은 노인네들이 정말 별의별 일을 다 하는군. 며칠 전에는 유독 폐기물 통을 갱도에 버리려는 걸 노인네들이 막았다던데 말이지.」 그는 이런 잡담을 나누면서 설득하면 경찰관이 벌금 고지서를 파기해 주지 않을까 기대하면서 할 수 있는 한 알랑거리는 태도로 말했다.[15] 쿠르트 뢰반데르의 얼굴이 환해졌다.

「진짜입니까! 그 노인들 몇 명이었죠?」

「네 명인가 다섯 명인가, 내가 듣기로는 이 지역에 새로 이사 온 사람들이라던데. 어쩌면 같은 패거리일지도 모르겠군요.」

「그 사람들 지금 어디 있죠?」 뢰반데르는 사실 기분이 언짢던 참이었다. 동료 경찰이 병가를 내는 바람에 교통 검문을 하러 나와야 했으니 말이다. 하지만 지금 그는 갑자기 기

15 스웨덴에서는 교통 법규 등을 위반할 경우 운전자의 경제 능력을 기준으로 범칙금을 매긴다. 이를 일수 벌금제라 하며, 소득이 높을수록 벌금의 액수도 커진다.

운이 솟았다. 지명 수배자 명단이, 그리고 그날 저녁 은퇴 노인 패거리가 트럭 바퀴에 잠금장치를 채운 다음 벌금을 직접 받았다는 서장의 말이 떠올랐던 것이다. 그때 서장은 국립 박물관과 그랜드 호텔에서의 절도 사건, 그리고 경매장 보석 강탈 건에 대한 허황한 이야기를 계속 늘어놓았었다. 경찰에서는 이 사건들이 모두 같은 강도단 소행이라고 의심했다. 최근에 이 지역에 이사 온 노인네 패거리가 그렇게 많을 리가 없었다.

「그 노인네들? 어, 모르겠군요. 하지만 더 알아볼 수는 있어요.」 알란 페테르손이 말했다. 이제는 무척 부드러운 목소리였다. 머릿속에 말린이 떠올랐다. 그녀라면 분명 알고 있을 것이다. 릴리안과 같이 카페를 개업한 뒤부터 말린은 누구에 대해서건 무엇에 대해서건 시시콜콜 다 알게 되었으니까.

「그래요, 알아봐 주십시오!」 뢰반데르가 명함을 건네며 말했다.

「그럼 과속은 눈감아 주실 수 있겠소?」 알란 페테르손이 땅에다 5백 크로나 지폐를 떨어뜨리는 시늉을 했다.

「아뇨, 그건 안 됩니다. 게다가 시장님은 운전 중에 휴대 전화도 사용하고 계셨죠. 여기서는 아무도 법 적용에서 예외일 수 없어요.」

쿠르트 뢰반데르는 벌금 고지서를 건넨 다음 지폐를 받지 않고 자리를 떴다. 몇 걸음 걷지 않았을 때 자동차가 속도를 올리며 떠나는 소리가 들렸다. 바로 그 순간 그는 자기 실수를 깨달았다. 이제 시장은 그에게 아무것도 말해 주지 않을 것이다. 그런데 시장이 말했던 그 노인네들이 진짜로 노인 강도단이라면?

25

아직은 눈이 내리지 않았지만 언제든 내릴 것 같았다. 헴마비드에는 잿빛 안개가 깔렸고, 가을, 숲, 이끼 냄새가 났다. 스티나는 그들 앞에 펼쳐져 있는 벌판을 내다보았다. 시골은 날씨가 어떻든 늘 아름다웠다. 도시와는 전혀 달랐다. 그녀는 숨을 들이마시며 차갑고 신선한 공기로 허파를 가득 채웠다. 살짝 몸이 떨렸다……. 하루나 이틀 안에 두 사람은 행동에 나설 것이었다. 그녀와 안나그레타, 〈베테랑 풀 수의사 서비스〉에서 나온 두 명의 가짜 수의사는 지팡이를 짚고 하는 매일의 산책 거리를 1킬로미터 이상으로 늘렸다. 체력을 키우는 것이 관건이었다.

산책을 시작하고 나서부터 두 친구는 늘 생기 넘치는 기분이었지만, 최근에는 산책을 해도 기력이 쇠하여 가는 느낌을 받았다. 메르타가 모두를 소집해 연이어 기획 회의를 여는 바람에 다들 완전히 피로로 나가떨어졌다. 둘만의 비밀 프로젝트가 있는 상황에서 회의는 무척 스트레스를 받는 일이었다. 더군다나 이제 메르타는 확실히 복잡한 계획에 몰두하고 있었다. 그녀 말로는 스톡홀름 사람들의 정신을 번쩍 들게 할 비밀스럽고 모험적인 작전이었다. 스티나는 지팡이를 꾹 누르면서 고개를 내저었다.

「메르타 걔는 정전을 일으킬 꿈을 꾸고 있어. 스톡홀름 전체를 정전시키면 정치인들이 대도시에서 쓰는 전기가 어디서 나오는지 생각하게 될 거라는 거야. 그렇게 되고 나서야 자기네가 비용을 지불해야 한다는 사실을 이해할 거라는 거지.」

「세상에나! 요즘 메르타가 내는 아이디어는 규모가 장난 아니게 커. 은행 강도 짓을 자제하고 살다 보니 너무 괴로운 게 분명해!」

「메르타야 본인 아이디어가 마음에 들겠지만, 그거 때문에 다른 사람들이 자기 범죄를 준비하는 게 어려워지고 있단 말이야.」

두 사람은 장비를 구입하고 보르예의 말 사육장에 대한 정보를 모으느라 많은 노력을 기울였다. 그들은 스콕소스에서 이포르 빌리암스사의 말 운반용 트레일러를 임대했고, 내시경에 초음파 기기, 특수 장갑을 비롯하여 수의사가 일반적으로 사용하는 수많은 물품을 구입했다. 둘은 말 구매 전 사전 검사를 하러 방문한 수의사로 위장하여 경비가 지키고 있는 문을 통과할 작정이었다. 일단 마구간으로 들어가면 가장 값나가는 종마를 누구의 의심도 사지 않고 납치할 생각이었다.

그들은 많은 시간을 들여 전문가가 말을 검사할 때 할 법한 행동을 낱낱이 공부했다.

「그러니까 우리는 말의 등, 골격, 힘줄, 근육을 점검해야 한다 이거지.」 안나그레타가 자기가 배운 걸 확인하면서 큰 소리로 따라 했다.

「정확해. 거기다 다리, 고창증 여부, 이빨도 검사해야 하고.」 스티나가 그렇게 말하며 지팡이로 우아하게, 하지만 굳건하게 땅을 누르며 걸어갔다.

「하지만 서투른 사람처럼 보여서는 안 돼. 전문적으로 행동해야 한다고. 분명 사방에 카메라가 달려 있을 거야. 말 관절하고 굴절 검사, 그런 것들도 잊으면 안 돼.」

「맞아. 하지만 가장 중요한 건, 양파와 후추지.」

「그럼. 우리 특별 제작 소형 키트.」 안나그레타가 말했다.

두 여성은 롤란드 스벤손의 마구간에서 초음파 기기와 내시경으로 비밀 훈련을 마쳤다. 말에게 진정제 주사도 놓아봤는데, 직접 해보는 것이야말로 올바른 주사 주입 동작을 해내기 위해 반드시 필요한 일이었기 때문이다. 그런데 그때, 이전에는 활동적이던 말 드라반트가 왜 갑자기 이렇게 굼떠졌는지 롤란드가 궁금해하기 시작했다.

「말도 사람이랑 비슷하잖아요. 드라반트가 늙어 가는 게 분명해.」 스티나가 말했다.

「늙어요? 얘 고작 한 살인데.」 롤란드가 반박했다. 그 일이 있은 후 안나그레타는 스티나에게 말 관련 이야기는 자기가 혼자 다 처리하고, 그 외의 주제에 대해서만 자유롭게 이야기하면 어떻겠느냐고 제안했다. 그래서 가령 롤란드가 혹시 말을 구입할 계획이냐고 묻는다든가 할 경우, 스티나는 열심히 알아보는 중이라며 얼버무려야 했다.

스티나는 안나그레타의 차분함과 말을 다루는 경험에 깊은 인상을 받았다. 그녀가 없다면 이 계획 전체가 불가능했으리라는 점은 불 보듯 뻔했다. 안나그레타는 일흔다섯 살까지 말을 탔고, 그 뒤로는 TV에서 장애물 뛰어넘기 경기를 보는 것으로 스스로 엄격히 자제해 왔다. 그래, 그들이 말을 차지할 것이다.

스티나와 안나그레타는 조금 더 산책을 했고, 떠났을 때보다 훨씬 더 생기 있는 상태로 집에 돌아왔다. 그들은 다른 사람들과 점심을 먹었고, 오후에 눈이 오기 시작했을 때는 집 안에 머물렀다. 다음 날 아침에는 몇 센티미터의 눈이 땅에 쌓였고, 창밖으로 가지에 눈꽃이 핀 채 아름답게 서 있는 전나무와 하얗게 된 목초지가 보였다. 두 친구가 서로를 보았다.

「이런, 말이 발자국을 남기게 생겼어.」 안나그레타가 말했다.

「그럼 크리스마스나 축하해야겠네.」 스티나가 대꾸했다.

「좋아. 이런 경우에는 산타클로스도 조심하셔야 할 거야. 우리가 여기 왔으니까!」 안나그레타가 미소를 지으며 말했다.

그렇게 해서 스티나는 창에 촛대를 놓으며 강림절을 준비했고, 안나그레타는 전통적인 성 루치아 축일[16] 행진 계획을 짜기 시작했다. 그들은 누가 성 루치아 역할을 맡을지 결정하기 위해 제비를 뽑았다. 모자 턱끈 같은 턱수염을 기른 갈퀴가 당첨되긴 했는데, 그가 머리에 촛대 관을 쓰는 데 동의하기까지는 수많은 설득이 필요했다. 모두들 하얀 가운을 차려입고 루치아 축일에 부를 노래를 연습하기 시작했는데, 그러다 그들은 또 다른 문제에 직면했다. 청중이 필요한데 누구를 데려와야 하나? 결국 그들은 계획을 포기하고 학교로 가서 이르마가 꾸린 성 루치아 축일 행렬에 참가했다. 무척이나 분위기 있는 행사였다. 노인 강도단은 사프란빵과 생강비스킷을 대접받았고, 학교 어린이들이 진심을 다해 부르는 노래도 들을 수 있었다. 하지만 하얀 드레스를 입은 천사들과 별을 단 소년들이 행진하던 도중 안나그레타가 갑자기 〈더 크게!〉라고 고함을 지르는 바람에 행렬이 약간 지체되었고, 메르타는 눈치 빠르게 그녀의 어깨에 팔을 올리며 조용히 좀 있으라는 신호를 보냈다.

나머지 계절 행사도 계속되었다. 천재와 갈퀴가 크리스마스트리를 세웠고, 갈퀴와 스티나가 트리를 장식하는 동안 안나그레타는 축음기로 크리스마스 노래를 틀었다. 음식은 메르타가 준비했는데, 다들 천재가 주방에 머무르면서 메르타를 지켜봐야 안심이 되겠다고 생각했다. 그렇게 했는데도 메르타는 돼지갈비를 태워 먹었고, 수플레에 몸을 부딪히고

---

16 매년 12월 13일에 열리는 스웨덴의 전통 축제. 성 루치아로 뽑힌 사람은 하얀 가운을 입고 허리춤에 빨간 띠를 두른 복장에 머리에는 촛대 관을 쓴 채 행렬을 이끈다.

말았다. 수플레는 한숨 소리와 함께 무너져 내렸다. 메르타
는 부끄러워 죽겠다는 표정으로 신년맞이 행사 때는 더 잘
하겠다고 약속했다. 그다음에 노인 강도단은 스콕스로스로 차
를 몰고 가 거기서 찾을 수 있는 가장 좋은 샴페인과 랍스터
한 상자를 샀다. 하지만 랍스터는 이미 조리가 되어 있었고,
소스와 스캘럽트포테이토 요리도 가게에 준비되어 있었다.
그렇긴 해도 사람들은 맛있는 신년맞이 만찬을 즐길 수 있
었다. 크리스마스 연휴가 끝나고, 마침내 사람들이 크리스
마스트리를 내다 버리자 메르타는 안도의 한숨을 쉬었다.
지금이야말로 다음 게릴라 프로젝트를 계획하기에 딱 좋은
때였으니까…….

　메르타는 거실로 들어가 자기가 좋아하는 안락의자에 앉
은 다음 뜨개질감을 집어 들었다. 천재에게 줄 스카프를 하
나 뜰 생각이었다. 하지만 그녀는 뜨개질을 하지 못했다. 대
신 손가락을 쭉 뻗어 앞뒤로 천천히 단조롭게 움직이면서
생각에 잠겼다. 노인 강도단의 분위기는 여전히 좋지 않았
고, 그녀는 그 때문에 걱정이었다. 심지어 크리스마스 연휴
내내 차분하고 분별 있게 굴려고 그렇게 애썼는데도, 그녀
에게서는 초조함이 뿜어져 나왔다.

　천재와 갈퀴는 주로 작업장에 틀어박혔고, 스티나와 안나
그레타는 매일 아침 일찍 마구간까지 산책을 나섰다. 안나
그레타가 다시 말을 타는 걸 고려하는 중이라고 하자 스티
나는 자기도 말에 대해 더 알고 싶다고 했다. 그러는 동안 메
르타는 내내 혼자 앉아 있었다. 물론 그녀도 친구들이 즐거

운 시간을 보내길 바라 마지않았지만, 어쩐지 그들이 일부러 그녀를 멀리하는 것 같은 느낌이 들기도 했다. 하지만 시골을 살리는 것은 혼자 할 수 있는 일이 아니었다. 모두가 자기 몫을 다해야 했다! 이는 강도단이 다시 순조롭게 작동하는 하나의 팀이 되어야 한다는 뜻이었다.

저녁 식사 후 모두 서재에 모였을 때, 메르타가 다음 프로젝트를 제안했다. 그녀는 뜨개질을 하던 중 마치 우연히 생각이 떠오른 것처럼 말을 꺼냈다.

「전력 공급 회사를 상대로 한 건 올리는 거 어때?」

아무도 대꾸할 힘이 없었다. 스티나와 안나그레타는 흥미 있어 뵈는 눈치가 아니었고, 천재와 갈퀴는 실제로 이의를 제기하지는 않았지만 그렇다고 자기 생각을 따로 제안하지도 않았다. 다들 그냥 건성으로 고개만 끄덕이며 TV에 눈길을 고정했다. 곧 외국 어딘가의 리그에서 벌어지는 축구 경기가 방송될 예정이었다. 이 사람들에게 열의를 불어넣는 게 대체 왜 이렇게 어려운 거지? 메르타는 안나그레타 쪽으로 몸을 돌려 그녀의 주의를 끌어 보려 했다.

「다시 말을 타려고 한다며. 멋지네!」

안나그레타는 보청기를 조정하며 잠시 만지다가 그냥 꺼 버렸다.

「뭐, 평생 말을 탔으니까. 시골에 나온 김에 기회를 최대한 활용해 봐야지. 당연한 이야기지만 내 말이 생기기 전에 제대로 연습을 해보고 싶긴 해.」

「말을 사게?」 메르타가 바늘땀을 하나 놓쳤다.

「물론이지! 우리가 더 이상 은행을 털지 않으니 따로 몰입할 게 있어야 한단 말이야. 게다가 롤란드 스벤손은 진짜 친절한 사람이고.」

아하, 그래서 안나그레타가 최근에 그렇게 마구간을 들락날락했고 집에 올 때마다 롤란드가 얼마나 매력적인지 떠들어 댔구나. 롤란드에 대해서라면 메르타도 같은 생각이었다.

「승마 취미는 정말 멋진 일 같아. 우리 프로젝트에 쓸 힘만 남겨 놓을 수 있다면.」

「사람들을 좀 봐. 다들 열심히 일하고 있어, 사랑하는 메르타.」천재가 대화에 끼어들었다.「나도 학생들하고 진짜로 바쁘다고. 얼마나 바쁜지 상상도 못 할걸! 우린 태양 전지판도 설계했고 그걸 지붕 타일처럼 보이도록 하는 방법도 생각해 냈다고. 게다가 모든 방향에서 태양열을 흡수할 수 있는 굴뚝 시제품도 개발했단 말이야.」

「어머나, 멋져라! 그럼 우리가 공격에 나서서 전력을 끊을 수 있겠다!」메르타가 허공에다 전지가위로 뭔가를 자르는 것 같은 시늉을 하면서 말했다.

「뭐 하러 그러는데?」갈퀴가 회의적인 목소리로 말했다.

「시골에서 생산하는 전력에 대한 비용을 시골이 받아야지. 우리가 정치인들에게 나라 〈전체가〉 번영해야 한다는 사실을 가르쳐야 한다고.」

「그런데 너 뭔가 깜박한 게 있는 것 같다. 이 나라는 민주주의 국가야.」갈퀴가 이의를 제기했다.「메르타 독재 체제가 아니라.」

메르타는 열이 확 올랐다. 그녀는 자기 머릿속 구상을 설명하려 했지만 스티나와 안나그레타는 벌써 방으로 돌아간 뒤였다. 갈퀴와 천재도 자리에서 일어섰다. 다들 지금 어디로 가는 거지? 이 중차대한 순간에, 메르타는 시골의 활동가로 살아가는 것이 은행 강도보다 훨씬 더 어려운 일이 되리라는 점을 깨달았다. 어쩌면 그녀도 신나게 강도질을 하면서 즐겁게 살아야 하지 않을까?

26

이제 곧 범죄의 무대에 당도할 것이다! 스티나와 안나그레타는 마침내 공격에 착수할 수 있을 만큼 충분한 용기를 낼 수 있게 되었다. 두 사람은 40킬로미터 떨어진 곳에 있는 마르틴 보르예의 사육장으로 가는 길이었다. 그곳에 종마 〈샤프 아이〉가 3천2백만 크로나의 가격에 매물로 나와 있었다. 스티나는 운전대를 잡은 손이 끈적이는 것을 느꼈고, 안나그레타는 평소와 달리 침묵을 지켰다. 타이어 자국을 남겨서는 안 되었지만 눈이 녹고 나자 사육장으로 이어지는 자갈길이 빗물 웅덩이로 가득 찼다. 스티나는 상태가 너무 나쁜 웅덩이는 피하려 애쓰면서 운전하다가 입구에서 멀지 않은 곳에 차를 세웠다. 그녀가 안나그레타를 초조한 기색으로 흘끗 보았다.

「이제 실전이야!」

종마 사육장에서 누군가가 나와 그들에게 다가왔다. 〈경비〉라는 글자가 형광색으로 적힌 가죽 재킷을 입고 있었다.

「누구시죠?」

경비가 측면에 〈베테랑 마구간〉이라 적힌 미니버스를 보고 이마에 주름을 잡았다. 스티나가 안나그레타의 옆구리를 쿡 찔렀다.

「샤프 아이 때문에 왔어요. 구매 전에 사전 검사를 수행해 달라는 요청을 받았거든요.」 안나그레타가 수의사 신분증을 들어 올리며 말했다. 스티나가 인터넷에서 구한 견본을 토대로 만든 서류였다.

「아, 그렇군요. 이런 경우라면…….」 경비가 시계를 흘끗 봤다. 「녀석은 저쪽 마구간에 있습니다.」

「네, 알아요.」 안나그레타는 전혀 모르는데도 그렇게 말했지만 목소리에는 확신이 넘쳤다. 경비가 입구를 열었고, 두 사람은 임대한 말 운반용 트레일러를 몰고 안으로 들어갔다. 그들은 마구간 가까이에 주차한 다음 서류, 내시경, 초음파 도구를 접이식 손수레에 챙겼다. 두 사람은 주변을 샅샅이 둘러보았다. 마구간 구역에는 대형 사육장 건물과 직원 숙소가 있었고, 조금 떨어진 곳에 말들이 훈련하는 경주용 트랙도 있었다. 구글 지도에서 본 모습과 정확히 일치했지만 실제로 땅에 발을 디디며 들어가는 건 완전히 다른 일이었다. 돌연 이 상황이 현실로 다가왔다.

그들은 사육장 건물로 들어갔다. 내부는 깨끗하고 바람도 잘 통했다. 중앙 통로는 무척 넓었고, 통로 양쪽에 늘어서 있는 마구간에는 문마다 말 이름이 적혀 있었다. 각 마구간에는 모두 창문이 달려 있었고, 위쪽에 달린 유리 천장은 센서로 작동하여 열고 닫을 수 있었다. 사육장이 입이 떡 벌어질 만큼 커서, 스티나는 자기가 아주 작아진 느낌이 들었다. 그녀는 허리를 펴서 가능한 한 키를 크게 보이려고 애썼다. 그게 도움이 되기라도 할 것처럼 말이다. 하지만 별 도움은 되지 않았다. 그러나 그렇게 허리를 편 덕에 스티나는 건물 모서리와 마구간 내부에 설치되어 있는 CCTV를 발견할 수 있었다. 그녀는 손가락으로 머리를 쓸었다. 화장을 잔뜩 하고 가발까지 쓰길 천만다행이었다. 제아무리 카메라 성능이 좋다 한들, 심지어 메르타조차도 두 사람의 위장을 알아차리지 못할 것이다. 두 사람이 사육장 건물로 들어갔을 때, 경비는 그들에게 청바지와 체크무늬 셔츠를 입은 마구간지기 소년을 소개시켜 준 다음 나갔다. 마구간지기 소년이 껌을 씹으면서 그들을 의아한 듯 바라보았다.

「아, 검사하시러 오셨다고요?」

「네, 맞아요.」 안나그레타가 대답했다. 그녀가 마구간 중 한 곳을 태연히 가리켰다. 그녀가 알고 있는 바에 따르면 그 마구간에 샤프 아이가 있었다. 「쟤를 자세히 살펴보려고 왔어요.」

마구간지기 소년이 가서 말의 고삐를 푼 다음 끌고 나왔다.

「패스포트[17] 보여 주시겠어요?」 안나그레타가 할 수 있는 한 태연하게 말했다. 이 일을 제대로 처리하기 위해서는 말

17 마필 개체 식별서, 방역 수첩, 등록 증명서, 마필 상세 정보 등을 담은 정보 수첩.

패스포트를 확인하는 것이 필수라는 사실을 알았기 때문이었다. 그녀는 패스포트를 건네받은 뒤 말의 연령, 혈통, 부상 여부 등에 대해 물어보았다.

「그거 패스포트에 다 있는데요.」 마구간지기 소년이 대답했다.

「우리는 규칙을 깐깐하게 따지거든요. 다시 한번 확인을 해야 해요.」 안나그레타가 헛기침을 하고는 노트에 무언가를 적었다.

안나그레타는 말이 평보, 속보, 구보, 습보를 할 때 어떻게 움직이는지 질문했고, 그런 다음 다 같이 말을 데리고 구내로 나왔다. 샤프 아이는 콧김을 씩씩 내뿜으면서 고개를 크게 내저었는데, 스티나는 어떻게 이 말을 집으로 데리고 갈지 걱정이 들기 시작했다. 만약의 사태에 대비하는 것이 최선일 듯했다.

스티나는 안나그레타와 마구간지기 소년이 등을 돌릴 때까지 기다렸다가 초음파 기구를 조정하는 척했다. 하지만 그녀는 기구를 조정하는 대신 말의 엉덩이에 진정제 주사를 한 방 놓은 다음 주사기를 주머니에 감추었다. 그러고는 마치 아무 일도 없었다는 양 도플러 검사용 초음파 기구를 꺼내 말의 관절에 갖다 대고 숙련된 동작으로 말의 연조직을 검사했다.

「좋아 보이네요.」 스티나는 잠시 뒤 그렇게 말하고는 컴퓨터 화면을 보는 척했다. 그다음에는 혈액 샘플을 채취하여 계량봉으로 검사한 뒤 검출된 약물은 없다는 식의 말을 중얼거렸다. 마구간지기 소년은 아까 씹던 껌을 계속 씹으며 휴대 전화로 통화 중이었다.

「이것도 좋아 보이고.」스티나가 중얼거리며 노트에 뭔가 적었다.

「이제 그 스페셜 키트를 쓸 차례 같은데, 그렇지?」안나그 레타가 상냥하게 미소를 지으며 주위를 둘러보았다. 마구간 지기 소년은 여전히 통화 중이었다. 여자 친구랑 전화하고 있는 걸까? 안나그레타가 핸드백에서 가루가 든 비닐봉지 두 개를 꺼냈다. 그런 다음 양파 가루가 든 봉지를 스티나에 게 건네며 자신은 후추 가루가 든 봉지를 사용할 준비를 했다.

「저기 무슨 일이지?」안나그레타가 갑자기 큰 소리로 외 치며 비상구 쪽을 가리켰다. 마구간지기 소년이 고개를 들 었다.

「가서 보고 와야겠어요.」소년이 중얼거리며 비상구로 서 둘러 갔다. 안나그레타가 이때를 놓칠세라 말의 주둥이에 후추를 훅 불었고, 스티나는 말의 콧구멍에 양파 가루를 밀 어 넣었다. 샤프 아이가 큰 소리로 울더니 앞다리를 박차며 몸을 세웠다. 안나그레타는 간신히 말을 붙들 수 있었다. 이 런, 생각보다 훨씬 더 많은 힘이 드는 일이었다. 그녀는 차분 히 말을 달래며 맛있는 먹이를 주었고, 그 뒤 말에 대한 통제 력을 되찾았다.

두 여성은 계속 검사를 진행했다. 말의 머리, (양파 가루를 집어넣은 이후에는 다소 많이 나오는) 비강 분비물, 눈, 입과

치아를 검사한 뒤에는 후두부 기침 유발 테스트를 진행했다.

「상기도에 가래가 끼어 있군요.」스티나가 엄숙하게 선언했다. 그녀가 말을 마치자마자 거의 즉시 샤프 아이가 기침을 시작했다. 안나그레타가 후추를 더 불어넣을수록 말도 점점 격렬하게 기침을 했다. 마구간지기 소년이 돌아왔을 때 안나그레타가 깊은 우려를 표하며 말했다.

「샤프 아이 상태가 좋지 않아요. 계속 기침을 해요. 정말로 좋아 보이질 않네요. 말 인플루엔자에 걸린 게 확실해요.」

마구간지기 소년이 뒤로 물러섰다. 「오, 세상에, 안 돼! 말 인플루엔자는 안 돼요! 그거 진짜 감염성 높다고요!」

「그래요, 안타깝게도 큰 문제예요.」

「〈드래건 게이트〉하고 〈러닝 베어〉가 곧 경기에 나갈 예정이에요. 이번 주말에 뛴다고요.」

「걱정하지 말아요. 우리가 해결할게요.」안나그레타가 큰 소리로 말하며 스티나에게 고개를 끄덕였다. 「우리가 이런 상황에 부딪힌 게 이번이 처음도 아니잖아요, 그렇죠? 우리가 마구간에서 샤프 아이를 옮겨서 말 운반용 화물차에 격리시킬게요. 간단하죠.」

안나그레타는 마구간지기 소년이 반응할 틈을 주지 않고 말의 머리 마구와 줄을 단호하게 붙잡아 샤프 아이를 마구간에서 안뜰로 끌어냈다. 스티나가 서둘러 뒤를 따라갔다.

「내가 먼저 트레일러 문을 열게.」스티나가 씩씩대며 트레일러 문을 열었다. 안나그레타가 말과 함께 트레일러 안으로 들어오자마자 스티나는 마구에 달린 줄을 단단히 맬 수 있도록 도왔다. 그 일을 마친 다음 안나그레타는 마구간으로 돌아가 초음파 장비 가방과 내시경을 챙겨 온 뒤 빠뜨린 게 없는지 확인했다. 어떠한 흔적도 남기지 않고 떠나야만 했다. 하지만 바로 그 순간, 그들이 이제 가능한 한 서둘러 차를 몰고 가야 하는 그 순간에, 안나그레타는 요의를 느꼈다. 오, 젠장. 싸야 해! 그녀는 주변을 둘러보다가 화장실을 발견했고, 거기로 뛰어갔다.

화장실에서 놀라지 말았어야 했겠지만, 안나그레타는 놀라고 말았다. 그녀는 마르틴 보르예가 백만장자가 아닌 천만장자라 해도 마구간 화장실은 소박할 것이라 생각했다. 하지만 아니었다. 널찍한 화장실에는 세면기, 거울, 샤워기가 갖춰져 있었고 움푹 들어간 유리 선반에는 화려한 도자기 조각상이 놓여 있었다. 키 큰 식물 두 종류가 왕좌처럼 우뚝 서 있었고 조악하고 멋없는 그림이 벽에 걸려 있었다. 사업계의 거물들은 자기 돈을 예술 작품에 투자하길 좋아하고 투자한 작품의 가치가 오르길 바란다. 안나그레타도 그 사실은 알았지만, 이 그림들은 정말이지! 마르틴 보르예는 아무런 취향도 없는 사람임에 분명했다. 아마추어의 그림 같은 풍경화와, 동물과 말을 조잡하게 모사한 그림이 예쁘장한 액자에 걸려 있었다. 유일하게 눈 뜨고 봐줄 만한 그림은 암탉에게 모이를 주는 사람을 그린 그림이었다. 작품은 지저분했다. 바니시는 누렇게 변색되었으며 표면은 검댕이 묻어 거무죽죽했다. 화가의 서명도 없었지만 잘 그린 그림이었고, 스티나라면 뭔가 영감을 얻을지도 모를 그런 작품이었다. 안나그레타는 휴대 전화를 꺼내 그림의 사진을 몇 장 찍고는 트레일러로 돌아갔다.

그녀가 트레일러로 돌아가 보니 스티나와 마구간지기 소년뿐 아니라 사육장 관리인도 그 옆에 서 있었다. 안나그레타는 차가운 손이 배 속을 꽉 죄는 느낌이 들었다. 그들은 지금 곤경에 처한 상황이었으니까. 이제부터는 입을 무척 조심해야 했다.

「유감스럽지만 여기서 말 인플루엔자가 발생한 것 같아요. 샤프 아이는 격리되어야 합니다. 하지만 우리 〈베테랑 풀 수의사 서비스〉에는 말을 격리시킬 수 있는 필요 시설이 구비되어 있어요. 추가 요금을 약간만 내시면 말이 회복할 때까지 돌봐 줄 수 있어요.」

「그런 서비스는 들어 본 적이 없는데요.」사육장 관리인이 험상궂은 얼굴로 말했다.

「그렇겠죠. 새로 생겼으니까. 하지만 우리가 그저 오래된 수의사 업체는 아니에요. 이쪽으로 꽤 오랫동안 활동해 왔고 어떤 일이 벌어질 수 있는지도 잘 알아요. 우리가 〈베테랑 마구간〉이라고 불리는 데는 다 이유가 있답니다.」스티나가 최대한 인자한 미소를 지으며 대답했다.

안나그레타는 트레일러 앞에 서서 옆구리에 팔을 올려놓은 자세를 취하며 가능한 한 중요하고 거만한 사람처럼 보이려고 했다. 그녀의 목소리는 단호하면서도 무척 권위적이었다.

「제가 듣기로는 주말에 경주가 있다면서요. 다른 종마들에게 감염병이 퍼진다면 참 안타까운 일일 텐데요, 안 그런가요? 그렇게 되면 우리는 당연히 그쪽을 신고할 수밖에 없어요.」

바로 그 순간 샤프 아이가 기침을 하고 코를 훌쩍이는 소리가 트레일러 안에서 들렸다. 정말로 아픈 듯 들리는 소리였다. 스티나는 보고서 용지를 꺼낸 다음 미리 인쇄해 놓은 양식을 엄지손가락으로 짚어 가며 말했다.

「아시겠지만 이런 게 처음 있는 일이 아니에요. 샤프 아이가 건강해질 때까지 책임을 지겠다는 계약서를 써드릴 수 있어요. 어림잡아 다음 주말까지면 나을 것 같아요. 이런 건 보통 일주일 남짓 걸리거든요.」

「어, 그렇군요……」

「물론 다른 합병증이 생기지 않는 한은 그렇다는 거죠.」 스티나가 덧붙였다. 「하지만 그런 경우에는 우리가 당연히 연락을 드릴 거예요. 아무튼 우리가 말을 다시 데려오면 선생님은 온갖 번거로운 일에서 다 벗어나는 거죠. 초음파 사진을 보내 드릴게요. 그리고 샤프 아이가 회복되는 즉시 엑스레이를 찍은 다음에 엑스레이 사진도 보내 드리고요.」

두 노부인이 참으로 친근하고 매력적인 태도를 보이며 미소를 지었다. 둘 중 키가 큰 사람이 사전 출력된 양식을 사육장 관리인에게 건넸다. 양식에는 멋진 도장도 찍혀 있었다. 관리인은 서류에 서명을 한 다음 자기 명함을 주었다.

「하지만 말을 아주 잘 살펴봐 주셔야 합니다!」

「물론이죠. 말 트레일러에도 카메라가 있고 격려용 마구간에는 경비원, 경보 장치, CCTV도 다 있어요. 〈베테랑 마구간〉을 방문하셔도 환영이고요. 주말 경주에 행운이 있기를 빌게요.」

마구간지기 소년과 사육장 관리인이 재빨리 눈짓을 교환했다. 둘 다 마음을 놓은 듯했다. 샤프 아이는 매물로 나온 상황이었으므로 더 이상은 경주를 뛸 일이 없었다. 가장 중요한 점은 그들이 광고에서 부른 가격인 3천2백만 크로나에 이 종마를 팔 수 있다는 것이었다. 앞으로 올 고객들에게 다음 주까지는 말을 보여 줄 시간이 없다고 이야기하면 된다. 더군다나 그 고객들은 〈베테랑 마구간〉의 검사 보고서를 원할 것이다.

사육장 안뜰을 나가면서 그들은 악수를 나누었고, 스티나는 말이 회복되는 대로 연락하겠다고 약속했다. 그런 다음 스티나와 안나그레타는 말 운반 트레일러 상태가 모두 정상임을 확인하고 운전대를 잡고 차를 몰았다. 입구가 열리자 그들은 손을 흔들며 작별 인사를 했다. 만족스럽기 그지없는 하루였다.

하지만 그들이 40킬로미터를 달려 스벤손의 농장으로 들어서자마자 안나그레타가 괴성을 지르며 말했다.

「세상에, 이를 어째! 우리가 뭘 깜박했는지 기억났어. 후추 봉지!」

27

「말이 자고 있어!」스티나가 완전히 공포에 질린 얼굴로 말했다. 그녀가 트레일러 문을 열고 그 동물을 바라보았을 때, 말은 완전히 뻗은 듯 보였다. 머리는 푹 숙인 채였고, 온 몸을 한쪽 뒷다리에 의지하고 있었으며, 윗입술은 축 늘어져 있었다. 더 안 좋은 건 엄청난 소음이었다! 샤프 아이는 코를 골고 있었고, 그것도 아주 시끄럽게 골았다. 다행히 기침은 그렇게 많이 하지 않았는데, 후추가 효력을 다한 모양이었다.

「말이 자고 있는 건 알아. 나도 코 고는 소리 들려!」

「그래도 거기 그냥 서 있으면 안 되지. 뭐라도 해봐!」

「나보고 저 몸뚱이를 끌어내리고? 나는 삐삐 롱스타킹이 아냐!」

「어떻게 이런 일이 일어날 수 있는지 모르겠어. 3천2백만 크로나짜리 말을 훔쳤는데 말이 잠들어 버렸다니.」스티나는 금방이라도 눈물을 쏟을 기세였다.

「너 내 등 뒤에서 뭔가 사고 친 거지?」 안나그레타의 머릿속에 별안간 의혹이 찾아왔다. 그녀는 친구의 눈을 똑바로 바라보았다.

「아니, 별거 아니긴 한데, 그러니까, 얘가 걷어찰지도 몰라서 진정제를 약간 놓았어. 7백 킬로그램짜리 엄청난 경주마가 어떻게든 얌전히 있어 줘야 했으니까.」

「진정제? 세상에, 어떤 거?」

스티나는 주머니를 뒤적이다가 부끄러운 표정을 지으며 주사기와 주사액병을 꺼냈다.

「생각해 봐, 예민해진 경주마를 태우고 운전하는 거잖아. 3천2백만 크로나짜리 경주마라면 정력도 엄청날 거 아니냐고. 그래서 이렇게 해야 얌전해지지 않겠나 생각한 거지.」

「얌전? 이 말 지금 살아 있기보다는 죽은 것 같아!」 안나그레타가 주사액병을 꼼꼼히 살펴보고는 고개를 내저었다. 「저기 말이지, 이거 정량의 두 배야. 말이 죽어 버릴 수도 있었어. 아, 이걸 어째, 우리가 지금 할 수 있는 게 별로 없어. 말이 깨어날 때까지 기다려야 해.」

「록 음악 같은 거라도 틀까? 그러니까, 엄청 시끄럽게!」

「그럼 네가 거기 맞춰 랩이라도 하게? 아냐, 지금은 주차장까지 차를 몰고 가서 말이 정신을 차릴 때까지 기다리는 것 말고는 달리 방법이 없어. 그런 다음 스벤손의 마구간까지 차를 몰고 가는 거야.」

두 사람은 다소 낙담한 채 미니버스로 돌아가 주차장까지 차를 몰았다. 조금 전까지만 해도 만사가 참으로 순조롭게 풀리고 있어서, 두 사람은 성공적으로 끝난 〈수의사 작전〉을 축하하며 「오랫동안 충직했던 내 친구」[18]를 불러 댔고, 샌드위치도 먹으며 정말 즐거운 시간을 보냈었다. 20킬로미터쯤 간 다음 그들은 즐겁고 행복한 기분으로 길가에 차를 세우고는 옷을 갈아입고 가발도 숨겨 평소의 모습으로 다시 돌아갔다. 그런 다음 둘은 롤란드의 마구간까지 거의 곧장 차를 몰고 갔다. 그 마구간에다 새로 획득한 말을 집어넣을 생각이었다. 말이 이렇게 해롱거리지만 않았어도 당연히 그랬을 것이다……. 그런데 이런 멍청한 실수라니. 이 일 외의 모든 것을 계산에 넣었는데. 그렇다. 그들은 심지어 족보도 마련했고, DNA 유형과 유전자 패널 검사가 딸려 있는 품종 보고서도 확보했다. 하지만 인생에서 종종 그렇듯, 일이 계획대로 돌아가질 않았다. 옛말이 틀린 것 하나 없었다. 길가의 작은 돌부리 하나가 커다란 수레를 뒤집는 법이었다(혹은 지금 이 경우에서처럼 작은 주사기 하나가 커다란 말을 자빠뜨리는 법이다). 이제 이 동물은 두 명의 노부인이 다루기에는 너무도 비틀거렸다.

주차장으로 들어가 기다리는 동안, 그 틈을 타 안나그레타가 스티나에게 화장실 안에서 찍은 사진을 보여 주었다.

「화장실이 이 꼬라지인데 사육장의 나머지 방들은 어떤 모습일지 상상이 안 간다.」 그녀가 말했다. 「비품이야 화려하지. 하지만 이 쓰레기 같은 예술품을 좀 봐.」

18 마이클 카와 해밀턴 케네디가 1934년에 쓴 곡. 오랜 세월 함께한 자신의 말에게 바치는 노래.

「세상에나. 이런 그림은 5분만 봐도 지겨워져. 그런데 이건 뭐야?」

안나그레타가 몸을 앞으로 기울였다. 「맞다, 이 풍경화는 프랑스 거 같은데, 네가 좋아할 줄 알았어. 네게 뭔가 영감을 줄 수 있지 않을까 싶었지.」

「자상하기도 해라. 하지만 그림은 나중에 보자. 일단은 좀 쉬어야 해.」

「몸 상태가 좋아져야 말도 돌볼 수 있지.」

스티나가 팔을 뻗어 담요를 잡았다. 담요는 두 사람 모두를 넉넉히 덮을 만큼 컸고, 그녀는 안나그레타의 어깨에 머리를 기대고는 코를 골기 시작했다. 이내 둘 다 잠이 들었다.

그들은 그렇게 몇 시간을 자다가 트레일러 안에서 들리는 소리에 불현듯 눈을 떴다. 해가 이미 뜬 이른 아침이었다. 트레일러 안을 들여다보니 샤프 아이는 발을 구르며 코를 씩씩거리고 있었는데, 생기가 넘치면서도 동시에 졸린 듯 보이는 모습이 좀 이상했다. 둘은 말의 상태에 약간 겁을 먹은 채 롤란드 스벤손의 농장으로 차를 몰았다. 잠시 뒤 그들은 피곤하고 핼쑥한 모습으로 농장에 도착해 늦어서 미안하다고 사과했다. 그들 말에 따르자면, 〈오는 길에 몇 가지 문제와 맞닥뜨렸기〉 때문이었다.

롤란드는 어깨를 으쓱하고는 씹고 있던 스누스 담배를 뱉고 나서 자기 멜빵을 조정한 뒤 말을 밖으로 끌어내는 걸 도왔다. 그는 두 사람이 데려온 말을 유심히 쳐다보았다.

「와, 정말 멋진 말을 구해 오셨네요. 까만 털에 생기 넘치는 눈빛에다 위풍당당한 자세까지, 멋지다는 말밖에 안 나와요. 하지만 몸을 잘 가누지 못하고 있는 것 같은데요.」

「얘가 어제 잠을 잘 못 잤나?」 스티나가 얼버무려 보려고 시도하자 안나그레타가 곧바로 그녀의 옆구리를 찔렀다. 스티나가 바보짓을 할까 봐 두려웠던 것이다.

「아, 그렇군요. 거참 안됐네요. 그런데 얘 이름은 뭐죠?」

이런. 그렇다. 당연히 말에 이름을 붙여야 한다. 스티나는 비실거리는 말을 바라보다가 머릿속에서 뭔가 떠올랐다.

「〈슬로 모션〉이에요.」 그녀가 되는대로 말했다.

「〈슬로 모션〉이라. 그러게, 딱 맞는 이름이네요! 어느 마구간 출신이죠?」 로날드가 물었다.

안나그레타가 얼른 끼어들었다. 「아, 슬로 모션은 스코네에 있는 개인 판매자에게서 사 온 거예요. 거기 얼마나 말들이 많았는지 몰라요.」

「아, 그렇군요. 그럼 이해가 가네요. 아이고, 정말 먼 길 운전하셨겠어요.」

스티나와 안나그레타가 눈길을 교환하며 안도의 숨을 내쉬었다. 거짓말은 힘든 일이다. 말을 너무 많이 하지 않는 것은 심지어 더 힘들다. 하지만 두 사람은 변덕스러운 물살을 성공적으로 헤쳐 나간 듯했다.

두 사람은 말에게 건초와 물을 주었고, 말이 마구간에서 편안해한다는 점도 확인했다. 그런 다음 샤프 아이, 현재 암호명 〈슬로 모션〉을 스벤손의 손에 맡겨 놓고 떠나며 다음 날 다시 오겠다고 약속했다.

223

집으로 가는 길에 두 사람은 메르타에게 뭐라 말할지 사전 연습을 했고, 스코네를 들먹인 하얀 거짓말이 그렇게 나쁘지 않다는 결론을 내렸다. 하지만 해야 할 일이 아직 많이 남아 있었다. 말 운반용 화물차를 소독하고 미니버스를 청소해야 했고, 몸값을 손에 넣을 수 있는 최선의 방법도 궁리해 내야 했다. 게다가 몸값을 받으면 말도 돌려줘야 했다.

「물론 네가 말도 타봐야 해. 아무리 경주마라고 해도.」스티나가 초조한 듯 키득거리며 말했다. 「안 그랬다간 의심을 살 거야.」

「경주마를? 그, 그래, 물론이지.」안나그레타가 웅얼거리듯 말했다. 「전혀 문제없어. 그런데 스티나, 걔 이름을 〈슬로 모션〉이라고 붙인 게 좋은 아이디어였을까? 더 괜찮은 이름을 떠올릴 수도 있지 않았을까? 경주마인데 〈슬로 모션〉이라니…….」

「바로 그게 핵심이야. 아무도 걔가 경주마라는 사실을 알아채지 못할 거라니까. 완벽한 위장이지.」스티나가 방어를 시도했다.

「뭐, 그렇다면 그런 거겠지.」안나그레타가 중얼거렸다.

둘은 긴장이 완전히 풀려 힘이 쫙 빠진 데다가 밤에 잠까지 제대로 못 잔 상태로 집에 돌아와 쉬었다. 그들은 계단을 올라가던 도중 메르타를 만났다. 메르타는 생기 넘치는 모습이었다.

「좋은 아침! 너희도 좋은 아침이야! 완벽한 타이밍에 만났네! 새로 산 말하고 마구간에 있었으니 좀 피곤해 보이는 것도 이해는 가. 하지만 지금이야말로 아침 체력 단련을 같이 하기에 이상적인 시간이지 않니?」

스티나와 안나그레타는 서로를 속절없이 바라보다가 자기들이 거절도 못 할 만큼 피곤하다는 사실을 깨달았다.

28

 잠시 뒤, 사람들은 체력 단련을 마치고 샤워를 하고 난 다음 갈퀴의 온실에서 과일주스를 기분 좋게 한잔 마셨다. 그때 천재가 헴마비드에서 뭘 했으면 좋겠는지 논의해 보자고 제안했다.

 「절도와 은행 강도는 신속하고 간단하며 우리에게 익숙한 계획이지. 하지만 시골 살리기는 훨씬 오래 걸리고 인내심도 더 많이 필요한 일이야. 우리에게 그런 인내심이 있을까?」

 「어려울 거야. 하지만 실현 가능해.」 메르타가 막무가내로 대답했지만 그 목소리에는 전적인 확신이 없었다. 어쩌면 시골 살리기는 불확실한 계획일지 모른다. 사람들 모두 평소처럼 아침 체력 단련을 마치기는 했지만 팔을 흔드는 동작은 의무적이었고, 아령 들어 올리기도 하지 않았으며, 복근 운동은 아예 건너뛰었기 때문이다. 게다가 스티나와 안나그레타는 완전히 자기들만의 딴 세상에 있었다. 요가 매트 위에서 몸을 쭉 뻗고 몇 초간 긴장을 푼 사이에 둘 다 잠이 들어 버렸던 것이다! 대체 무슨 일이 벌어지고 있는 거지? 왜들 이렇게 비실비실한 거야? 메르타가 주스를 꿀꺽 마셨다.

「다들 알겠지만 이 지역을 위해 우리가 해야 할 일이 많아.」

「그래, 우리도 알지, 메르타. 네가 항상 하는 이야기니까.」 갈퀴가 그렇게 말하자 나머지 사람들이 동의하며 고개를 끄덕였다. 「하지만 그만 단념하라고. 이 나라 정치인들도 못 해낸 일이잖아!」

메르타는 엄청나게 자제심을 발휘했다. 문득 교사를 무시하는 거칠고 나태한 학생이 잔뜩 있는 교실 앞에 서 있는 기분이 들었다. 그녀는 다시 한번 설득을 시도했다.

「바로 그 때문에 그런 거야. 정치인들이 실패했으니 우리가 힘껏 싸워야 한다고.」

「그래, 그래, 그렇겠지. 그게 네 생각이라는 건 우리도 다 알아.」 천재가 웅얼거렸다.

「하지만 우리가 변화를 만들어 냈다는 건 너희도 봤잖아? 우리 가짜 교통 검문소 덕에 장거리 트럭이 여길 피해서 지나가고 있어. 그래서 우리 동네에 여전히 롤란드 스벤손의 농장 가게가 있는 거고.」

아무도 입을 열지 않았다.

「게다가 학교에 두 명의 교사를 추가로 확보했어. 그것도 특별한 역량을 갖춘 교사로. 이르마가 진짜 기뻐하고 있잖아.」메르타가 계속 말했다.

「만약 우리가 이 지역에서 은행 한두 곳을 턴다면 아마 경찰도 추가 인력을 요청하겠지. 그것도 새 일자리일 텐데.」갈퀴가 메르타를 놀리듯 말했다.

메르타는 갈퀴에게 짜증스럽다는 눈길을 던졌지만 말투는 평온하게 하려 애썼다.

「미안한 소리인데, 경찰이 우리를 추적하는 중이야. 한동안 은행 강도는 절대 안 돼.」

「맞아. 절대 은행을 털어서는 안 돼.」스티나가 그렇게 딱잘라 말하고는 눈을 깔았고, 그 와중에 안나그레타는 뺨이 눈에 띄게 빨개지며 고개를 딴 데로 돌렸다.

「구 목사관에서 〈유령 찾기 산책〉을 한다면 우리가 안내를 해야겠지. 그것도 어쩌면 새 일자리가 될 거야.」천재가 큰 소리로 자기 생각을 입 밖에 냈다. 메르타가 냉정을 잃기 시작하고 있다는 사실을 알아차렸던 것이다.

「〈사랑의 터널〉에도 안내인이 필요해. 그러니까 잘생긴 젊은 사람들을 몇 명 고용해야 할 것 같아.」안나그레타가 키득거리며 말했다.

「그건 안 되지, 안나그레타.」갈퀴가 끼어들었다.

메르타는 점점 인내심이 바닥나는 느낌이었다. 아무도 현 상황을 진지하게 받아들이지 않는 듯했다.

「그런 행사들은 헴마비드에서 당장 시작할 수 있어. 너한테 멋진 임무가 될 것 같지 않니, 스티나?」메르타는 거의 호소하다시피 말했다.

휴대 전화로 몰래 경주마들을 보고 있던 스티나가 당황하여 주위를 둘러보았다. 메르타가 방금 뭐라고 말한 거지?

「어어, 그렇지, 물론이야.」스티나가 웅얼거렸다.

「고마워! 그러면 이제 〈사랑의 터널〉이 중요한 문제겠네. 네 아이디어 정말 좋았어, 안나그레타. 우리가 행사를 어떻게 진행하면 될지 계획을 짜줄 수 있겠어? 그러니까, 우리 터널에 로맨틱한 조명도 달고, 음악이나 뭐 그런 것도 틀어야 해?」

「더블베드도 하나 갖다 놓든가.」갈퀴가 불쑥 끼어들었다.

「적당히 해!」메르타가 외쳤다.

「로맨틱한 조명에다 조용한 음악이면 반대할 생각 전혀 없어. 터널에서의 뜨거운 만남에 대해 계획을 짤게.」안나그레타가 말했다.

「완벽해. 그렇게 하자. 그럼 이제 게릴라 작전을 벌이는 것만 남았네.」메르타가 여러 색깔의 마커 펜과 이르마에게 받은 플립 차트를 꺼내 들었다. 강도단이 웅성거리는 사이, 그녀는 지역의 개폐기와 전력용 케이블 위치가 표시된 지도를 걸었다.

「충분한 태양광 패널과 예비 전력을 확보하기만 하면 국가 전력망의 일부분을 선별해서 차단할 수 있어.」

나머지 사람들이 놀라 서로를 바라보았다. 메르타가 발전소의 전력 공급을 훼방 놓는 일에 이렇게까지 진심이었다고? 그들은 그녀가 그 아이디어를 그냥 굴려만 보다 말 거라고 생각 — 어느 정도는 희망 — 했다. 그런데 지금 그녀는 분명 실행에 착수하길 원하고 있었다. 안나그레타가 첫 번째로 반응을 보였다.

「똑똑한 계획이네. 사업에 도움이 되겠어. 전력을 차단하면 태양광 패널로 돈을 많이 벌 수 있는 거잖아.」

「하지만 정전이라니. 평화로운 방법을 생각해 낼 수는 없을까?」 천재가 물었다.

메르타가 플립 차트 위로 태연하게 손을 내저었다.

「전력 회사들은 시골 지자체에 세금을 안 내. 그렇다고 우리가 숲과 광산에서 수익을 얻는 것도 아냐. 반면 노르웨이에서는 시골에서 창출된 부의 30퍼센트가 해당 시골에 귀속돼. 그래야 시골이 살아나. 그게 바로 우리가 권력자들을 일깨워야 하는 이유야.」

사람들은 완전히 말문을 잃고 조용해졌다. 아무도 그렇게는 생각하지 않았던 것이다.

「게다가,」 메르타가 계속 말했다. 「노르웨이 시골에 사는 사람들은 세금도 덜 내. 그래서 학교와 진료소도 지킬 수 있는 거고, 이를테면 우리 스웨덴 사람들이 솔레프테오에서 한 것처럼 산부인과를 닫지 않아도 되는 거야.」

메르타는 사람들이 귀 기울여 듣고 있다는 것을 알아차렸다.

「그리고 노르웨이 사람들은 시골로 이사하는 사람들에게는 학자금 대출을 탕감해 주고 회사 창업도 지원해 줘. 오슬로에서 먼 곳에 정착할수록 고용주에게 지불 급여세도 깎아 준다고.」 메르타가 교회 목사처럼 두 손을 모으다가 바닥에 펜을 떨어뜨렸다. 갈퀴가 몸을 굽혀 펜을 주웠다.

「노르웨이 놈들은 여기서도 1등을 꼭 해야 해? 석유랑 겨울 스포츠 메달로는 충분하지가 않은 거야? 세상에, 정말 진저리가 나는군!」갈퀴가 투덜거렸다.

「하지만 노르웨이 사람들이 똑똑하네. 어디 사는 사람이건 간에 모두에게 기회를 주잖아. 여기 스웨덴에서는 안 그러는데.」

천재가 자세를 슬쩍 바꿨다.

「하지만 메르타, 내 사랑. 우리가 진짜로 이렇게까지 정치적인 이야기를 해야 할까? 우리는 절도와 은행 강도에 머물러야 할 것 같은데.」

「하지만 사보타주가 일어난 다음에 경찰이 맨 처음 찾을 사람들은 은퇴 노인네 무리가 아니야.」

「사보타주라고?」

메르타는 그 자리에 있던 사람 모두가 숨을 헐떡이는 소리를 들을 수 있었다.

「맞아. 내가 염두에 두고 있던 건 2단계 게릴라 활동이야. 우선은 우리가 스톡홀름의 정치인들에게 편지를 써서 시골에 대한 정책을 개정하라고 요구하는 거야. 그들이 우리 요청에 따르지 않으면 전력을 차단한 다음 정책을 바꾸겠다고 약속할 때까지 전력을 돌려놓지 않겠다고 위협하는 거고.」이제 메르타는 양 옆구리에 손을 올려놓고 있었는데, 그 모습이 무척이나 단호해 보였다.

「하지만 그건 비현실적이야. 협박장이잖아!」천재가 숨이 막힌 듯 헐떡이며 말했다.

「게다가 불법이지.」 갈퀴가 거들었다.

「풋, 그냥 겁만 좀 주자는 것뿐이야.」

「뭐 식은 죽 먹기겠네. 나라 전체를 정전시킬까, 아니면 반만 시킬까?」 갈퀴가 빈정거림에 푹 절어 있는 목소리로 말했다.

「희망적인 사실은 우리가 그렇게까지 멀리 나갈 필요는 없으리라는 거야. 하지만 친구들, 우리는 필요할 경우 전력을 차단하는 멋진 방법을 떠올릴 수 있는 사람들이야. 나는 너희가 기발한 방법을 떠올려서 이 일을 되도록 합법적으로 할 거라고 확신해. 가능하다면 말이야.」

「세상에 맙소사!」 천재가 끙끙거렸다.

메르타가 자리에서 일어나 주방으로 갔다. 그녀는 커피잔, 새로 내린 커피, 나무딸기술과 스티나가 그날 아침에 구운 카르다몸 향 페이스트리를 들고 왔다. 그녀가 돌아오자 사람들이 대화를 중단했다.

「이 문제를 더 생각해 보기 전에 커피 타임을 잠시 갖자.」 그녀는 대장 노릇을 하는 것처럼 보이지 않기 위해 부드러운 목소리로 말했다. 「너희가 좋은 아이디어를 떠올려도 나는 괜찮아. 일을 다 같이 할 수만 있다면야 언제나 그쪽이 최선이지.」 그녀는 소파에 앉아 뜨개질감을 집어 든 다음 속마음보다 훨씬 침착한 척했다.

갈퀴는 자기 스카프를 계속 만지작거렸고, 스티나는 스트레스를 받는 듯 보였으며 천재는 침묵을 지켰다. 안나그레타는 인기 스웨덴 댄스 밴드의 곡을 콧노래로 불렀고, 천재는 입을 벌리고 뭔가 말하려다가 마음을 바꾸고 창밖을 바라보았다. 어떤 반응도 나오지 않았다. 결국 메르타는 더 이상 자기 자신을 억제할 수가 없었다.

「내 말 좀 들어 봐. 만약 너희가 자원하고 싶지 않다면 받아들여야겠지만, 그럼 나는 마을의 다른 사람들에게 부탁할 거야. 왜냐하면 이건 심각한 일이거든. 우리에게 남은 시간이 얼마 없어. 조만간 스웨덴의 절반이 폐쇄되고 말 테니까!」

그렇게 메르타는 하고 싶은 말을 다 털어놓은 뒤 그 장소를 떠났다. 이제는 헤엄치거나 가라앉거나 둘 중 하나였다.

29

회의가 끝난 후 천재와 갈퀴는 천재의 작업장으로 갔다. 삐걱거리는 문을 통과하여 작업장 안으로 들어간 두 사람은 마침내 단둘이 대화할 수 있는 시간을 가질 수 있게 되어 기뻤다. 널찍한 작업장에는 목공용 벤치, 선반, 전동 실톱과 여러 개의 작업용 탁자가 놓여 있었고, 금속과 톱밥 냄새가 났으며, 다소 어질러져 있었다. 천재는 벤치 그라인더와 낡은 용접 헬멧 뒤에 놓인 비밀 냉장고로 가 도수 높은 맥주 두 병을 꺼내 왔다. 그는 맥주 하나를 갈퀴에게 건넨 다음 선반 옆 벤치에 앉았다.

「알겠지만, 난 이번 일이 정말 마음에 안 들어. 우리가 전기와 기계를 안다는 이유로 전력망을 사보타주하는 테러리스트가 될 필요는 없는 거잖아. 이게 그냥 부탁만 하면 되는 사소한 일은 아니지. 게다가 더럽게 위험하고. 메르타랑 이야기해 볼 수 없어?」 갈퀴가 애원하듯 천재를 보며 말했다.

「메르타한테 말해 보라고? 소용없어. 메르타는 한번 결정하면 그걸로 끝이야.」

「사실 여자들이 지나치게 감정적이긴 하지.」

「확실히 그렇지. 메르타 생각도 이해는 가. 정치인들은 시골에 대해서는 까맣게 잊어버리고 사니까.」천재가 자리에서 일어나 작업장을 둘러보았다. 「하지만 우리가 앞으로 무슨 반란 공격을 일으키건 간에 여기는 좀 정리를 해놓아야겠어. 안 그랬다간 일을 못 할 거야.」

갈퀴는 고개를 끄덕였고, 두 사람은 정리에 착수했다. 그들은 목공용 벤치에서 지스러기를 깨끗이 치우고, 못과 나사를 분리하고, 연장을 올바른 위치에 걸어 놓으면서 여러 가지 아이디어를 논의했다. 그들은 선반과 블래스터를 청소하고 회전 톱날에 기름을 쳤으며 마지막으로 바닥을 싹 쓸었다. 그러고 나서야 두 사람은 마음 놓고 휴식을 취했다. 천재가 감자칩 한 봉지를 갖고 온 다음 냉장고에서 맥주 두 병을 더 꺼냈다. 그는 친구에게 한 병을 건넸다.

「그러니까 우리가 정전을 일으켜야 한다 이거지.」갈퀴가 그렇게 말하고는 맥주를 꿀꺽꿀꺽 마셨다.

「그래, 맞아. 잔디 깎는 로봇을 스콕소스 외곽 변전소 안으로 굴려 보낼 수 있을 거야.」천재가 생각에 잠겨 말했다. 「하지만 정치인들이 소소한 정전 따위에 관심이나 있겠어? 뭔가 할 거라면 전국 전력망을 끊어 버려야 효과가 있겠지.」

「다른 방법을 생각해 낼 수는 없을까?」갈퀴가 카를스베르 맥주를 다 마신 다음 울적한 얼굴을 했다. 「전력 공급을 끊어 버리면 사람들이 금방 알아차릴 거고, 우리는 잡힐 거야.」

「네 말이 옳아. 수많은 골치 아픈 문제들이 생겨나겠지.」

「물론 시골을 살리겠다는 메르타의 뜻이야 고귀하지만 나는 마음 정했어. 거절할 거야.」

「뭐라고? 메르타에게 반대하겠다는 거야?」 천재는 숨이 턱 막혔다.

「나는 아무것도 사보타주하지 않을 거야. 그건 내 스타일이 아냐.」 갈퀴의 말투는 단호했다.

「하지만 우리 같이 뭉쳐야지.」

「아냐, 천재. 고압선이 내 머리 위로 떨어지는 위험 부담은 지지 않겠어. 메르타가 전력망을 끊고 싶다면 본인이 직접 하라고 해. 내게 더 좋은 생각이 있어. 우리가 메르타를 속여 넘기는 거야.」

「메르타를 속인다고? 너 완전히 정신 나갔구나? 그게 성공할 가능성은 전혀 없다고!」

「이렇게 하면 돼. 우린 대놓고 반대하지는 않을 거야. 알겠어, 물론이지, 메르타, 지금 노력 중이야, 그냥 이렇게 말한 다음 〈아무 일도 하지 않는〉거야! 계속 미적거리면서 미루는 거라고. 진짜 정치인처럼. 그럼 결국 아무 일도 일어나지 않겠지.」

「갈퀴, 너 천재구나. 굉장한걸!」

이렇게 해서 두 사람은 안도감을 느끼며 무척 기분이 좋아졌다. 어깨에 있던 무거운 짐이 덜어지자 정말로 오랜만에 젊고 자유로워진 기분이었다. 메르타야 자기가 원하는 걸 계속 조잘거릴 수 있겠지만, 그들이 그녀를 순순히 따를 일은 절대 없었다.

쿠르트 뢰반데르 경감은 휴대 전화를 끄고 고개를 저었다. 그는 서장이 말했던 전직 수사관 에른스트 블롬베리에게 연락을 취하고 싶었다. 하지만 연락이 닿질 않았다. 블롬베리는 탐정 사무소를 닫고 외국으로 가버렸다. 정말로 급작스럽게 벌어진 일이라, 그의 옛 거처에 들어가 살고 있던 사람도 최근 연락처를 갖고 있지 않았다. 새 세입자는 뢰반데르에게 블롬베리가 퇴직 전까지 쿵스홀멘 경찰서에서 근무했다고 알려 주었다.

「그쪽에서는 블롬베리가 사업차 러시아에 갔다고 생각하던데요.」전화기 건너편 사람은 그렇게 말하고는 죄송하다면서 전화를 끊었다.

뢰반데르는 스스로의 느려 터짐에 욕을 퍼부었다. 왜 진작 블롬베리에게 연락한다는 생각을 하지 못했을까? 서장이 그 사람 이야기를 했는데. 퇴직 후에 사립 탐정이 되었고, 몇몇 노인들을 여전히 미결로 남아 있는 절도와 은행 강도 사건의 용의자로 의심하고 있다는 이야기도 다 했는데. 지금 블롬베리는 사라져 버리고 없었다. 쿵스홀멘의 예전 동료들이 혹시 더 알고 있지 않을까? 최소한 추적해 볼 만한 가치는 있었다.

뢰반데르는 펜과 종이를 꺼낸 다음 쿵스홀멘 경찰서 서장 게르트 아론손의 직통 번호를 눌렀다. 이쪽 조사가 훨씬 생산적이었다. 뢰반데르는 블롬베리의 예전 사무실에 기자가 세입자로 들어갔고, 그 기자가 블롬베리가 남기고 간 플래시 드라이브를 발견했다는 사실을 알아냈다. 뢰반데르는 그 대목을 재차 자세히 물어볼 수밖에 없었다. 정말 환상적인 이야기였기 때문이다. 만약 그가 거기서 뭔가를 찾을 수 있다면? 잠시 대화가 오가고 나서, 두 사람은 뢰반데르가 정보에 접근할 수 있는 권한을 얻고, 만약 그 정보가 쓸모 있을 경우 다시 쿵스홀멘에 연락하기로 합의했다. 뢰반데르가 새롭고 흥미진진한 세부 사실을 파악할 경우에는 그 기자가 가장 먼저 소식을 접하게 될 것이다. 최근 그 기자는 전화를 걸고 잔소리를 해대면서 플래시 드라이브의 모든 정보를 당장 얻어 내려 하고 있었다. 하지만 그런 일은 일어나지 않을 것이었다. 아론손은 빤질빤질한 목소리로 뢰반데르에게 계속 잘 좀 살펴봐 달라고, 뭔가 의심스러운 걸 발견하면 보고해 달라고 부탁했다.

「스웨덴은 넓으니 우리가 모든 곳에 다 있을 수는 없죠, 안 그래요? 하지만 경매장의 보석 절도는 노인네 무리가 저지른 짓입니다. 아마 노인 강도단이겠죠. 그러니 뭔가 알아내면 연락 주세요.」

「그럼요, 물론이죠.」뢰반데르는 그렇게 말하며 연락하겠다고 엄숙하게 약속했다. 하지만 그는 한동안은 모든 정보를 자기만 쥐고 있을 작정이었다. 그렇지 않았다가는 저 스톡홀름내기들이 수사를 가로채 버릴 테니까. 그렇다, 우선은 플래시 드라이브의 정보를 혼자 조용히 살펴본 다음 앞으로의 진행 방향을 결정할 것이다. 어쨌거나 흥미진진한 일이 될 것이다. 그에게는 자극적인 일이 벌어질 필요가 있었다. 경찰 업무가 점점 더 틀에 박힌 듯 관료적으로 변해 가던 중이었으니까. 만약 그 노인네 무리가 수상쩍은 사람들이라면, 그들을 직접 체포하여 공을 세울 생각이었다. 한번 생각해 보자. 어쩌면 그가 교통 검문소에서 만났던 그 노인들이 노인 강도단일지도 모른다! 만약 그가 퇴직하기 전에 그들을 체포하는 데 성공한다면? 그거야말로 엄청난 일이 될 것이다!

30

스티나는 거실의 자기 안락의자에 앉아 있었다. 어깨에는 숄을 걸치고 있었고, 무릎에는 책 한 권이 놓여 있었다. 그녀는 책을 읽어 보려고 했지만 집중할 수 없었다. 본인이 직접 도둑질을 하고 난 후에 『성공하지 못한 범죄』 같은 책을 집은 건 최선의 선택이 아닌 듯했다……. 그러다 문득, 스티나는 그들이 이번 건에 대해 철저히 생각하지 않았다는 사실을 깨달았다. 샤프 아이가 실종되었다는 사실이 곧 드러날 텐데, 그 전에 몸값은 어떻게 받을 것인지, 말을 의심받지 않고 돌려보낼 방법은 또 무엇인지 생각해야 했기 때문이다. 스티나는 책 표지를 손가락으로 만지작거리면서 〈성공하지 못한 범죄〉라는 제목 부분을 무의식중에 검지로 여러 번 쓰다듬었다.

「안나그레타, 그거 알아? 몸값을 받고 말을 돌려줄 때 샤프 아이 대신에 롤란드의 마구간에 집어넣어야 할 멋진 검은 털 종마를 한 마리 사야 해. 안 그랬다간 롤란드가 미심쩍

어할 거야.」

「그렇지. 하지만 일단 말의 몸값을 요구하는 편지를 써야
해.」

「이렇게 쓰자. 〈1천만 크로나를 당장 내놓아라. 그렇지 않
으면 말에게 귀리가 아니라 양배추수프를 먹일 것이다. 그
렇게 해서 말의 배에 가스를 가득 채우겠다.〉」 안나그레타가
자기 농담에 즐거워하며 말처럼 히힝 웃었다.

「아니면 이렇게 쓸 수도 있어. 늦어도 일요일까지 1천만
크로나를 내놓지 않으면 말을 당나귀로 바꿔 버리겠다고.」

「아니, 진지하게 해보자. 진짜 도둑이라면 어떻게 글을 시
작할지 생각해 봐야 해.」 안나그레타가 말했다.

「진짜 도둑이면 말을 외국 상인에게 팔아 버린 다음에 돈
을 챙겨 내빼겠지.」

「바로 그거야. 우리도 딱 그렇게 협박하면 되겠어.」

스티나와 안나그레타는 컴퓨터 앞에 앉아 여러 가지 다른
표현을 시도하면서 편지를 작성했다.

　　마르틴 보르에 귀하

　　눈치채셨겠지만, 귀하의 값비싼 경주마가 사라졌습
니다. 일요일 저녁 10시까지 1천만 크로나의 몸값을 지
불한다면 말을 돌려드리겠다고 약속합니다.

「짧고 멋지네. 그럼 이제 장거리 트럭 운전기사들에게 스

위시로 벌금 받을 때 썼던 계좌 번호를 주면 되겠다.」 스티나가 말했다.

「좋은 생각이야. 돈을 노인 강도단 기금으로 옮기고 전에 다크 웹을 통하도록 확인해 둘게.」

안나그레타와 스티나는 엄지를 들어 올리고는 추적당하지 않는 선불 전화번호를 추가로 적어 넣었다. 마지막으로 두 사람은 〈샤프 아이의 최고의 친구〉라고 서명한 뒤 강조된 서체로 추신을 덧붙였다. 〈경찰에 신고하지 말 것. 그럴 경우 다시는 말을 볼 수 없을 것임.〉

그날 밤 11시 30분에 안나그레타와 스티나의 휴대 전화가 진동했고, 두 사람은 가능한 한 조용히 계단을 살금살금 걸어 내려왔다. 두 사람은 남의 눈에 띄지 않게 미니버스를 타고 대로로 나섰다. 그들은 먼 거리를 운전하여 노르웨이에서 협박장을 부친 뒤(경찰을 속이기 위해서였다) 헴마비드로 돌아와 자기 방으로 살금살금 돌아갔다. 너무 심하게 긴장했던 탓에 그들은 눕자마자 잠이 들었고, 다음 날 당황스러울 정도로 늦잠을 잤다. 둘 다 자리에서 일어날 기분이 들지 않아서 무척 오랫동안 이불 속에 머물러 있었다. 옷을 갈아입고 아침 식사를 하고 나서야 겨우 대화할 힘이 생겼다. 스티나가 안나그레타의 어깨를 가볍게 두드렸다.

「저기 있잖아.」 그녀가 말했다. 「우리가 복이 있어서 말을 얻었잖아. 가서 걔를 좀 돌봐 주는 게 좋겠다!」

그들이 마구간에 도착했을 때 롤란드는 봉두난발이 된 채 잔뜩 화가 나 있었다.

「대체 여기에 뭘 끌고 온 거죠? 〈슬로 모션〉이라니, 무슨 이름이 그래요! 장난하는 것도 아니고. 이 녀석이 밤새 자기 마구간을 들쑤셔 대는 바람에 아무도 못 잤다고요.」

「미안해요. 먼 길을 오느라 흥분했나 봐요.」스티나가 사과했다.

「그럼 말을 타고 오래 돌아다니다 오시는 게 좋겠어요. 그래야 애가 안정되겠는데요.」

안나그레타는 마구간 안에서 나는 시끄러운 소리를 듣자 걱정이 됐다.

「그래요, 당연히 그래야죠.」그녀는 그렇게 중얼거리듯 말했지만 확신은 없었다. 마구간 안에서 마치 벽을 때려 부수려는 한 무리의 일꾼들이 내는 것 같은 소리가 들렸기 때문이다. 안나그레타와 스티나의 얼굴이 창백해졌지만, 둘은 그래도 할 수 있는 한 태연자약하려 애쓰면서 마구간으로 다가갔다. 그들은 용기를 내어 문을 열었다가 발걸음을 우뚝 멈췄다. 샤프 아이의 몸이 땀으로 번들거리고 있었던 것이다. 말은 요란스럽게 울어 댔고, 두 눈에는 난폭한 기운이 서려 있었다.

「세상에.」스티나가 중얼거렸다. 「너 쟤 탈 엄두가 나?」

「7백 킬로그램짜리 다이너마이트 위에 걸터앉을 수 있냐고? 음, 나는 내 인생을 불필요하게 위험에 빠뜨리고 싶지는 않아.」안나그레타는 그렇게 속삭이며 스티나의 시선을 피했다. 예전에 경주마를 탔던 적이 있긴 했어도, 그래도 이건 완전히 다른 문제였다. 온순한 늙은 경주마야 그녀도 어찌

어찌 탈 수 있었지만 이건 그런 말이 아니었다!

뭘 해야 할지 생각해 볼 시간을 갖기도 전에, 안나그레타의 눈에 그들 쪽으로 빠르게 다가오는 메르타의 모습이 보였다. 메르타는 이상할 정도로 무언가에 몰두한 듯 보였는데, 친구들은 그 모습을 보자마자 최악의 상황이 일어났음을 어렴풋이 알아차렸다.

「정말 멋진 말이네. 타면 재미있겠어.」 메르타가 샤프 아이에게 고개를 끄덕이며 말했다.

「그렇지, 그러게, 그니까.」 안나그레타는 쥐구멍에라도 들어가고 싶은 심정으로 더듬더듬 대꾸했다.

「이 종마 이름이 슬로 모션이라는 이야기는 분명 농담일 거야. 칩은 확인해 봤어?」

「칩?」 스티나의 숨이 턱 하고 막혔다.

「그래, 칩. 얘가 제대로 길을 들이지 않은 채로 스웨덴에 수입돼서 남부 지방에서 싼값에 팔리는 말이라면 진짜 큰 낭패잖아.」 메르타가 계속 말했다. 「심지어 불법 동물일 수도 있고.」

안나그레타가 창백해졌다. 국제 승마 연맹에서는 국제 경기에 참가하는 모든 말에 칩을 부착하라고 요구했는데, 해당 말의 소유권이 정말로 마주에게 있는지 확인할 수 있어야 했기 때문이다. 하지만 메르타가 그걸 어떻게 알지? 그러다가 샤프 아이에게 여전히 칩이 달려 있다는 사실을 깨닫자 안나그레타의 얼굴이 더 창백해졌다. 만약 마주가 의구심을 품고 여기로 와서 칩에 있는 코드 번호를 확인하면 그들은 체포될 것이다! 안나그레타와 스티나가 걱정스러운 시선을 주고받았다.

「한번 타보라 이거지? 그런데 오늘은 요통이 좀 있는 것 같네. 내일이나 모레까지는 기다려 봐야 할 것 같아.」안나그레타가 더듬거리며 말했다. 「그래, 그때쯤이면 멋지게 말을 타고 나갈 수 있겠다.」

「허리 조심해야겠네. 일단은 기다려 보는 게 최선이겠다.」스티나가 자기 공범을 지원하기 위해 그 말에 동의했다.

「뭐 그럼, 마침 나한테는 잘된 일이네.」메르타가 외쳤다. 「말타기가 어려우면 학교 일 조금만 도와줄 수 있겠어? 이르마가 새 프로젝트를 의논해 보자고 하거든. 우리 저번에 이야기했던 독신을 위한 매력 강좌에 관심이 있는 것 같더라.」

「매력 강좌?」안나그레타가 숨을 헐떡이며 문틀을 붙잡았다. 몸이 조금 휘청거렸고, 금방이라도 기절할 것 같은 기분이었다. 지금 이 상황을 더 이상 감당할 수가 없었고, 너무 피곤해서 발을 땅에 제대로 붙이고 서 있기도 힘들었다. 스티나도 그 사실을 알 수 있었다.

「내일 일은 걱정하지 마, 모레쯤이면 다 끝날 거야.」그녀는 안나그레타를 위로하려고 애쓰면서 친구를 팔로 감쌌다.

문이 열리는 소리가 나며 낯익은 인물이 카페로 들어왔다. 그 검은 머리칼, 매력적인 미소와 곧게 편 자세, 자신감이 넘치는 태도는 착각할 수가 없었다. 회색 외투에다 거기에 잘 어울리는 청회색 스카프를 두른 모습이 무척이나 우아했다.

알란 페테르손! 말린은 얼굴을 붉히며 주위를 둘러보았다.

「알란, 여기서 뭐 하는 거야?」그가 유리로 된 카운터로 주문을 하러 오자 말린이 더듬거리며 말했다.

「커피 한 잔과 따뜻한 치즈샌드위치 하나 주시죠!」그가 그녀에게 윙크했다.

말린은 다시 주위를 둘러보았다. 다행히 카페에는 손님이 두 명뿐이었고 둘 다 이 지역 사람이 아니었다. 릴리안은 학교에 갔는데, 한 시간 뒤쯤 돌아올 예정이었다. 그들은 조심해야 했다. 그렇긴 해도, 알란이 여기까지 온 걸 보니 중요한 일이 있음에 분명했다. 혹시라도 그가 부인과 이혼에 합의한 것이라면? 말린은 커피를 만들고, 그날 만든 것 중 가장 크고 좋은 샌드위치를 따뜻이 데운 뒤 쟁반에 올려놓았다. 그가 돈을 낼 때 그녀는 궁금하다는 듯한 표정을 지으며 그를 보았다.

「무슨 일 있어?」

「응. 시간 좀 내줄래?」

그들은 자리에 앉았고, 말린은 그와 가까이 있는 지금 이 상황을 만끽했다. 스콕소스로 이사하라는 이야기를 다시 꺼낼 생각일까? 하지만 그녀는 이미 자신의 쌍둥이 자매를 곤경에 처하도록 놔두고 싶지는 않다고 말한 바 있었다. 자매는 마트를 함께 운영했었고, 이제는 카페를 함께 운영하고 있었다. 아니, 그녀는 페테르손이 아무리 원한다 해도 스콕소스로 이사할 생각이 없었다.

「잘 지냈어?」말린은 탁자 밑에서 그의 손을 느꼈다. 그녀가 고개를 끄덕였다. 부인이 어디 멀리 떠날 거라서 그의 집에서 만날 수 있다는 이야기를 하려는 걸까? 아니면 무슨 말을 하려고? 그가 그녀를 다정하게 어루만지며 몸을 앞으로 숙였다.

「저기, 네가 날 좀 도와줄 수 있을지 궁금한데……. 은퇴노인 무리에 대해서야. 그 사람들 이 카페에 오지?」

「여기 나이 좀 있는 사람들이 많이 와. 물론 새로 이사 온 사람들도 있고, 그분들도 가끔 카페를 찾아오긴 해. 여성 손님들은 우리 가게 크루아상하고 따뜻한 치즈샌드위치를 좋아하고, 남성 손님들은 핀볼 기계에서 놀고. 하지만 뭐, 잘은 모르겠네…….」

「그 최근에 여기 이사 왔다는 사람들 있잖아, 그 사람들에 대해 더 말해 줄 수 있어?」

「어, 남자 노인 두 명과 여자 노인 세 명이야. 한 명은 배수관처럼 큰 키에 깡말랐고 다른 한 명은 늘 되게 우아하게 굴어. 항상 함께 다니는 건 아닌데, 내 생각에는 예전부터 서로 알던 사이 같아.」

「나이가 얼마나 되는데?」

「음, 일흔다섯 내지는 여든? 그쯤인 것 같네.」

「어디 사는지 알아?」

「옛 은행 건물에 누가 이사했다는 소문이 있어. 내 생각엔 그 사람들 같아.」

페테르손은 모든 게 딱 맞아떨어지는 기분이 들었다. 옛 광산 갱도 쓰레기 매립지를 설립하려던 계획을 막은 것도,

교통경찰이 말했던 노인네들도 그 다섯 명의 은퇴 노인들 같았다. 나중에 전화를 걸어 벌금 이야기를 했을 때, 뢰반데르는 그 노인들에 대해 뭔가 아는 게 있는지 물었다. 그때 그 경찰은 더 알고 싶어 죽겠다는 말투였다. 경찰관과 나눴던 〈잡담〉에도 불구하고 페테르손이 벌금을 물었던 건 사실이지만, 어쩌면 벌금을 사라지게 할 수도 있을 듯했다. 상부상조지. 알란 페테르손이 주머니를 뒤졌다. 주머니를 비우지 않은 터라, 때마침 딱 알맞게도 명함이 그대로 들어 있었다. 그 경찰에게 슬쩍 제보를 해주면 그도 나중에 도움을 받게 되리라. 그는 얼른 전화기를 집어 들고 번호를 눌렀다.

「알란 페테르손입니다. 그 은퇴한 노인네들 얘긴데요.」 그가 운을 뗐다. 「제 생각엔 경감님이 흥미로워하실 듯해서요…….」

31

일주일이 지났지만 마주에게서는 전혀 연락이 없었고, 스티나와 안나그레타는 점점 더 초조해졌다. 아무 반응이 없다니 최악이었다. 몸값을 기대하고 있는데 피해자 측에서 연락을 안 하면 어쩌란 말인가? 게다가 롤란드 스벤손도 슬로 모션이 너무 골칫거리라고 투덜대는 통에 안나그레타는 말을 집어넣을 새로운 마구간을 당장 찾아야 했다.

스티나와 안나그레타는 압박감을 느꼈다. 영화 「대부」에서처럼 피투성이 말 머리를 보낼 수는 없는 노릇이었다. 그럼 어째야 하나? 거기다 〈베테랑 마구간〉에서 나온 이 두 명의 가짜 수의사는 일주일 뒤에 말을 돌려보내겠다고 약속했는데, 그 일주일은 진즉에 지났다. 그래서 마르틴 보르예의 사육장 관리인이 전화를 걸었을 때 그들은 전화를 받지 않았다. 〈베테랑 마구간〉의 두 수의사는 그냥 존재하길 멈춰버렸다. 말은 여전히 남아 있는데도.

스티나와 안나그레타는 힘들고 괴로웠으며 집중이 어려

웠다. 그들은 마구간으로 가 오물을 청소하고 샤프 아이가 건초와 사료를 먹었는지 확인했다. 두 사람은 거기 있는 것만으로도 신경이 날카로워져서 집에 간 다음에는 책을 읽고 휴대 전화로 게임을 했다. 하지만 별 도움은 되지 않았으며, 안나그레타는 손에 잡히는 대로 앱, 이메일, 사진을 터치해 댔다. 어느 늦은 오후 그녀는 빈둥거리며 휴대 전화를 보고 있다가 보르예의 사육장 화장실에서 찍은 그림 사진을 우연찮게 터치했다. 그러곤 그 사진 앞에서 멈췄다.

「스티나, 그거 알아? 이 그림 진짜로 괜찮아. 어쩌면 모작 하나 그려도 되지 않을까?」 안나그레타가 그렇게 말하며 스티나에게 휴대 전화를 보여 줬다. 「다비드와 비너스상 위에 걸어 놓으면 딱 어울리겠어.」

「안 될 거 없지. 사진 보내 줄래?」

「그래, 보내 줄게.」

안나그레타가 발코니로 나가 신호를 잡은 다음 사진을 보냈고, 스티나는 자기 노트북을 들고 왔다. 그런 다음 둘은 거실로 가서 자리를 잡았다.

「그림이 때가 묻어서 지저분한데, 깨끗하게 닦아 내면 진짜 예술 작품이 될 거야.」 안나그레타가 컴퓨터 화면을 가리키며 말했다. 「하지만 우리가 거기에 수세미를 들고 갈 수는 없는 노릇이잖아, 그렇지?」

「이 그림 누가 그렸는지 궁금해. 서명이 안 보이네.」 그녀는 그림 가장자리를 확대해 보았지만 아무것도 찾을 수 없었다. 「당연히 먼지에 묻혀 있을 수도 있지. 편집 프로그램으로 이미지 작업을 해봐야겠다. 그럼 나오는 게 있을 거야.」

안나그레타는 마르틴 보르예의 그림을 말없이 조사했다. 그러다가 큰 소리로 외쳤다.

「스티나, 이 그림 정말 훌륭해. 만약 이 작품이 상당히 값나가는 그림이라면?」

쿠르트 뢰반데르 경감은 헴마비드 쪽으로 방향을 돌려 큰길을 따라 천천히 차를 몰았다. 작은 마을은 어둠에 잠겨 있었고, 가로등 몇 개만이 켜져 있었다. 길을 따라 늘어선 집들의 불은 꺼진 채였고, 카페는 문을 닫았다. 그는 사방을 조심스레 돌아보았다. 뢰반데르가 받은 제보에 따르면 은퇴 노인 다섯 명이 최근에 이 지역으로 이사를 와서 여기 살고 있다고 했다. 다섯 명의 활발한 노인들은 교통 검문소를 세운 패거리와 동일 인물일지도 몰랐다. 알란 페테르손 시장은 그 노인들이 릴리안과 말린의 카페를 방문했으며, 마을 큰길가 건물에 살고 있다고 했다. 예전에 은행으로 쓰던 건물을 새로 이사 온 노인들이 샀다는 것이다. 뢰반데르는 건물 쪽으로 가까이 차를 몬 다음 속도를 늦춰 길가에 주차했다. 구식 목조 건물에 조명이 몇 군데 켜져 있었다.

이곳이 바로 그 건물이었다. 몇 시간 정도 잠복할 만한 가치가 있다고 뢰반데르는 생각했다. 그는 시동을 끈 다음 쌍안경을 꺼냈다. 최근 스톡홀름은 도둑 따위에는 전혀 신경 쓰지 않는다는 태도였다. 요즘 우선권을 확보한 것은 테러리스트와 폭력 범죄뿐이었다. 하지만 뢰반데르는 그쪽에 본

때를 보여 줄 생각이었다. 증거를 모아 자신이 직접 도둑들을 잡으면 거만 떠는 스톡홀름 경찰들이 와서 그자들을 데려가겠지. 악당들은 감옥에 갇혀야 한다. 간단한 문제였다. 그는 쌍안경 초점을 맞추고 창문을 보았다.

건물 안에 있는 노인들이 또렷이 보였다. 하도 또렷이 보여서 그들이 입은 옷까지 다 알아볼 수 있을 정도였다. 꽃무늬 드레스에 1950년대 스타일 재킷…… 그가 잠복하고 있는 자리에서도 잘 보였다. 뢰반데르는 흥분으로 몸이 떨렸고, 기분이 대단히 좋아졌다. 여기서 필요한 증거를 찾아낼 수 있겠다고 생각한 그는 팔을 뻗어 조수석에서 카메라를 집어 들었다. 카메라에는 성능이 매우 좋은 망원 렌즈가 달려 있어서 저들의 얼굴까지 찍을 수 있었다. 그는 카메라를 들어 창문을 겨냥했다.

하지만 바로 그때 베니션 블라인드가 내려와 창문을 가렸다. 모든 창문을. 그런 다음 불이 꺼졌다. 젠장, 빌어먹을!

32

작업장에서 수없이 내리치는 망치 소리가 들렸다. 실톱도 엄청난 소음을 내뿜었다. 천재는 학생들 사이를 돌아다니며 방음용 귀마개를 나눠 줬지만 학생들은 착용하는 둥 마는 둥 하며 다시 자기 작업물로 몸을 굽혔다. 천재는 작업장을 둘러보며 미소를 감출 수 없었다. 10대 무리가 모든 작업대에서 작업 중이었고, 바닥에는 널빤지와 온갖 금속 조각들이 쌓여 있었다. 천재가 시험 삼아 시도하는 워크숍에 참여하는 건 의무가 아니었지만 거의 모든 학생이 하교 후 이곳으로 왔다.

천재는 보통 두 시간 정도 교습과 실습 시간을 가졌고, 여기에는 학생들과 다양한 아이디어를 토론하는 휴식 시간도 포함되어 있었다. 그는 여태 자신이 이렇게 필요한 존재라고 느낀 적이 없었고, 그래서 자기를 격려해 준 메르타에게 찬사를 보냈다. 그녀는 천재와 갈퀴가 그들의 활동에 대한 보수를 많이 받아야 한다고 주장했다.

「우리 노인 강도단 기금을 꺼내다 써야겠지. 이 일이 시골에 일자리를 만드는 데 기여할 수 있잖아.」 그녀는 그렇게 말했다.

기금은 노인 강도단의 두말할 나위 없이 성스러운 로빈 후드식 자금으로, 문화생활, 건강과 복지, 생계를 유지하기 어려운 사람들을 돌보기 위한 돈이었다. 하지만 메르타의 말처럼 미래에도 투자를 해야 했다.

그 돈 덕에 천재는 낡은 마구간을 개조할 인부들을 고용할 수 있었고, 이제 학생들은 자기 작업대와 도구를 갖게 되었다. 엄청난 창의성이 쏟아져 나왔다. 천재는 10대들과 함께 있는 게 너무나 즐거운 나머지 혹시 자기도 ADHD나 뭐 그런 걸 갖고 있는 건 아닐까 궁금할 정도였다. 하지만 그렇다 한들 뭐가 문제일까. 그저 대문자 조합일 뿐이라고 그는 생각했다. 정말 중요한 것은 훌륭한 삶을 살고 다른 사람들에게 문제를 일으키지 않는 것이었다. 이 10대들이 가끔 다루기 힘든 건 맞았지만, 이 아이들에게는 정말로 반짝이는 아이디어들이 많았다.

천재는 필요한 장비, 재료, 도구를 구입했고, 아이들이 흥분하는 모습을 보면서 무척 기뻐했다. 스톡홀름 외곽 순드뷔베리에서 살던 어린 시절 아버지의 작업장에서 이것저것 해보던 때로 되돌아간 듯한 느낌이었다. 하지만 지금은 그때처럼 혼자이지 않아도 되었다. 그와 학생들은 함께 창조적인 활동을 했으니까. 천재가 과자 봉지와 쉬는 시간에 마실 탄산음료를 가지러 가려는데 메르타가 눈에 띄었다.

「어떻게 지내는가 궁금해서.」그녀가 그에게 다가오며 말했다.

「그래, 보다시피 벌 떼처럼 분주하게 움직이고 있지!」

그는 메르타의 팔짱을 낀 다음 한 소년이 태양광 패널을 열심히 만들고 있는 목공용 벤치로 안내했다. 배터리 케이블과 접속 상자로 뒤덮인 벤치 옆에는 전동 스쿠터 한 대가 서 있었는데, 스쿠터 앞에 평평한 단이 설치되어 있었다. 처음에 메르타는 작업장 내부에서 무슨 일이 벌어지는지 전혀 감을 잡지 못하다가 가까이 다가가서야 이해했다. 평평한 단에 태양광 패널이 붙어 있었다.

「와, 이거 멋진 스쿠터네.」메르타가 스쿠터를 보고 고개를 끄덕이며 말했다. 벤치 앞에 있는 학생은 칼레라는 열다섯 살 아이였다. 숱 많은 금발 머리 소년으로, 볼은 발그레했고 지적인 눈매를 갖고 있었다.

「정전이 일어날 때 편리해요.」칼레가 스쿠터를 툭툭 두드리며 말했다. 「여기 태양광 패널 아래 배터리를 집어넣었어요. 만약 어딘가에서 정전이 일어나면 거기로 스쿠터를 타고 가서 제 배터리와 연결할 수 있죠.」

「세상에, 정말 똑똑한 방법이네! 네 아이디어를 발전시켜 봐야겠다. 자동차 지붕에도 태양광 패널을 설치해 볼 수 있겠네?」

칼레는 존경의 눈빛으로 메르타를 바라보았다. 이 할머니는 그가 뭘 하고 있는지 정확히 이해한 듯했다.

「네, 그러면 효과가 있겠어요.」칼레가 고개를 끄덕였다.

메르타는 미소를 지었다. 이 아이의 제멋대로 뻗친 머리카락을 손가락으로 쓸어 주고 싶었다. 소년을 보자 그녀가 예전에 잃었던 아이가 생각났다. 그때 아이는 고작 다섯 살이었다. 익사였고, 그 일은 그녀가 늘 안고 다니는 슬픔이 되었다. 칼레는 메르타에게 아이를 떠올리게 했다. 부끄러움을 탔고, 표정은 거의 뚱하다시피 했지만 눈에는 생기가 가득했다. 천재가 그녀에게 칼레는 늘 작업장에 있다고 말해 주었다. 보통 가장 먼저 도착해서 가장 나중에 떠난다고 했다. 어머니가 사망하고 아버지가 실직하자, 가족은 스콕소스 외곽에 있는 할아버지의 농장으로 이사했다. 거기서 아버지는 고철상 옆에 자동차 수리소를 열었고, 칼레는 10대 초반까지 온갖 금속, 케이블, 잡동사니를 보면서 그것들을 갖고 놀거나 실험하며 시간을 보냈다. 아버지가 칼레에게 목공 도구와 선반을 사용하는 법을 가르쳐 주었다. 그러니 소년이 그렇게 똘똘한 게 놀랄 일은 아니었다. 칼레가 태양광 패널을 손가락으로 쓸었다.

「잔디도 둘둘 말려 있던 걸 펴서 깔 수 있잖아요.」칼레가 생각에 잠겼다. 「필요할 때 펴서 깔고 연결할 수 있는 두루마리 같은 태양광 패널을 만들면 어떨까요?」

「굉장해! 그 아이디어 꼭 연구해 봐!」메르타가 말했다.

소년의 얼굴이 밝아졌고, 메르타는 소년을 안아 주고 싶은 기분이 들었다. 아주 꼭 안아 주고 싶었다. 예전에 아들을 안아 주었을 때처럼……

「메르타, 와서 이거 좀 봐.」천재가 그녀를 부르더니 다른 벤치로 데려갔다. 그곳에는 갈색 머리칼을 가진 열일곱 살 소녀 아만다가 있었다. 갈래머리를 길게 땋았고, 검은 두 눈동자가 아름다운 아이였다. 아만다는 평범한 주방 도마처럼 보이는 물건을 만드느라 바빴다.

「이건 어디 쓰는 거지?」 메르타가 물었다.

「저울이 내장된 도마예요. 자른 음식 재료의 무게를 곧바로 잴 수 있어요.」

「진짜 독창적이다. 나한테도 하나 만들어 줄래? 내가 살게!」 메르타가 그 도마가 주방에서 유용할 거라고 생각하며 말했다.

작업장 한쪽 구석에는 벤치 두 개를 밀어서 하나로 합친 큰 작업대가 있었다. 소년 둘과 소녀 하나가 뭔가 작업을 하느라 분주했다. 메르타의 눈에 거대하고 납작한 해파리 같은 기묘한 기계장치가 보였다. 그녀가 천재에게 저게 뭐냐고 묻는 듯한 표정을 지었다.

「저건 드론이야. 식스텐하고 라세하고 소피가 시간을 많이 들여서 작업했지.」

「맞아요. 우린 드론 사무소를 열까 생각 중이에요.」 아이들 중 가장 나이가 많은 식스텐, 일명 〈상고머리 식스텐〉이 말했다. 머리를 짧게 치고 이마 쪽에만 슬쩍 남겨 놓은 헤어스타일을 하고 다녀서 붙은 별명이었다. 「지역 운송 서비스로 우편물, 의약품, 그런 것들을 배달할 수 있지 않을까 생각해 봤거든요.」

「드론 서비스로 큰 택배도 다룰 수 있어요.」 소피가 만족스러운 표정으로 거들었다. 머리는 보라색으로 염색하고 코에는 링을 걸고 있는 소녀였다.

메르타는 천재를 흘끗 보았다. 그가 얼마나 자랑스러워하고 있는지 잘 알 수 있었다. 작업장과 여기 있는 걸 좋아하는 10대들, 그게 바로 그의 업적이었다. 그 순간 메르타의 마음은 온기로 가득 찼고, 자기가 왜 그와 약혼했는지 깨달았다. 천재는 남을 위하는 사람이었고, 지금은 자기 품에 이 학생들을 거두어서 훌륭하게 키우고 발전시켰다. 그는 시골을 살리기 위해서는 젊은이들에게 집중해야 한다고 말했다. 지역에서 최고의 것, 전통적인 것을 취하는 동시에 젊은 세대와 함께 새로운 것을 창조해야 한다고. 메르타는 천재를 보며 그의 손을 꼭 쥐고는 손바닥 안을 슬쩍 어루만졌다.

천재는 그녀의 손길을 감지하고는 곧바로 행복한 얼굴을 했다. 그 온기를 느끼자 마치 초능력이라도 얻은 기분이었다.

33

누가 그린 건지 알 수가 없었다. 스티나는 안나그레타와 같이 편집 작업을 했지만 그림에서 화가의 서명을 보이도록 하는 데는 성공하지 못했다. 그녀는 결국 포기하고 그 대신 모작을 그리기로 했다. 그림 그리는 것도 무척 좋아하는 데다 곧 갈퀴의 생일이기도 해서였다. 멋진 선물이 될 것이었다.

스티나는 다음 날부터 작업에 착수했다. 이젤 위에 캔버스를 펼쳐 놓고는 약간의 속임수를 썼다. 그림의 주된 형태를 컴퓨터의 도움을 받아 캔버스에 투사한 것이다. 평소에는 하지 않을 일이었지만 이번에는 시간을 아끼고 싶었다. 왜냐하면 안 그래도 현재 생각해야 할 다른 일이 무척 많았기 때문이다. 갈퀴의 생일이 기다려 주지도 않을 터였고. 그녀는 프랑스 어딘가의 농장에서 암탉에게 모이를 주는 여성이라는 그림 주제에 의욕이 솟았다. 갈퀴도 분명 좋아할 것이었다. 스티나는 대개의 경우 수채 물감을 사용했지만 유화 물감도 잘 다뤘고, 유화 물감을 섞어 자기만의 다양한 음영을 만들어 낼 수도 있었다. 만약 번듯한 모작을 그려 낼 수만 있다면 다비드와 비너스 조각 위에 멋지게 걸어 둘 수 있을 것이다. 물론 갈퀴가 침실에 가져가고 싶어 한다면 이야기는 달라지겠지만. 마르틴 보르예는 정말 아무것도 모르는 인간이었다. 대체 어떻게 이런 멋진 그림을 닦지도 않고, 심지어는 엉망인 상태로 화장실에다 걸어 두고 냅뒀단 말인가?

그림을 그리는 동안 스티나는 에디트 피아프와 자크 브렐을 듣고 크루아상을 먹었다. 그녀는 하루 종일 집중적으로 그림을 그렸는데, 물감으로 얼룩진 작업복 차림에 코에는 붓질 자국이 묻은 상태로 천재에게 그림을 찍은 사진을 보여 주며 비슷한 크기의 액자를 만들어 달라고 몰래 부탁했다.

다음 날 천재는 뚝딱 만들어 낸 액자를 들고 왔고, 그녀를 도와 액자에 유화를 끼웠다. 스티나는 웃음을 터뜨렸는데, 액자에 넣고 보니 안나그레타의 사진에 있는 그림과 똑같아 보였기 때문이다. 두 사람이 작업을 막 끝냈을 때 문간에서 발소리가 들리더니 메르타가 안으로 들어왔다. 스티나가 손으로 액자를 쓰다듬었다.

「이거 어때? 갈퀴에게 멋진 생일 선물이 되겠지, 응?」

「정말 그렇겠다. 19세기 프랑스 그림 같네. 갈퀴는 뭘 그렸는지 알아볼 수 있는 그림을 좋아하잖아.」

「안나그레타는 재즈 레코드를 한 상자 선물한대. 천재는 온실에 갖다 놓을 수 있는 가습기를 사준다고 하고. 너는 선물 준비했어?」

메르타의 얼굴이 붉어졌다. 자기 계획에 몰두하느라 곧 갈퀴의 생일이라는 사실을 까맣게 잊고 말았던 것이다. 생각해 둔 선물이 하나도 없었다.

「어, 보트 모형이나 온실에 쓸 수 있는 물건 같은 거?」 그녀가 어물거렸다.

「그래, 그것도 멋진 선물이겠다. 그런데 갈퀴가 가장 좋아하는 게 뭔지 알아?」

메르타가 고개를 저었다.

「고요와 평화야. 갈퀴는 네가 늘 회의를 하고 새 프로젝트를 시작하는 걸 무척 번거로워해. 갈퀴가 여든이 넘었고, 예순다섯인 척하기에는 너무 늙었다는 사실을 알아야지.」

메르타는 그 말을 인정할 수밖에 없었다. 그렇다, 분명 그녀는 항상 친구들이 행동하길 원한다. 하지만 스웨덴의 시골은, 또한 다른 많은 나라의 시골 역시도 정말 큰 위협에 봉착해 있다. 그에 맞서야 한다!

「알겠어. 갈퀴 생일에는 회의를 하지 않을게. 그 대신 맛있는 음식, 꽃, 샴페인, 고요와 평화라는 선물을 줄 거야. 이 순서대로 하면 되겠지?」 메르타가 요약하듯 말했다.

「그거 멋지겠네. 갈퀴가 좋아할 거야. 네가 자기를 위해 많이 애썼다는 사실도 알겠지.」

방을 나간 메르타는 주방으로 가 커피 잔을 집어 들고는 다음 생각에 잠겼다. 아무래도 그냥 조용히 지내며 아무것도 하지 않는 건 멋진 생일 선물이 아니었다. 전혀. 끔찍하게 지루할 것 같았다! 다른 방식으로 조용하고 평화로운 선물을 줄 수 있지 않을까?

메르타는 창밖을 보았다. 해가 막 지려는 참이었고, 태양이 풍경 위로 새빨간 불덩어리처럼 빛났다. 그녀는 커피 잔을 씻고 나서 태양이 지평선 아래로 점점 가라앉는 광경을 지켜보았다. 고요하고 아름다웠다. 저런 건 어떨까? 저런 평화로운 무언가를 선물로 줄 수 있다면 어떨까?

토마토와 치즈를 곁들인 소허릿살스테이크, 채소샐러드와 스캘럽트포테이토가 준비되었다. 갓 구운 케이크, 샴페인, 샴페인 잔도 기다리고 있었다. 여기에 더하여, 메르타와 스티나는 집에서 구운 흑빵에 얹어 먹을 수 있는 새우샐러드도 만들었다. 음식들이 전부 식탁에 차려졌고, 갈퀴의 생일 선물은 다비드와 비너스상이 있는 선반 아래 놓였다. 메르타도 선물을 준비했다. 그녀에게 영감을 준 것은 아름다운 석양이었다.

「멋지다, 이제 준비가 다 됐어. 나도 갈퀴를 위해 생각해 둔 작은 깜짝 선물을 준비해야겠다.」 메르타가 그렇게 말하고는 포치로 나갔다.

「우리한테도 말해 줘. 뭔데 그래?」 스티나가 물었다.

「안 돼, 비밀이야. 좀 있다 내가 돌아오면 알게 될 거야.」 메르타는 코트를 걸치고 장화를 신은 뒤 배낭을 짊어지고는 밖으로 나갔다. 그녀는 갈퀴와 다른 사람들의 반응이 무척이나 기대되었다.

숲길을 따라 잰걸음으로 걸으며 메르타는, 최근 많은 스웨덴 사람들이 신년 전야에 불꽃용 폭죽 대신 사용하는 특수한 종이 연등인 태국 연등에 대해 공부했던 사항을 되새겼다. 연등은 폭발도 하지 않고 시끄러운 소리도 전혀 나지 않는다. 그 대신 고요와 평화를 선사할 것이다! 게다가 품위도! 그녀는 배낭을 툭툭 두드렸다. 그 안에 필요한 게 다 들어 있었다!

롤란드 스벤손의 농장 뒤편 숲에 그녀가 이 일을 위해 골라 둔 작은 빈터가 있었다. 딱 적당한 곳이었다! 메르타는 빈터에 도착한 뒤 걸음을 멈추고 주위를 둘러보며 심호흡을 했다. 주변에는 아무도 없었다. 훼방을 놓을 사람은 없다. 하지만 바람은? 그녀는 고개를 들어 위를 보았다. 바람이 농장 방향으로 불고 있었기 때문에 갈퀴는 연등이 강도단의 집을 지나갈 때 분명 그것들을 볼 수 있다. 정말 멋질 것이다! 그녀는 배낭을 등에서 내리고는 방염 종이로 섬세하게 만들어진 첫 번째 태국 연등을 조심스럽게 꺼냈다. 그녀가 해야 할 일이라고는 아래쪽 받침대에 있는 파라핀에 불을 붙인 뒤 연등을 띄워 올리는 것뿐이었다. 만일의 사태를 대비해 그녀는 마지막으로 한 번 더 설명서를 확인했다.

1. 연등을 포장에서 꺼내세요(여기까지는 했다).

2. 연등을 조심스럽게 완전히 펼친 다음 안팎을 뒤집으

세요(막 이러려던 참이었다).

3. 연료 주머니 한쪽에 불을 붙인 다음 불이 제대로 붙었나 확인하세요(그래, 맞아. 파라핀 가장자리에 불을 붙이는 것이 가장 효과적이겠지).

4. 연등을 똑바로 들어 올려 더운 공기가 채워질 수 있도록 하세요. 하지만 불꽃이 연등에 옮겨붙지 않도록 주의하세요(절대 안 될 말이다. 그랬다간 다 망칠 것이다!).

5. 충분한 부력이 생겼다고 느끼면 연등을 놓아서 띄워 보내 주세요. 그런 다음 즐겨 주시길! 제품을 몇 개 더 구입하고 숙달된 실력을 쌓아 친구들에게 가르쳐 주는 건 어떨까요(이건 나중에 해도 되겠군)!

메르타는 성냥 상자를 꺼내 파라핀에 푹 담근 연료 주머니에 불을 붙인 뒤 부력을 느낄 때까지 불꽃 위에 연등 틀을 올려놓았다. 이런 연등은 1천 년도 전부터 존재해 왔던 것으로, 하늘에 떠올라 사방에 평화를 퍼뜨렸다. 갈퀴도 흡족해하겠지!

지금이다! 바람이 알맞은 방향에서 적당한 세기로 불었다. 그녀는 연등이 떠오르려 하는 걸 느꼈고, 집을 겨냥하며 손을 놓았다. 태국 연등이 위엄 있게 천천히 공중으로 떠올랐고, 그녀는 연등이 집 방향으로 부드럽게 날아가는 모습을 눈으로 좇았다. 저 아름다운 연등은 태국의 전통문화에서는 연인에게 보내는 사랑의 선언을 의미했다. 물론 사랑에 빠지면 모든 것이 불꽃 튀며 빛나겠지만, 지금은 이 연등이 갈퀴에게 불꽃을 일으킬 것이다. 왜냐하면 그의 생일이니까! 그녀는 혼자 미소를 지으며 즐거운 마음으로 갈퀴의 반응을 기대했다. 비록 두 사람이 가끔 옥신각신하기는 해도, 그녀가 그를 무척 좋아한다는 사실을 갈퀴도 알게 되리라. 열심히 노력하여 아름답고 평화로운 깜짝 선물을 보낼 정도로 좋아한다는 사실을 말이다. 일종의 명상적인 축하라고나 할까. 하지만 바로 그 순간, 거센 돌풍이 휙 불었다. 연등이 흔들리더니 방향을 바꾸어 전력선을 지나 동쪽으로 날아가다 숲 위로 높이 올라가 버렸다.

오, 이런. 천만다행으로 예비 연등이 있었다. 메르타는 얼른 두 번째 연등을 꺼내 펼친 다음 파라핀 고체 연료에 불을 붙였다. 이번에는 사랑의 태국 연등이 중간에 경로를 바꾸는 일 없이 곧장 집 쪽으로 날아갔다. 그녀가 무척이나 기뻐하며 연등의 진행 경로를 좇고 있는데 별안간 또다시 돌풍이 불었다. 연등이 방향을 바꿔 롤란드 스벤손의 마구간과 옥외 변소를 향해 미끄러지듯 날아가다 어둠 속으로 사라졌다. 이제는 연등이 완전히 사라지기 전까지 사람들이 겁이나 먹지 않길 바랄 도리밖에 없었다. 그녀는 마치 강한 의지로 연등을 돌아오게 할 수 있기라도 한 듯 날아가는 연등을 계속 뚫어져라 쳐다보았지만, 어림도 없었다. 두 연등 모두 그녀의 통제를 벗어나 너울너울 날아가 버렸고, 메르타는 남은 짐을 챙겼다. 예상치 못한 사태가 일어났는데, 이제 어떻게 친구의 생일을 축하하지? 스스로에게 실망하며 집으로 걸어 돌아와 안뜰에 거의 다 도착했을 때, 전력선에서 딱딱거리는 소리가 나며 불꽃이 튀었다. 다음 순간 사방이 캄캄해졌다. 지역 전체가 어둠에 잠겼다.

34

오, 이런, 세상에나, 정말 엄청난 충격이었다. 만약 온 사 방에 정전이 일어난 거라면! 절대 고의는 아니었어. 메르타 는 생각했다. 그녀는 그저 갈퀴의 생일을 축하하고 싶었을 뿐이다!

메르타는 문을 열고 안으로 들어서자마자 얼른 침실로 올 라가 청바지와 스웨터를 벗어 던지고 드레스로 갈아입었다. 최소한 생일 파티 자리에서는 멋지게 보이고 싶었으니까! 하지만 정말 그녀다운 사태였다. 친구들이 그녀에게 갈퀴의 생일을 품위 있게 축하해 달라고 했는데, 지역 전체를 정전 시키는 데 성공해 버리다니! 사방은 여전히 컴컴했고, 메르 타는 성냥이 어디 있는지 찾을 수가 없었다. 최소한 화장은 해야 했는데 말이다. 그때 귀에 익은 엔진 소리가 들리며 불 빛이 깜박였다. 아주 좋아! 천재가 발전기를 작동시켰던 것 이다. 메르타는 얼른 립스틱을 바르고 속눈썹에 마스카라를 한 뒤 아무 데도 안 다녀왔고 아무 짓도 안 했다는 양 계단을

267

내려가 사람들에게 다가간 다음 짐짓 무심하게 헛기침을 하며 외쳤다.

「어머나, 이게 무슨 난처한 일이래! 시골에는 정전이 너무 자주 일어나.」

메르타는 태연한 척 창밖을 내다보았다. 바깥은 여전히 새까맸다.

「발전기가 있었기 망정이지. 발전기 휘발유가 바닥나 있었는데 방금 나가서 기름 채우고 왔어.」 천재가 그녀에게 미소를 지었다. 이제 다시 조명이 들어왔다. 길 저편 집들의 창문에서 촛불이 깜빡이고 있었다.

「칼레의 전동 스쿠터를 사용하는 건 어떨까? 그걸로 사람들을 도울 수 있을 것 같은데.」 메르타가 제안했다.

「음, 곧 전력이 돌아올걸.」 안나그레타가 말했다.

「사보타주는 아니겠지, 그렇지?」 스티나가 걱정스레 말했다.

「설마. 왜 그렇겠어?」 메르타는 얼른 말도 안 된다는 듯 대답하며 전력을 다해 머리를 굴렸다. 만약 첫 번째 연등이 송전망에 연결된 전력선과 충돌한 거라면? 태국 연등은 15분에서 20분 정도 탈 수 있고, 그 시간 동안 먼 거리를 날아갈 수도 있으니, 아예 말도 안 되는 일은 아니었다.

「지역 라디오 방송 들어 봐야겠다. 그래야 무슨 일인지 알겠네.」 안나그레타가 제안했다.

「그래, 다행히 배터리로 작동하는 라디오가 있어.」 스티나가 말했다.

메르타는 배 속이 내려앉는 기분으로 라디오를 켰다.

　　오늘 저녁 7시경 스콕소스와 주변 지역에 정전이 일어났습니다. 약 2백여 가구가 피해를 입고 있는데요. 아직 정전의 원인은 분명히 밝혀지지 않고 있습니다. 포르툼[19] 스웨덴 지사의 기술자들이 최선을 다해 일하고 있으나 기술자들도 전력이 언제 복구될지는 확답하지 못하고 있습니다…….

메르타는 사람들의 시선을 피하며 초조하게 콧노래를 흥얼거렸고, 스티나는 양초를 가지러 주방으로 갔다. 갈퀴가 창가에 서서 밖을 내다보았다. 밖은 여전히 어두웠다.

「기차가 못 다니겠군. 신호등도 작동 안 될 거야. 냉장고에 들어 있던 것도 모두 녹아 버릴 거고 은행 카드도 사용 못해.」갈퀴가 투덜거렸다. 「하지만 최악은 식물이야. 내 식물들 어쩌지? 온실을 적정 온도로 유지하려고 애쓰고 있는데!」

「거기다 장 보러 나가지도 못하고 차에 휘발유도 채우지 못해.」갈퀴가 덧붙였다.

「인터넷이야 말할 것도 없고…….」안나그레타가 지적했다.

「하지만 이게 바로 시골에서 가끔씩 일어나는 일이야. 전력망이 고장 나는데 정치인들은 신경도 안 쓴다고.」아직 사람들의 눈을 똑바로 볼 엄두는 못 내고 있는 메르타가 말했

19 핀란드의 에너지 기업.

다. 「1980년대에 큰 정전 일어났던 거 기억해? 변전소에 무슨 일인가 생기는 바람에 스웨덴 거의 전역이 깜깜해졌잖아. 그 일로 엄청난 혼란이 벌어졌고. 그런데 그런 일이 시골에 벌어지면 사람들은 그냥 어깨만 으쓱하고 말지…….」

마을을 완전한 어둠에 빠뜨린 정전의 규모가 점차 실감이 나면서, 사람들은 오랫동안 침묵에 잠긴 채 앉아 있었다. 마침내 안나그레타가 허리를 펴더니 항의와 반대의 기운이 담긴 목소리로 입을 열었다.

「메르타, 너 전에 우리가 전력망을 사보타주해야 한다고 주장했지. 지금도 여전히 그 입장을 고수하고 있니?」

메르타가 손을 쥐어짜듯 주물렀다. 지금껏 본 적 없을 정도로 얼굴이 빨갰다. 그녀는 한동안 콧노래를 부르며 우물우물하고 나서야 입을 열 수 있었다.

「뭐, 만약 그런 일을 하게 된다면 제한된 범위로 짧은 시간에 특정한 목적의 사보타주를 해야 하겠지. 사람들도 다 치지 말아야 하고.」 그녀가 말했다. 「하지만 지금은 갈퀴를 위해 노래를 불러야 할 것 같은데. 어쨌거나 갈퀴 생일이 잖아!」

메르타는 샴페인 잔을 들어 올리고 다른 사람들과 함께 「생일 축하합니다」를 불렀고, 그런 다음 모두 건배하며 축하했다. 그들은 식탁에 앉았지만 음식은 이미 다 식은 뒤였다. 강도단은 그 사실을 모른 척하며 식사를 시작했지만, 메르타가 음식을 몇 입 먹고 나서 나이프와 포크를 내려놓고는 이렇게 말했다.

「롤란드와 마구간에 있는 말들이 잘 지낼까 모르겠다. 아마 발전기가 있기는 할 텐데.」

안나그레타는 갑자기 정신이 번쩍 들었다. 말! 맙소사, 슬로 모션이 있는 마구간에는 전자식 잠금장치가 달려 있었다. 장치가 열렸을 테니 그 납치된 말은 이제 언제든 밖으로 걸어 나갈 수 있었다……. 안나그레타가 스티나의 옆구리를 쿡 찌르며 낮은 목소리로 말했다.

「우리 가서 샤프 아이를 확인해 봐야 해!」

스티나가 기겁한 표정을 지었다. 무슨 일이 일어날 수 있는지 순식간에 깨달았던 것이다. 롤란드 스벤손은 새로 구입한 고가의 전자식 잠금장치를 무척이나 자랑스러워했고, 제품이 좋아서 자기가 뭘 더 할 게 없다고 자랑했었다. 물론 스벤손에게 예비 배터리가 있기야 하겠지만 그걸 설치할 시간이 있었을까? 스티나의 몸이 사시나무 떨듯 떨렸다. 만약 샤프 아이가 사라지기라도 한다면, 3천2백만 크로나짜리 말이 마구간 문을 열고 달아나 버리기라도 한다면…….

35

　「세상에, 말!」 스티나가 버럭 소리를 지르며 안나그레타
와 거의 동시에 자리에서 벌떡 일어났다. 두 사람은 아무 설
명도 없이 복도 쪽으로 달려가서는 서둘러 외출복을 걸친
뒤 헤드 랜턴을 머리에 끼고 마구간을 향해 부리나케 가버
렸다. 메르타가 놀라 그들을 보았다. 친구들과 말 사이에 무
슨 관계가 있는 건지 전혀 알 수가 없었다. 안나그레타가 승
마를 하고 싶어서 산 말이라고 했는데, 사실상 그녀는 허리
통증 때문이라면서 그 말을 탄 적이 없었다. 그 경주마에 이
상한 구석이 있기는 했다. 마치 생강이라도 잔뜩 먹은 것 같
았는데, 옛날 말 장수들이 자기네 말을 팔기 전에 힘찬 녀석
처럼 보이게 할 요량으로 그런 짓을 했었다. 슬로 모션은 마
구간에서 상당한 골칫거리라서 롤란드도 인내심의 한계에
다다라 있었다.
　「슬로 모션이라니.」 롤란드가 비웃듯 말했다. 「그건 포뮬
러 원에 나가는 자동차를 트랙터라고 부르는 거랑 거의 똑

같은 짓이에요!」

정전이 된 지금 아마 그 말은 훨씬 더 예민해져 있을 것이다. 메르타는 자리에서 일어났다. 스티나와 안나그레타에게 도움이 필요할지도 몰랐다. 가서 도와줄 수 있는지 보는 게 좋겠다! 메르타는 서둘러 그들을 따라가 마구간에 도착했다. 스티나와 안나그레타가 막 정문에서 나오던 참이었다. 불빛이 거의 없어서 그들의 모습을 보기는 어려웠지만, 메르타는 그들의 목소리를 알아들었다. 스티나는 울고 있었고 안나그레타는 두려움에 떨고 있었다. 두 사람은 워낙에 흥분해 있어서 메르타가 있다는 걸 알아차리지 못했다.

「이렇게 엉망이라니! 말이 여러 마리 달아났어.」 안나그레타가 탄식했다.

「어느 방향으로 갔을 거라고 생각해?」

「말들은 자기네가 살던 농장으로 돌아가는 경향이 있어. 젠장! 이렇게 되면 우리는 한몫 잡을 기회를 놓친 거야!」

메르타는 자기 존재를 드러내지 않은 채 그 자리에 가만히 서 있었다. 지금 무슨 이야기를 하고 있는 거지? 그녀는 더 잘 듣기 위해 살금살금 다가갔다. 그들은 헤드 랜턴을 이리저리 움직이며 주변을 훑어보았다. 마치 그렇게 하면 근처에 있는 말을 찾아낼 수 있을 거라 생각하는 듯했다.

「롤란드는 당연히 비상 발전기를 갖고 있어야 하잖아. 왜 그걸 작동시키지 않았지? 마구간지기들은 또 어디 있고?」 안나그레타가 몹시 화가 난 목소리로 말했다.

「다 롤란드 잘못이야. 최소한 맹꽁이자물쇠라도 걸어 놨어야 해. 본인 가축들이야 농장 근처에서 돌아다니겠지. 하지만 샤프 아이는 어쩌냐고!」스티나의 목소리가 떨렸다.

「슬로 모션이라고 해야지…….」안나그레타가 그녀의 말을 바로잡았다.

하지만 메르타의 귀에 이미 그 이름이 들어왔다. 샤프 아이라, 그 이름을 어디서 들어 봤더라? 그거 혹시 계곡 반대편에 있는 종마 사육장에서 기르는 경주마 이름 아니었나? 그녀에게 의혹이 싹텄다. 메르타는 거리를 두고 친구들을 따라갔다.

「나는 우리 나름대로 이 지역에 도움이 될 수 있을 거라고 생각했는데.」스티나가 하는 말이 들렸다. 그녀는 울고 있었다. 「하지만 이제 어쩌지?」

불안하고 흥분된 목소리가 마구간 바깥에서 들리자 스티나가 조용해졌다. 아마 롤란드와 마구간지기의 목소리인 듯했다. 목소리가 점점 가까워졌다. 메르타는 어둠 속으로 몸을 숨겼고, 스티나와 안나그레타는 헤드 랜턴을 껐다. 남자들이 마구간을 지나서 가버린 다음 메르타도 얼른 그곳을 빠져나왔다. 걸음을 옮긴 지 얼마 안 되어 윙윙거리는 소리와 함께 조명이 다시 돌아왔다. 당연히 롤란드에게도 발전기가 있었던 것이다. 하지만 스티나와 안나그레타는 대체 무슨 꿍꿍이였던 걸까? 지금은 달아나 버린 그 비싼 경주마에게 손을 댔던 걸까? 그랬던 모양이다. 메르타는 절로 미소가 지어졌다. 정말 교활하게 굴었던 것이다. 그녀의 친구들이 말이다. 오래전 다이아몬드 요양소에서 살던 시절에 비한다면 얼마나 크게 달라졌는지. 이제는 자기들끼리 이런 짓까지 하다니! 메르타는 자기 친구들이 거의 자랑스러울 정도였다. 하지만 다른 한편으로, 노인 강도단은 모두 함께 똘똘 뭉쳐야만 했다. 메르타는 그들과 정면으로 마주하기로 마음먹었다.

스티나와 안나그레타가 조금 늦게 문을 열고 들어왔을 때, 그들은 메르타가 주방 식탁에 수제 스콘과 차, 그리고 나무 딸기술을 차려 놓은 것을 보고 놀랐다. 식탁에는 촛불도 켜져 있었다. 메르타가 그들에게 따스한 미소를 지었다.

「잘 왔어!」 메르타가 친구들을 환영했다. 「다른 사람들은 거실로 갔지만, 우리는 여기서 즐거운 잡담을 좀 나누면 좋겠는데, 어때?」

「정말 자상하네. 하지만 우리 지금 미니버스를 타러 가는 길이야. 우리 말이 달아나 버리는 바람에 지금 바로 나가서 걔를 찾아야 할 것 같거든.」 스티나가 메르타와 나머지 강도단 양쪽에 통할 변명거리를 생각하며 말했다.

「그러니까 샤프 아이를 찾으러 간다는 말이지?」

메르타의 입에서 말의 진짜 이름이 나왔는데도 스티나는 저도 모르게 대답했다.

「맞아. 걔가 달아났어…….」 이제 더 이상의 대답은 필요 없었다. 롤란드 스벤손의 마구간에 있던 건 슬로 모션이 아니라 값비싼 경주마였다. 메르타가 몸을 앞으로 기울였다.

「좋아, 너희의 그 수백만 크로나짜리 말이 마구간에서 뛰쳐나가는 바람에 지금 곤경에 처해 있다 이거지. 그런데 어떻게 해야 할지는 전혀 모르겠고. 그게 현재 상황이야, 그렇지?」

「네가 지금 무슨 이야기를 하는지 모르겠는데.」스티나가 과감하게 말했다.

「무슨 말인지 나도 모르겠다.」안나그레타가 저항해 보았다.

메르타는 그들의 반박을 무시했다. 「물론 말을 되찾고 싶겠지. 나한테 아이디어가 하나 있는데, 같이 찾아 줄 수 있어. 노인 강도단이라면 서로를 도와야지, 그렇게 생각하지 않아?」

「음, 우리는 늘 다 함께 일하잖아.」스티나가 당혹스러워하며 웅얼거렸다. 「하지만 우리 3천2백만 크로나짜리가 자취도 없이 사라져 버렸는데…….」

「샤프 아이가 3천2백만 크로나짜리 말이라면, 몸값은 아마 1천만 크로나 정도 받을 수 있겠네.」메르타가 계속 말했다. 「노인 강도단 기금에 1천만 크로나가 쌓인다는 소리겠지. 상황이 이렇다면 낭비할 시간이 없어. 우선 당장 출발해야 할 것 같아. 너희가 솔선수범해서 소소한 절도를 저질렀다니 정말 기쁜 일이야. 내 마음이 다 푸근해지네. 그렇지 않아도 우리가 다시 한 건 올려야 하지 않나 생각하고 있었는데. 세상에, 너희가 벌써 일을 저질렀잖아. 정말 존경스러워!」메르타가 나무딸기술을 따른 잔을 들어 올렸다.

스티나와 안나그레타는 혼란스럽다는 듯 시선을 교환했다.

「뭐, 그래. 1천만 크로나를 요구하기는 했는데 지금까지 아무 연락도 못 받았어. 게다가 이제 말은 사라져 버렸고.」 메르타가 모든 걸 꿰뚫어 봤다는 사실을 깨달은 안나그레타가 말했다. 메르타는 모든 걸 알았을 뿐만 아니라, 화를 내는 대신 그들을 돕고 싶어 했다. 스트레스로 가득 찬 상황에 처한 그들의 입장에서, 이는 정말 다행스러우면서도 마음 놓이는 일이었다.

「서로를 돕는다면 모든 일이 더 잘 풀릴 거야. 하지만 우린 서둘러야 해. 샤프 아이가 그렇게 느릿느릿한 동물은 아니잖아. 너무 멀리 가기 전에 붙잡아야지!」 메르타가 말했다.

「하지만 갈퀴 생일은…….」

「돌아온 다음에 다시 생일 파티를 하면 되지!」

스티나와 안나그레타는 따뜻한 옷과 단백질바, 마실 것, 밧줄, 끈과 강력 접착테이프를 서둘러 챙겼다. 그들은 그것들을 죄다 장보기용 손수레에 집어넣은 뒤 계단을 바삐 내려갔다. 그런 다음 스티나는 거실로 들어가서는 깜짝 놀란 두 사람에게 미안하지만 자기들이 지금 당장 갈 곳이 있어서 나가 봐야겠다고, 자세한 설명은 돌아와서 하겠다고 이야기했다. 시간이 촉박했던지라, 그녀는 갈퀴와 천재에게 자기들이 돌아올 때까지 생일 축하는 일단 둘이서만 하고 있으라고 강력히 권고했다. 갈퀴와 천재가 무슨 일이 벌어지고 있는지 제대로 깨달을 틈도 없이 친구들은 집을 빠져나갔다. 스티나와 안나그레타가 마구간을 향해 차를 몰고 간 다음 말 운반용 트레일러를 미니버스에 연결하는 동안 메르타는 마구간 복도로 몰래 들어갔다. 그녀가 찾고 있는 것은 시퀸이라는 이름의 멋진 암말로, 메르타가 예전에 마구간에서 본 적이 있던 말이었다.

천만다행으로 롤란드와 마구간지기는 자리를 뜬 뒤였고, 그래서 메르타는 시퀸을 안뜰로 데리고 나올 수 있었다. 시퀸은 메르타를 신뢰하는지 전혀 저항하지 않았고, 그건 메르타에게는 딱 좋은 상황이었다. 지금은 이 암말이 필요했으니까. 메르타는 말에 대한 지식이 제법 있어서 암말이 발정이 나는 때도 잘 알았다. 며칠 전 그녀는 시퀸이 별의별 티를 다 내는 모습을 본 적이 있었다.

그들은 시퀸을 말 운반용 트레일러에 싣자마자 차를 몰고 샤프 아이를 찾으러 갔다. 메르타가 운전을 하는 동안 스티나와 안나그레타는 경주마 절도 사건의 전말을 그녀에게 털어놓았지만, 어디까지나 마을을 위해서 몸값을 벌려고 조금이나마 노력한 것이라는 점을 강조했다. 1천만 크로나라면 꽤나 어려운 은행털이를 해야 벌 수 있는 수준의 돈이니, 말을 훔치는 게 무척 똑똑한 일이라고 생각했다는 것이다. 다만 문제는 마주가 몸값 지급을 거부하고 있다는 점이었다. 메르타는 두 사람의 창의성에 찬사를 보내고는 악당으로 산다는 게 참으로 까다롭기 그지없는 일이라고, 하지만 지금 필요한 건 〈행동에 나서는〉 일이라고 했다.

그들이 밤길을 운전하는 동안에도 여전히 전력은 복구되지 않은 상태였다. 유일한 차이라면 다행스럽게도 주변이 밝아지기 시작했다는 점이었다. 운이 좋다면 분명 샤프 아이를 찾아낼 수 있을 터였다. 미니버스에 앉아 있는 동안 메르타는 태국 연등 때문에 일이 엉망이 되어 버렸다는 걸 털어놓아야겠다고 생각했는데, 막 입을 떼려는 찰나 안나그레타가 지역 뉴스를 듣기 위해 차에 있는 라디오를 켰다. 〈포르툼은 현지에서 피해 상황을 조사한 결과 스콕소스 지역 2천 가구에 정전이 일어났다고 밝혔습니다. 처음에 회사에서는 정전의 원인을 전혀 파악하지 못했습니다만, 현재는 사고 원인을 파악하는 데 성공하였습니다…….〉 이 대목에서 메르타의 호흡이 가빠졌다. 그녀는 얼른 차창을 내려 공기를 들이마셨다. 〈포르툼에 따르면 정전은 자연 현상 때문으로 밝혀졌습니다. 비버가 쓰러뜨린 나무가 전선을 덮치면서 그 결과 해당 지역의 변압기에 연결된 다른 전선까지 같이 휩쓸렸습니다. 그게 정전이 넓은 지역에서 일어난 원인이라고 포르툼 측에서는 밝히고 있습니다. 하지만 현재 사고 지역에 파견된 기술자들은 전력이 점심시간까지는 복구될 것으로 추정하고 있으며…….〉

「와, 됐다! 내가 아니었어!」 메르타가 소리쳤다. 그녀는 터져 나오는 웃음을 억누를 수가 없었다.

「대체 왜 웃는 거니?」 안나그레타가 물었다.

「아니, 스티나가 그랬잖아. 갈퀴는 내가 좀 차분하게 살아야 한다고 생각한다고. 그래서 갈퀴 생일을 불꽃놀이 대신 태국 연등으로 축하하려고 했거든. 그런데 연등이 날아가 버렸어. 그리고 하필 그때 정전이 일어난 거야. 그래서 난 연등이 전력선이나 변전소에 걸린 줄만 알았어. 그런데 나 때문이 아니고 비버 때문이라잖아!」

「그럼 너는 네가 그런 줄 알았다는……」스티나가 메르타를 뚫어져라 바라보았다.

「그렇지, 내가 그런 줄 알았지. 하지만 난 완전히 무죄야. 이제 파티하자!」

「그거 진짜 건배할 만한 일이다. 우리 젊었을 때 늦게까지 파티하던 거 기억나?」

「남자들 쫓아다니던 시절 말이니?」메르타가 말했다.

「그래, 그 시절. 그런데 지금은 말을 쫓아다니고 있네!」스티나가 킬킬대기 시작했다.

「노인네 맞춤으로 특별 제작된 미니버스를 타고 말이지. 세월 참.」안나그레타가 끼어들었다.

「뭐, 늙으면 나이에 맞게 살아야지.」메르타가 말했다.

메르타와 친구들은 샤프 아이를 발견할 수 있을지 모른다고 생각하며 숲속 자갈길을 계속 지켜보았다. 두 시간이 지나도 아무 성과도 거두지 못하자, 그들은 미니버스에서 일단 잠을 좀 잔 뒤 다음 날 계속 수색하기로 결정했다.

「만약 우리가 말을 찾아서 수백만 크로나의 몸값을 받아낼 수 있다면 어떨 거 같아? 난 그 돈을 세 명의 고릿적 할망구들이 밤에 열심히 일해 거둔 수입이라고 부르겠어.」안나그레타가 예의 그 말 울음 같은 웃음소리를 내며 말했다. 다른 사람들은 무척 피곤했음에도 그 이야기에 미소를 지어주었다.

그들은 잠시 주변을 돌아본 뒤 길가에 차를 주차하고 가능한 한 눈을 붙여 보려 했다. 하지만 안나그레타가 문득 말을 떠올리고는 밖으로 나와 말 운반용 트레일러로 갔다. 그녀는 뒷문으로 가서는 샤프 아이가 시퀸의 체취를 맡을 수 있도록 위쪽 뚜껑을 열어 놓았다. 분명 이 체취는 순식간에 샤프 아이의 관심을 끌 것이다. 한편 메르타는 집에 있는 친구들 생각이 났다. 그녀는 그들이 걱정하지 않도록 천재에게 전화를 걸었다. 「우린 괜찮아. 아직 말을 찾지는 못했는데 곧 찾게 될 거야. 걱정 말고, 잘 자!」

그런 다음 세 노부인은 좌석을 뒤로 젖히고 따뜻한 담요를 끌어 올리며 잘 준비를 했다. 그들 주위에서 숲의 소리가 들렸다. 여기서 도시의 소음은 전혀 들리지 않았다. 이거야말로 시골의 환상적인 점이라고 메르타는 생각했다. 시골은 정말로 고요해. 참으로 고요하지. 몇 분 지나지 않아 그녀는 잠에 빠져들었다.

갈퀴와 천재는 텅 빈 채 버려진 집에서 눈을 떴다. 그들은 혼란스러운 심정으로 커피를 내린 뒤 빵에 버터를 발랐다.

「다 가버렸어! 대체 우리는 어쩌라고? 숲에서 길이라도 잃어버리면 어쩔 건데? 우리가 같이 있어야 했는데.」천재가 걱정스럽게 말했다.

「뭐 그렇긴 한데, 본인들이 가겠다고 해서 그냥 가버린 거니까 일이 생겨도 본인들 탓이지.」갈퀴가 말했다. 그는 자기 생일 파티 중간에 버림을 받는 바람에 여전히 성이 나 있었다.

「하지만 갈퀴, 메르타 말로는 수백만 짜리라고 하잖아. 자초지종을 듣기 전까지는 너무 화내지 말라고.」

「이건 설명이 안 되는 일이지! 생일은 1년에 단 한 번이라고. 난 온실에나 가봐야겠어.」

「자네는 가서 식물 돌보고 있어. 내가 거실에서 자리 지키고 있을 테니까. 메르타도 그렇고 다른 사람들도 그렇고 정말 그럴 만한 사정이 아니라면 이렇게 가버릴 리가 없잖아. 그나저나 이 틈에 집에 혼자 있는 기분이나 만끽해 보자고.」

「그게 무슨 만끽씩이나 할 일인데?」

「대장 노릇 하는 사람들이 하나도 없잖아. 당연한 일 아니냐고!」

다음 날 메르타가 전화를 걸었을 때, 그녀는 천재가 훨씬 애정 어린 어조로 전화를 받고 있다는 사실을 깨달았다. 어쩌면 남자들이 여자들을 그리워하게 좀 놔두는 것도 나쁜 일은 아닐지 모른다……. 메르타는 자기들이 언제 집으로 돌아갈지 확실히 말해 줄 수 없었다.

「아무래도 샤프 아이는 이미 붙잡혔나 봐.」 스티나가 그날 오후 늦게 한숨을 쉬며 말했다. 그때까지도 그들은 말의 흔적을 전혀 찾아내지 못했다. 숲길을 세 시간 정도 차로 돌아다닌 뒤, 그들은 잠시 멈춰 쉬면서 커피를 만들고 단백질바를 먹었다. 「포기해야 할까?」

「절대 안 되지. 1천만 크로나를 손에 넣으려면 노력할 준비가 되어 있어야 한다고.」 안나그레타가 딱 잘라 말했다.

바로 그 순간, 그러니까 그들이 막 간식을 먹으려는 차에, 귀에 익은 말 울음소리가 들렸다. 샤프 아이가 불과 나무 몇 그루 정도의 거리를 둔 채 서 있었다.

안나그레타가 말을 꼬드기기 위해 맛있는 먹이를 따로 떼어 두었지만 그럴 필요가 없었다. 샤프 아이는 이미 말 운반용 트레일러에 있는 젊은 암말에게 다가갈 의향이 분명했던 것이다. 안나그레타가 번개처럼 날렵하게 트레일러 문을 여는 동안 메르타는 와인색의 긴 밧줄을 고삐에 걸어 놓았다. 마지막으로 그들은 시퀸을 숲속 빈터에 풀어놓았고, 샤프 아이는 격렬한 관심을 보이기 시작했다.

「이제 잡았어.」 안나그레타가 소리쳤지만, 거의 7백 킬로그램에 달하는 경주마를 노인들이 수월하게 다룰 수는 없는 노릇이었다. 메르타와 친구들은 허둥거리며 할 수 있는 한 몸조심을 하며 말을 잡으려고 했다. 안나그레타가 샤프 아이의 고삐에 밧줄을 매는 데는 한참이 걸렸고, 스티나가 진정제를 불시에 한 방 놓은 다음에야 그들은 다 같이 협동하여 샤프 아이를 구슬려 운반용 트레일러로 밀어 넣는 데 성공했다. 시퀸은 좀 멍한 상태로 근처 전나무 옆에 서 있었고, 안나그레타는 맛있는 말먹이의 도움을 얻어 수없이 토닥이고 쓰다듬어 준 끝에 시퀸을 탈 수 있었다.

메르타가 마르틴 보르예의 종마 사육장 방향으로 천천히 차를 모는 동안, 안나그레타는 암말을 탄 채 미니버스 뒤를 따라갔다. 사육장 근처에 다다르자 그들은 차를 세운 뒤 트레일러에서 샤프 아이를 끄집어내었다.

「얘 다룰 수 있겠어?」 메르타가 고삐를 잡고 샤프 아이를 들판으로 데리고 나오자 스티나가 불안해하며 물었다.

「네가 놓은 진정제 기운이 아직 돌고 있어.」 메르타가 말에게 먹이를 한 줌 주며 말했다. 「이러면 잘될 거야.」

메르타가 종마 사육장으로 걸어가는 동안 안나그레타가 말을 탄 채 미니버스로 왔다. 그녀와 스티나는 시퀸을 말 운반용 트레일러에 집어넣었다.

아직 날은 환했고, 두 노부인은 카드 한 벌을 들고 미니버스 앞좌석에 앉았다. 기다리는 동안 커내스터라도 한 판 하면 딱 좋았겠지만 지금 그들이 처해 있는 상황에서는 스냅 게임도 제대로 할 수 없을 것 같았다. 그들은 카드를 옆으로 치운 뒤 종마 사육장을 빤히 바라보았다. 대체 메르타는 무슨 수로 이 일을 수습할까?

36

세상에나, 예상했던 것보다 훨씬 힘든 일이었다. 메르타
는 돌연 엄청난 불안감에 사로잡혔다. 말을 제대로 붙잡는
것과 대지주를 상대하는 것 중 뭐가 진짜로 힘든 일인지 분
간이 안 갈 지경이었다. 심지어 그녀는 농장에서 자랐고 말
에 대해서 약간의 지식이 있었는데도, 샤프 아이를 데리고
마르틴 보르예의 사유지에 들어갔을 때는 엄청나게 초조해
졌다. 그녀는 조심스럽게 울타리로 다가갔다. 사육장 입구
에 다다르자 샤프 아이가 예민해졌다. 히힝 하고 울더니 거
의 잡아 둘 수 없을 지경이 되었는데, 잠시 뒤 경비원이 입구
안쪽에서 나타났다.

「숲에서 이 말을 발견했어요. 이쪽으로 가려고 하던데요.」
메르타가 친근한 미소를 지으며 말했다.

「샤프 아이! 너구나!」

「아, 정말요? 그 유명한 경주마요? 제가 말을 키우는 집에
서 자라서 이 아이가 무척 값진 종이라는 건 보자마자 알긴

했어요.」메르타는 머리를 한쪽으로 기울이면서 말에 대한 전문적인 지식이 많은 듯 보이려 애썼다. 「먹이를 주고 어느 사육장 출신인지 알아보았답니다. 여기저기 전화를 몇 통 걸어 보니까 여기 종마 사육장에서 말을 잃어버렸다더군요. 그래서 진짜 주인에게 확실하게 넘기려고 여기까지 왔어요.」

「잘하셨습니다!」경비원이 소리쳤다. 그가 휴대 전화를 꺼내 보르예와 사육장 관리인에게 전화를 걸었다. 그들을 기다리는 동안 경비원은 메르타에게 말을 도둑맞은 경위를 이야기하면서 다들 엄청나게 걱정했다고 말했다. 그 악당들이 심지어 엄청난 몸값을 요구했다고도 했다. 메르타는 생전 처음 듣는 이야기라는 듯 귀 기울여 들으며 상냥하게 고개를 끄덕였다. 두 사람이 한동안 이야기를 나누고 있는데 다른 목소리가 들렸다. 메르타가 몸을 돌려 보니 사육장 관리인과 비대한 몸집의 키 작은 사람, 이 사육장의 주인이라고 하는 마르틴 보르예의 모습이 보였다. 보르예는 거의 뛰다시피 말에게 다가왔다.

「샤프 아이! 와, 굉장하군. 네가 돌아오다니!」

「네, 제가 찾았답니다.」메르타가 한마디 했지만 보르예는 그 말을 못 들은 듯했다. 그는 거의 감동에 빠진 것처럼 보였고, 말의 목을 거듭거듭 어루만졌다. 그는 메르타에게도, 사육장 관리인에게도, 경비원에게도 아무 관심이 없었다. 그는 잔뜩 달아오르고 있는 자신만의 기쁨에 완전히 홀딱 빠져 있었다. 메르타는 앞으로 나아가 자기를 잉가 스벤손이라고 소개한 뒤 큰 목소리로 말했다.

「샤프 아이는 정말 멋진 경주마예요. 이렇게 멋진 말을 혼자 있게 내버려 둘 리가 없으니 분명 뭔가 일이 있었을 거라고 생각했죠.」메르타는 잠시 말을 멈추고는 보르예의 표정에 변화가 없는지 자세히 뜯어보았다. 하지만 이 대부호는 아무 말도 하지 않았다. 그냥 말의 주위를 돌면서 무슨 부상이라도 입지 않았는지 살펴볼 뿐이었다. 부상은 없었다.

「생채기 하나 없군. 그동안 어디 있었던 건지 통 모르겠네.」그가 말했다.

「말에 대한 지식이 많은 도둑들인 게 분명합니다. 그렇지 않다면 몸값을 요구하지도 않았겠지요.」

사육장 소유주가 화난 얼굴로 경비를 노려보았다. 경비가 입을 다물고 있어야 할 정보였던 것이 분명했다. 메르타는 그 기회를 놓치지 않았다.

「도둑들이 몸값으로 1천만 크로나를 요구했다던데요. 그러면 발견자인 제게 두둑한 보상금을 주는 걸 고려해 보실 수 있지 않을까요? 그러면 공평할 것 같은데, 어떠세요?」

메르타는 가능한 한 순진하게 보이려 하며 자기가 지을 수 있는 가장 공명정대한 미소를 지어 보였다. 보르예가 뭐라고 중얼거리더니 사육장 관리인에게 샤프 아이를 마구간으로 데려가라고 지시한 다음 메르타에게 몸을 돌렸다.

「그러니까 보상금을 원한다, 이겁니까?」

「뭐 꼭 받아야겠다고 우기지는 않겠어요. 그건 절대 아니지만, 남쪽에 있는 우리 집을 수선해야 할 상황이고 요즘은 연금이 무척 적게 나오니까요. 그러니까, 아시다시피…….」

보르예가 지갑이 든 주머니를 뒤적이더니 지폐 뭉치에 손을 찔러 넣은 다음 5백 크로나 지폐 두 장을 꺼내 메르타에게 건넸다.

「뭐, 그렇다면야. 도움을 줘서 무척 감사합니다.」

메르타는 어이가 없어 숨이 턱 막혔다. 이 망할 놈은 억만장자면서! 하지만 메르타는 포기하지 않을 것이었다. 그녀는 핸드백에서 종이를 한 장 꺼내 선불 휴대 전화 전화번호를 적었다.

「이 문제를 곰곰이 생각해 볼 시간을 가지면 당신 생각이 바뀔 거라고 확신해요. 방금 전에 3천만 크로나가 넘는 말을 되찾았잖아요, 그렇죠? 넉넉한 포상금을 지불하시면 가난하고 불쌍한 노인을 도울 수 있을 거예요. 요즘은 스위시를 통해 휴대 전화로 정말 간단하게 송금이 가능해요. 연락 기다리고 있을게요!」 메르타는 손을 흔들어 작별 인사를 하고는 그곳을 떠났다.

「어떻게 됐어?」 메르타가 친구들에게 돌아오자 스티나가 물었다.

「짠돌이야, 진짜로!」 메르타가 거의 눈물이 그렁그렁한 채 말하며 미니버스에 올라탔다. 「돈이 그렇게 많은데 달랑 1천 크로나를 주는 거 있지! 이젠 본인 탓밖에는 할 수가 없을 거야.」

「그게 무슨 소리야?」 스티나가 물었다.

「곧 알게 돼. 다른 계획이 있기는 한데, 우선은 시퀸을 돌려줘야겠다.」

그들은 시퀸을 말 운반용 트레일러에서 데리고 나왔다. 메르타와 스티나가 차를 몰고 가는 동안 안나그레타는 시퀸을 타고 롤란드 스벤손의 농장으로 가 말을 그곳 들판에 풀어놓았다. 메르타와 스티나는 안나그레타를 다시 차에 태운 뒤 천재와 갈퀴에게 곧 집에 도착할 거라고 미리 언질을 줬다.

「샤워한 다음에 옷 갈아입으면 정말 좋겠다.」 스티나가 말했다.

「그런 다음 제대로 된 침대에서 자야지.」 안나그레타가 말했다.

그들이 안뜰로 차를 몰고 들어왔을 때, 갈퀴와 천재는 무척 엄한 얼굴로 포치에 서 있었다.

「제정신이야? 어떻게 그냥 그렇게 나가 버려!」 갈퀴는 말은 그렇게 했지만 스티나가 외투를 벗는 걸 도와주었다. 그의 목소리에는 화보다 걱정이 더 많이 배어 있었다. 「무슨 일이라도 일어나면 어쩌려고 그랬냐고!」

「그 말이 맞아, 지금까지 어디 있었어? 우리 무척 걱정했다고.」 천재가 투덜거렸다. 심지어 메르타가 여러 번 어렵사리 전화를 걸어 줬는데도. 메르타는 한마디 하려다가 갈퀴가 바비큐용 앞치마를 입고 있다는 사실을 깨달았다. 그녀는 기꺼운 마음으로 친구들을 쳐다보다가 그들을 꼭 끌어안았다.

「그런 식으로 갑자기 사라져서 미안해. 하지만 정전이었 잖아. 1천만 크로나가 걸린 일이었다고! 그래도 이제는 우리 가 네 생일을 축하할 거야, 갈퀴. 아주 제대로 해야지.」

「그래, 우리 네 생일을 하루가 아니라 이틀 동안 축하하기 로 했어. 우리가 너무 서둘러 나가 버렸잖아.」 스티나가 거들 었다. 노인 강도단은 한동안 서로서로 포옹을 했고, 갈퀴는 그제야 감정을 추스를 수 있었다.

「뭐, 좋아. 우리가 이미 오늘 먹을 음식은 차려 놨어. 그러 니 음식이 식기 전에 자리에 앉자고. 얼른 가서 자리 잡아, 친구들!」 갈퀴가 그렇게 재촉하고는 앞장서서 사람들을 주 방으로 데리고 갔다.

주방에서는 그릴에 구운 고기 냄새가 났고, 식탁에는 와 인병이 놓여 있었으며, 와인병 옆에는 얇게 썬 소고기, 튀긴 양파, 그레이비와 으깬 감자로 채운 커다란 접시가 있었다. 접시 뒤에 있는 사발에는 스티나를 위한 그리스식 샐러드가 들어 있었다. 갈퀴와 천재가 만들어 놓은 맛있는 만찬을 보 자 메르타는 두 사람이 자기들을 얼마나 그리워했는지 깨달 았다.

사람들이 자리에 앉았을 때 스티나와 안나그레타는 샤프 아이와 1천만 크로나 몸값을 노리고 벌인 일에 대해 이야기 했고, 그러면서 모든 긴장이 풀렸다. 남자들은 자기들이 대 답을 기다려 왔던 수많은 질문에 해답을 얻었다. 자잘한 대 화와 이야기가 넘쳐흘렀고, 갈퀴가 트림을 했지만 사람들은 그에 대해서는 아무 말 하지 않고 그저 다시 함께 모였다는 사실에 믿을 수 없이 행복해했다.

식사 후 메르타가 커피를 내렸고, 노인 강도단이 커피가 준비되길 기다리는 동안 갈퀴는 신문에서 오려 낸 기사를 꺼냈다. 그가 식탁에 기사를 올려놓고는 독서용 안경을 썼다.

「있잖아, 메르타.」 갈퀴가 입을 열었다. 「내가 저번에 신문에서 편집부에 보내는 편지를 봤는데, 천재하고 같이 이걸 읽었거든. 은행 강도는 여기에 비하면 애처로워 보일 정도야.」

「그거 궁금해지네.」 메르타가 말했다. 「다 들을 수 있게 큰 소리로 읽어 줘.」

갈퀴가 천재를 보았다. 천재가 고개를 끄덕이자 갈퀴가 크고 연극적인 목소리로 편지를 읽기 시작했다. 「〈저는 스웨덴에서 가장 부유한 라군다에서 살고 있습니다…….〉」

「아, 거기 알아. 여기서 되게 먼 곳인데. 아무튼 계속 읽어 봐. 그곳도 여기랑 마찬가지로 사람이 별로 없는 곳이야.」 안나그레타가 끼어들었다.

「그래, 뭐, 아무튼 이 글은 여자가 쓴 거야. 이 사람도 은퇴한 노인이네.」 갈퀴가 몇 번 헛기침을 한 뒤 계속 읽었다. 「〈정부는 인달셀벤강의 폭포를 막아 아홉 개의 수력 발전소를 건설했습니다. 그 덕에 주는 수십억을 벌죠. 재산세로는 몇억 크로나를 더 걷고요. 우리 지역에는 남쪽으로 전기를 보내는 풍력 터빈이 몇백 개가 있습니다. 하지만 거기서 거두는 이익은 이 지역에 머물지 않아요. 독일이나 다른 곳으로 가죠. 숲에서도 마찬가지 일이 벌어집니다. 이 지역의 숲 대부분은 스베아스코그,[20] SCA,[21] 스웨덴 국교회 소유죠. 하지만 우리는 여기서 나는 수익을 구경도 못 합니다. 주 정부는 사회 보장국, 공공 직업소개소, 자동차 안전 검사소, 약국을 폐쇄했습니다. 경찰서 정문은 잠겼고, 경찰들은 모두 집으로 돌아갔죠. 기차역이 두 개 있기는 하지만 기차가 서질 않아서 타려면 자동차로 180킬로미터를 돌아서 가야 합니다.

길은 끔찍할 정도로 엉망인데 제설차는 눈 씻고 찾아봐도 없습니다. 휴대 전화 신호도 안 잡히고 지역 은행도 문을 닫았어요. 은행에 가려면 차로 2백 킬로미터를 돌아서 가야 합니다. 진료소가 문을 닫았다는 소리는 굳이 할 필요가 없겠죠. 휘발유 가격은 크게 올랐지만 저를 직장으로 데려다주는 제 차는 예나 지금이나 기름을 엄청나게 먹습니다.

저는 시골에 살고 싶습니다. 하지만 여기서 머물며 살아가기 위해 제가 할 수 있는 일이 도대체 뭘까요?〉」

기사 끝에는 다음과 같은 서명이 있었다.

「〈간신히 입에 풀칠하며 살아가는 시골의 은퇴 노인이.〉」

갈퀴가 편지를 가리키며 메르타를 보았다.

「헴마비드에 사는 우리만이 아니라 스웨덴의 다른 지역에 사는 사람들에게도 비슷한 문제가 있는 거야. 심지어 외국에도 말이지. 당신이 옳았어, 메르타. 내가 이 문제를 너무 늦게 파악한 것 같아서 미안해.」

20 스웨덴의 목재 회사.
21 스웨덴의 종합 펄프 회사.

「나도 상황이 얼마나 심각한지 제대로 이해하지 못했던 것 같아.」천재가 끼어들었다. 「하지만 지금은 갈퀴도 나도 이에 대해서 이야기를 많이 했으니 우리를 믿어도 좋아. 우리가 당신 뒤에 있을게.」

「우리도 그럴게.」스티나와 안나그레타도 뜻을 같이했고, 이는 메르타에게는 정말 너무도 의미 있는 일이었다. 메르타는 지금껏 사람들이 자기에게 동의해 주길 바라며 고군분투했고, 드디어 이렇게 성공을 거두게 되자 금방이라도 눈물이 터질 듯했다. 그녀는 늘 감정을 감추려 애썼지만 마음 깊은 곳에서는 강도단이 자기편을 들지 않는다는 사실이 정말로 슬펐다. 예전에 그들은 늘 같은 목표를 향해 노력했고 바깥세상에 맞서 힘을 합쳤다. 친구들이 없으면 그녀는 정말로 외로웠다. 메르타는 훌쩍이며 울었다. 천재, 갈퀴, 스티나와 안나그레타가 메르타를 포옹하며 달래 주려 했는데 그러자 메르타는 더 훌쩍였다. 말이 나오질 않았다. 그녀는 어린아이처럼 흐느꼈고, 스스로를 통제하지 못하는 게 창피했다. 하지만 다른 사람들은 그저 미소를 지으며 그녀가 마음껏 울도록 내버려 두었다. 그러다 스티나가 말했다.

「있잖아, 우리 이 일 축하해야겠는데. 리큐어가 좋을까, 샴페인이 좋을까?」

「리큐어와 샴페인 둘 다!」모두가 입을 모아 소리쳤다. 그러고는 둘 다 가져왔다. 그들은 각자 샴페인 잔과, 커피에 넣어 마실 수 있는 이르마의 야생자두술을 담은 작은 잔을 집어 들었다. 이내 음주의 효과가 뚜렷이 나타났다. 친구들은

한 명씩 차례로 위층으로 올라가 만찬 후의 휴식을 즐겼고,
쓸모 있는 일을 잔뜩 하고 싶었던 메르타는 어떤 것도 할 기
력이 없어졌다. 그녀는 비틀거리며 샤워실로 가 샤워를 했
고, 간신히 다시 침실로 돌아가서는 입가에 만족스러운 미
소를 띠며 잠에 빠져들었다.

37

다음 날 아침, 메르타가 일어나 다른 사람들에게로 내려 갔을 때, 그녀는 여전히 기쁨이 충만한 기분으로 자신과 친구들이 다시 서로를 찾아냈다는 사실에 행복해했다. 하지만 주방에 들어서자마자, 메르타는 성이 나 있는 갈퀴와 마주쳤다.

「경찰이 여기 왔다 갔어. 널 찾던데.」

「경찰이라고!」 메르타가 헉 하고 숨을 삼켰다. 호흡이 힘들었다.

「그래, 조그만 콧수염을 기른 경찰이야. 네가 여기 사는지 묻더라. 레반데르? 뢰반데르? 아무튼 뭐 그런 이름이었어. 경찰 교통 검문소 건 때 그 사람 본 적 있는 것 같아. 하지만 정복은 입고 있지 않던데.」

「희한한 일이네!」 수많은 생각이 메르타의 머릿속에 마구 떠올랐다. 그 경찰관이 스티나가 최악의 교통 규칙 위반자들에게 부과했던 벌금을 추적한 걸까? 하지만 스위시를 사용했으니 그럴 가능성은 없었다……. 샤프 아이를 찾는 동안 세 친구는 이야기를 나눌 시간이 무척 많았다. 스티나는 자기가 그때 정말로 순간적인 홍분에 휩싸여서 운전기사들에게 스위시로 벌금을 내라고 요청했고, 그 벌금은 비밀 휴대 전화 번호를 통해 노인 강도단 기금으로 갔다고 말했다. 그거야말로 그들이 다시 해보고 싶은 일이었다. 왜냐하면 스티나도 말했듯 일단 범죄 행위를 저지르면 다시 하는 것도, 계속하는 것도 쉬웠기 때문이다. 하지만 전자 화폐가 추적할 수 없는 돈이라면 어째서 경찰관이 나타난 걸까? 누가 그자에게 제보를 했나? 아니면 전국의 경찰서에 갱신된 지명 수배자 명단이 배포된 걸까? 스웨덴을 돌아다니고 있는 노인 무리가 그렇게 많을 리는 당연히 없을 테고, 따라서 경관의 눈에 띄었다는 건 아주 안 좋은 일이었다. 메르타는 무겁게 한숨을 쉬었다. 어쩌면 교통 검문을 하지 말았어야 했는지도 모르겠다. 그때 다섯 명 전부가 거기 있었으니까. 다섯 명의 노인들. 꼭 노인 강도단 같지 않은가…….

「자, 메르타, 이제 모든 게 네게 달렸어!」 갈퀴가 메르타의 어깨를 서투르게 감싸며 말했다.

「내 사랑 메르타, 경찰관에게 사근사근하고 친절하게 대해 줄 거지?」 천재가 호소하듯 말했다. 「그 사람 화나게 하면 안 돼. 그랬다가는 우리를 당장 감옥에 집어넣을 테니까.」

메르타는 무척이나 거북했지만 겉으로는 걱정하는 기색을 내비치지 않으려고 애썼다. 그녀는 떨리고 불안한 와중에도 의연한 듯 보이려 애쓰며 덤덤하게 어깨를 으쓱했다.

「홋, 내가 말로 눌러 줘야겠군!」

「당연하지.」 갈퀴가 그 즉시 안심한 얼굴을 했다. 그러자 나머지 사람들도 미소를 지으며 안도했다.

메르타는 자기가 어떻게 해야 할지 꽤 오랫동안 숙고했지만, 결국에는 예방이 치료보다 낫다는 결론을 내렸다. 본인이 직접 경찰서로 찾아가면 경관이 다시 찾아오기를 기다리는 것보다는 죄가 덜해 보일 것이다. 메르타는 스티나에게 노부인들이 보통 입는 옷을 입혀서 스타일을 잡아 달라고, 머리도 곱슬머리로 해주고 실용적인 보행화도 찾아 달라고 부탁했다. 그렇게 하면 실제 본인의 모습보다 훨씬 더 나이 든 전형적인 노부인으로 보일 것이었다. 스티나는 의욕이 불끈 솟았다.

「좋아, 알겠어, 메르타, 내가 널 변신시켜 줄게!」

스티나는 메르타의 머리를 할머니 스타일로 바꾼 다음 화장을 시작했다. 그녀는 조용히 노래를 흥얼거리며 파우더, 아이라이너, 립스틱을 찾다가 거울에 비친 자기 모습을 우연찮게 보았다. 그러자 스티나는 돌연 동작을 멈췄다. 자기가 유달리 허영심이 강하다는 건 본인도 알았지만, 하지만 그렇다 해도…… 머릿결이 너무 건조했다!

「이거 진짜로 더럽게 짜증 나는 일이야. 나이가 들면 머리칼도 빠지는 데다 가슴도 처지잖아.」 그녀가 한숨을 쉬었다.

「그렇긴 하지만 생각해 봐. 가슴을 잃는 것보다는 머리칼이 빠지는 편이 훨씬 낫다고. 긍정적인 쪽으로 봐야지.」 메르타가 말했다.

스티나는 그 말에 절로 미소를 지었다. 메르타가 늘 하던 소리가 생각났던 것이다. 코가 정해진 길이까지만 자란다는 사실에 대해 진지하게 생각하는 사람은 아무도 없다. 하지만 모두 그 점에 감사해야 한다. 만약 그렇지 않았다면 개미핥기처럼 보이게 될 수도 있었으니까!

「그럼 이제 어떤 옷을 골라야 하려나?」 스티나가 물었다. 그들은 멋진 드레스가 들어 있는 옷장을 함께 샅샅이 뒤져 본 후 엄청나게 큰 연파랑 꽃무늬가 박혀 있고 목 부분은 둥근 데다 소매는 길고 주머니까지 있는 드레스를 선택했다. 메르타는 이 옷과 어울리는 적당한 신발도 찾아냈는데, 굽이 널찍하고 발가락이 들어갈 공간도 넉넉한 신발이었다. 그녀는 이번에도 평소처럼 전대는 집에 놔두고 가야 한다는 사실을 깨닫고는 한숨을 쉬었다. 마지막으로 챙긴 것은 꽃장식이 달려 있는 낡은 검은색 핸드백이었다. 메르타 생각에 지금 자기 모습은 무척이나 순진해 보였고, 정직한 이미지를 강조하기 위해서는 버스를 타고 스콕소스까지 가야 할 듯했다. 모름지기 무해한 여성이라면 자기 차도 없이 신실하게 버스를 기다려야 하니까. 메르타의 생각은 그랬다.

버스 정류장에서 걸어서 경찰서에 도착했을 때, 메르타는 한동안 경찰서 바깥에 선 채로 정글 로어 캔디를 입 안에 가득 넣어 우물거린 다음 과감히 안으로 들어갔다. 그녀는 몇 번 심호흡을 했다. 만약 경찰이 진짜로 노인 강도단을 찾아냈고, 그래서 그들을 감옥에 집어넣으려 한다면? 아니, 그런 상황은 미연에 방지하는 편이 나았다. 그녀는 정문으로 뚜벅뚜벅 걸어가 초인종을 눌렀다. 문이 열리며 접수대 직원이 메르타를 맞았다.

「안녕하세요, 제 이름은…… 아니, 그러니까, 레반데르라는 분과 이야기를 나누고 싶어서요.」메르타가 말했다.

「뢰반데르 경감님 말씀이신가요?」

「네, 아마 그런 이름인 것 같던데. 지난번에 절 찾아오셨더라고요. 그러다 제가 스콕소스에 볼일이 생겨서 이렇게 온 건데요…….」

직원이 경감에게 전화를 걸었고, 메르타는 한동안 그들이 나누는 대화를 들었다. 잠시 뒤 쿠르트 뢰반데르가 경찰 정복에 반짝이는 구두를 신은 모습으로 나타났다. 메르타는 온화한 미소를 보냈지만 얼른 시선을 아래로 내렸다. 저 웃기는 콧수염은 뭐람. 정말 가관이었다! 자기를 뭐라고 생각하는 걸까, 설마 에럴 플린?[22]

「저를 찾으셨다고 들었는데요.」메르타가 먼저 입을 열었다.

「네, 학교에서 성함을 전달받았습니다. 몇 가지 좀 불분명한 게 있는데, 그에 대해 말씀 좀 나누고 싶어서요.」뢰반데르가 그렇게 말하며 메르타를 자기 사무실로 안내했다.

메르타는 핸드백을 쥔 채 안절부절못했다. 좋은 징조는 아닌 듯했다. 이르마가 저 경찰에게 그녀의 본명을 알려 주는 바람에 그가 메르타를 추적할 수 있었던 것이다. 하지만 그녀를 믿고 이름을 알려 준 것이었는데! 메르타는 짜증과

---

22 Errol Flynn(1909~1959). 오스트레일리아 출신의 영화배우.

실망을 동시에 느끼며 핸드백에 손을 집어넣어 정글 로어 캔디를 뒤적거렸다. 예상했던 것보다 일이 훨씬 더 까다로 워질 수도 있겠다 싶었다. 그녀가 사탕을 한 움큼 집어 들 었다.

「경감님도 입이 심심하지 않으세요?」

쿠르트 뢰반데르는 고개를 젓고는 헛기침을 한 뒤 책상에 두 손을 올려놓고는 맞잡았다. 그러다가 마음을 바꿔 손을 뻗었고, 메르타는 그 손바닥에 그녀가 좋아하는 사탕을 한 가득 담아 주었다.

「이거 맛있어요. 달달한 걸 먹으면 기분이 아주 좋아지 죠.」 메르타가 억지로 쾌활하게 말했다. 뢰반데르는 고개를 끄덕인 다음 사탕을 입에 넣고는 그녀의 눈을 똑바로 바라 보았다.

「얼마 전에 부인과 저희가 마주쳤던 교통 검문소에 대해 생각을 좀 해봤거든요.」

「아, 네. 기억해요. 그때 정말 멋지고 정중하셨죠!」

「그때 부인과 부인 친구분들도 같이 그 일을 하셨죠, 맞 나요?」

「아뇨, 전혀 아니에요. 제가 폴란드에서 배우들을 섭외했 어요. 네, 죄송해요. 값싼 외국 인력을 데려오면 안 된다는 건 알았지만, 아시다시피 문화 활동으로는 지원금이 나오질 않잖아요. 그래서 그냥 제 나름으로 처리한 거였어요.」

「폴란드 배우요?」

「네, 실제로는 그냥 엑스트라이긴 했지만요. 영화에서는 그렇게 말을 많이 안 해요. 단역이었거든요. 그냥 제가 하라는 대로만 했어요. 말런 브랜도와 엘리자베스 테일러는 없었던 거죠. 정말로요.」 메르타는 최선을 다해 자연스럽게 웃으며 말했다.

뢰반데르는 이맛살을 찌푸리며 정글 로어 캔디 몇 개를 입에 쏙 집어넣었다. 배우인지 엑스트라인지, 아무튼 그건 그가 생각했던 시나리오에는 없던 이야기였다. 그는 그들이 오랫동안 서로 알아 온 은퇴 노인들 무리일 것이라고 추측했다. 그러니까, 노인 강도단처럼 말이다. 메르타는 그가 머뭇거리는 모습을 보자 허리를 똑바로 펴면서 엄한 표정을 지어 보였다.

「참 실망스럽네요. 절 찾으셨다길래 다음 영화에 출연하시려나 싶었는데. 그 바이킹 영화요. 남자다움이 멋지게 뿜어 나오는 분이라서 분명 일주일에 여러 번 체육관에 가서 운동을 하시겠구나, 하고 딱 알겠더라고요.」

「어, 네, 그렇긴 한데요…….」

「근육에 콧수염, 전혀 나쁘지 않아요. 경관님, 경관님은 멋진 바이킹 두목이 되실 거예요. 하지만 그러면 당연히 턱수염도 길러야겠죠. 그래야 진짜 전사처럼 보일 테니까. 세상에, 정말 폼 나 보이겠어요! 원하시면 검과 방패도 빌려드릴게요.」

뢰반데르는 갈피를 잡지 못한 채 책상에 있는 서류들을 만지작거리다가 이내 다시 마음을 진정시켰다.

「저희가 듣기로는 부인께서 장거리 트럭 운전기사들에게

벌금을 부과했다던데요. 아실지 모르겠지만 그건 불법입니다.」

「우리는 벌금을 징수한 적이 없어요. 제정신이세요?」

「운전기사들이 저희 쪽으로 전화를 걸어서 항의했어요.」

「참 나, 그 악당들 말을 정말 믿어요? 그 사람들 엄청난 거짓말쟁이들이에요. 운전기사들 중에 거짓말쟁이가 아주 많다니까요. 그 사람들이 왜 항의했는지 아세요? 우리가 유도한 차량에다 GPS 송신기를 붙여 놓았기 때문이에요. 정확히 몇 시간을 운전했는지 알고 싶었고, 스웨덴에서 불법적으로 근무 교대 시간을 어겨 가며 운전을 하는지 확인하고 싶어서요. 그런데 운전기사들은 그런 걸 안 좋아하잖아요.」

「뭘 하셨다고요?」

「그 운전기사들은 스웨덴에서 딱 사흘만 머물 수 있어요. 경관님도 아시겠지만요. 그런데 기사들 상당수가 그 규정을 무시하고 스웨덴 기사들의 일자리를 빼앗고 있다고요. 하지만 우리 데이터를 보면 그게 다 나와요. 그런 짓을 하던 운전기사들 중 한두 명이 GPS를 발견해서 경찰에 전화를 걸어 우리에 대해 험담을 한 게 분명해요. 우리를 믿을 수 없는 사람들이라고 생각하게 만들려고요. 하지만 이 마피아 운전기사들은 진짜로 수상한 작자들이에요. 제 말을 믿으세요. 교통 검문소를 더 만들어서 몽땅 가둬 버려야 한다고요!」 메르타는 씩씩거리며 말하다가 핸드백을 책상에 탁 내리쳤다(적어도 그렇게 쓰기에는 좋은 핸드백이었다).

쿠르트 뢰반데르는 온화하고 순박한 모습으로 들어왔다

가 열을 꽉꽉 내더니 이제는 불같이 화를 내는 이 노부인 때문에 정신을 차릴 수가 없었다.

「그런데 GPS는 왜 설치하셨어요?」

「당연히 영화 때문이죠. 진짜처럼 보여야 해요. 안 그러면 칸 영화제에서 황금 종려상을 받을 수가 없잖아요. 보세요, 경감님, 비록 노인네들이 만드는 영화라도 해도 저희는 현실감 있고 믿을 수 있는 작품을 찍고 싶어요. 우리도 자부심이 있다고요!」

뢰반데르 경감은 그 뒤로도 메르타에게 몇 가지 질문을 더 했지만 아무 진전도 없었다. 노인 강도단의 단원을 발견한 줄 알았는데 아무래도 엉뚱한 노부인을 붙잡은 모양이었다. 시장이 거짓 제보를 하다니 이게 대체 무슨 영문인가? 이 노부인은 심지어 경찰에 장거리 트럭이 운행되는 다양한 방식에 대한 정보를 더 알려 주겠다면서 최선을 다해 돕겠다고 제안하기까지 했다. 만약 경찰이 도움의 손길이 필요하다면 자기들에게 말만 하라는 것이었다. 뢰반데르가 아무리 질문하고 어르고 끈질기게 추궁해도 그 악명 높은 노인 강도단에 대해서는 어떠한 정보도 얻어 낼 수 없었다. 그래서 그는 질문 대신 도박을 해보기로 했다.

「스톡홀름 경매장에서 일어난 다이아몬드 절도 사건에 대해 아시나요?」 뢰반데르가 대담하게 질문했다. 만약 그 일에 관련이 있다면 뭔가를 흘릴지도 모른다. 누가 알겠나.

「스톡홀름이요? 신문에 대문짝만하게 난 그 절도 사건 말씀인가요? 그게 경관님이 맡은 사건인가요?」

「아뇨, 제가 맡은 사건은 아닙니다. 그냥 궁금해서요…….」

「아, 맞다. 그것도 영화로 찍어야겠네. 만약 만들게 되면 출연하시겠어요?」

뢰반데르는 이 산만한 노부인을 절망스럽게 바라보았다. 그는 아무 성과도 거두지 못했다. 그녀에게 죄가 있다는 증거는 하나도, 뭐건 간에 하나도 없었으며, 외려 노부인은 지금 뢰반데르를 미치게 하고 있었다. 안타깝지만 그냥 보내 줄 수밖에 없었다. 심지어 경찰서에서 이 사건의 세부 사실로 언급했던 전대도 차고 있지 않았다. 그러니 오늘은 이만하면 충분하고도 남았다. 정글 로어 캔디 때문에 두통이 생겼고 배도 조금씩 아프기 시작했다. 그는 중얼거리면서 자리에서 일어나 메르타에게 찾아와 주셔서 감사하다고 인사한 뒤 입구 복도까지 그녀와 동행했다.

「다른 영화 찍게 되면 꼭 연락드릴게요.」 메르타는 나가는 동안 재잘거리듯 그렇게 말한 뒤 정중하게 한쪽 다리를 살짝 빼고 다른 쪽 무릎을 굽히며 작별 인사를 했다. 뢰반데르도 한숨을 삼키고는 손을 들어 인사를 했다. 그런 다음 사무실로 돌아와 세면도구가 든 가방을 집어 들고 화장실로 향했다. 그는 칫솔뿐 아니라 이쑤시개까지 동원하여 이 사이에 낀 정글 로어 캔디 조각을 죄다 빼내려고 애썼다. 그때 휴대 전화가 울렸다. 아내인 베탄이었다. 아마 그가 언제 집에 올지, 오는 길에 장을 볼 수 있는지 알고 싶어서 전화했으리라. 뢰반데르는 전화를 꺼버리고 싶은 충동을 꾹 눌렀다. 하루 종일 집에 있으면서 장은 자기가 직접 보면 안 되나? 그는 몇 번 심호흡을 하고는 할 수 있는 한 차분하게 전화를 받았다.

「응, 여보. 지금 당장은 대화 나눌 시간이 없어. 서에 지금 일이 무지하게 많거든. 하지만 가능한 한 얼른 집에 갈게, 약속해…….」

「어떻게 됐어?」 버스를 놓쳐 기다려야 했던 바람에 네 시간 뒤에야 메르타가 집에 돌아오자 모두 입을 모아 물었다. 그들은 거실에 앉아 차를 마시며 브래드 피트와 줄리아 로버츠가 나오는 영화 「오션스 일레븐」을 보던 중이었다. 메르타가 거실로 들어오자 그들은 TV를 가리켰고, 마지막 장면을 본 다음 TV를 껐다.

「좋은 영화야. 하지만 우리가 라스베이거스에서 저지른 카지노 털이가 훨씬 더 똑똑했지.」 천재가 말했다. 「경찰이 뭐래?」

「뭐, 내가 말로 눌러 준 것 같네.」 메르타가 뿌듯해하며 말했다.

「전혀 놀랍지 않군.」 갈퀴가 미소를 지었다.

「하지만 이제부터 우리가 갈퀴 너에게 폴란드어를 몇 마디 가르쳐 줘야 돼. 내가 너희를 폴란드 출신 단역 배우라고 말했거든. 그 경찰이 나와 너희, 다시 말해 양로원에서 달아난 뒤로 수많은 범죄를 저질러 온 노인 강도단을 연결 짓지 못하게 하려면 뭐든 해야 했어.」

「그래그래, 멋지네!」 천재가 그렇게 말했고, 갈퀴는 지나칠 정도로 마음을 놓은 듯했다.「잘했어, 메르타.」

「그런데 있잖아, 경찰서에 있을 때 아이디어가 하나 떠올랐어.」

「그게 뭘까나?」천재가 물었다. 목소리에 별안간 걱정이 어렸는데, 메르타가 또 품이 많이 드는 일을 생각해 냈을까 봐 우려스러워서였다.

「스톡홀름으로 가서 시골을 대변하는 집회를 여는 거야. 이곳 사람들이 가능한 한 많이 우리와 함께할 수 있도록 노력해야겠지. 그런 다음 프랑스 농부들이 정치인들에게 저항할 때 했던 일과 똑같은 행동을 우리도 하는 거야.」

「국회 의사당 밖에다 토마토를 쏟아 버린 거 말이야?」안나그레타가 물었다.

「그래, 그런 거.」

「하지만 스톡홀름 경찰이 우리를 알아볼 거라고 생각하지 않아?」스티나가 불안한 목소리로 말했다.

「그건 가발을 쓰고 화려한 드레스를 입으면 돼. 경찰은 우리가 설마 그렇게 뻔뻔스럽게 스톡홀름에 나타나리라고는 생각하지 않을 거야. 알겠지만 악당은 보통 범죄 현장에 다시 돌아가지 않는다고.」

「내 말이 그 말이야. 돌아가지 않는 데는 다 그럴 만한 이유가 있는 거라니까.」갈퀴가 말했다.

38

낮이 길어졌고, 공기도 차츰차츰 따스해졌다. 이내 나무에 싹이 틀 것이고, 그들 앞에 환한 기대를 품은 계절이 펼쳐질 것이다. 사실 1년 중 이때야말로 메르타가 늘 특별히 낙관적인 기분을 느끼는 시기였지만, 지금 그녀는 근심에 휩싸여 있었다. 그녀가 시작한 것은 거창한 프로젝트였다. 어쩌면 너무 거창한지도 몰랐다. 메르타는 빨간색 페인트를 칠한 롤란드의 집을 쳐다보았다. 그가 강도단을 도와줘야 했다. 롤란드, 그리고 헴마비드 마을과 주변 지역의 협조 없이는 이 프로젝트가 성사될 수 없을 것이다. 그녀는 롤란드의 집 현관 계단으로 걸어가 문을 두드렸다. 턱이 딱딱하게 굳는 것이 느껴졌다. 메르타는 이제 그에게 이야기해야 하는 두 가지 복잡한 문제를 처리해야 했다. 그에게 커다란 거짓말을 하는 동시에 도움을 요청해야 했던 것이다. 이 두 가지를 결합하는 게 늘 쉽지는 않은 법이다.

「아, 안녕하세요.」 메르타를 보자 롤란드가 환한 미소를 지었다. 「막 축사에 가려던 참이었어요.」

「그렇구나, 그럼 같이 가요.」 메르타는 그렇게 말하고는 기다렸다. 롤란드는 작업복을 입고 부츠를 신은 다음 뒷주머니에 장갑을 집어넣은 뒤 모자를 썼다.

「슬로 모션에게 일어난 일은 참 유감이에요.」 그들이 마구간 안뜰에 다다랐을 때 롤란드가 먼저 입을 열었다. 「배상을 청구해야 할 손해가 없었으면 좋겠네요. 그 불운한 밤에 일어났던 자물쇠 문제를 계속 생각하고 있거든요. 모두 제 잘못이에요.」

「아뇨, 아뇨, 다 잘 해결됐어요! 말을 찾았거든요. 그런데 말에 좀 이상한 데가 있더라고요. 사실 저는 그 말이 스웨덴으로 밀수입된 게 분명하다고 생각해요. 말 여권이 위조된 것이었거든요. 그래도 다행히 우리가 어찌어찌 그 말을 붙잡아서 스코네로 데리고 갔어요.」

「아이고, 그렇구나. 스코네까지 가셨다고요…….」

「네, 일의 진상을 파악하고 싶었거든요. 예전 소유주도 찾고 싶었고요. 전 소유주가 우리를 보더니 깜짝 놀라면서 위조된 서류가 아니라고 펄펄 뛰는 거예요. 하지만 우리가 그 사람에게 말을 반납받고 돈을 돌려주지 않으면 경찰에 신고하겠다고 위협했어요. 결국에는 그럭저럭 잘 해결했죠.」

「너무 대담하셨던 거 아닌가요…….」

「이런 일은 공정하고 적절하게 처리되어야 하니까요. 게다가 그 사람도 — 화가 난 할머니 둘은 물론이고 — 경찰이 자길 쫓는 걸 원치는 않았을 거예요.」

「그러게요. 부인과는 계속 좋은 관계를 유지하는 게 확실히 좋은 생각이겠군요.」롤란드가 웃었고, 메르타는 새삼 그에게 다시 호감을 느꼈다. 그는 참으로 편안하고 긍정적인 사람이었다. 메르타는 작업복을 입고 농장에 있는 롤란드의 모습과 그의 검은 곱슬머리를 볼 때면 전직 총리이자 역시 농부 출신이었던 토르비에른 펠딘[23]이 떠올랐다. 그가 총리였던 시절에는 그를 개인적으로 알지 못하는 많은 사람들이 그를 보며 마음을 놓았다. 롤란드 스벤손은 정치인이 아니었지만 사람들을 편안하게 해주는 솔직 담백한 인물이었다. 그 정신 나간 소 빙고 게임을 개최하는 데 동의했다는 사실만 봐도 그랬다! 어쩌면 그와 다시 협력할 수도 있지 않을까? 왜냐하면 지금 메르타는 스톡홀름에서의 계획을 위해 트랙터와 건초 수레가 필요했기 때문이다.

「우리가 시골을 위해 뭔가 해야 할 것 같아요.」메르타가 운을 띄웠다. 「스톡홀름에 가서 시위를 하는 건 어때요? 일을 진행하려면 사람들이 많이 필요할 거예요. 이 지역 사람들이 참여할 수 있도록 도와줄 수 있어요?」

그들은 축사로 갔고, 롤란드는 작고 아담한 착유기를 젖소 중 한 마리 쪽으로 굴렸다. 메르타는 그 젖소가 마이로스임을 알아보았다. 소 빙고 게임 중 심히 부적절한 행위를 했던 그 암소였다. 메르타에게 정전 사건이 다시 떠올랐다. 지역 농부들이 정전에 익숙해서 발전기를 갖고 있었던 게 얼마나 다행이었는지. 농부들은 축사에 맹꽁이자물쇠와 예비

23 Thorbjörn Fälldin(1926~2016). 스웨덴 27대 총리.

배터리도 구비하고 있었다. 비록 그날 저녁 롤란드의 농장에 있던 발전기는 제대로 작동하지 못했지만 말이다. 하지만 스톡홀름에서 정전이 일어나면 대처하기 훨씬 힘들 것이다. 거기 사람들 상당수가 발전기도, 스토브도, 벽난로도, 심지어 장식용 양초도 갖고 있지 않았으니까.

「어떤 시위를 생각하고 계신데요?」 롤란드가 그렇게 물으며 착유기를 연결했다.

「특별한 시위를 해야 해요. 아주 화려한 시위요. 우리 스웨덴 사람들이 하는 시위는 늘 순하고 얌전하거든요.」

「시위에 활기를 좀 불어넣어 보자는 건가요?」

「바로 그거죠. 프랑스 사람들처럼 못 할 이유 없잖아요? 더 혁명적으로 하는 거예요. 썩은 토마토도 던지고, 똥거름도 던지고, 뭐라도 해야 사람들이 주목하죠.」

롤란드 스벤손은 착유기 전원을 켠 다음 마이로스 옆에 한동안 조용히 서 있었다.

「똥거름을 집어 던지는 은퇴 노인들이라, 그거 정말 볼만하겠네요…….」

「물론 썩은 사과도 사용할 수 있어요. 아무튼 그래서, 〈시위용 물품〉을 싣고 갈 수 있는 수레가 달린 트랙터가 몇 대 필요한 거죠.」

롤란드 스벤손이 재미있겠다는 표정을 지어 보였다.

「좋아요. 건초 수레와 트랙터라면 제가 구해 볼 수 있을 거예요.」

「그동안에 다른 사람들은 팻말을 쓰고, 구호를 생각하고,

스톡홀름까지 가는 여정을 계획할 수 있겠네요. 그런 다음 수레에다가 국회 의사당 정문 계단에 쏟아 버릴 것들을 잔뜩 채우는 거예요.」

「동물들도 데리고 가는 건 어때요? 국회 의사당 밖에 젖소랑 양이 있으면 분명 사람들이 생각할 거리가 생길 거예요.」

「훌륭해요. 그럼 암탉이랑 수탉도 데려가는 건 어때요?」 메르타가 웃으며 덧붙였다. 「정말 좋은 아이디어예요!」

롤란드가 한 걸음 앞으로 걸어 나오더니 메르타를 꼭 껴안았다.

「메르타, 당신과 친구분들이 이 지역을 돕기 위해 무척 많은 일을 해주시는 게 정말로 기뻐요. 당신 같은 분들이 더 많아져야 하는데!」

메르타는 너무 놀라 말문이 턱 막혔다. 롤란드가 자기를 정신 나간 괴짜라고 생각하면 어쩌나 걱정했었는데, 그는 외려 그녀를 돕고 싶어 했다. 그녀는 온몸에 온기가 퍼지는 것을 느꼈고, 자기 얼굴이 붉어졌다는 사실을 알아차렸다.

집으로 가는 동안 메르타는 천재에게 죄책감을 느꼈다. 예전에 은행 강도 계획을 함께 짠 것은 그들 둘이었는데, 이번 프로젝트를 위해서는 멋진 이웃집 농부를 끌어들일 수밖에 없었다. 노인 강도단은 동물을 기르지 않았고, 트랙터나 농장용 수레도 없었다.

메르타가 집에 돌아왔을 때, 친구들은 펜과 종이를 들고 정원에 앉아 준비 중이었다. 마치 계획이라도 짜고 있는 듯 보여서, 그 모습을 보니 무척 힘이 났다. 친구들이 계획에 동참하고 싶어 하다니, 굉장했다! 메르타는 무척이나 들뜬 마음으로 주방에 들어가 커피를 내리고 웨이퍼와 귀리케이크, 엘더플라워샴페인이 담긴 커다란 유리 물병을 꺼냈다. 그런 다음 새로 구입한 식사용 손수레에 그것들을 모두 올려놓고 밀면서 정원으로 나갔다. 갈퀴가 그들에게 다가오는 메르타의 모습을 보고는 팔꿈치로 천재를 쿡 찔렀다.

「아하, 장담하는데 메르타가 곧 새 계획을 들고 올 거야.」

메르타가 사람들에게 커피를 나눠 주고 잔을 새로 채워 주었다. 그들은 잠시 커피를 즐겼다. 얼마 뒤 메르타가 잔을 내려놓고 냅킨으로 입을 닦은 뒤 헛기침을 했다.

「롤란드가 스톡홀름 국회 의사당 밖에서 벌일 시위에서 우리를 도와준대.」

「진심인 거구나, 메르타. 뭐, 스톡홀름내기들은 이제 피난을 가는 게 낫겠군. 우리가 납신다!」 갈퀴가 충동적으로 외쳤다. 「우리가 노란 조끼[24]다 이거지. 뭐 그거 말고 다른 걸로 불러도 좋고.」

「음, 내 생각에는 플래카드에 집중해야 할 것 같아. 이런 문구 어때? 〈전국이 모두 잘 살아야 한다〉와 〈농민이 없으면 스웨덴은 멈추고 말 것이다〉.」 메르타가 제안했다.

「아니면 이런 것도 있겠네. 〈전국이 모두 잘 살아야 한다. 하지만 정치인이 있으면 스웨덴은 멈추고 말 것이다.〉」 갈퀴

---

24 노란 조끼 운동. 2018년 프랑스에서 정부 정책에 반대하며 발생한 대규모 시위.

는 자신의 창의성에 기꺼워하는 듯 보였다.

「안 돼. 못돼 먹게 굴 수는 없어. 우리는 국제적으로 처신해야 해. 프랑스 혁명을 생각해 봐. 프랑스 사람들은 시위를 할 줄 안다고.」

「지금 뭘 염두에 두고 있는 거야? 단두대와 총검?」

「갈퀴, 그만 놀려, 지금 진지한 이야기 중이잖아.」 스티나가 끼어들었다.

「트랙터 경적을 울리고, 똥거름과 토마토도 국회 의사당 계단에 쌓아 놓는 건 어때?」 천재가 제안했다.

「그런데 그냥 토마토만 던질 거야, 아니면 썩은 사과랑 감자도 던질 거야?」 정확히 뭘 할 건지 알고 싶었던 안나그레타가 질문했다.

「감자는 보드카 만들 때 쓰는 편이 더 낫지!」 갈퀴가 반발했다.

「그래도 똥거름은 좋아. 프랑스에서는 화난 농민들이 정치인에게 불만이 있을 때 보통 똥을 던지거든.」

「아니 잠깐만, 쇠똥은 우리 소 빙고 게임에 필요한걸.」 안나그레타가 그렇게 말하고는 자기 농담에 웃었다.

「하지만 진지하게 생각해 보자고. 이 시위 전체가 정치인들이 시골을 구해야 한다는 점을 그 사람들에게 보여 주려는 목적이잖아.」 메르타가 말했다.

「알겠다!」 안나그레타가 소리쳤다. 「똥거름 대신에 엉겅퀴랑 쐐기풀을 수레에 잔뜩 실은 다음에 국회 의사당 앞 광장에 쏟아 버리자.」

「아니, 세상에, 그건 안 되지! 쐐기풀에는 비타민 C, 철분, 칼륨, 칼슘이 풍부하게 들어 있어. 건강에 정말 좋은 식물이고, 그걸로 맛있는 수프와 멋진 샐러드를 만들 수 있다고. 안 되지, 쐐기풀을 낭비하면 안 돼.」스티나가 말했다.

「그럼 엉겅퀴는?」메르타가 타협안을 제시했다.

「엉겅퀴? 안 될 말이지. 내가 확실히 말해 줄 수 있어! 엉겅퀴가 호박벌, 나비, 꿀벌에게 얼마나 유익한 식물인지 상상도 못 할걸.」스티나가 계속 반대했다.

「음, 우리 투표를 해야겠다.」메르타가 토론에 지쳐서 말했다.

투표 결과 4 대 1로 쐐기풀과 엉겅퀴가 시위에서 기발하고 참신한 구성 요소가 될 수 있으며 심지어 언론에서 주목할 만한 소재라는 점에 합의가 이루어졌다. 투표 이후 메르타는 롤란드가 스톡홀름까지 데리고 갈 동물들에 대해 사람들에게 알려 주었다.

「하지만 아스팔트에 동물을 풀어놓으면 시골 느낌이 안 날 텐데.」갈퀴가 이의를 제기했다. 「국회 의사당 밖에도 조그맣게 시골을 만들어 놓아야 해. 왜 있잖아, 동물, 초원, 덤불, 그런 것들. 안 그러면 사람들이 진지하게 생각하지 않을걸. 우리가 사용할 수 있는 괜찮은 잔디도 있고.」

「정말 훌륭한 아이디어네!」다른 사람들이 동의했다.

「내 제안은 뭐냐면, 돗자리처럼 펴서 깔 수 있는 잔디 롤을 구입하자는 거야. 대략 70제곱미터짜리 잔디 두 롤을 산 다음 국회 의사당 건물 바깥에 펼치는 거지.」갈퀴가 계속 말했다. 「그러면 식물과 관목도 들고 갈 수 있어. 내 온실에 있으니까. 그렇게 준비한 다음 롤란드가 동물들을 데리고 나타나는 거지. 효과 만점일 것 같은데, 어때?」

「나쁜 아이디어 아니네, 갈퀴. 그거 하자!」 메르타가 그렇게 외치고는 웨이퍼와 엘더플라워샴페인병을 들고 왔다. 그들은 그 아이디어에 건배를 하고 나서 수도에서 열리는 세기의 시위에 행운이 있기를 서로에게 빌었다. 마지막으로 안나그레타가 주먹을 불끈 쥔 이들에 대한 혁명가를 부르기 시작하다가 자기가 실수를 저질렀다는 사실을 깨닫고는 시작했을 때만큼이나 급작스럽게 노래를 멈췄다. 그녀가 부른 노래는 혁명가가 아니라 스웨덴 금주 협회의 크리스마스 노래였던 것이다.

다음 날 노인 강도단은 롤란드를 커피 마시는 자리에 초대했다. 롤란드가 동물 관리와 운송을 담당하고, 다른 사람들은 집회 참가 인원을 모집하며, 보도 자료와 초대장을 작성하고, 플래카드를 제작하고 구호를 생각해 내기로 했다. 갈퀴와 스티나는 잔디 롤과 덤불에 관련된 세부 계획을 담당하기로 했다. 준비를 모두 마치는 데는 시간이 필요할 것이었지만, 지금부터 4주 뒤 그들은 ── 가능한 한 많은 수의 헴마비드 주민들, 주변 지역 주민들과 더불어 ── 스톡홀름으로 가서 시위를 벌일 예정이었다. 완전히 새로운 방식으로.

39

마침내 그들은 길을 나섰다! 메르타가 자동차 백미러를 통해 보니 그들 뒤로 트랙터와 농장 수레가 길게 늘어서 있었다. 맨 뒤쪽에는 천재와 갈퀴가 마련한 버스들이 보였다. 롤란드의 가축 트럭 두 대는 천천히 움직이고 있어서 보이지 않았는데, 오히려 좋았다. 동물들이 도착하기 전에 느긋이 잔디를 깔 시간이 있는 셈이었으니까. 메르타는 혼자 미소를 지었다. 이제 이 나라의 수도에 사는 사람들은 일생일대의 경험을 하게 될 것이다!

노인 강도단은 노란색 조끼도 보라색 조끼도 입지 않았다. 모자도 쓰지 않았고 다른 상징물도 달지 않았다. 그들은 평범한 옷을 고집했는데, 이번 시위는 모든 사람에게 영향을 미치는 문제에 대한 것이었기 때문이다. 늘 하던 대로 변장을 하기는 했지만, 변장에 쓴 의상은 노인들이 흔히 입는 평범한 옷이었다. 게다가 그들은 그렇게 행동하는 데 능숙한 사람들이었다. 메르타는 백미러를 조정하여 뒷좌석에 있는 친구들을 흘끗 보았다.

「어때, 친구들?」

「완전 충전 상태야, 사실 그 이상이지!」 안나그레타가 대답하자 그와 동시에 스티나가 엄지를 들어 보였다.

메르타는 그들이 스톡홀름으로 가고 싶어서 몸이 근질거린다는 걸 알았다. 그녀 역시도 최고의 기분이었다. 은행을 털었을 때처럼 몸이 기분 좋게 떨렸다. 이 기분이 그리웠다. 시위로 수익을 창출하는 게 아니라 시위에 돈을 들인다는 사실이 유감일 뿐이었다. 그래도 장기적으로 이 시위는 보다 점잖고 관료적인 방식으로나마 분명 이 지역에 수익을 제공할 것이다.

시위 참여자를 조직하는 데는 시간이 꽤 걸렸고, 그리 순조롭게 진행된 것도 아니었다. 프랑스식 시위 문화를 헴마비드 사람들에게 적용하자는 아이디어는 마을 사람들이 쉽사리 받아들일 만한 생각이 아니었다. 하지만 대니시페이스트리 카페에서 열린 공개회의에서 롤란드가 이 계획을 지지한다고 밝힌 이후, 강도단은 다수의 마을 사람들을 참가시키는 데 성공했다. 국회 의사당 건물 바깥에 엉겅퀴를 쌓아놓자는 아이디어도 완고한 저항에 부딪혔다가, 메르타가 멀쩡한 사과와 토마토를 낭비하는 것보다 훨씬 낫다는 점을 지적하고 나서야 사람들에게 수용되었다.

아직 6시도 되지 않은 새벽이었다. 스티나와 안나그레타는 〈시골을 살립시다〉와 〈스웨덴은 농민 없이 살아남을 수 없다〉 같은 문구가 적힌 플래카드와 배너 여러 개를 들고 미니버스에 몸을 욱여넣었다. 그들은 천천히 스톡홀름에 다다랐고, 그곳에서 차량 행렬은 뜻밖의 문제에 봉착했다. 우선 도로 보수 공사 현장들 사이에서 길을 잃어서 너무 멀리까지 차를 모는 바람에 새로 생겨난 슬루센 교차로에 갇혀 버렸고, 그러다 보니 뮌토르예트 광장까지 가는 제대로 된 길을 찾기까지 시간이 꽤나 걸렸던 것이다. 하지만 결국 그들은 목적지에 도착했고, 메르타가 차를 주차하는 동안 시위자들을 태운 버스도 왕궁 바깥에 주차했으며, 트랙터와 가축 트럭은 리다르홀멘 교회로 갔다.

이른 아침이었는데도 관광객을 비롯한 많은 사람들이 걸어 다니는 모습이 국회 의사당 건물 바깥에서 눈에 띄었다. 그들은 느긋하게 다리를 건너고, 경치를 감상하다가 가끔씩 멈춰서 사진을 찍었다. 조금 더 떨어진 스트룀멘 운하에서는 보트를 탄 낚시꾼들이 보였고, 일찍 일어나 카누를 타러 나온 사람들이 시청을 향해 노를 젓고 있었다. 날씨는 맑았고 분위기는 평화로웠다. 잠시 뒤 시위자들이 도착했고, 그들은 힘을 합쳐 140제곱미터짜리 잔디를 국회 의사당 계단에 깔고 난 다음 그 주위를 에워쌌다. 한편 노인 강도단은 플래카드와 배너 꾸러미를 풀었다.

「이제 곧 시작할 거야!」 메르타는 그렇게 말하며 경비, 경찰, 혹은 의회 경호실에서 나온 사람이 없는지 경계했다. 하지만 지금까지는 모든 게 평온했다.

「〈시작〉한다고? 아마 그 이상일걸.」 스티나가 중얼거렸다.

잔디가 펼쳐지자 메르타는 리다르홀멘에 있는 롤란드에

게 동물을 풀어놓으라는 시작 신호를 문자 메시지로 보냈다. 롤란드가 가축 트럭 문을 열자 이내 소 떼가 뮌트가탄 거리를 따라 뮌토르예트 광장으로 어기적어기적 걸어가면서 내는 시끄러운 울음소리가 들렸고, 그 뒤를 매 하는 양 떼 소리가 따라갔다. 롤란드와 동료들이 커다란 동물들을 솜씨 좋게 다루며 계단으로 몰고 가는 동안 암탉과 수탉이 꼬꼬댁하고 요란한 소리를 내며 우리에서 풀려났다.

「우리가 여기다 시골을 만들었어!」 롤란드가 흡족해하며 말했다. 그가 메르타에게 승리의 표시를 해 보이자 메르타도 기분 좋게 그에 응답하여 중지와 검지를 들어 V를 만들어 보였다. 경호실 사람들은 여전히 메르타의 눈에 띄지 않았다.

반 시간쯤 뒤 첫 번째로 국회에 나타난 정치인들은 자기 눈을 믿을 수 없었다. 그들이 지금 있는 곳은 스웨덴의 수도에서도 중심지였는데, 어찌 된 영문인지 시골로 변해 있었던 것이다. 젖소와 양이 국회 의사당 앞에서 풀을 뜯어 먹고 있었다. 건물들 사이에서 크게 음매 하는 소리와 꼬꼬댁, 하는 소리가 들렸다. 수탉 한 마리가 꼬꼬댁거리는 암탉을 쫓으며 이리저리 뛰어다녔고, 큰 코를 가진 양은 지나가던 녹색당 의원을 오물오물 씹으려 하고 있었다. 거기서 멀지 않은 곳에 한 무리의 시위대가 전단을 나눠 주고 있었고, 또 다른 사람들은 구호를 외치며 플래카드를 들고 있었다. 가장 큰 플래카드에는 다음과 같은 주장이 적혀 있었다. 〈농민이 없다면 음식도 없다. 음식은 저절로 생겨나지 않는다. 스웨

덴의 절반을 폐쇄하지 마라!〉

국회의원들은 서둘러 의사당 계단을 올라가려고 했지만 양 몇 마리가 그들을 허리 높이에서 들이받는 바람에 그대로 멈췄다. 양들의 뒤를 따라 노부인 세 명이 나타났는데, 그중 가장 키가 큰 사람이 외쳤다. 「기후 문제를 생각하세요. 시골을 살립시다! 스웨덴 전부가 살아야죠!」

의원들은 허겁지겁 꽁무니를 뺐는데, 이건 좋은 생각이 아니었다. 그 바람에 메르타가 화가 나고 만 것이다. 그것도 아주 많이.

「당신네 관료주의자들은 책상 뒤에 앉아서 우유는 황새가 물어다 주는 거고 젖소가 피시핑거[25]를 낳는다고 생각하겠죠! 절대 아니거든요. 이제 직접 보시라고요!」 메르타가 씩씩거리며 주먹 쥔 손을 들어 올렸다. 그러더니 휴대 전화를 꺼내 문자 메시지를 보냈다. 이번에는 천재에게 보내는 것이었다. 〈시작하자!〉

곧이어 매시퍼거슨 트랙터 두 대에서 나오는 인상적인 시골풍 엔진 소리가 국회 의사당을 향해 접근하더니 시위 장소로 방향을 틀었다. 거대한 트랙터들이 뮌토르예트 광장에 당도하자 건장한 헴마비드 농부들이 트랙터에서 수레를 끌렀다. 농부들이 잡초와 엉겅퀴를 광장에 쏟았고, 젖소와 양이 그 즉시 산처럼 높이 쌓인 풀을 먹어 치웠다. 안나그레타가 다시 구호를 외쳤는데, 이번에는 더 크게 소리를 내고 싶어서 롤란드의 확성기를 빌린 다음 이렇게 외쳤다. 「시골에

25 생선 살을 막대 모양으로 잘라 튀김옷을 입혀 튀긴 음식.

서 젖소를 기르는 것이 국회에서 젖소 젖을 짜내는 것보다 훨씬 낫다!」안나그레타가 확성기에 대고 그렇게 소리치자 사람들은 놀라서 서로를 바라보았다. 사전에 연습하지 않았던 말이었기 때문이다. 그건 순전히 안나그레타가 순간의 열기에 휩싸여 영감을 받아 질러 댄 말이었다. 하지만 나머지 사람들이 얼른 구호를 외치기 시작했다. 「젖소 없이는 스웨덴도 멈춘다! 스웨덴의 절반을 폐쇄하지 마라!」

이제 시위대는 진짜로 흥분하여 열이 올랐다. 그러다 보니 하도 크게 소리를 지르는 통에 바람이 세게 부는 소리도 듣지 못했고 양 한 마리가 임시로 세워 둔 울타리 걸쇠를 풀었다는 사실도 알아차리지 못했다. 사람들이 미처 반응하기도 전에 바람이 잡초 더미를 홱 채 가더니 물가로 날려 보냈고, 풀을 더 먹으려는 양들이 매 하는 소리를 내며 그 뒤를 따라갔다. 동물들이 다리를 향해 가는 동안 엉겅퀴 더미는 뮌토르예트 광장을 가로지르며 스트룀멘 운하 방향으로 움직였다. 이 풍성한 녹색의 설치물 — 미술관에 전시할 만한 가치가 충분한 작품이었다 — 은 운하에 떨어진 다음 수면 위를 장엄하게 떠다니다가 결국 저항을 포기한 듯 무너지더니 천천히 물속으로 잠겼다.

메르타가 손으로 얼굴을 감싸며 탄식했다. 「저 아래에는 국회의원들이 없는데!」

스트룀멘 운하에서 바닥이 편평한 녹색 보트를 타고 다니며 도미와 강꼬치고기를 잡던 낚시꾼 욘올레는 독한 맥주를 약간 마시고는 노래를 불러 젖히던 중이었다. 그는 비바람에 시달린 것 같은 풍채에, 낡아 빠진 가죽 재킷을 입고 있었으며, 이따금 커다란 채그물을 물에다 집어넣었다. 그는 월척을 하나 건지길 간절히 바랐고, 방파제에서 자기를 지켜보는 사람들에게 기분 좋게 손도 흔들어 주었다. 그는 물고기를 건져 올리려고 힘차게 그물을 들어 올렸다가 얼른 다시 물속으로 떨어뜨렸다. 쐐기풀에 엉겅퀴라니! 대체 이게 뭐람? 아무래도 집에 가서 한숨 자며 숙취나 풀어야 할 모양이었다.

한편 롤란드는 동물들을 통제하느라 애쓰고 있었다. 문이 열렸는데도 몇몇 젖소들은 잔디 구역 안에 그대로 머물며 평화롭게 풀을 뜯었고 또 다른 동물들은 왕궁 쪽으로 즐겁게 종종거리며 걸어갔다. 뮌토르예트 광장으로 나온 암양은 주변을 둘러보며 새로운 환경에 신기해하다가 국회의원들이 서둘러 계단을 오르는 모습을 보고는 그들의 뒤를 따라갔다. 스트레스를 받으며 의사당 안으로 들어간 의원 중 한 명이 문을 닫는 걸 깜박하는 바람에, 양 입장에서는 그냥 쑥 안으로 들어가기만 하면 되었다. 접수대에는 과일 그릇이 놓여 있었으니, 그 뒤에 벌어진 사태는 전혀 놀랄 일이 아니었다. 이내 접수원은 매 울면서 과일을 먹어 대는 양 떼에 둘러싸였고, 그러다 마지막 순간에야 그곳을 빠져나가 달려가서 회의장 문을 닫는 데 성공했다. 만약 그녀가 그렇게 하지 못했다면 스웨덴 국회 역사상 처음으로 진짜 양이 의회에 참석하는 일이 벌어졌으리라.

헴마비드와 주변 지역에서 온 1백 명도 넘는 농부, 사업가, 노동자로 구성된 시위대의 행렬이 방금 벌어진 일을 목격하고는 질서를 회복하려 애쓰는 사이, 경호실 직원들은 망연자실한 표정을 짓고 있었다. 롤란드는 혼란이 벌어진 데 사과하며 경호실 직원들의 도움을 요청했고, 그들은 함께 동물들을 붙잡았다. 그러고 나자 다른 문제가 벌어졌다. 파업에 참여하는 일단의 젊은이들이 뮌토르예트 광장에 나타난 것이다. 그들이 들고 있는 각양각색의 플래카드에는 〈기후를 위한 학교 파업〉이라는 문구가 적혀 있었는데, 이 시위가 금세 많은 인원을 끌어들이는 바람에 메르타와 친구들이 설자리가 더 이상 없었다. 헴마비드 사람들은 모두 시위는 이만하면 충분하다고 생각했고, 롤란드와 동료들은 헴마비드로 돌아가기 위해 서둘러 동물들을 가축 트럭에 몰아넣었다.

「시골로 이사하고, 숲을 보전하고, 작은 농장을 지원하면 기후에 도움이 됩니다!」 롤란드가 말했다. 「바로 그렇기 때문에 그곳에서 살아가고 버틸 수 있는 것이 중요합니다.」

그때 안나그레타가 다시 확성기를 집어 들고는 미리 연습해둔 구호를 외쳤다.

「시골 전체가 살아야 합니다! 그렇지 않으면 무슨 일이 벌어질까요?」

「음식을 얻을 수 없습니다!」 사람들이 입을 모아 대답했다.

「작은 농장을 지원해야 합니다! 그렇지 않으면 무슨 일이 벌어질까요?」

「맥주를 얻을 수가 없습니다!」 갈퀴가 소리쳤다.

갈퀴의 외침에 안나그레타를 포함한 모두가 할 말을 잃었다. 안나그레타는 너무 놀라는 바람에 다음 구호를 잊어버리고 말았다.

「이번에 우리 모두 시골을 위해 자기 몫을 충분히 해냈으니, 오늘은 이만 돌아갈 시간이에요.」 메르타가 말했다.

「당신은 가. 천재와 나는 스톡홀름에 좀 더 있으려고.」 갈퀴가 별안간 단호하게 말하더니 천재에게 윙크를 했다.

「그게 대체 무슨……?」

「당신이 말했잖아. 다섯 명이 다 같이 있는 모습이 눈에 띄는 게 좋은 생각이 아니라고. 그래서 오늘 저녁에 천재랑 내가 술집을 한 바퀴 돌기로 했어. 우린 내일 합류할게.」

메르타는 실망감을 감추려고 고개를 아래로 숙였다. 그녀가 기껏 시골을 위한 투쟁에 사람들을 끌어들였는데도, 갈퀴와 천재는 여전히 자기들끼리 뭔가를 하고 싶어 하는 게 분명했다. 글쎄, 남자들이 보통 하는 방식대로 자기들끼리 즐기고 싶다면 그거야 본인들이 결정할 일이었다. 비록 메르타는 친구들이 그냥 곧장 따라와 줬으면 싶었지만, 그들의 기분이 좋아지기를 무척이나 바랐기 때문에 서운한 마음을 꾹 누르고 최선을 다해 쾌활하게 대꾸했다.

「물론이지. 그게 당신들이 원하는 거라면야. 잘 놀다 오고, 내일 봐!」

이야기는 그렇게 마무리되었다. 헴마비드에서 온 사람들은 버스로 철수했고, 메르타와 친구들은 가짜 번호판을 단

미니버스로 돌아갔다.

「오늘 일에 대해 하고픈 말이 있으면 해보자. 사실 우리가 깨달은 것도 많아.」메르타가 E18 고속도로를 타고 북쪽으로 차를 몰며 말했다. 그녀는 긴장이 탁 풀려서 피곤했다.

「전적으로 찬성이야!」안나그레타가 말했다. 「그리고 제발 정치인들도 이 문제를 좀 헤아렸으면 좋겠어.」

「하지만 그거 생각해 봤어? 시위만으로는 충분하지 않을 거야. 우린 그 이상을 해야 해.」메르타가 말했다. 「지금까지 우리는 학교와 협업했고, 새 일자리를 창출하려고 노력했고, 여러 행사를 기획해서 실행했어. 하지만 결국엔 이게 다 정치 문제야. 실제 권력을 가진 사람들이 시골을 위해 한 일이 뭐가 있지?」

「나한테 물은 거라면, 별로 없네.」스티나가 말했다.

「맞아. 별달리 한 일이 없어. 그러니까 우리가 해야 할 게 뭐냐면, 어, 좌석 꽉 잡아! 정치인들 말이야…… 있잖아, 내가 좀 과격한 방안을 생각해 봤거든. 유괴 어때?」

「메르타!」그녀의 친구들이 다 들릴 정도로 숨을 헉하고 쉬었다.

「그냥 농담해 본 거야.」메르타는 웃음을 터뜨리고는 미니버스 앞에서 매연을 내뿜고 있는 구형 폴크스바겐을 추월했다. 하지만 뒷좌석에 앉은 스티나와 안나그레타는 불현듯 불안한 기분이 들었다. 메르타가 별 뜻 없이 하는 말은 하나도 없다는 걸 알고 있었으니까…….

40

천재와 갈퀴는 시골이건 기후 문제건 안중에도 없었다. 대신 그들은 오후 내내 군중들, 특히 예쁜 여성들을 쳐다보며 스톡홀름을 어슬렁거렸다. 그런 다음 당연하게도 클라스 올손[26]을 방문해 새로 입고된 공구가 있나 확인해 본 뒤 다시 거리를 배회하다가 레스토랑 바깥 자리에 앉아 맥주를 몇 잔 마셨다.

「늘 이렇게 살아야 하는데 말이야.」 희색이 만면한 갈퀴는 천재가 들고 있는 커다란 맥주 조끼를 자기 잔과 부딪혔다. 맥주가 살짝 흘러넘쳤다. 갈퀴와 천재는 쿵스트레드고르덴[27]에 카를스베르 맥주를 들고 앉아 오페라켈라렌[28] 레스토랑이 문을 열기를 기다렸다. 두 사람은 왕궁과 국회 의사당 건물을 바라보며 맛있는 걸 먹자는 계획을 세워 두었고, 특히

---

26 스웨덴의 생활용품 전문 매장. DIY 가구, 가전, 공구 등이 많다.
27 스톡홀름에 위치한 시민 공원. 〈왕의 정원〉이라는 뜻이다.
28 스톡홀름에 위치한 레스토랑. 미트볼 요리로 유명하다.

나 시위가 그날 일찍 끝나고 난 뒤에는 이 상황을 축하하고 픈 마음이 들었다. 그들은 레스토랑이 문을 열기 전까지 독한 맥주를 마시며 시간을 보냈다.

잠시 뒤, 몸에 문신을 한 퉁명스러운 도어맨이 두 사람을 입구에서 제지했다. 예약이 꽉 찼다는 것이었다.

「그럼 저건 도대체 뭔데!」 갈퀴가 거의 텅 비어 있는 식당 안을 들여다보고는 소리쳤다.

천재가 갈퀴의 어깨에 손을 올리며 이 식당에서는 은퇴 노인을 손님으로 원치 않는 모양이라고 웅얼거렸다.

「빌어먹을 나이 파시스트들.」 갈퀴가 그렇게 말하고는 무례한 손짓을 했다. 천재가 얼른 갈퀴를 데리고 나왔다. 갈퀴가 도어맨을 칠 것처럼 보였던 것이다.

「들어 봐, 천재. 여기 말고 스투레 카페에 가자. 거기가 아주 활기 넘치는 가게래. 거기로 가는 거야!」 두 사람이 다시 거리에 나와 서 있을 때 갈퀴가 제안했다. 그들은 새로 기운을 차리고 스투레플란 광장으로 향했다. 하지만 그곳에는 최신 유행을 따르는 젊은이들로 그득했고, 두 사람은 엄청난 소외감을 느꼈다. 불과 몇 분 만에 폭삭 늙어 버린 기분이었다.

「쳇, 우리가 젊은이들 사이에서 대체 뭘 하고 있는 거지? 그랜드 호텔로 가자.」 갈퀴가 결정을 내렸다. 「배가 고파. 거기 가면 최소한 배는 채우겠지.」

「정신 나갔군! 우린 거기 갈 수 없어! 누가 알아보면 어쩌려고 그래?」

「우리가 변장 중이라는 거 잊었어?」 갈퀴가 씩 웃으며 자기가 착용한 금발 가발과 세로줄 무늬 양복을 가리켰다. 「게다가 내 장담하는데 바에는 미인들이 많을 거야.」

「하지만 스티나는 어쩌고? 메르타도 좋아하지 않을 거야. 그러니까, 우리가 그랜드 호텔에 가면 말이지.」 천재가 갈퀴의 생각에 약간 겁을 먹은 채 항변했다.

「자네 겁쟁이야? 훗, 안심하라고. 우린 오늘 저녁에 정말 즐거운 시간을 보낸 다음 최상의 상태로 헴마비드로 돌아갈 거야.」 갈퀴가 친구의 어깨에 다정하게 팔을 둘렀다. 「가끔은 우리끼리만 나가서 재미 좀 봐야지.」

「하지만, 음…… 우리는 〈현재〉 수배 중인데…….」

「천재. 나 참, 이 친구야. 기회를 놓치지 말자고. 우리 보고 뭐라고 할 사람들이 지금 하나도 없다니까. 이런 기회가 얼마나 자주 있을 것 같아?」

천재가 아무리 말려도 갈퀴는 자기 뜻을 조금도 꺾지 않았고, 천재는 친구를 혼자 내버려 두고 싶지는 않았기 때문에 결국 갈퀴의 말에 따르기로 했다. 자기와 친구들이 국립 박물관에서 미술 작품을 훔쳤을 때 머물렀던 그랜드 호텔로 간다는 생각을 하자 천재는 기분이 꺼림칙했다. 당시 그들은 호텔의 안전 금고를 털었고 프린세스 릴리안 스위트룸에서 난동을 부리기도 했기 때문이다. 물론 지금은 변장 중이긴 하지만 때로 어떤 이들은 자세나 걸음걸이를 보고 사람을 알아보기도 한다. 천재는 그런 상황에 대비하여 만전을 기하기 위해 다리를 절뚝이는 척하기로 했다.

두 사람은 호텔까지 걸어가 가능한 한 태연하게 정문 계단을 올라갔고, 천재는 아주 그럴싸하게 다리를 절뚝이며 카디에르 바로 들어섰다. 그들은 바에 놓여 있는 높다란 녹색 스툴에 기대감을 품고 앉아 맥주 한 잔씩을 주문했다. 사람들이 바에 서서 손에 술잔을 든 채 신나게 대화에 열중하고 있었다. 테이블은 전부 다 차 있었다.

　「이거 좀 봐. 여기 완전히 파티장이네!」 갈퀴는 그렇게 외치고 나서 불과 몇 분 뒤 바 옆에 있던 예쁜 여성에게 말을 걸기 시작했다. 그는 미소를 짓고 아첨을 떨면서 그 여성에게 대서양에서 겪은 수많은 폭풍우에 대해 이야기했지만 그날 저녁 그 여성은 유난히도 호응을 해주지 않았다. 갈퀴는 여성들이 자신의 매력에 빠지는 데 익숙했던 사람인지라, 거기서 포기하지 않고 계속해서 뻔뻔스럽게 다른 여성들을 꼬드기려 애썼다. 물론 그는 스티나를 무척 좋아했고, 그녀보다 더 멋진 여성을 결코 찾을 수 없으리라는 점도 알았지만, 사방에 이토록 미인들이 많은 게 정말 신나는 일인 것도 사실이었다. 갈퀴는 아주 열정적으로 구애에 나섰고, 그러면서 스카프를 하도 많이 고쳐 매다 보니 목에 자국이 남기 시작할 정도였다. 그는 지치지도 않고 만면에 미소를 띤 채 맥주잔을 들고 바를 왔다 갔다 하며 대화를 걸었고 칭찬을 하며 본인이 무척 멋진 모습이라고 상상했다. 안타깝게도 그곳에 있던 여성들은 이런저런 일 때문에 무척 바쁘거나 아니면 막 자리를 뜨려는 듯했다. 게다가 갈퀴는 바 이곳저곳에 CCTV 카메라가 숨겨져 있어서 사람들의 외양과 일거

329

수일투족을 모두 찍고 있다는 점을 깜박했다. 맥주를 마시고 여성들을 칭찬하는 동안 그는 그 점에 대해서는 전혀 생각하지 않았다.

「자, 이제 가서 잠을 자자고. 그래야 내일 아침에 집으로 갈 수 있을 테니까.」 한 시간 뒤 갈퀴가 하품을 하며 말했다. 스카프는 구겨져 있었고 셔츠 단추도 몇 개 풀려 있었다. 천재는 고개를 끄덕이며 이제 자러 갈 수 있겠구나 하고 안심하며 스툴에서 내려왔다. 갈퀴가 도움의 손길이 필요했기 때문에 천재는 친구의 팔을 자기 어깨에 두르고 씩씩하게 앞으로 나아갔다. 절름거리지 않고 말이다. 천재는 갈퀴를 데리고 뚜벅뚜벅 거리로 걸어 나가 택시를 잡았다. 하지만 그가 입을 열어 목적지를 말하려는데, 갈퀴가 택시 기사에게 쿵스가탄에 있는 카지노로 가달라고 했다. 이제 룰렛을 돌릴 차례인 게 확실했다!

카지노에 입장하자 두 사람은 각각 맥주를 시켰고, 갈퀴는 갖고 있던 돈을 도박으로 다 날렸다. 마침 천재가 있어서 그에게 5백 크로나 지폐 몇 장을 슬쩍 찔러주지 않았다면 그는 그날 저녁 꽤나 손실을 봤을 것이다. 가욋돈 덕에 갈퀴는 잃었던 돈을 다시 딸 수 있었고, 밤이 깊어지면서 그는 처음 시작했을 때와 비슷한 돈을 수중에 넣고 도박을 마무리했다. 천재가 갈퀴를 어찌어찌 멈추게 해서, 둘은 스투레플란 광장 부근으로 돌아가 쿵 칼 호텔에 체크인을 했다. 그들은 그날 밤의 경험에 만족스러워하며 기쁜 마음으로 잠자리에 들었고, 다음 날 아침에 느지막이 일어났다.

정말 즐거운 시간을 보냈지만 선은 넘지 않았으니 이제 다시 강도단의 친구들을 만나도 좋을 것이다. 갈퀴는 벌써부터 스티나에게 돌아가고 싶어 안달이 났고, 천재도 메르타를 다시 보고 싶었다.

그들은 아침 식사를 마치자마자 NK 백화점에 들러 매장을 둘러보며 친구들에게 줄 선물을 산 다음 집으로 가는 버스를 잡아탔다.

갈퀴와 천재가 스톡홀름에서 즐겁게 지내는 동안 메르타, 스티나, 안나그레타는 차를 몰고 헴마비드로 돌아와 도움에 대한 감사의 표시로 롤란드에게 맥주 한 상자를 선물했다.

「이제 우리는 저항 운동을 시작한 거예요!」 메르타가 만족스러워하며 말했다. 「이제부터 시골 사람들은 정치인들의 헛소리를 더 이상 참아 주지 않을 거예요.」

「네, 제 생각에도 그럴 것 같아요. 시위 소리가 뮌토르예트 광장 전체에 울려 퍼졌잖아요.」 롤란드가 미소를 지으며 말했다. 「하지만 제가 제일 좋아했던 건 엉겅퀴였어요. 진짜로 잔디를 설치했던 거요. 혹시 예술 학교에서 공부할 생각해 보신 적 없나요, 메르타?」

메르타가 키득거렸다. 「아유, 당신 젖소와 양도 엄청 성공적이었어요!」

「기후 시위에 대해 글을 쓰려던 기자가 우리 시위 사진을 몇 장 찍어 갔어.」 안나그레타가 말했다. 「플래카드와 배너가 TV에 엄청 잘 보이게 잡혔거든. 그러니 아마 다음번 시위 때는 더 많이 참여할 거야.」

그들은 조금 더 잡담을 나누고 난 뒤 롤란드와 작별 인사
를 했다. 메르타가 그에게 따스한 미소를 지어 보였고, 두 사
람은 길게 느껴지는 몇 초 동안 서로의 얼굴을 마주했다.

「계속 나아가세요, 메르타. 우린 당신 같은 분이 필요해요.」
롤란드가 그렇게 말하고는 메르타를 가볍게 포옹했다.「당신
이 무슨 일을 시작한 건지 생각해 보면 확실히 그렇죠!」

그 사람은 항상 나를 기분 좋게 해. 그들이 집으로 걸어가
는 동안 메르타는 몇 번이고 그 생각을 했다. 물론 메르타는
천재를 좋아했다. 심지어 그가 축 처진 1950년대풍 바지에
낡은 나일론 셔츠, 초라한 슬리퍼로 세상 여성들에게 동정
의 눈물을 자아내는데도 그랬다. 그렇게 입고 다녀도 그는
정말 멋진 사람이었고, 그 사람 같은 사람은 없었으며, 그래
서 그녀는 그를 사랑했다. 하지만 메르타는 오로지 둘뿐이
었던 그 안온하던 순간이 무척이나 그리웠다. 요즘은 더 이
상 같이 뭔가를 하는 일이 별로 없는 듯해서였다. 스톡홀름
시위 정도를 제외하면 천재는 주로 갈퀴, 그리고 10대 학생
들과 어울렸고, 작업장에서 내내 시간을 보냈다. 저녁 늦게
야 침실에 어슬렁거리며 들어오는 일이 잦았다.

「어, 잘 자.」그는 파자마(하도 오래 입다 보니 이제는 반
들반들해진 옷이었다)를 입고 나서 그렇게 말하며 그녀의
볼에 건성으로 입을 맞추곤 했다. 그런 다음 침대에 누워 턱
까지 이불을 끌어 올리고는 잠시 후 마치 배 속에 드럼 세트
라도 집어넣은 것처럼 코를 골아 댔다. 메르타는 한숨을 쉬

었다. 그 사람은 조금만 더 매력적일 수 없는 걸까? 최소한 제임스 본드처럼 보이려고 노력이라도 좀 할 수는 없나? 그렇긴 해도 그녀 역시 자기가 당연히 미스 유니버스는 아니라는 사실을 인정할 수밖에 없었다……

메르타와 친구들은 정말 죽도록 피곤했다. 수도에서 긴 하루를 보냈으니 말이다. 셋 다 일찍 잠자리에 들었고, 다음 날 아침 늦게까지 아무 방해도 받지 않고 푹 잤다.

메르타가 가장 먼저 일어났고, 그녀와 스티나는 주방으로 내려가 아침을 준비했다. 그들은 식탁에 버터 접시, 치즈, 햄, 마멀레이드를 올려놓고 연어 조각이 들어 있는 예쁜 세라믹 접시, 채소샐러드, 토스트를 가득 채운 빵 바구니도 준비했다. 그때 계단에서 발소리가 들리더니 안나그레타가 문간에 나타났다.

「오, 맛있겠다. 토스트에 꿀과 마멀레이드도 바른 거야?」

「그럼, 당연하지. 와서 많이 먹어.」 메르타가 미소를 지으며 빵 바구니를 들어 올렸다. 안나그레타가 식탁에 앉았다.

「어제 일에 대해 어떻게 생각해?」 메르타가 빵에 버터와 꿀을 듬뿍 바르며 물었다.

「내가 태블릿으로 봤거든. TV에 단신으로 나온 걸 제외하면 『엑스프레센』에 3단짜리 기사가 실렸더라.」 스티나가 말했다.

「나쁘지 않네. SNS에도 그 시위 이야기가 좀 나왔어! 뮌토르예트 광장에 있던 사람들이 사진을 올렸더라.」 안나그레타가 덧붙였다. 그녀 역시 태블릿 컴퓨터를 보지 않고는 견딜 수 없었던 것이다.

「좋은 내용이면 좋겠는데. 난처한 게시물 올라온 거 없지?」

「음, 이건 직접 봐야 할 것 같네.」 안나그레타가 태블릿을 들어 메르타의 사진을 보여 주었다. 그녀가 난간에 기대어 손을 쭉 뻗고 있는 사진이었다. 「엉겅퀴를 무척 사랑한 나머지 거기 설치된 잔디밭을 집에 가져가고 싶어 하는 사람처럼 나왔어. 아니면 연인을 잡으려는 모습인가?」 안나그레타가 말처럼 웃으며 좋아했고, 메르타는 현장에서 체포되기라도 했던 것처럼 얼굴이 빨개졌다.

「아무튼 천만다행으로 우리 다섯 명이 한꺼번에 나온 사진은 없어. 잘된 거지.」 스티나가 말했다. 그녀는 자기들이 여전히 수배 대상이라는 사실을 한시도 잊지 않고 있었다.

「우리 이런 식으로 각각 조를 나눠서 일을 해야 해. 만약의 경우를 대비해서라도 말이야. 다행히 늙은이들을 분간하기는 쉽지 않지. 경찰 눈에는 다 비슷해 보일걸.」

「할머니들처럼 보이는 거, 좋아. 하지만 꼭 그렇게 보일 필요는 없어.」 스티나가 유난히 권위를 담은 어조로 말하더니 머리를 매만지고는 립스틱을 꺼냈다. 「더 멋있게 자기를 꾸밀 수도 있는 거잖아!」

「그거야 그렇지. 내 생각도 그래.」 안나그레타가 손가락으로 얼른 머리를 쓸어 넘겼다. 「하지만 더 중요하게 생각할 일이 있잖아. 우리는 돈도 필요하고, 샤프 아이에 대한 보상금도 아직 제대로 받지 못했어. 뭐라도 해야지…….」

천재와 갈퀴는 오후 늦게 돌아왔고, 그들은 오랫동안 집을 비운 데 대해 사과했다.

「세상에나, 대체 뭘 하다 온 거야?」 두 남성 동지가 여전히 숙취가 남아 있고 머리는 헝클어진 채 문으로 들어오자 메르타가 말했다. 갈퀴는 스카프를 잃어버렸다. 천재의 셔츠는 맥주 얼룩으로 뒤덮였고 바지는 두 사람 다 쭈글쭈글했다. 갈퀴는 새로 칠한 문과 부딪히는 바람에 엉덩이에 파란 페인트까지 묻어 있었다.

「대도시에서 멋진 하루를 보냈지. 그 정도만 말할게.」 갈퀴가 사랑하는 스티나에게 향수병과 장미 꽃다발을 건네며 말했다.

「잠시나마 거기서 놀다 오니 참 좋았어.」 천재가 메르타에게 실용적인 산책용 운동화를 선물하며 말했다.

　메르타는 두 사람과 그들이 가져온 선물을 보았다. 미소가 절로 지어졌다.

「고마워.」 그녀가 말했다. 「잘 놀다 왔다니 좋네. 이제 가서 좀 쉬어. 그런 다음 샤워를 하고 입고 있는 옷은 세탁기에 집어넣은 다음에 다시 회의를 하자. 진행 중인 계획이 많아.」

「설마 오늘 하자고?」 갈퀴가 근심 어린 목소리로 물었다.

「아냐, 회복이 우선이지. 하지만 쉬고 나서는 다음에 할 일에 대해 의논해야 해. 그 일에 당신들이 필요하거든.」

　우선 쉬라는 말은 그들 입장에서는 반가운 잔소리였다. 실제로 몹시 피곤했기 때문이다. 그들은 감사하는 마음으로 위층으로 올라가 잠에 빠졌고, 이내 시끄럽게 코를 고는 소리가 방에서 들렸다. 메르타는 발끝으로 조심조심 계단을 올라가 침실 문을 닫았다. 그런 다음 삐걱거리는 나무 계단을 내려와 주방으로 가서는 엘더플라워샴페인 두 잔과 채소 주스 한 잔을 챙긴 뒤 거실로 갔다. 그녀는 커피 테이블에 잔을 놓은 뒤 스티나와 안나그레타를 불렀고, 천재에게 주려고 뜨개질하던 작업용 옷을 가져왔다. 옷은 반쯤 완성되어 있었다. 스티나와 안나그레타를 기다리는 동안 메르타는 꼭대기 선반에 올려놓은 다비드와 비너스를 보며 혼자 미소 지었다. 무척이나 재미있는 석고 조각상이었다. 누구도 저 안에 뭐가 들어 있는지 짐작할 수 없으리라. 아직도 귀걸이를 팔 엄두를 못 내고 있다는 점은 유감이었다. 지금 돈이 상당히 필요한 상황인데 말이다…….

「스톡홀름에서 벌인 시위로 우리가 얻은 게 뭐라고 생각해?」 메르타가 사람들이 좀 편안해지기를 기다렸다가 물었다.

「잔디와 동물들은 진짜 히트였어.」 안나그레타가 뿌듯해하며 말했다.

「우리가 시골을 살리기 위해 시위를 했다는 사실을 못 알아차린 사람은 없을 거야. 하지만 시위를 했으니 결과도 나와야지.」 스티나가 말했다.

「그래서 우리가 투쟁을 계속해야 한다는 거야. 그러려면 현금이 필요하고. 지금으로서는 보르예에게 보상금을 얻어 내는 것 말고 다른 방법이 없는 것 같아.」 메르타가 말했다.

「음, 그 이야기 꽤 위험하게 들리네!」

「그 그림에서 서명을 찾을 수 있으면 좋겠는데.」안나그레타가 한숨을 쉬었다. 「내가 감이 와. 그 그림, 진짜 예술가의 작품이야. 만약 그림에 엄청난 값어치가 있다면, 우리가 훔쳐서 팔 수 있잖아.」

「뭐, 소소한 도둑질 정도라면 내 혈압에도 도움이 되겠네.」메르타가 뜨개질하던 옷을 반대로 뒤집고는 천재에게 주려고 만들던 작업복을 바라보았다. 상당히 복잡한 패턴을 선택하는 바람에 완성하려면 한세월이 걸릴 듯했다. 다음번에는 색깔을 하나만 쓰던가, 아니면 손모아장갑을 만들어야 할 듯했다.

「내가 서명을 몇 번이고 찾아봤거든, 그런데 안 보이더라. 진짜 고급 영상 처리 프로그램으로 명암 대조를 더 크게 해볼 수 있다면 또 모르겠지만.」스티나가 생각에 잠겨 말했다. 메르타가 잔을 치웠다.

「다시 해보자. 노트북 가져와 볼래?」

스티나가 고개를 끄덕이고는 노트북을 들고 왔다. 그녀는 여러 종류의 영상 처리 프로그램을 보유하고 있었지만 그 프로그램을 전부 시험해 보는 데는 별 관심이 없었다. 스티나가 클릭하여 컴퓨터를 켰고, 메르타와 안나그레타는 그녀가 여러 종류의 색과 명암을 사용하는 모습을 바라보았다.

「지금도 뭐 눈에 띄는 게 없어.」잠시 뒤 스티나가 말했다.

「하지만 화가들이 전부 다 그림 맨 아래쪽이나 오른쪽 구석에 서명을 남기란 법은 없잖아.」안나그레타가 말했다. 「왼쪽 구석이나 다른 곳도 찾아보자. 정말 좋은 그림이야. 프랑스 인상주의 화가의 그림은 아닐지 몰라도 무척 고급스러워.」

「만약 이게 19세기 말에 파리로 여행했던 북유럽 화가의 그림이라면 어떨까?」 스티나가 물었다. 「칼 라르손[29]도 1883년에 파리 살롱전[30]에 유화를 출품한 적이 있잖아. 나 그거 알고 있거든.」

「그래, 그럼 포기하지 말자!」 메르타가 뜨개질거리를 옆으로 치우고는 컴퓨터 화면을 뚫어져라 바라보았다. 「만약 이게 진품이라면 상당한 돈이 될 거야.」

스티나가 명암 대비를 높였다. 그들 모두 공기 중에 짜릿한 기운이 감도는 걸 느꼈다.

「내 눈에는 왼쪽 구석에 선이 몇 개 보이는 것 같은데.」 스티나가 중얼거렸다. 「글자 아니면 서명 첫 부분일 수도 있겠어. 하지만 더 이상은 확대해서 볼 수가 없네.」

「어떻게 생각해, 친구들? 소소한 절도를 다시 벌여 볼 때가 온 걸까?」 스티나가 약간 초조한 듯 웃었다.

「그러니까 네 말은 훔칠 가치가 있는지 없는지 알지도 못하는 물건을 훔치자는 거야?」 메르타가 요약하듯 말했다.

「그래. 안 될 게 뭐야? 그러니까 일이 훨씬 더 재밌어지는 거지. 우리가 잃을 게 뭐가 있어?」

---

29 Carl Larsson(1853~1919). 스웨덴의 화가이자 디자이너.
30 프랑스 왕립 미술 아카데미 주최의 전시회. 1667년부터 1890년까지 개최되었다.

41

스톡홀름의 모험에 이어진 여독을 풀고 나자, 천재와 갈퀴는 모든 게 평소처럼 돌아가리라고 생각했다. 천재는 학생들을 다시 만나고 싶어 좀이 쑤셨고, 선반 사용법에 대한 수업을 준비했다. 한편 갈퀴는 온실에 새로운 허브를 몇 종 심어 볼 생각이었다. 하지만 그들이 주방으로 내려와 보니 여자들은 이미 자리에 앉아 우려스러운 활기를 뿜어내고 있었다.

「소소한 강도 계획을 하나 짜야 해.」 남자들이 그날의 첫 번째 커피를 마시고 나서 각자 갓 구운 시나몬빵을 받았을 때 여자들이 입을 모아 말했다.

「그림인데, 수백만 크로나짜리일 거야.」 메르타가 말을 잇자 스티나와 안나그레타가 그림에 대한 자신들의 의견을 설명했다.

「물론 원하지 않으면 반드시 참여할 필요는 없어.」 메르타가 결론을 대신하여 말했다. 「하지만 계획을 짜는 데 도움을 준다면 고맙겠어.」

「계획을 짠다고?」 갈퀴가 빵을 크게 한 입 베어 물고 나서 접시에 내려놓았다. 「내가 이해한 바로는 이번 건은 벌써 대부분 다 끝난 것 같은데.」

나머지 사람들이 이해를 못 하겠다는 듯 갈퀴를 보았다. 갈퀴가 스티나를 향해 손을 뻗었다.

「내가 생일 선물로 받은 그림이 있잖아, 스티나. 마르틴 보르예의 사육장에 걸려 있던 멋진 그림을 모작한 거라면서. 우리가 할 일이라고는 자기가 그린 그림을 약간 더럽힌 다음에 원래 그림과 바꾸는 것뿐이라고.」

잠시 침묵이 흐르다가 모두 환호성을 올렸다. 스티나는 저도 모르는 새, 혹은 무의식중에 벌써 강도 준비를 했던 셈이었다. 검댕으로 그림을 약간 더럽힌 다음에 누리끼리한 광택을 따라 하기만 하면 그림을 사용할 수 있을 터였다. 물론 그런 다음 액자에 넣어야겠지만. 당연히 액자 또한 녹청이 생긴 낡은 액자여야 한다. 그리하여 메르타가 설거지를 하는 동안 나머지 사람들은 작업장으로 얼른 달려갔다.

갈퀴는 철 수세미와 아주 고운 사포를 사용해 스티나가 캔버스를 〈늙게〉 만드는 걸 도왔고, 그러는 한편으로 스티나 본인은 어두운 빛깔의 바니시와 벽난로에서 가져온 재를 사용하여 작업했다. 이내 스티나의 그림은 진짜로 옛날 작품처럼 보이게 되었다. 작업이 정말 잘 돼서, 천재가 그림 앞에 서서 콧노래를 흥얼거릴 정도였다.

「저기 말이지, 지금 이건 노화가 슬그머니 다가와 놀라게 하는 경우가 아니네. 아주 순식간에 일어난 일이야!」

하지만 노인 강도단은 아직 준비가 덜 된 상황이었다. 일단 가짜 그림을 운반해야 할 텐데, 어떻게 해야 눈에 띄지 않고 남의 건물에 있는 화장실로 그림을 몰래 들고 갈 수 있을까? 그런 다음에 또 아무도 눈치채지 못하게 진짜 그림을 들고 나와야 하지 않는가?

「그러니까 스티나가 그린 그림을 화장실에 들고 간 다음에 보르예의 그림과 바꿔야 한단 말이야.」 안나그레타가 말했다. 「갈퀴, 당신 돛 꿰맬 줄 알지. 외투 안쪽에 갈고리를 몇 개 꿰매는 건 어떨까?」

「그거야 문제없지. 하지만 그렇게 해도 그림이 눈에 띌걸.」

「외투를 두 벌 쓴다면 그렇지 않을 거야. 나한테 이번 일에 사용할 수 있는 낡은 외투가 몇 벌 있어.」 안나그레타가 무슨 생각을 하는지 알아차린 천재가 말했다.

「그거 좋은 아이디어네. 이 문제를 해결할 수 있겠어.」 스티나가 말했다.

친구들은 그날 하루의 대부분을 이번 건을 준비하는 데 바쳤다. 천재는 액자에 페인트칠을 했고, 칠이 끝나자 스티나의 그림을 다시 액자에 넣었다. 그때쯤 다른 사람들은 이미 외투 두 벌을 골랐고, 갈퀴는 메르타가 안에 껴입을 낡은 베이지색 외투 안쪽에 고리를 꿰매었다. 마지막으로 천재가 조심스럽게 고리에 그림을 걸고 나서 메르타가 외투를 걸쳤다. 그런 다음 그 위에 다른 외투를 겹쳐 입었다.

「으윽, 엄청 쓸리네. 하지만 예술을 위해서라면 뭐든 할 거야.」메르타가 그렇게 말하고는 승리의 손짓을 해 보였다.

다음 날은 유달리 느리게 시간이 흘렀고, 메르타는 뜨개질 패턴을 따라가려 애썼지만 바늘땀을 꽤 많이 빼먹었다. 하지만 마침내 날이 어두워지며 출발할 시간이 되었다. 갈퀴와 천재는 따라갈지 말지 의논한 끝에 노부인 셋이 종마 사육장을 방문하는 편이 의심을 훨씬 덜 살 것이라는 결론을 내렸다. 그래서 그들은 현관 계단에 서서 미니버스가 출발할 때 손을 흔들며 배웅했다.

메르타와 일행이 시야에서 거의 사라졌을 때 누군가 정문을 세게 두드리는 소리가 났다. 갈퀴와 천재가 서로를 보며 머뭇거렸다. 경찰일 리는 없을 텐데, 아닌가? 하지만 곧이어 이르마의 목소리가 들렸다. 그녀는 포치에 서서 학교에 물이 샌다고 말하며 천재가 학생 한 명을 데리고 같이 와서 도와줄 수 없겠냐고 물었다.

천재와 갈퀴는 부츠를 신고 우비를 입은 뒤 이르마를 따라갔다. 학교로 가는 길에 그들은 칼레의 집 문을 두드렸다. 칼레는 그곳에서 전동 스쿠터, 그리고 동갑내기 친구 식스텐과 같이 살고 있었다. 칼레와 식스텐은 천재의 학생 중에서 특히나 창의적인 아이들이었다. 다시 말해, 천재가 그들이 사는 집으로 가는 동안 헐떡이며 말했듯 〈아주 똑똑한 애들〉이었다. 「분명 우리를 도와줄 수 있을걸!」

칼레가 재킷과 부츠를 챙겨 입고 곧바로 나갈 준비를 하는 동안 식스텐은 좀 굼뜨게 움직였는데, 우선은 자기 컴퓨터부터 꺼야 했다. 천재와 갈퀴가 오기 전까지 더 큰 물건을 배송할 수 있는 튼튼하고 강한 드론을 만들 방법을 궁리하느라 바빴던 것이다. 식스텐은 카디건에 방수 덧바지를 입고 부츠를 신은 뒤 사람들과 합류했다.

학교에 도착하자 이르마는 사람들과 함께 건물을 돌면서 어디서 물이 새는지 찾아보았다. 그렇게 간단한 일이 아니었는데, 교실도 많았고 배수관이 패널과 잡동사니 뒤에 숨겨져 있기도 해서였다. 그들은 화학 실험실에서 물이 새는 틈새를 찾아냈다. 수도관 두 개를 연결하는 이음매에 고정된 볼트가 파손되어 물이 뿜어져 나오고 있었다. 물이 벽과 바닥을 따라 지하실까지 뚝뚝 떨어지고 있었다.

「당장 틈새를 메꾸는 게 최선이겠어. 할 수 있겠니, 칼레?」 천재가 물었다. 칼레에게 꽤나 괜찮은 임무가 될 거라는 생각이 들었다.

칼레는 레게 스타일로 땋은 금발을 이마 위로 쓸어 올리며 녹슨 볼트를 뜯어보다가 고개를 끄덕였다.

「수도를 잠가 주시면 제가 틈새를 막을게요.」 칼레가 말했다. 「사실 관과 이음매 모두 교체할 필요가 있지만 일단 임시변통으로 수리할 수는 있겠어요.」

「삼실과 실란트가 필요하겠니?」 천재가 물었다.

「아뇨. 새 볼트와 너트, 리페어 클램프만으로도 될 것 같아요. 그럼 아침에 배관공이 제대로 수리하겠죠.」

천재는 칼레가 아버지와 함께 가을에 헴마비드로 이사 왔을 때부터 전기와 태양 전지에 괴짜 같을 정도로 집중적인 관심을 보였다는 사실을 떠올렸다. 하지만 이 아이는 분명 그 이상을 할 수 있었다.

「좋아, 네가 이걸 해주면 우리는 가서 지하실을 살펴볼 수 있겠다.」

칼레를 제외한 나머지 사람들은 지하실로 내려갔다. 지하실 문 앞에 다다르니 문 아래로 물이 새어 나오는 게 보였다. 갈퀴가 문을 열자 이르마가 헉하는 소리를 냈다. 물이 발목 깊이까지 차 있었던 것이다.

「세상에! 이건 어쩌지 못하겠어요!」

「아니, 할 수 있어요. 나한테 양수기가 있거든. 내가 해결할게요.」 갈퀴가 나설 준비를 하며 말했다. 그는 자기가 탔던 배에서도 물이 샌 적 있었다는 이야기를 하고는 서둘러 집에 돌아갔다. 그런 다음 온실 벤치 아래 놓여 있던 양수기를 끄집어내어 손수레에 싣고 다시 학교로 출발했다.

그는 휘파람을 불면서 자기가 그 자리에 필요한 사람이라는 기분과 똑똑한 사람이 된 듯한 기분을 동시에 맛보았다. 메르타가 결코 해결할 수 없을 문제를 자기가 고칠 수 있어서 즐거웠던 것이다. 어떤 면에서 보면 그게 특히나 기쁜 점이었다.

갈퀴가 학교로 돌아왔을 때 다른 사람들은 양동이로 물을 퍼내느라 분주했고, 식스텐과 함께 드론 팀에서 활동하는 학생인 소피아가 배수관을 청소한 덕에 수위도 내려가기 시작했다. 하지만 그래도 양수기는 필요한 상황이었고, 갈퀴는 양수기를 작동시켜 남은 물을 얼른 다 빼냈다.

「훌륭해요. 이제 필요한 건 여기를 말릴 온풍기네요.」이르마가 말했다.

사람들이 지하실 창문을 열었다. 천재가 작업실에서 커다란 건설 현장용 선풍기를 가져와 틀고 난 뒤 모두 위층 휴게실로 이동했다.

「모두가 도와준 덕에 문제가 정말 잘 해결되었다고 생각해요.」이르마가 말했다.「선생님 작업실에 정말 감사드려요. 학생들이 정말 멋진 자신감을 얻었네요. 우리가 무슨 문제에건 대처할 수 있을 것 같은 느낌이 들어요.」

사람들에게 월귤주스와 과일을 대접할 때 이르마의 가슴은 터질 듯한 기쁨으로 가득했다. 기존 학생들, 그리고 신입생들과 함께라면 학교는 결코 폐교되지 않으리라는 느낌이 들었다. 마을 사람들의 단합된 힘은 실로 엄청났다.

천재와 갈퀴는 집으로 돌아온 뒤 맥주를 한 잔씩 마시며 흡족해했다. 친구들은 마을에 쓸 출자금을 마련하기 위해 그림을 훔치려 애쓰고 있겠지만, 헴마비드와 학교에 그들 나름으로 큰 공헌을 한 것이다. 더군다나 그렇게 바쁜 편이 오히려 나았다. 마음속 깊은 곳에서는 둘 다 친구들을 걱정하고 있었으니까. 마르틴 보르예는 거친 인간으로 악명이 높았다. 만약 메르타와 친구들이 일을 망치기라도 하면 그자는 그들의 인생을 진짜로 힘들게 만들 수도 있었다!

42

　미니버스 안에는 내내 침묵이 감돌았다. 하지만 강도단이 탄 차가 마르틴 보르예의 종마 사육장에 가까워지자 메르타는 갑자기 마음이 불편해지기 시작했다. 스티나가 갈퀴의 그림을 무척이나 열심히 그렸던 사실이 생각나서였다.

　「우리가 네 그림을 더럽힌 게 서운하지 않았으면 좋겠는데, 괜찮니? 이번 일이 끝나면 새 물감과 캔버스를 사줄 수 있을 거야.」

　「아냐, 전혀 유감 아니야. 어쨌거나 모작인걸. 게다가 드디어 말 도둑질로 얻었어야 할 돈을 되찾을 기회가 온 거잖아!」

　메르타와 안나그레타가 시선을 교환했다. 스티나는 요즘 무척이나 대하기 편했다. 사람이 진짜로 강해진 것이다. 하지만 정작 본인들은 초조해서 두 사람 모두 사육장 정문에서 약간 떨어진 곳에 차를 댔을 때 다리가 후들거리지는 않을까 걱정이 들었다.

　「해낼 거야, 메르타. 늘 그랬듯이.」 안나그레타가 메르타의 용기를 북돋울 요량으로 그렇게 말해 주었다.

「행운을 빌게. 우리가 뒤에 있잖아. 잘해 낼 거야!」스티나가 그에 동조하며 메르타와 엄지를 맞댔다.

「고마워.」메르타가 평소답지 않게 나약한 목소리로 웅얼거렸다. 그녀는 조심조심 미니버스에서 내렸다. 등에 그림이 쓸리자 메르타는 그림이 무거운 듯했고, 이걸 얼마나 오래 짊어지고 다닐 수 있을지 궁금해졌다. 그녀는 주변을 둘러보았다. 바깥은 거의 컴컴했고, 약간 으스스한 기분도 들었다. 종마 사육장은 어두컴컴했지만 그래도 창문 한두 곳에는 불이 켜져 있었다. 그녀는 용기를 내어 친구들에게 미소를 짓고는 승리의 사인을 보냈다. 그런 다음 외투를 여미고 정문으로 가 벨을 눌렀다.

「마르틴 보르예 씨를 찾고 있는데요.」

경비원이 몸을 앞으로 숙이고는 당연한 질문을 했다. 「누가 찾고 있다고 말씀드리면 될까요?」

「그냥 그분을 흠모하는 사람이 뵙고 싶어 한다고 해주세요.」

「그게 답니까?」

「그분 젊었을 때 애인이라고 전해 주세요. 그럼 누군지 알 거예요.」

경비원이 저택으로 전화를 걸었다. 메르타의 귀에 누군가 전화를 받는 소리가 들렸다. 그녀는 정확히 무슨 대화를 하는지 따라잡지 못했지만, 어쨌거나 통화의 결론은 났다. 마르틴 보르예가 온다고 했다.

메르타는 기다리는 동안 정문 안쪽에 서서 경비원과 이야기를 나눴다. 자갈길을 걸어오는 사육장 소유주가 눈에 띄자 메르타는 한 발짝 앞으로 나섰다.

「아, 오셨군요. 반가워라!」

보르예가 걷는 속도를 늦추더니 누군지 알아보고는 우뚝 멈췄다.

「네, 다시 저랍니다. 샤프 아이를 찾아 준 사람요. 혹시 보상금에 대한 생각이 바뀌지 않았나 싶어서요. 보르예 씨가 스위시로 송금하는 법을 잘 모르는 게 아닌가 싶어서 그럼 대신에 직접 돈을 받으면 어떨까 생각했어요.」

마르틴 보르예가 신음 소리를 냈다. 옛 연인을 만나지 못해 실망했던 것이다.

「하지만 내가 5백 크로나 지폐 두 장을 줬잖습니까.」

「제가 그 돈에 흡족해하지 않았다는 사실은 기억 안 나시나요? 늙고 불쌍한 사람에게 조금 더 주실 여유는 된다고 생각했는데요. 어쨌거나 그 말은 3천2백만 크로나짜리고, 제가 아니었다면 말을 되찾지도 못했을 텐데요.」

「유감이지만 난 그렇게 부자는 아니라서.」

「남편은 죽었고 저는 간호조무사 일을 하고 있답니다. 저한테 나오는 연금만으로는 살아갈 수가 없어요.」

「좋소, 뭐 그렇다면.」 마르틴 보르예가 5백 크로나 지폐를 한 장 더 꺼냈다.

「정말 죽을 만큼 감사드려요.」 메르타가 그렇게 말하고는 무릎 한쪽을 굽히며 인사했다. 「하지만 만약 마음이 바뀌어서 조금 더 기부를 하고 싶어지신다면 제 계좌 번호를 잊지 말아 주세요.」

억만장자 마르틴 보르예가 몇 걸음 앞으로 다가왔다. 메르타에게 이제 그만 갈 때가 됐다는 의사를 전하기 위해서였다.

「죄송한데 제가 집이 멀거든요. 화장실 좀 쓸 수 있을까요?」 메르타가 애원하듯 말하며 두 다리를 꾹 눌렀다. 고전적인 〈화장실에 가야 하는데〉 포즈였다.

보르예가 그녀에게 짜증 난다는 눈길을 던졌다. 「정 가셔야겠다면야. 길 안내해 드려.」 보르예가 사육장 관리인에게 고갯짓을 하며 말했다. 「지난번에도 말했듯이 말을 데리고 온 건 내 감사드리죠. 하지만 이제 우리 볼일은 끝난 것 같습니다!」

「아녜요, 아직은 아니죠.」 메르타가 그렇게 말했지만 워낙 조용히 말했던지라 보르예는 듣지 못했다.

화려한 거울과 멋없는 그림이 걸린 화장실 안으로 들어가자 메르타는 자기가 다행스럽게도 정확한 장소에 들어왔다는 걸 알았다. 그녀는 화장실 안을 둘러보다가 돌연 멈칫했다. 유화는 어디 걸려 있지? 그림이 보이지 않았다! 구두쇠 보르예가 설마 자기가 귀한 작품을 갖고 있다는 사실을 깨닫고 챙겨 가기라도 한 걸까? 메르타는 다시 살펴보았다. 그림은 없었다. 바로 그 순간 누군가 화장실 문을 두드렸다.

「일 다 보셨어요?」 사육장 관리인의 목소리였다. 저쪽에서 가능한 한 빨리 메르타를 치워 버리고 싶어 한다는 점은 분명했다.

「잠깐만요.」 메르타는 문을 향해 외치고는 변기 물을 내린 뒤 세면대로 가 찬물을 틀었다. 초조해진 그녀가 거울에 비친 자기 모습을 흘끗 보고는 욕설을 퍼부었다. 시간 낭비였다. 좋은 건수를 잡았다고 생각했는데 그림은 있지도 않았다. 메르타가 머리를 매만지고 나서 자리를 뜨려는데 거울에 뭔가 비쳤다. 저 안쪽 구석에 그림 두 점이 벽에 기댄 채 놓여 있었던 것이다. 그녀는 수도꼭지에서 계속 물이 흐르도록 놓아둔 채 서둘러 그쪽으로 갔다. 앞에 있던 그림은 사냥개와 사냥꾼을 그린 것이었지만, 뒤에 놓인 것은 바로 그 프랑스풍 그림이었다. 그녀는 천장에 카메라가 없는지 살펴봤고, 카메라가 하나도 없다는 사실을 확인한 다음 주머니에서 면봉과 아마인 비누가 들어 있는 비눗갑을 꺼냈다. 메르타는 면봉으로 그림 왼쪽 구석을 조심스럽게 문질렀다. 면봉이 더러워졌다. 먼지와 오래되고 탁한 바니시……. 이것도 요즘 제작한 모조품일지 몰랐다. 아니면 진품이거나! 메르타는 얼른 외투를 벗어 스티나의 모작을 고리에서 빼내 바닥에 내려놓았다. 그런 다음 연습으로 갈고닦은 손동작으로 마르틴 보르예의 그림을 코트 안쪽에 걸었다. 그러고 나서 코트 두 벌을 도로 걸치고, 스티나의 그림을 사냥꾼 그림 뒤에 놓아두었다. 메르타는 가쁜 숨을 쉬며 허리를 폈다. 비눗갑을 주머니에 넣고는 수도꼭지를 잠그고 세면대에 차 있던 물을 내려보냈다.

「고마워요, 정말 친절하시네요.」 메르타가 화장실 밖으로 나오며 말했다. 「젊은 게 복이에요. 우리 노인네들은 소변을 너무 자주 본다니까.」

메르타는 작별 인사를 한 뒤 사육장 관리인과 종마 사육장을 뒤로하고 스티나와 안나그레타가 기다리고 있는 길가로 걸어갔다.

「아이고.」 그녀가 헐떡였다. 「자, 이제 여길 빠져나가자!」

그들이 집으로 돌아왔을 때 남자들은 거실에서 여자들을 기다리고 있었다. 거실 선반 꼭대기에 놓인 다비드와 비너스가 유난히 눈에 잘 띄었다. 여자들이 집을 비운 사이에 둘은 누수 사태만 해결한 게 아니었다. 천재가 석고 조각상에 스포트라이트를 하나 더 설치했던 것이다. 그는 선반 높이를 낮춰서 위에 보르예의 그림을 걸 수 있는 공간도 마련해 두었다. 메르타는 그 사실을 알아차리고는 천재를 얼른 끌어안았다.

「우리가 해냈어!」 그녀가 말했다. 「하지만 아이고야, 정말 겁났어!」

천재가 뭔가 말하려는데 안나그레타의 활기찬 고함 소리가 끼어들었다.

「다들 이제 이거 살펴봐야지.」 그녀가 팔에 그림을 끼고 거실로 뛰어 들어왔다. 「여기 최고급 예술 작품이 도착했나이다.」

그녀가 다들 볼 수 있게 그림을 들어 올렸다. 스티나가 아마인 비누를 챙기러 간 사이 천재와 갈퀴는 액자와 그림 뒷면을 살펴보았다. 스티나가 신문지도 몇 장 들고 돌아와서는 붓, 면봉, 솜뭉치와 함께 식탁에 펼쳤다. 그녀가 조심스럽게 캔버스의 오른쪽 상단 구석을 닦기 시작했다. 스티나가 천천히 검사하며 무슨 결과가 나올지 보는 동안 다들 침묵을 지켰다. 솜뭉치가 먼지로 더러워졌다. 이번에는 오른쪽 하단 구석을 검사했지만 거기서도 화가의 서명은 찾을 수 없었다. 왼쪽 상단을 거쳐 이제 남은 것은 왼쪽 하단이었다. 친구들이 기대에 찬 눈빛을 주고받았다. 아주 중요한 순간이었다. 스티나가 몸을 앞으로 기울이고는 왼쪽 하단에 솜을 문질렀다. 그녀의 호흡이 가빠졌고, 강도단 모두 몸을 기울이는 바람에 자칫하다간 식탁이 뒤집힐 지경이었다. 천천히, 아주 느리고 조심스럽게 작업을 하는데 C, A, R, L이라는 글자가 차례로 나타났다. 마침내 스티나가 전체 서명을 다 드러내는 데 성공했다.

「세상에!」 스티나가 외쳤다. 「칼 라르손이잖아!」

「라르손은 유화를 몇 점밖에 그리지 않았는데 최근에 그 그림 중 하나가 거의 8백만 크로나에 팔렸어.」 라르손에 대해 오래 조사했던 안나그레타가 말했다. 「스티나, 기분 상하지 않았으면 좋겠는데, 그래도 네 모작이 그 정도 값어치가 나가지는 않는다고 편하게 말할 수 있겠네.」 안나그레타가 예의 자기만의 웃음소리를 내고는 샴페인을 들자는 외침으로 발표를 마무리했다.

갈퀴가 얼른 주방으로 가 고급 샴페인병을 딴 다음 길쭉한 샴페인 잔 다섯 개에 술을 채운 뒤 쟁반에 얹어서 들고 왔다.

「모두 건배하자.」메르타가 말했다. 「참 이상한 소리이긴 한데, 이번 절도는 특히나 성공적이라는 느낌이 들어. 그 구두쇠 자식을 속여 넘겼잖아. 그자가 조금만 더 인심을 썼다면 이런 일은 애초에 일어나질 않았겠지.」

「그자가 안 그랬던 게 우리에겐 좋은 일이었지. 이건 진짜 완전 범죄일 수밖에 없거든! 심지어 자기가 뭘 도둑맞았는지도 모를 테니 우린 절도로 기소당할 수조차 없어. 게다가 그 친구 그림이 시골에 수백만 크로나를 보태 줄 거란 말이지. 이보다 더 좋을 수 있겠어?」천재가 말했다.

「더 좋을 수 있지. 왜냐하면 우리 이제 〈샴페인 갤럽〉을 부를 거니까. 성공적으로 한탕 하고 난 다음에 늘 그랬던 것처럼!」메르타가 말했다.

그들은 노래를 부르고 건배를 했으며, 칼레가 누수를 해결했다는 이야기를 갈퀴와 천재가 하고 난 뒤 몇 번 더 건배를 했다. 그런 다음 모두 자러 들어갔다. 하지만 메르타가 계단을 올라 침실로 가려는데 바깥에서 뭔가 반짝이는 것이 보였다. 거울의 반사광, 그도 아니면 쌍안경에서 나온 빛 같았다. 빛은 좀 떨어진 곳에 주차되어 있는 차에서 나온 것이었다. 수상하군! 메르타는 만약을 대비해 블라인드를 내렸다. 그러면서 저 차를 예전에 어디서 본 적이 있는지 생각해 보았다.

43

太陽이 따스하게 내리쬐는 바깥에 나오기 좋은 날씨였다. 얇은 구름이 높이 떠 있었고, 비는 내리지 않았으며, 여름이 다가오는 중이었다. 갈퀴가 안뜰을 정말 멋지게 꾸며 놓았고, 이제 울타리와 자갈길의 모양만 잡으면 되었다. 강도단 전체가 정원에 나와 일을 도왔다. 그들은 안뜰을 청소하고 잔디를 고르고 길을 내면서 앞으로의 일을 논의했다.

「내내 도둑질만 하면서 살아갈 수는 없어. 무엇보다, 지금은 우리가 전리품을 팔 생각만 하며 기다려야 할 때가 아니야.」메르타가 등을 펴면서 말했다. 농기구 손잡이 때문에 손에 물집이 잡히는 것 같았다. 왜 자갈길을 골라야만 하는 거지? 그녀는 자갈길을 좋아하지 않았다. 길을 예쁘고 단정하게 보이도록 하려면 계속해서 갈퀴질을 해야 했기 때문이다.

「계속 이렇게 숨어 사는 게 지루한 일이긴 하지.」스티나가 동의했다. 「범죄를 저지르는 게 훨씬 재미있어. 그럼 다른 사람에게 뭔가 해줄 수 있잖아. 강도 짓으로 번 돈을 나눠 주면 기분이 정말 좋다니까!」

「하지만 범죄만으로는 충분치 않아. 지금 우리는 돈이 아주 많이 필요하다고.」천재가 외바퀴 손수레를 밀면서 말했다. 「우리가 어떻게 해야 헴마비드를 발전시킬 수 있지?」

「이 지역에 관광객과 투자자를 유치할 수 있으면 거기서 돈이 나오겠지.」메르타가 안뜰을 건너다보며 말했다. 가장 악질적인 잡초는 어찌어찌 다 제거해 놓았다. 그들이 거주하는 본채 주변의 경계에 자라난 잡초도 제거할 필요가 있을 테고, 그러면 준비는 다 끝나는 셈이겠지. 빛과 햇살이 돌아오는 건 정말 좋은 일이었다. 하지만 이런 정원 일은⋯⋯ 새로운 프로젝트를 계획해야 하는 판에 시간이 너무 오래 걸리는 일이었다! 메르타는 다른 이들을 위해 제 몫을 하기로, 혼자 모든 걸 결정하는 우두머리 노릇은 하지 않기로 다짐했었다. 현실을 받아들여야 할 터였다. 그리고 지금까지 그들은 실제로 놀라운 업적을 거두었다. 요즘 장거리 트럭은 헴마비드를 우회하여 지나갔고, 많은 가족들이 마을로 이사 와 자녀를 입학시켰다. 분명 진전이 있었지만 충분치는 않았다.

「나는 거창한 행사를 다시 개최해 보자는 쪽에 한 표 던질래. 소 빙고 게임은 말고. 헴마비드 외에는 다른 어디서도 개최되지 않는 독창적인 행사를 열 수 있으면 정말 좋을 것 같아!」안나그레타가 말했다.

「맞아, 내 생각도 그래.」갈퀴가 말했고, 나머지 사람들도 동의의 표시로 고개를 끄덕였다.

「훌륭해. 그럼 너희가 계획을 짜봐. 나는 그동안 가서 장을 좀 보고 올게.」메르타는 그렇게 말하고는 정원용 장갑을 벗고 집 안으로 들어갔다. 그녀는 조심스럽게 손을 씻고, 머리를 빗은 다음 연청색 카디건을 걸쳤다. 그녀는 그 색이 자기에게 잘 어울린다는 걸 알았다. 그러고 나서 메르타는 농장 가게로 향했다.

롤란드는 손님맞이에 바빴고, 메르타는 기다리는 동안 물건을 몇 개 골랐다. 이제 롤란드는 자기가 생산한 제품만으로 작은 가게를 꾸리는 걸 넘어 가게 부지를 인접한 공간까지 확장하고는 다른 제품도 팔았다. 그는 진열대와 냉장고에 상품을 더 많이 들여놓았다. 소고기, 돼지고기, 양고기뿐 아니라 지역 농장의 도축장에서 닭고기까지 가져와 팔았다. 물론 자기 농장에서 생산한 신선한 우유, 치즈, 계란도 있었다. 누이가 만들어 병에 담은 엘더플라워샴페인과 효모도 많이 팔았다. 그는 여름에는 사과주스도 판매할 생각이었다. 마침내 롤란드가 혼자 있게 되자 메르타는 계산대로 다가갔다.

「보다시피 제 장바구니가 꽉 찼어요. 가게가 무척 잘되고 있네요, 그렇죠?」

「점점 더 좋아지고 있기는 해요. 마을에 새로 이사 오신 분들이 무척이나 큰 힘이 되네요. 산드베리 가족이 생선을 납품해 줘요. 그 집은 양젖으로 정말 훌륭한 치즈도 만들죠. 헤딘스 씨 집은 닭장을 지었는데 계란은 거기서 가져오고요. 학교에 자녀 둘을 입학시킨 가족은 빵집을 열었답니다. 그래서 이제 여기서 빵도 파는 거죠.」

「멋지네요. 지구를 반 바퀴나 돌아서 여기로 운송되는 생선과 닭고기는 싫거든요.」

「물론 제 일이 더 많아지기는 했지만 아내도 돕고 있고, 제 아들과 아들네 가족도 도와주기 시작했어요. 그래서 농장 일손도 확보했죠.」

「제대로 된 방향으로 가고 있네요!」 메르타가 장을 본 물건을 계산대에 올려놓았다. 그녀는 롤란드가 금전 등록기로 제품 가격을 계산하는 모습을 바라보았다. 롤란드 스벤손은 정말 특별한 사람이었다. 그가 아니었다면 소 빙고 게임이건 스톡홀름에서의 시위건 해내지 못했을 것이다. 문제를 해결하는 사람, 늘 선하고 행복한 사람. 그녀는 계산대에서 이렇게 미적거리는 데 대해 거의 죄책감마저 느꼈다. 왜냐하면 이제 메르타는 다음 프로젝트에 참여해 달라고 그를 설득할 작정이었으니까.

「분명 현재 이 지역의 상황은 점점 좋아지고 있고, 그건 정말 멋진 일이지만 아직 충분하지는 않아요.」 메르타가 운을 띄웠다. 「우리가 여름에 재미있는 행사를 몇 가지 개최할 수 있지 않을까 하는 생각이 들거든요. 사람들을 많이 모을 수 있는 행사요.」

「댄스 음악 밴드 공연, 벼룩시장, 뭐 그런 거요?」

「그것도 좋은데, 가급적이면 더 특별한 행사요. 그러니까 이 마을을 유명하게 만들 수 있는, 오직 여기서만 개최되고 신문에서도 기사를 실어 줄 행사 말이죠. 혹시 생각해 볼 수 있겠어요? 이르마에게도 말해 볼 거예요. 그런 다음 무슨 아이디어가 나올지 지켜보려고요.」 메르타는 돈을 지불한 뒤 장바구니에 구입한 물건을 넣고 출구를 향해 걸었다.

「뭘 하고 싶으신지 알겠어요. 아주 특별한 행사여야 한다는 거네요.」 롤란드가 그렇게 말하고는 그녀에게 윙크를 했다. 그때 그녀는 삶에서 정말 소수의 사람들과만 공유할 수 있는 온기와 상호 이해를 느꼈다.

메르타는 롤란드를 방문한 뒤 학교로 갔고, 이르마는 여느 때처럼 그녀의 제안에 동참했다. 그녀는 학교 직원들과 함께 실행 계획을 돕겠다고 제안했고, 학교 운영 위원회에서 자금을 융통해 보겠다고 했다. 그들은 교장실에서 커피를 마시며 이르마가 수업 때문에 일어서야 할 때까지 수다를 떨었다. 메르타는 학교를 떠나면서 무척이나 흡족해했다. 아마도 마을에서 가장 중요한 인물일 두 사람이 이 아이디어에 호의적인 반응을 보였으니까. 이제 문제는 많은 사람을 끌어들일 멋진 행사를 떠올리는 것이었다. 물론 경찰의 관심까지 끌어서는 안 되겠지만.

프리랜서 기자 잉마르 셰베리는 신문사 편집국 사무실을 쓱 둘러보았다. 날이 더워서 대부분의 사람들이 티셔츠 차림이거나 재킷을 벗어 던진 모습이었다. 데스크와 편집부 사이를 헐레벌떡 오가는 사람들에게서는 땀 냄새가 났다. 셰베리는 주로 집에서 일했지만 가끔은 각종 회의 때문에 신문사 사무실을 방문해야 했는데, 그는 가급적 회의를 피하고 싶어 하는 사람이었다. 그는 자리에서 일어나 휴대 전화를 들고 조용한 방을 찾아 들어갔다. 그는 신중하게 의자 높이를 조정한 다음 펜을 꺼낸 뒤 경찰서 전화번호를 눌렀다. 이번에는 그냥 물러서지 않을 작정이었다. 쿵스홀멘 경찰서의 그 얼간이들은 최소한 지금쯤은 기삿거리를 줘야 했다. 더 이상은 기다릴 수 없었다. 그는 초조하게 휴대 전화를 귀에 갖다 대고 신호음에 귀를 기울였다. 신호음이 세 번 울리자 아론손의 혀 꼬부라진 목소리가 들렸다.

「게르트 아론손입니다.」

잉마르 셰베리는 정중한 인사로 입을 열었지만 곧이어 바로 요점으로 들어갔다. 「경매장에서 일어난 보석 절도 건은 어떻게 되고 있습니까?」

아론손이 전화기 저편에서 헛기침을 했다. 「블롬베리의 플래시 드라이브에서 흥미로운 걸 많이 찾았어요. 러시아에 있는 은행과 거기서 행한 수상쩍은 거래에 연관된 것들이죠. 현재 그 문제를 파고 있는 중입니다.」

「하지만 노인 강도단은요? 그자들을 감옥에 집어넣는 건 시간문제라고 말씀하시더니…….」

「그렇긴 한데, 현재 인력이 부족해요. 러시아 쪽 건을 해결하는 게 우선이거든. 그게 진짜 시급한 문제니까. 우린 그 노인네들이 조만간 실수를 저지를 게 분명하다고 예상하고 있어요. 그때 가서 체포하면 되는 거죠.」

잉마르 셰베리는 책상 위에 발을 올려놓으려다가 가까스

로 충동을 자제했다. 「하지만 저한테 특종을 약속하셨잖습니까.」

「얻을 거예요, 특종. 얻을 거라고! 너무 초조해하지 말아요, 젊은 친구. 하지만 지금 당장은 우리가 블롬베리를 쫓고 있는 중이거든. 러시아 은행 계좌와 플래시 드라이브에 있는 다른 내용에 대해서도 그자가 분명 더 알고 있는 게 있을 테니까. 하지만 안타깝게도 그자가 자취를 쏙 감췄단 말이죠. 그 사람 친척은 블롬베리가 벨라루스에 갔다고 생각하던데. 그런데 거기까지 그자를 쫓아갈 사람이 누가 있겠어요? 참 실망스러운 상황이지만 그래도 계속 추적 중이에요. 내가 약속하는데…….」

「그럼 노인 강도단은요?」

「그 사람들 안 까먹었어요. 우리가 잊어버렸다고 생각하진 마시고. 스웨덴뿐 아니라 외국 경매 회사에도 감시를 붙였습니다. 조만간 그자들이 장물을 팔려고 할 테니 그때 잡으면 돼요. 그자들에 대한 자세한 사항을 전국 지역 경찰서에 다 돌렸고요. 우리가 뭐라도 듣게 되면, 그럼 뭐…….」

잉마르 셰베리는 화가 나서 책상 아래 있던 휴지통을 걷어찼다. 사기당한 기분이었다. 정보가 잔뜩 들어 있는 블롬베리의 플래시 드라이브를 경찰에 넘겨줬는데 아직까지 기삿거리 하나 주질 않았다. 단 하나도! 어떤 식으로건 상황을 타개해야 했다. 그는 포기를 모르는 사람이었으니까!

메르타와 천재는 같이 점심을 준비하면서 메르타가 롤란

드의 농장 가게에서 사 온 식료품을 거의 다 사용했다. 두 사람은 오븐에 구운 토마토와 신선한 채소로 타르타르스테이크를 만들었다. 정말 맛있었다! 공장에서 가공된 재료나 중국에서 저민 다음 수입된 생선 살 따위는 전혀 들어 있지 않은 음식이었다. 무척이나 만족스러운 식사를 하고 난 뒤 강도단은 커피 잔, 웨이퍼 접시, 나무딸기술병을 가지고 갈퀴의 온실에 가서 앉았다. 메르타는 꽃과 이파리에서 나는 감미로운 향을 들이마셨다.

지난겨울이 온화했던 덕에 갈퀴의 식물들은 무척 잘 자라고 있었다. 갈퀴는 온열기를 그리 많이 켜지 않았고, 그래서 현재 크로커스, 노랑너도바람꽃, 수선화가 피어 있었고 붉은색과 흰색의 삼지구엽초도 개화한 상태였다. 정말 아름다웠고 향기도 좋았다! 갈퀴는 다이아몬드 요양소에서도 발코니에 꽃과 허브 화분 여러 개를 놓고 키웠는데 그 식물들도 무척이나 잘 자랐다. 그는 전직 뱃사람이었지만 원예에도 재주가 많았다.

사람들이 앉아서 커피를 마시는 동안 메르타는 롤란드와의 만남과 이 지역에서 열 만한 멋진 행사를 개최하는 문제에 대해 말했다. 전날 집 밖에서 본 자동차에 대해 잊어버린 건 아니었지만 그 뒤로 그 차는 다시 보이지 않았다. 어쩌면 그냥 그녀의 상상일지도 몰랐다. 수배 대상이 되어 있다 보면 괜스레 신경이 과민해지게 마련이었으니까……. 뭐 어쨌건 간에 그 일이 다음 프로젝트를 가로막는 방해물이 되어서는 안 될 일이었다. 그녀는 커피를 꿀꺽 마시고는 다른 사람들에게 몸을 돌렸다.

「할 이야기 없을까? 남녀노소 할 것 없이 관광객들을 끌어들일 만한 행사에 대해 조금이라도 생각해 본 거 없어?」

「관광객용 행사? 멋진 클래식 카는 어때.」천재가 말했다. 「그런 차에 관광객을 태우고 돌아다니는 거지.」

「괜찮은 것 같네.」메르타가 노트에 그 아이디어를 적었다.

「하지만 나는 연애 쪽에 한 표 던질래. 요즘 그게 가장 인기 있잖아. TV에서 방송하는 프로그램들을 생각해 보라고.」안나그레타가 말했다. 「코펜하겐 티볼리 공원에 있던 사랑의 터널이 기억나. 여기 광산 터널을 유용하게 써먹어 보면 어때? 광산 터널을 사랑의 터널로 바꾸는 거야. 터널을 미로로 바꿔서 사람들이 빠져나오는 데 시간이 좀 걸리게 하는 거지. 그러면 거기서 더 많은 사랑이 꽃필 테고…….」안나그레타가 킥킥거렸다.

「광산 한쪽 끝으로는 여자들을 들여보내고 반대쪽 끝으로는 남자들을 들여보내는 건 어때? 그런 다음 한가운데에 〈숙박 시설〉을 만들어 놓는 거지.」갈퀴가 말을 보탰다.

갈퀴와 천재가 서로를 쳐다보더니 씩 웃었다. 메르타가 피곤하다는 듯한 시선을 보냈다.

「우리가 예전에 이야기했던 아내 업고 달리기 대회는 어때?」스티나가 말했다.

「유령 투어도.」안나그레타가 거들었다.

「아내 업고 달리기랑 유령 투어도 좋아 보이네. 좋아, 그럼 각자 뭘 맡아서 하고 싶어?」메르타가 물었다.

「나는 사랑의 터널을 감독할 수 있겠어.」갈퀴가 말했다.

「나는 유령의 집에 쓸 유령들을 준비할 수 있겠군.」천재가 말했다.

「유령 좋지. 할 말 없나, 친구들? 유령 노릇 해보지 않을래?」갈퀴가 천재에게 윙크하며 말했다.

「제발 좀, 지금 진지한 이야기 중이라고.」메르타가 커피잔을 세게 내려놓는 바람에 받침 접시에 있던 스푼이 달그락거렸다.「계획들 짜줘. 그동안 나는 다른 일을 몇 가지 더할게.」그녀는 자리에서 일어나더니 쌩하니 온실을 떠나 버렸다.

「이런, 왜 저러는 거지?」천재가 말했다.

「당연히 필요하다면 우리가 도와야지. 하지만 메르타는 새 프로젝트를 환장할 정도로 계속 제안해. 진짜 기 빨린다고.」갈퀴가 한숨을 쉬었다.

「우리 이쯤에서 멈추고 좀 쉬는 것도 좋겠어. 그런 다음 내일 다시 시작하는 건 어떨까.」안나그레타가 제안하자 다들 그게 좋은 생각이라고 여겼다. 그들은 식기세척기에 커피 잔을 집어넣은 뒤 각자 방으로 돌아갔다.

계단을 오르던 중 천재가 창밖을 흘끗 보았을 때 메르타의 모습이 눈에 들어왔다. 이웃 농장에 가고 있는 모양이었다. 천재가 걸음을 멈췄다. 대체 저기 가서 뭘 하려고?

잠시 뒤 메르타는 롤란드 스벤손의 농장 본채 문을 노크

했다. 롤란드보다 다섯 살 연상인 부인 에디트가 문을 열었다. 피곤해 보이는 모습이었다.

「롤란드 집에 있나요? 몇 분만 대화하면 되는데요.」메르타가 미안해하며 말했다.

「몇 분이요? 보통 그렇게 걸리질 않잖…….」그녀가 말을 하는 도중에 롤란드가 문간에 나타났다. 그는 기뻐하는 듯 보였다.

「얼굴 뵈니 좋네요. 커피 드시겠어요?」

메르타가 미소를 지었고, 그들은 주방으로 가서 앉았다. 부엌은 새로 개보수를 거친 상태였는데, 번쩍이는 플라스틱 느낌의 찬장 문과 알루미늄 싱크대, 무늬가 새겨진 커다란 타일로 단장되어 있었다. 주방 한가운데에는 아일랜드 식탁이 설치되어 있었다.

「혹시 행사에 대해 뭔가 아이디어가 떠오르셨나 해서요. 우리가 이야기했던 거요.」메르타가 먼저 입을 열었다.

「오, 그럼요. 생각해 봤어요. 행사를 아주 크게 키워서 〈시골의 날〉이라고 이름 붙이면 어떨까요? 제가 가판대를 설치하고 주차 공간을 마련할 수 있어요. 가판대는 대여해 주고 주차장은 무료로 사용하게 하는 거죠. 가판대에서 팔리는 물건에 대해 일정 부분 수수료를 거둘 수 있을 거예요.」

「멋지네요!」메르타는 마음 속 깊은 곳에서 온기와 행복을 느꼈다. 그는 정말 모든 문제를 간단한 것으로 보이게 할 줄 알았다. 설치만 하면 준비 끝이죠…….

「좋아요, 우리가 그 일을 같이 하면 되겠네요. 당신과 이르마가 실행 계획을 담당해 주면 제가 제 친구들과 같이 인상에 남을 행사를 기획해 볼게요.」메르타가 미소를 지었다. 갑자기 엄청나게 신이 났다. 「정말 진짜로 재미있겠어요!」

「그럼요, 당신과 함께라면 늘 재미있죠!」

그들은 서로를 마주 보았고, 말을 너무 많이 하기라도 한 듯 침묵했다. 바로 그때 주방 문이 열리며 롤란드의 부인이 들어왔다.

「네, 그거면 충분할 것 같네요. 이제 가봐야겠어요.」메르타가 자리에서 일어섰다. 롤란드가 현관까지 그녀를 따라왔다.

「그래요. 〈시골의 날〉, 거기에 집중하자고요.」

메르타는 집으로 돌아오며 자기가 무척이나 좋아하는 두 남자, 천재와 롤란드에 대해 생각했다. 그녀는 두 사람 모두 좋았지만 천재는 그녀의 약혼자였다. 다른 사람의 약혼자가 아니라. 그리고 롤란드에게는 본인의 인생이 있었다. 그걸 잊어서는 안 됐다.

44

다음 날 메르타는 천재와 다른 사람들에게 프로젝트에 참여해 달라고 요청했고, 그들은 토의 끝에 롤란드와 이르마의 멋진 프로그램에 찬성하기로 했다. 행사 준비가 시작되었다. 이르마는 보도 자료를 만들었고, 롤란드와 같이 지방 라디오 방송에 나와 이 지역에 관광객을 유치하는 것이 매우 중요하다는 점을 역설했다. 행사를 통해 생겨나는 일자리는 일시적이기는 하지만 향후에 직업을 얻는 기회로 이어질 수도 있다는 것이었다. 사실 두 사람이 엄청난 열정을 드러낸 덕에 이내 헴마비드 주민 거의 대부분이 어떤 식으로건 행사에 참여했다.

롤란드 스벤손과 그의 친구들은 공유지 주변을 깨끗이 청소해서 주차장, 가판대, 트레일러가 들어갈 공간을 마련했다. 이르마는 학생들에게 유령의 집이 작동할 수 있도록 도와주면 어떻겠느냐고 제안했다.

이르마는 구 목사관을 안전히 돌아다닐 수 있는 장소로

개조해 줄 기술자들을 고용했다. 기술자들은 썩은 바닥 널빤지를 들어내고 계단을 수리해 사람들이 추락하지 않도록 했다. 몇몇 학생들은 지하실 쪽을 맡았다. 학생들은 지하실을 청소한 다음 즐거운 기분으로 벽을 까맣게 칠한 뒤 거미집을 장식했다. 메르타가 개학 때 보았던 작은 키에 약간 과체중인 학생 요나스 브라트도 방을 창의적으로 꾸몄다. 브라트는 범죄 소설을 좋아했고, 유령의 집에 아주 무시무시한 방이 있어야 한다고 생각했다. 그래서 아무에게도 말하지 않고 피투성이 범죄 현장을 만들어 낸 다음 거기다 거미줄, 해골, 살인 도구를 채워 넣었다. 이거라면 많은 관광객을 끌어들일 수 있을 거라고 브라트는 생각했다.

갈퀴는 ─ 메르타는 그에게 이 임무를 맡기기 전에 무척이나 신중하게 생각했다 ─ 1백 년 된 광산 터널을 사랑의 터널로 개조할 수 있는 권한을 부여받았다. 그 터널은 유독성 물질 통이 떨어졌다고 이야기해 둔 갱도와는 어느 정도 거리가 있었기 때문에 문제가 될 일은 없었다. 정력적인 시장 알란 페테르손 역시 갱도에 쓰레기 매립지를 조성하려던 계획을 폐기하고 스콕소스 북쪽의 새로운 지역에 매립지를 만들 계획을 세웠다. 따라서 시장 역시 문제가 될 일이 없었다.

메르타와 친구들은 열정에 가득 차서 일에 착수했다.

천재가 자기 학생들에게 터널 내부를 깨끗이 치워 달라고 부탁했다. 청소가 끝난 뒤 전기 기술자인 롤란드의 아들이 조명을 설치했다.

「터널이 적색과 녹색의 로맨틱한 조명으로 물들어야 해.」 갈퀴가 손을 들어 올리며 설명했다. 「그런 다음에 대형 스피커로 멋진 음악을 조심스럽게 트는 거지.」

「하지만 로맨틱한 분위기가 되려면 그냥 컴컴해야 하지 않나?」 천재가 묻자 갈퀴가 머뭇거렸다.

「방에다 폭포수처럼 빛을 내리쬐자는 건 아니야. 하지만 엉뚱한 사람을 데려가지 않을 정도의 조명은 있어야 하잖아.」 갈퀴가 설명하려 애쓰며 말했다.

안나그레타는 갈퀴가 열성을 다해 광산 터널을 꾸미기 시작하는 모습을 보자 약간 짜증이 났다. 사랑의 터널은 원래 그녀의 아이디어였기 때문이다. 안나그레타는 그 문제를 그렇게 쉽게 넘길 생각이 없었다. 음악과 자극적인 조명, 뭐 그건 좋다. 하지만 그녀는 거기에 약간의 흥취를 더할 수 있으리라 생각했다. 인터넷에서 사랑의 감정을 촉진하는 페로몬을 구입할 수 있다는 사실을 알게 되었던 것이다. 사랑의 터널에 이보다 더 좋은 게 있을까? 그녀는 잠시 구글로 검색한 끝에 페로몬이라는 물질을 찾아냈다. 고양이뿐 아니라 사람에게도 효과가 있는 물질이라고 했다.

안나그레타는 아무에게도 말하지 않고 페로몬을 여러 병, 만약을 대비하여 각기 다른 종류로 샀다. 그녀가 구입한 제품 대부분은 향수로, 〈데이트를 1백 퍼센트 보장해 주는 효과 만점짜리 향수〉라는 광고 문구를 달고 있었다. 안나그레타는 잠시 직접 써볼까 하는 유혹에 빠졌지만 한동안 연인이 없었던지라 딱히 그럴 필요를 느끼진 못했다.

안나그레타는 큰 장터가 열리는 날까지 기다렸다가 광산 터널로 내려가 이 최음제를 사방에 뿌려야겠다고 생각했다. 개막식 날에 터널이 헴마비드 커플들의 짝짓기 장소가 되어 버린다면 무척이나 짜증 나는 일일 테니까. 하지만 그녀는 롤란드 스벤손에게 가서 분명 사랑의 터널에 상당수의 연인들이 몰려들어 붐비게 될 거라고 몰래 귀띔했다. 그러고는 자기가 돈이 되는 제품을 추천해 주겠다고 제안했다. 롤란드는 그 말에 걸려들었다.

행사 전날 롤란드와 안나그레타는 광산 터널 이곳저곳에 향수 받침대를 신중히 설치했다. 롤란드는 심지어 자동 분무기까지 여러 개 구입했다. 그는 분무기에 최음 작용을 하는 〈아모르의 물방울〉과 〈달아오른 꼬마 악마〉 향수를 채운 다음 광산 출구 여러 곳에다 갖다 놓았다. 농장 가게에는 붉은 장미와 꽃다발도 판매할 수 있게 준비해 두었다. 그는 기대감에 가득 차 행사가 열릴 날을 기다리고 있었다…….

스톡홀름에는 비가 내리고 있었고, 그랜드 호텔 내부에서는 천이 축축하게 젖은 냄새가 났다. 스무 명 남짓한 손님들이 식당에서 점심을 먹거나 바에서 맥주를 마시고 있었다. 위층 사무실에서는 보안 직원 페르 올손이 그 주의 CCTV 기록을 훑어보고 있었다. 지난 몇 년간 그가 담당해 온 업무였다. 그는 호텔 내부뿐 아니라 바깥 거리의 카메라도 확인해야 했다. 올손이 하품을 했다. 그가 담당하는 업무 중 이 일이 제일 따분했다. 죄다 바를 돌아다니는 사람들 아니면 맥주잔을 들고 이야기를 나누는 사업가, 도수 높은 알코올만 들어 있다면 온갖 술을 다 퍼마시고 취하는 바 손님들의 영상뿐이었다. 물론 가끔 늙은이들이 젊은 사람들을 꼬드기려고 애쓰는 광경을 쭉 보다 보면 재미있기는 했다. 몇몇 남자들은 여자들의 엉덩이를 툭툭 건드리거나 가슴에 손을 댔다가 그 대가로 엄청나게 욕을 먹기도 했다. 화가 난 여자들이 지나치게 달라붙는 사람들의 면전에다 맥주를 쏟아 버리는가 하면 어떤 여자들은 두툼한 지갑을 가진 남자들에게 매력을 느끼기도 했다. 하지만 미투 운동 이후로 바에 오는 사람들은 무척 조심스러워졌고, 그러다 보니 CCTV 영상도 훨씬 지루해졌다.

올손은 화면을 후루룩 훑어보았다. 운이 좀 따르면 소매치기나 수상쩍은 행동을 하는 자를 찾아낼 때도 있었지만 이번 주는 내내 조용했다. 하지만 금요일 저녁은 종종 재미있어질 때가 있었고, 그래서 그는 금요일 저녁이 참 고마웠다. 그렇게 계속 화면을 넘기던 중 80대 노인 하나가 눈에 띄었다. 목에 무늬가 있는 스카프를 두른 채 바 옆에 있는 여자들에게 열심히 말을 걸고 있었다. 저녁이 되자 노인은 점점 더 취해서 고주망태가 되었고, 옆에 있는 친구는 전혀 즐거워 보이지 않았다. 그 친구 역시 동년배로, 전형적인 1950년대풍으로 차려입고 맥주를 마시며 사람들을 보고 있었다. 그냥 그뿐이었고 특별한 점이라고는 없었다. 그런데…… 올손이 영상을 멈췄다. 호텔에 들어올 때 그 친구인 듯한 사람은 구부정한 자세에 다리를 심하게 절었는데, 바에서는 허리를 꼿꼿이 편 채로 아무 어려움 없이 이리저리 움직였다. 게다가 카디에르 바를 떠날 때는 친구를 부축해서 나갈 정도로 힘도 셌다. 올슨은 한숨을 쉬었다. 사람들의 괴상한 작태에는 끝이 없었다. 그는 계속 화면을 살펴보았고, 몇 시간 뒤 영상 기록을 전부 다 확인했다. CCTV 화면에 딱히 의심스러운 점은 없는 듯했지만 이런 일은 경찰이 훨씬 잘했다. 최근 그랜드 호텔에서 절도 사건이 많이 일어난 탓에 호텔 경영진은 쿵스홀멘 경찰 당국과 합의하에 CCTV 기록을 보냈다. 호텔 측에서 직접 대응한 사항이 있을 경우는 기록으로 남겼다. 그러고 보니, 맞다. 올슨은 이제 기억이 났다. 이 노인들에게 어딘가 낯익은 구석이 있었다. 예전, 그러니까 쿵스홀멘 경찰서 IT 부서에서 근무했던 에른스르 블롬베리라는 경찰관에게 영상을 직접 보내던 시절에 CCTV 화면에서 이 사람들을 분명 본 적이 있었다. 호텔에 예전 영상은 없지만 어쩌면 경찰서에는 남아 있을지도 모른다. 그는 경찰 측에 정확히 이야기할 수 있었다. 그 영상을 보았던 맥락이 기억나기만 한다면 말이다……

페르 올손은 잠시 생각한 끝에 다음과 같이 썼다. 〈노인이 다리를 저는 시늉을 했음. 이유는 불명. 노인과 그 동행은 예전에 호텔 CCTV에 찍힌 적 있음.〉

45

    대망의 행사 전날, 메르타는 잠을 이루기 어려웠다. 일을 제대로 한 게 맞는지 불안했고, 자기가 끌어들인 사람들이 자꾸 떠올랐다. 이제는 자신이 옳았음을 보여 줘야 할 사람은 그저 노인 강도단의 친구들뿐만이 아니었다. 그녀는 롤란드, 이르마, 학교 학생들을 이 일에 연루시켰다. 사실상 마을 전체를 말려들게 한 것이다.

    그녀는 오래 입어 낡은 실내복 차림으로 천천히 계단을 내려가며 소리 없이 하품을 했다. 다른 사람들은 자고 있거나 여전히 침대에서 느긋이 뒹굴고 있을 테지만 그 점이 신경 쓰이지는 않았다. 아침 준비는 종종 메르타 담당이었다. 그녀는 스티나가 평소에 자주 하던 변명을 떠올렸다. 〈오늘 몸 상태가 좋질 않았어. 눈떠 보니 침대에 있었다니까.〉

    메르타는 절로 미소가 지어졌다. 스티나는 워낙에 사랑스러워서 화를 낼 수가 없었다. 그녀는 종종 아침에 늦잠을 자고, 점심시간 전까지는 일 없이 지냈지만 자기 할 일은 똑 부러지게 하는 멋진 사람이었다. 게다가 무척 특별한 예술적 재능을 지니고 있었다. 그녀가 없었다면 노인 강도단이 지금처럼 성공을 거두지는 못했을 것이다. 뭐 어쨌거나 아침에 침대에서 좀 빈둥거리는 일에 대해서는, 범죄를 저지르지 않는 날이라면 그 정도야 마음껏 만끽해도 아무 문제 없었다.

메르타는 비몽사몽간에 커피 머신을 서투르게 만지작거려 기계를 작동시킨 뒤 찬장과 싱크대 사이를 오가며 주방을 어슬렁거리다가 커피를 한 모금 입에 대고 나서야 정신이 들었다. 그녀는 다른 사람들이 먹을 식사를 준비했다. 포리지를 만들고 빵, 햄, 마멀레이드와 치즈를 꺼냈다. 잠시 뒤 사람들이 나타났을 때 메르타는 이미 원기를 회복한 상태였다.

「모두 안녕! 아침 식사 준비됐어. 오늘 우리는 즐겁게 지낼 거야!」메르타는 그렇게 말하고는 냉장고 문에 오늘의 프로그램을 자석으로 붙여 놓았다. 「내가 잊어버린 건 없지 싶어. 위층 가서 옷 갈아입고 올게!」

「기운이 펄펄 넘치는군…….」갈퀴가 구시렁거렸다.

「그래도 다행히 오늘은 아침 체력 단련이 없잖아. 좀 긍정적으로 보라고, 친구!」천재가 말했다.

「아, 됐고.」안나그레타가 끼어들었다. 「우리 오늘 정말 재미있을 거야.」

실패로 끝나지만 않는다면 말이지. 스티나는 그렇게 생각했지만 그 이야기를 입 밖으로 크게 소리 내어 말하지는 않았다.

잠시 뒤 계단에서 발소리가 들렸다. 메르타가 문간에서 머리를 들이밀었다.

「점검 사항 마지막으로 한 번 더 꼭 확인해야 돼. 그럼 좀 있다가 공유지에서 만나.」 그녀는 활기찬 목소리로 그렇게 말하고는 서둘러 자리를 떴다. 꽃무늬 드레스에, 드레스와 잘 어울리는 연청색 카디건 차림이었다.

「장담하는데 메르타는 발바닥에 개미들을 달고 태어났을 거야.」 갈퀴가 한숨을 쉬었다.

「오, 아니지. 개미집을 통째로 달고 태어났을걸!」 천재가 말했다.

메르타는 공유지로 가는 길에 롤란드 스벤손의 농장 가게에 들렀다. 가게에 과일, 치즈, 소시지, 빵, 샌드위치가 쌓여 있었다. 냉장고에는 아이스크림이 가득했고 가게 바닥은 맥주 상자로 뒤덮여 있었다. 스벤손의 얼굴에는 홍조가 떠올라 있었는데, 정말로 열의가 넘치는 것처럼 보였다.

「안녕하세요, 메르타. 벌써 사람들이 엄청 많이 왔어요. 아내 업고 달리기랑 유령의 집 관람이라……. 관광객들이 진짜 좋아할 거예요!」

「사람들은 여름에 재미있는 경험을 하길 원하니까요.」

롤란드가 맥주 상자를 들고 나르다 멈췄다.

「당신은 어때요, 메르타? 다 괜찮죠?」 롤란드가 그녀에게 환하게 미소를 짓고는 맥주 상자를 내려놓았다. 그런 다음 그들은 그날의 프로그램을 얼른 다시 확인해 보았고, 메르타는 그에게 행운을 빌고는 이르마를 만나러 갔다. 이르마는 학교 교장이다 보니 행사를 조직하는 데 익숙했고, 상당수의 학생뿐 아니라 취주악단까지 섭외했다. 그곳에서도 상황이 대부분 잘 통제되고 있는 듯했다. 모든 일이 다 순조롭게 돌아가고 있다는 사실에 만족한 메르타는 나중에 마실 음료와 간식을 사려고 농장 가게로 돌아갔다. 가게 안으로 들어서자 롤란드가 미소로 그녀를 환영하고는 천 가방을 건넸다.

「당신이 이것까지 생각할 시간은 아무래도 없을 것 같아서요. 그래서 오늘 하루를 버틸 수 있게 해줄 것들을 여기 넣어 두었어요!」

메르타가 가방을 열어 안을 보았다. 롤란드가 넣어 둔 포장된 샌드위치, 과일, 도수 낮은 맥주가 들어 있었다.

「오, 정말 고마워요. 친절하기도 해라.」 그녀는 행복하면서도 동시에 혼란스러운 기분으로 중얼거리듯 말했다. 얼마나 다정한 사람인가! 롤란드가 메르타를 바라보았고, 메르타는 손에 가방을 든 채 그대로 서 있었다.

「행운을 빌어요.」 그가 말했다. 「오늘 마을에서 열리는 파티는 전적으로 당신 덕이에요. 당신이 모두에게 의욕을 불어넣었으니까요!」

롤란드가 한 걸음 앞으로 다가오자 메르타는 그가 자기를 포옹하나 싶었다. 하지만 바로 그때 문이 짤랑거리며 열리더니 노인 강도단의 나머지 멤버들이 들어왔다.

「아, 여기 있었군. 우린 그냥 먹을 것과 마실 거리를 좀 사가려고 왔어.」천재가 말했다.

「맞아. 비상식량을 좀 쟁여 두는 게 나으니까.」갈퀴가 거들었다.

「여기 식량이 많이 있어.」메르타가 천 가방을 들어 올렸다.「롤란드가 한턱냈지.」

강도단이 서로를 바라보았다. 메르타가 말한 대로였다. 마을 전체가 이 일에 헌신하고 있었다. 자기들이 시작한 바로 그 일에.

메르타와 친구들은 롤란드에게 행운을 빌어 주고 난 다음 마을 공유지로 갔다. 메르타는 그곳이 사람들로 북적이길 바랐다. 이 지역에는 여름 방문객이 무척 많았으니까. 그녀의 소원은 이루어졌다. 그들이 주차장에 도착해 보니 차가 가득했다. 조금 떨어진 곳에는 사람들이 가판대에 상품을 진열하고 있었고, 설탕을 입힌 아몬드와 뜨거운 소시지 냄새가 천천히 퍼져 가고 있었다.

「좀 있으면 시작하겠군.」천재가 그렇게 말하고는 메르타의 손을 잡았다.

「그래, 그다음부터는 우리 손을 떠나는 거야…….」

메르타의 친구들은 공유지를 걸어 다니며 사람들이 팔고 싶어 하는 상품을 살펴보고는 휴대 전화에 메모해 두었다. 엘더플라워샴페인, 지역에서 만든 꿀뿐 아니라 보석도 있었고, 나무와 연철로 만든 작은 장신구도 있었다. 자동차에 물건을 싣고 와서 판매하는 벼룩시장에서는 사람들이 벌써 레코드판과 구형 비디오 게임을 부려 놓고 있었고, 다른 한편에서는 광주리에다 꽃병과 장식품을 채워 넣고 있었다. 1950년대에 생산된 밴 앞에는 이 지역에 거주하는 라가레[31]들, 즉 미국 클래식 카를 사랑하는 전직 폭주족들이 우글우글 모여들어 있었다. 그들은 여분의 부품과 도구를 뒤적이며 무척이나 즐거워하고 있는 듯했다. 메르타는 사방에 퍼져 있는 기대감을 느낄 수 있었다. 아직 하루가 채 시작도 되지 않았는데, 벌써 이렇게 많은 사람들이 모이다니!

반 시간 뒤, 방문객들에게 공식적으로 따뜻한 환영 인사를 할 시간이 되었다. 행사장 입구에서 가장 가까운, 가판대들이 설치되어 있는 공유지 구역에 천재와 학생들이 목재 단상을 지어 두었다. 스티나는 자작나무 가지, 이파리, 들꽃으로 단상을 장식했고, 롤란드의 아들이 음향 시스템을 설치했다. 메르타가 단상에 올라 스피커 쪽으로 다가갔다. 그녀는 주위를 둘러보고는 마이크를 톡톡 두드려 소리가 잘 나오는지 확인하고 모두에게 행사 시작을 알렸다.

「이렇게 많은 분들이 찾아와 주셔서 정말 좋네요.」그녀가 장터에 있는 사람 모두에게 환영 인사를 했다. 그런 다음 아내 업고 달리기 대회와 유령의 집 체험에서부터 밴드가 연주하는 댄스 음악 타임과 벼룩시장에 이르는 행사를 모두 소개했다. 사람들 사이에서 기대에 찬 웅성거림이 흘러나왔고, 메르타는 한껏 고양된 기분으로 스티나에게 단상으로 올라오라고 손을 흔들었다.

---

31 raggare. 자동차를 비롯한 1950년대 미국 대중문화를 추종하는 스웨덴의 하위문화와 그 문화를 향유하던 사람들.

「그럼 이제 첫째 날 행사에 대해 조금 더 자세히 들어 봐야겠죠.」메르타가 스티나에게 마이크를 넘기며 말했다. 스티나는 화장을 하고 몸에 딱 붙는 빨간 드레스에 모자와 귀걸이를 착용한 모습이었다. 그녀가 우아한 몸짓으로 마이크를 넘겨받은 다음 군중 쪽으로 몸을 돌렸다.

「친애하는 여러분, 12시에는 어디서도 볼 수 없던 짜릿한 장애물 경주가 열립니다.」그녀가 말했다. 「사상 처음으로 〈아내 업고 달리기〉, 아니, 저희가 〈파트너 업고 달리기〉라고 행사명을 변경한 전국 선수권 대회가 열릴 예정이에요. 모두 진심으로 환영합니다!」

메르타와 스티나는 공유지 위에 커다란 모래 구덩이와 뛰어넘어야 하는 깊은 웅덩이 등의 장애물을 표시해 두었다. 달리기 코스는 250미터로, 두 개의 가파른 오르막 경사로를 포함하고 있었다. 처음에 메르타는 이 대회를 개최하는 걸 약간 망설였는데, 남편들이 자기 아내들을 감자 포대처럼 어깨 너머로 팽개친 다음 다 같이 달아나 버리면 어쩌나 싶었기 때문이다. 아무렇게나 업고 뛸까 봐, 거꾸로 업는 바람에 아내들 얼굴이 남편들 엉덩이에 쾅쾅 부딪힐까 봐 안심이 되질 않았다. 그건 절대 재미있는 일이 아니었다…….

「남자들은 정말 이상한 방식으로 여자들을 대해.」메르타가 한숨을 쉬었다.

「난 더 좋은 방법을 아는데.」갈퀴가 말했다.

「그렇지만 이 대회는 핀란드 손카예르비에서 아주 크게 열려.」스티나가 한마디 했다. 「우승자는 자기 아내 몸무게와 같은 무게의 맥주를 상으로 받고.」

「평등주의를 적용하건 말건, 우린 시작할 준비 됐어.」 안나그레타가 외쳤다.

헴마비드 최고의 가수이자 비견할 데 없는 오페라풍 목소리의 소유자 시바 외스트가 그날 대회의 시작을 알리는 주빈으로 초빙되었다. 지역에서 그녀는 〈시바 디바〉라는 별명으로 유명했다.

「시바 외스트의 목소리는 엄청 고음이고 잘 들리니까 사람들의 주의를 끌 거야. 설사 마이크가 작동이 안 되는 상황이라 해도 충분히 먹힐걸. 그녀 덕에 관람객을 많이 끌어모으게 될 거야.」 이것이 스티나의 의견이었고, 그래서 노인 강도단은 그날 행사를 위해 그녀를 섭외했다.

하지만 이 유명한 오페라 디바가 마이크 테스트를 해본다고 〈제자리에, 준비, 출발!〉이라고 소리치는 순간 관람객들은 놀라 뒷걸음질을 쳤고 남편 두 명이 출발선에 자기 아내를 떨어뜨렸다. 그러자 스티나가 시바 디바에게 마이크를 치우고 그냥 육성으로 출발 신호를 보내면 어떻겠느냐고 제안했고, 그 뒤로는 일이 완벽하게 잘 돌아갔다. 경기가 시작되자 시바 디바가 폐에 공기를 가득 채웠다.

「제자리에, 준비, 출발!」 그녀가 다시 외쳤지만 이번에는 마이크를 써서 소리치지 않았기 때문에 스무 쌍의 참가자들이 관중들의 환호를 받으며 장애물 경주를 시작했다. 젊어 보이는 중년 남자가 가냘픈 여성을 업고 선두에 나섰고, 전직 보디빌더이자 맥주 애호가인 헤르베르트가 숨을 헐떡이며 그 뒤를 쫓았다. 헤르베르트는 자기 지인 중 가장 몸무게가 많이 나가는 여성을 선택하여 경주에 참여했으며, 상으로 엄청나게 많은 맥주를 얻기를 바라고 있었다. 현재 그는 등에 파트너 역할을 하는 짐을 짊어진 채 낙관적인 마음으로 덜렁덜렁 달리고 있었지만 그 짐은 걸음을 옮길 때마다 점점 무거워지는 듯했다. 몇 미터 못 가서 헤르베르트에게 업혀 있던 여성이 그의 등에서 미끄러졌고, 첫 번째 경사로에 이를 때는 무릎 근처까지 내려가 있었다. 그녀가 간지럼을 타며 키득거리고 너무 크게 꿈틀거리는 바람에 결국 헤르베르트는 그녀를 내려놓아야 했다. 둘은 탈락했다.

아내를 업고 선두를 차지한 남편은 알란 페테르손 시장의 아들인 알프레드로, 강한 승부욕을 발휘하며 고군분투했다. 다른 사람들도 그건 마찬가지였지만, 그들은 계속 더 달릴수록 점점 더 비틀거렸다. 첫째 바퀴는 순조롭게 진행되었고 참가자들도 기분 좋게 달렸지만, 둘째 바퀴가 되자 사람들이 지치기 시작했다. 상황은 나아지지 않았다. 두 커플이 모래 구덩이에서 충돌하여 나동그라지고 참가자 한 명이 아내를 물웅덩이에 떨어뜨리는 바람에 타임 페널티를 받았다. 이 정도로는 충분치 않다는 듯 세 선수가 길을 잃고 코스를 헤매는 바람에 천재가 달려 나가 그들을 찾아야 했다. 결국 시장의 아들 알프레드가 경주에서 이겼고, 그는 흠뻑 젖은 아내와 함께 결승선을 통과한 뒤 주먹을 불끈 쥐고 기쁜 승리의 몸짓을 취했다.

「이제 제 아내 몸무게만큼의 맥주를 받아야겠어요.」 알프레드가 큰 소리로 외쳤다. 그는 아내와 같이 카를스베르 맥주를 한 상자씩 받고 나서야 진정했다.

「천만다행으로 제대로 된 우승자가 나왔군요.」 롤란드 스벤손이 말했다. 그는 경기 결과에 흡족해했는데, 알프레드의 아내는 몸무게가 고작 52킬로그램이었던 데다가 맥주도 떨어지기 시작하던 참이었기 때문이다.

경기 후 사람들은 점심을 먹고 잠시 공유지를 돌아다녔고, 메르타는 시바 디바에게 다음 행사 공지를 부탁했다. 이번 행사는 유령의 집 방문이었다. 시바 디바가 마이크 스탠드 옆에 섰다.

「이제 구 목사관에서 유령의 흔적을 찾아다닐 차례입니다. 18세기에 실종된 목사의 아내가 구 목사관에 유령으로 나타난다는 소문이 있죠. 흥미진진할 거예요!」 그녀가 소리치자 행사 관람객들이 또다시 움찔하며 물러섰다.

하지만 다들 무척이나 호기심에 가득 차 있었다. 이 지역에 유령의 집 같은 게 있었던 적이 없다 보니 유령 체험은 금세 예약이 꽉 찼다. 하지만 예약을 받았던 안내 담당이 병에 걸리는 바람에 시바 디바가 유령 체험 안내 역까지 떠맡게 되었는데, 그녀는 그 일을 할 수 있게 되어 무척이나 기뻐했다. 그녀는 기운에 넘쳐 삐걱거리는 낡은 목조 주택 앞에 관람객들을 모은 다음 어둡고 무서운 현관 복도로 차례차례 들여보냈다.

「여러분이 너무 쉽게 무서워하지 않으면 좋겠어요.」 그녀가 농담을 던졌고, 지금껏 누구도 경험한 적 없던 유령 탐색이 시작되었다.

시바 디바가 쩌렁쩌렁한 목소리로 참가자들을 안내하는 동안 스피커에서는 베토벤의 「5번 교향곡」과 최후 심판의 날에 나올 법한 음악이 숨죽이듯 흘러나왔다. 참가자들은 다소 예민해진 상태에서 방 사이를 떼 지어 돌아다니다가 가끔씩 예상치 못한 순간에 출몰하는 유령과 기타 끔찍한 혼령들에 혼비백산했는데, 이 유령들은 이곳저곳에 매복해 있던 학교 학생들이었다. 참으로 안타깝게도, 누구도 시바 디바에게 유혈 낭자한 범죄 현장으로 꾸며진 방에 대해 미리 알려 주질 않았던 탓에, 그녀는 관람객 열두 명을 데리고 그 방에 들어갔다가 찢어질 듯한 비명을 질렀고, 그 바람에 관람객 두 명이 그 자리에서 기절하고 말았다. 시바 디바는 덜덜 떨며 주저앉았는데, 앉은 곳이 하필이면 케첩으로 만든 피 웅덩이 위였다. 그녀는 소스라치며 펄쩍 뛰어 올랐다가 해골에 발이 걸려 넘어지는 바람에 거미줄에 얼굴부터 얽히고 말았다. 다행히 일행에 끼어 있던 천재가 그녀를 진정시킬 수 있었다.

사랑의 터널 분위기는 훨씬 유쾌했다. 그날 아침 일찍 안나그레타가 슬쩍 들어가 사방에 페로몬을 뿌려 놓았고, 천재는 갈퀴의 도움을 받아 기술적인 부분을 해결했다. 로맨틱한 음악이 스피커에서 쏟아져 나왔고, 터널 안은 정말 화려하기 짝이 없는 색깔로 가득 찼다. 온갖 색조가 다 있었고, 안으로 들어갈수록 점점 더 강렬하고 붉어졌다. 습기와 철광석 냄새 대신 사람들을 굉장히 행복하고 기분 좋게 만들어 주는 향기가 희한할 만큼 집중적으로 퍼부어졌다. 그날 아침에 언쟁을 벌였던 부부들은 터널에 들어오자 마치 방금 막 사랑에 빠진 것처럼 행동했고, 배우자를 잃은 사람들, 그리고 짝 없는 사람들은 참으로 부적절한 방식으로 서로에게 끌렸다. 알란 페테르손 시장은 파트너 업고 달리기 대회가 끝난 뒤 말린의 팔짱을 끼고 사랑의 터널로 들어왔다가 예의범절을 순식간에 싹 다 잊어버리고 말았다. 처음에는 자기가 카페를 매수하겠다고 제안하더니 — 공동 경영을 할 수 있다고 생각했던 것이다 — 그런 다음에는 춤 비슷한 것을 추면서 앞으로 걸어갔다. 사랑의 터널을 빠져나오기 전 그는 말린에게 네 번이나 청혼을 했다. 흥겨움에 푹 젖은 채 마지못해 사랑의 터널을 빠져나왔을 때, 그는 즉시 〈아모르의 물방울〉 두 병과 특가 포장 〈달아오른 꼬마 악마〉, 그리고 엄청난 양의 꽃을 구입하여 내연의 애인에게 선물했다. 그가 꽃을 건네주었을 때 등 뒤에서 무척이나 익숙한 목소리가 들렸다. 아내의 목소리였다.

「여기 있었네, 당신. 사랑의 터널 내려가서 한 바퀴 돌고 오는 거 어때, 알란? 정말 로맨틱하지 않을까?」

알란 페테르손은 최선을 다해 정신을 추스르며 방금 터널 저쪽 끝에 설치된 지붕이 무너진 것 같다는 소리를 들었다고 말하고는 터널 대신 장터 가판대에 가서 다트 게임을 하는 게 어떻겠느냐고 했다.

「말도 안 되는 소리.」그의 아내가 대답했다. 「자, 이제 광산 아래 내려가서 정말 포근한 시간을 같이 보내자. 자기도 좋지?」 그러면서 그녀는 페테르손의 팔을 꽉 붙잡고는 씩씩하게 나아갔다. 그러는 동안 말린은 낙심한 채 카페로 돌아갔다.

〈시골의 날〉의 마지막 순서로는 이 지역 최고의 댄스 음악 밴드 두 팀의 연주가 예정되어 있었다. 저녁 7시가 되자 밴드들이 연주를 시작했다. 그 전까지 시바 디바가 마이크 없이 「카르멘」과 「라 트라비아타」의 인기 아리아를 불러서 분위기를 돋워 놓았던지라 모두 기분이 무척 좋은 상태였다. 하지만 춤을 춘다는 생각이 모두에게 환영받는 것은 아니었다.

천재가 발의 통증을 호소하는 바람에 메르타는 롤란드나 다른 댄스 파트너를 찾아야 하는 처지가 되었다. 하지만 춤 상대가 눈에 띄질 않았고, 그녀에게 춤을 청하는 사람도 없었다. 빌어먹을, 다들 어디 있는 거야? 댄스 플로어는 사람들로 가득했지만 메르타는 혼자였다. 그녀는 천천히 출구 쪽으로 가 그 옆에 섰다. 그동안은 일이 하도 많아서 행사에 참석하거나 축하할 시간이 나질 않았는데, 정작 춤을 즐길 기회가 생긴 지금은 다들 어딘가로 사라져 버린 듯했다. 그녀는 한숨을 쉬었고, 그러자마자 버려진 느낌이 들었다.

잠시 뒤 말린과 릴리안이 메르타의 눈에 띄었다. 자매는 축제장을 이리저리 배회하고 있었다. 카페를 닫고 온 모양이었는데, 메르타는 자매가 축제 방문자들에게 커피와 와플을 판매하는 캠핑카를 유심히 조사하고 있다는 사실을 알아

차렸다. 릴리안은 동행인이 있었지만 말린은 혼자 온 것 같
았다. 그녀는 누구 찾는 사람이라도 있는 것처럼 주변을 둘
러보고 있었지만 그 사람을 발견하지 못한 듯했다. 메르타
는 그녀가 시장과 대화하는 모습을 봤던 것이 생각났다…….
시장을 찾고 있는 걸까?

　메르타 본인도 친구를 찾고 있기는 매한가지였지만 아무
도 나타나지 않았고, 그녀는 집에 갈지를 심각하게 고민했
다. 바로 그때 그녀의 어깨 위에 땀에 젖은 손 하나가 올라왔
다. 건장한 남자 하나가 번들거리는 뺨을 내밀며 스톡홀름
억양으로 춤을 요청했고, 메르타가 대답을 채 하기도 전에
플로어로 그녀를 끌고 나왔다.

　「안녕하신가. 당신 젊었을 때는 정말 예쁜 아가씨였겠
군!」 그 사람이 메르타의 허리를 꽉 쥐며 말했다. 그러더니
메르타를 엄청난 속도로 휙휙 돌리고는 가까이 딱 붙었다.
하도 가까이 붙는 바람에 메르타는 땀 냄새와 묵은 맥주 냄
새에 휘말렸다.

　「세상에, 당신 숨 한번 가빠지지 않는군. 혹시 건강식을 드
시고 운동도 하면서 건전하게 사는 그런 분이신가?」 그가 물
었다.

　「그러려고 노력하지.」

　「역기도 좀 들어 올리시고?」

　「그것까진 딱히.」

　「그럼 가벼운 아령 운동에 대해서도 들어 본 적 없겠는데?」
메르타가 고개를 저었다.

「굉장한 물건이에요. 그쪽이 보디빌딩을 하고 싶다면 말이지.」 그 사람은 미친 듯 웃다가 숨을 심하게 헐떡이며 볼록한 배를 메르타에게 꾹 눌러 댔고, 메르타는 숨을 쉴 수가 없을 지경이었다. 바로 그때 하느님이 보우하사 음악이 끝났다. 메르타는 그 사람에게 춤을 춰줘서 감사하다고 인사하고는 밴드가 다음 음악을 연주하기 전에 얼른 뒤로 빠졌다. 그때 친구들의 모습이 눈에 들어왔다. 갈퀴와 스티나는 댄스 플로어 저편에서 꼭 끌어안은 채 춤을 추고 있었고, 안나그레타도 춤 요청을 받은 참이었다. 천재는 조금 떨어진 곳에서 10대들과 이야기 중이었다. 다들 자기 일에 열중한 듯 보였다.

메르타는 잠시 기다리다가 그냥 집에 가기로 마음먹었다. 바로 그때 롤란드의 모습이 보였다. 그렇다, 그 사람이었다! 메르타가 속으로 미소를 짓고 그에게 다가서려는데, 롤란드가 아내와 함께 댄스 플로어로 나왔다.

46

다음 날, 모두가 어제의 행사가 성공적이었다는 데 동의했다. 롤란드와 이르마도 만족스러워했다. 당연히 메르타도 기뻐해야 했겠지만, 그녀는 익숙지 않은 우울감에 축 처져 있었다. 〈시골의 날〉은 엄청난 노력의 결과였지만, 지금 그녀는 불현듯 공허감을 느끼고 있었다. 이제 뭘 하나? 카페에서 말린이 빵과 크루아상을 별로 많이 팔지 못했다고 불평하고 나서야 메르타는 스스로를 다잡고 평소처럼 예전의 모습으로 돌아갔다. 그녀는 말린과 릴리안에게 장터 가판대에서 간식을 팔면 어떻겠느냐고 제안했지만 둘은 그 제안을 거절한 바 있었다. 메르타는 말린에게 그 일은 본인들 탓을 할 수밖에 없다고 말했다.

시간이 흘렀고, 상황은 그럭저럭 평온했다. 뒤쪽 정원의 울타리에는 꽃이 만발했다. 갈퀴는 온실에 허브를 잔뜩 심었고, 메르타는 그것들을 맛보고 싶어 안달이 났다. 그녀는 온갖 방식으로 로즈메리, 타임, 오레가노, 레몬밤을 시험해 보았고, 그래서 최근 메르타가 차린 식사에는 나름의 풍미가 돌기 시작했다. 하지만 갈퀴는 만약의 사태를 대비해 식탁에 향신료가 놓여 있는지 늘 확인했다.

이 시기에 메르타는 놀랄 만큼 얌전히 지냈다. 처음에 사람들은 메르타가 아픈 줄 알았지만, 그녀가 소파에 놓아둔 뜨개질감을 깜박하고, 코를 빠뜨리는 바람에 천재의 스웨터가 아주 이상한 모양이 되어 버린 데다가, 하품을 크게 하며 나무딸기술을 설거지물에 그냥 쏟아 버리는 일까지 벌어지자, 그녀가 그저 엄청나게 지쳤을 뿐이라는 사실을 깨달았다. 사람들은 암묵적인 동의라도 한 양 폭풍 전야의 고요 속에서 휴식을 취했다. 분명 조만간 메르타가 다시 활동을 개시할 테니 말이다.

〈시골의 날〉 덕에 주유소도 일시적으로나마 문을 열었고, 농장 가게도 이익을 남겼으며, 주차장, 가판대, 그 밖의 여러 놀이 기구에서 거둔 수익은 마을 금고를 채우는 데 많은 도움이 되었다. 이 때문에 롤란드, 이르마, 마을의 중요 인물들은 내년에도 〈시골의 날〉을 개최해야겠다고 생각했다. 유령의 집과 사랑의 터널은 유지해야겠지만 다른 행사에 대해서는 다시 생각해 볼 여지가 있었다. 몇몇 사람들은 파트너 업고 달리기 대회에 의문을 제기했다. 지역 남성들 대다수의 의견은 만약 이 대회를 열 이유가 있는 거라면 명칭을 〈아내 업고 달리기〉라고 바꿔야 한다는 것이었고, 아내를 물웅덩이에 빠뜨렸던 사람은 대회 측에서 구조 팀이 대기할 수 있도록 조치를 취해야 한다고 요구했다.

하지만 지역민들은 행사에서 거둔 수익이 헴마비드에 좋은 방향으로 사용되었다는 이야기를 듣게 되었고, 노인 강도단도 그 사실을 알게 되었다. 더 많은 지역 주민들이 메르타와 친구들에게 친근한 태도로 반갑게 인사를 건넸는데, 그들을 알아보는 게 분명했다. 물론 이는 좋은 일이었다. 하지만 마냥 좋은 일이라고만 하기는 어려울 듯했다. 이제 사람들이 그들을 의식하기 시작했다는 뜻이었으니까.

그런 연유로 노인 강도단은 잠시 몸을 낮추고 집안일에 매달리기로 결정했다. 갈퀴와 천재는 온실을 확장시켰는데, 그래야 온실이 본채와 더 가까워짐으로써 바람막이 역할을 할 수 있는 데다가 베란다에서 바로 온실로 들어갈 수도 있기 때문이었다. 갈퀴는 이에 더하여 돛을 만들 때 쓰는 하얀 천과 요트 무늬가 새겨진 바다 색깔 쿠션으로 만든 편안해 보이는 해먹도 하나 달아 두었다. 유일한 문제는 감히 누구도 그 해먹을 사용할 엄두를 못 내면서도 그 사실을 인정하려 들지도 않는다는 점이었다. 일흔 살이 넘은 사람이 해먹에서 떨어져서는 안 될 말이니 말이다. 그래서 사람들은 갈퀴가 만든 멋진 해먹을 칭찬하기는 했지만 다들 해먹 대신 흔들의자에 앉아 있는 쪽을 택했다.

〈시골의 날〉이 열리고 몇 주 뒤, 스티나는 온실에 느긋이 앉아 있었다. 문이 열려 있어서 온실 안은 크게 덥지 않았고, 갈퀴는 식물을 돌보느라 바빴다. 요즘 그는 방울토마토, 오이, 고추를 키우는 데 그치지 않고, 난초까지 들여 온실을 꾸며 놓았다. 하지만 콧노래를 신나게 흥얼거리며 일하는 그 모습에, 스티나는 조만간 뭔가 일어날 것 같다는 예감이 들었다. 온실을 분주하게 바삐 돌아다닐 때 그는 늘 기분이 좋았지만 지금은 긴장하고 있는 듯 보였다. 스티나는 그 이유를 짐작할 수 있었다. 이르마 교장이 갈퀴에게 〈매력 강좌〉를 개설해 달라고 부탁했던 것이다.

「엄청난 도전이군요. 그래도 식은 죽 먹기로 준비할 수 있죠!」 갈퀴는 그렇게 호언장담하고는 그 뒤로 며칠 동안 자기가 중요한 사람이 된 기분에 무척이나 뿌듯해했다. 하지만 이제 약속을 지킬 시간이 되었다.

「갈퀴, 강좌 준비는 어떻게 잘 하고 있어?」 스티나가 물었다.

그는 흠칫 놀라더니 모종삽을 멍하니 든 채로 허공에서 동작을 멈췄다. 「아, 그럼. 그거 때문에 엄청 바빠.」 그가 말했다.

「나한테 강좌 이야기해 줄 생각 있어?」

갈퀴가 노트를 들고 와서는 스티나 곁에 앉았다. 그는 자기가 쓴 글을 흘끗 보았다.

〈표범들을 위한 특별한 자기 계발 강좌에 오신 걸 환영합니다!〉

표범? 요즘에 노인들이 분명 그렇게 불리긴 했다.[32] 하지만 누가 이걸 자연 보호나 동물 돌봄 수업 같은 걸로 생각하

32 사회 운동가 매기 쿤이 설립한 NGO인 회색 표범 Gray Panthers을 가리킨다. 노인 인권, 사회 보장 체계 등과 관련하여 활발하게 활동하고 있는 단체이다.

면 어쩌려고? 그건 아니다. 다른 말을 생각해 내야 했다. 이르마가 요청한 것은 홀로 사는 노인들이 보다 매력적인 사람이 되어 고독에서 벗어날 수 있게 해줄 강좌였다. 다시 말해 잘하지 못하는 사람들을 잘할 수 있도록 격려하는 강좌였다. 하지만 그러려면 참가자들이 버젓한 행동거지, 즉 매력적인 행동을 배워야 했다.

〈주위 사람들을 매혹시키고 즐겁게 지냅시다!〉

그래, 뭐. 이건 잘 쓰긴 했지. 하지만 이런 식으로 수업을 한다고 하면 너무 경박하게 들릴지도 모르겠다⋯⋯.

〈내면의 힘을 해방시킵시다! 우리 노인들이 자기 자신과 동료 주민들에 대해 알아 가는 수업에 오신 걸 환영합니다.〉

이건 훨씬 낫다. 하지만 이다음에 뭘 어쩐다는 거지? 갈퀴가 스티나를 흘끗 보았다. 그는 이미 인터넷도 열심히 찾아봤고 자기 계발 서적에서도 몇 구절 따와서 잘 적어 두었다. 하지만 아무래도 그녀의 도움이 필요할 게 분명했다.

「스티나, 이것 좀 들어 봐.」 갈퀴가 그렇게 말하고는 노트를 보며 멋지게 들릴 법한 구절을 골랐다.

「〈두 발을 땅에 딛고 서 있어야만 우리는 지금 여기와 소통할 수 있으며⋯⋯.〉」

「어, 그런가?」

음, 그게 문제였다. 대체 이게 무슨 소린가? 사람이 당연히 두 발로 땅에 서 있지. 우주인도 아닌데! 심지어 미스 유니버스도 제 발로 땅에 서 있다⋯⋯. 이거 생각보다 훨씬 어려운 일이잖아. 하지만 이르마의 부탁이었다. 그의 사교 능력을 높이 산 게 분명했고, 그를 틀림없이 신뢰하고 있었다. 말인즉슨 성과를 보여 줘야 한다는 뜻이었다…….

갈퀴는 스스로를 격려해 보려 애썼다. 진짜 믿음직스러운 사기꾼의 기술을 활용해 보면 어떨까? 그렇다면 강좌 수강생들은 주변 사람들을 홀리는 법 하나는 확실히 배울 것이다. 세상에나, 강좌는 진짜로 잘 굴러가겠지! 하지만 그러다가 수업 후에 수강생들이 진짜로 사람들을 속이고 착취하는 일이 벌어지면 어쩌나? 이 지역 최고의 호구들이 속아서 돈과 재산을 날리게 된다면 말이다…….

아니, 그건 답이 아니었다. 갈퀴는 스티나와 협력하는 게 최선이라는 점을 새삼 상기하며 자리에 앉아 있었다. 그녀가 수강생들에게 외모를 말끔하게 꾸미는 요령을 전수하고, 그는 사교성, 멋지게 옷 입는 법, 에티켓, 대화 기술, 고상함과 우아함을 가르치는 것이다.

「어, 저기, 스티나…….」

그녀가 윤이 반질반질 나는 여성지에서 고개를 들어 그에게 따스한 미소를 지었다.

「응? 무슨 일이야, 갈퀴?」

「매력이라는 게 가르치기가 힘든 거더라고. 그렇긴 해도 우리가 본인들이 각자 가지고 있는 최선의 장점을 발전시키도록 해줘야겠지.」

스티나가 잡지를 옆으로 치우고는 자리에서 일어나 태블릿을 가져왔다.

「매력에 대해 이야기하려면 일단 매력이 뭔지를 알아야

해.」그녀가 갈퀴 옆에 다시 앉으며 말했다. 「내가 위키피디아에 나온 정의를 큰 소리로 읽어 봐야 할 것 같네.」

갈퀴가 고개를 끄덕였다. 스티나가 안경을 고쳐 썼다.

「〈매력이란 특정한 인격에 속한 특성으로, 여기에는 자석처럼 마음을 끌어당기는 자질이 포함되어 있다…….〉」그녀가 위키피디아에 나온 구절을 읽었다.

갈퀴가 손가락으로 머리를 쓸어 넘기고는 노트를 흔들었다. 「맞아, 누구는 그런 특성이 있고, 누구는 없지…….」

「사람들에게 건강한 신체를 유지하도록, 자기 외모에 신경 쓰도록, 남의 말을 귀 기울여 듣고 타인을 배려하도록 가르칠 수 있을 거야. 그냥 단순히 자기 이야기를 하는 거 말고. 그러면 당장에 훨씬 더 매력적이 될걸.」스티나가 말을 이었다.

「그렇고말고. 게다가 상대에게 좋은 반응을 얻고 싶다면 어깨에 팔도 둘러야 해.」갈퀴가 덧붙였다. 「신체 접촉이 엄청 중요한 거라고.」

「사람들에게 매력적으로 입으라고, 평상복을 잘 입고 다니라고, 잘 씻고 좋은 냄새를 풍기라고 가르쳐야 해. 당연히 남자들은 애프터 셰이브 로션 냄새를 너무 심하게 풍기지 말아야 하고…….」

「좋은 냄새라? 〈달아오른 꼬마 악마〉는 어때?」

「나 참, 그 이야기를 또 꺼낼 생각인가 봐?」스티나가 투덜거렸다. 「내면의 매력이 가장 중요하다는 사실을 잊으면 절대 안 돼.」

「내면? 그야 물론이지!」갈퀴는 그렇게 말하다가 그랜드 호텔의 바에서 보았던 미인들 중 한 명이 떠올랐다. 뱃머리 같던 그녀의 웅장한 돌출부는 옛 대서양 횡단 증기선쯤은 너끈히 침몰시킬 수 있을 터였지만, 갈퀴는 그녀의 내면에 대해서는 아무것도 몰랐다. 그런데 설마 실수로 그녀를 쿡 찌르기라도 했던 건 아니겠지? 바에 CCTV가 있어서 거기 찍히는 바람에 갑자기 성추행으로 기소를 당하기라도 하면 어쩌나? 아니, 아니다. 비록 바를 왔다 갔다 하며 돌아다니기는 했지만, 그는 분명히 적절하게 행동했다. 하지만 만약 CCTV 때문에……. 거기까지 생각이 미치자 갈퀴는 얼어붙었다. 세상에, 만약 바에 카메라가 설치되어 있었다면…….

「당신이 제안하는 수업 내용을 적어서 이르마에게 줘. 그런 다음에 강좌를 시작할 때 우리가 같이 수업을 하면 돼. 당신이 남자들을 가르치면 내가 여자들을 맡을 수 있겠지. 한 주가 끝날 때 남녀를 합치는 시간을 가지면 될 거야.」

「그래. 그러면 되겠네, 스티나.」

「완벽해. 갈퀴, 우리가 한마음으로 같이해서 무척 기뻐. 이 강좌 정말 잘될 거야.」

그 말에 갈퀴는 얼굴이 붉어지며 다시 기분이 좋아졌다. 최소한 CCTV 영상 생각이 다시 떠오를 때까지는.

47

쿠르트 뢰반데르 경감은 그날의 일과를 마친 뒤 외투를 입었다. 그는 창밖을 흘끗 보고는 생각에 잠겼다. 거대한 보름달이 나무 꼭대기 위 불덩이처럼 떠오르고 있었는데, 그 모습이 눈부시게 장엄하여 숨이 멎을 지경이었다. 발코니로 나가 저 아름다운 광경을 만끽한다면 얼마나 좋을까 싶었지만, 경찰서에서 파티가 열릴 예정이었고 뢰반데르는 자기가 장을 보겠다고 이미 약속한 참이었다. 뭐 됐어, 길에서도 당연히 달은 잘 보이니까. 요즘 그는 시골이 그리웠다. 아내 베탄이 집을 팔고 스콕소스 외곽의 2층짜리 고급 타운하우스로 가자고 그를 설득했기 때문이다. 스파, 사우나, 그 외 수많은 최신 편의 시설이 있는 신축 건물이었다. 하지만 발코니와 통유리 창이 있는 건물이라 해도, 뢰반데르는 계절의 변화와 문간을 넘으면 보이는 자연이 그리웠다.

하지만 지금은 동료 경찰들과 신나는 파티를 벌일 참이었고, 그건 그의 구미에 딱 맞았다. 요즘 기분이 좋았기 때문이다. 최근에는 교통 검문소에 징발되지 않은 덕에 그는 자신만의 정찰 업무에 집중할 수 있었다. 알란 페테르손 시장이 최근 이 지역에 이사 온 노인 강도단에 대한 정보도 제공했다. 뢰반데르는 양심과 씨름한 끝에 과속 딱지를 〈어디 뒀는지 잊어버리기로〉 했고, 그 이후 그는 페테르손에게서 자잘한 정보를 잔뜩 받았다. 뢰반데르는 시장이 대니시페이스트리 카페에 버릇처럼 들락거리며 거기서 정보를 얻는다는 사실을 알고 있었고, 따라서 본인이 그곳에 직접 가볼 필요는 없을 듯했다. 페테르손은 믿음직한 정보원이었고, 그 덕에 뢰반데르는 더 멀리까지 촉수를 뻗을 수 있었다. 말인즉슨 지금처럼 동료 경찰들과 파티를 할 때는 긴장을 좀 풀어도 된다는 소리였다. 물론 베탄은 그가 집에 늦게 들어온다고 불평을 하겠지만, 1년에 한 번 다 같이 모이는 스웨덴 전통의 가재 파티[33]는 당연히 허락을 해줘야 하지 않나. 다른 사람들은 보드카를 사기로 했지만 뢰반데르는 딜과 가재를 사오겠다고 했다. 그는 롤란드 스벤손의 농장 가게에 전화를 걸어 스웨덴 가재 서른여섯 마리를 주문했다. 거기에 더하여 갓 구운 빵과 베스테르보텐치즈로 만든 파이, 지역에서 재배한 맛있는 채소도 주문했다.

뢰반데르는 서둘러 계단을 내려가 주차장으로 향했다. 그는 즐겁고 들뜬 기분으로 운전석에 앉아 차를 출발시켜 헴마비드로 향했다. 가는 길에 그는 은퇴한 노인들이 교통 검문소를 차렸던 장소를 지나쳤다. 영화 촬영에 폴란드 배우

33 가재가 가장 맛있는 달인 8월에 모여 가재 요리를 먹고 술을 마시는 파티.

랬지. 그 어수선한 할머니가 그렇게 말했다. 그는 부근에 폴란드 사람이 없나 유심히 살펴보았지만 아무도 보지 못했다. 하긴 폴란드 사람들은 보통 스웨덴에 그렇게 오래 체류하지 않았다. 하지만 알란 페테르손의 말로는 대니시페이스트리 카페에 온 적 있던 노인 여러 명이 〈시골의 날〉에 가판대와 행사장 사이를 바쁘게 돌아다녔다고 했다. 행사 진행에 무척 깊숙이 관여했고 모두 스웨덴어를 사용했다고도 했다.

그 말을 듣고 뢰반데르는 외려 더 확신이 섰다. 노인 강도단에 집중하는 건 올바른 선택이었다. 쿵스홀멘에 전화해서 블롬베리의 플래시 드라이브에 있는 CCTV 영상을 확보해야 했다. 아마 화질을 올릴 수 있을 테고, 자기가 찾고 있는 사람들이 누구인지 아는 이상 그들을 분명 찾아낼 수 있을 터였다. 스톡홀름의 경매장 절도 건에도 여러 노인들이 연루되어 있었다. 같은 집단일 가능성이 있었다! 어쩌면 관심을 끌 만한 새로운 CCTV 기록도 있지 않을까? 그 부분도 살펴보는 게 좋을 듯했다.

농장 가게에 들어섰을 때 뢰반데르는 갓 구운 빵 냄새를 맡았고, 그 즉시 허기를 느꼈다. 갓 구운 빵 향기를 이용하여 손님들이 제품을 사도록 유도하는 가게가 있다는 사실은 알고 있었지만 지금 이 냄새는 진짜였다. 새로 문을 연 지역 빵집에서 빵이 막 배달된 참이었던 것이다. 뢰반데르는 가재 외에도 주문했던 딜, 치즈파이, 채소뿐 아니라 농장 가게에서 판매를 시작한 수제 바닐라와 딸기 아이스크림도 구입했다. 카드로 계산을 하고 가게를 나서려는데 문에 붙어 있던 수채화 형태로 제작된 화려한 광고가 눈에 띄었다.

내면의 영혼을 해방시켜요!
기분을 즐겁게 해줄 강좌에 초대합니다.

뢰반데르는 그 자리에 서서 광고를 바라보았다. 이게 대체 뭐지? 더 읽어 보니 자기 계발 강좌라는 사실을 알 수 있었다. 자기 자신에 대해 알 수 있고, 본인의 매력적인 개성을 자유롭게 표현할 수 있다고 했다. 그리고 참가자들을 공동체에 대한 새로운 감각과 의미 있는 내용으로 가득 찬 새로운 삶으로 초대한다고도 적혀 있었다. 뭐, 나한테는 해당 사항 없는 이야기군. 뢰반데르가 생각했다. 학교가 지역 주민들을 위해 일종의 기분 전환 강좌 같은 걸 개설한 게 분명했다! 강좌에 등록한다면 잠시나마 집을 벗어날 수는 있을 것이다. 하지만 매력적인 개성을 자유롭게 표현한다고? 어리석기 짝이 없는 소리였다. 설마 그가 그 방법을 모르기라도 하는 양 말이다!

하지만 달리 생각해 보면 뢰반데르는 퇴직까지 고작 1년 남짓 남았고, 퇴직하고 나면 외로워질 터였다. 아들은 집을 떠났고 그와 베탄 사이에는 공통점이 별로 없었다. 진료소가 문을 닫는 바람에 베탄이 일자리를 잃었고 그 뒤로 상황은 훨씬 더 안 좋아졌다. 그녀는 우울해했고 새로운 일자리를 찾을 기력도 잃어버린 채 집 안에 초라하게 들어앉았으며, 스스로를 추스르지도 못했다. 결국 둘은 저녁 식사 자리에서도 대화를 별로 나누지 않게 되었고, 그와 동시에 그녀의 질투심도 심해졌다. 아니, 그건 답이 아니라고 그는 생각했다. 인생은 한 번뿐이고, 그는 남은 세월을 가능한 한 즐겁게 보내고 싶었다. 이런 강좌에 가면 다른 상대를 만날지도 모른다. 요리도 잘하고 축구 경기를 보는 것도 좋아하는 사람을. 아니면 같이 와인을 한잔할 수도 있을 것이다……. 뢰반데르는 광고 앞에 계속 서 있었다. 내가 과연? 그는 경찰관이었고 많은 사람들이 그를 알아볼지 몰랐다. 그렇긴 해도, 당연한 이야기지만 그가 경찰복을 입고 그 자리에 나가지는 않을 터였다.

베탄에게는 감시 업무를 하러 나갈 일이 생겼다고 해야겠다. 어떤 면에서 보자면 사실이기도 했다. 혹여나 아는 사람과 맞닥뜨리면 일하는 중이라고 말하면 될 것이다. 안 될 게 뭐 있나? 이런 종류의 강좌에서 평소에는 눈에 잘 안 띄고 밖에 별로 나오지도 않는 지역민들과 접촉하게 될 수도 있다. 그 사람들이 헴마비드에 새로 이사 온 그 연금 수급자들에 대한 귀중한 정보를 줄지 모른다. 업무와 즐거움을 결합하는 차원에서 강좌를 등록하는 것도 괜찮지 않을까? 그는 보는 사람이 있는지 확인하고는 휴대 전화 카메라로 광고를 찍었다. 수업에 나가 봐야겠군. 뭐 어쨌거나 잃을 건 없었다.

48

흐린 날씨였다. 바람이 호수 위를 스치자 수면에 잔물결이 일었다. 쌀쌀했지만 외투를 입을 정도로 춥지는 않았다. 이 정도면 괜찮네. 추위를 자주 타는 메르타가 생각했다.

그녀와 친구들은 헴마비드 근처의 롬멘 호수에 도착했다. 호수에는 보트 창고, 수영용 선창, 작은 모래사장이 있었다. 선창 옆에는 〈헴마비드 항해 교실〉이 새로 구입한 소형 보트 여덟 척이 늘어서 있었다. 항해 교실은 현재 이르마의 학교와 연계된 수업 과정이었다. 천재의 작업장이 거둔 성공에 자극받은 갈퀴가 자기도 학생들에게 선박 조종술을 가르치겠다며 이르마를 설득했던 것이다. 왜냐하면 갈퀴가 말했듯이 바다는 사람들에게 도움이 되고 만약 바다에서 일하고픈 학생이 있다면 그가 가르쳐 줄 수 있는 게 많았으니까.

「생각해 봐, 애들이 졸업하기 전에 당신이 그 애들을 선원으로 만들어 주는 거지.」스티나가 정박되어 있는 보트를 보며 말했다. 「그리고 천재, 당신이 아이들에게 기술과 기업가 정신을 가르쳐 주고 말이야. 헴마비드는 곧 시골의 모범이 될 거고 사람들이 방문해야 하는 곳이 될 거야.」

「내 말이 그 말이야. 갈퀴의 학생들은 뱃사람이 될 수 있고, 내가 가르친 기술자들은 본인 회사를 창업하고.」천재가 뿌듯한 목소리로 말했다. 「몇몇은 벌써 사업을 시작했어. 굉장하지 않냐 이거지!」

「우리가 정치인들을 시골로 데리고 와서 여기서도 혁신이 일어날 수 있다는 사실을 보여 줘야 해. 그래, 그 사람들에게 기회에 대해 역설해야 한다고.」안나그레타는 큰 소리로 말하다가 자기가 꼭 정치인처럼 말한다는 사실을 깨달았다.

「하지만 어떻게 그 일에 착수하지? 집권자들은 무슨 강력 접착제라도 붙여 놨는지 국회 의사당 의자에 딱 붙어 앉아 있잖아.」스티나가 말했다.

「사실은 방법이 한 가지 있어.」메르타가 자기 머릿속에 있는 생각을 과감히 말하겠다는 듯 두 손을 비볐다. 선창 가장자리에 다리를 늘어뜨린 채 앉아 있던 갈퀴가 걱정스러운 얼굴로 천재를 흘끗 보았다. 메르타가 저런 식으로 손을 비비면서 뭔가 할 말이 있다는 표정을 지으면 아주 큰 계획을 염두에 두고 있다는 뜻이었으니까. 천재가 메르타의 어깨에 가볍게 손을 얹었다.

「속 시원히 말해 봐, 메르타. 우리가 뭘 했으면 좋겠어?」

「유괴.」메르타가 대답했다.

「유괴? 세상에! 진담은 아니겠지!」안나그레타가 외쳤다. 하지만 천재는 침착함을 유지하며 조용히 하라는 듯 손가락을 들어 올렸다.

「더 자세히 말해 줘, 메르타.」 그가 말했다. 「말이 유괴라는 거겠지. 당신이 진짜 염두에 두고 있는 걸 다 털어놔 봐.」 천재가 사리 분별 있는 다정한 목소리로 말했다(그는 갈퀴와 스티나가 쓴 매력 강좌에 대한 노트를 슬쩍 보았고, 그 내용에 깊은 인상을 받았다).

「내 말은 우리가 그 사람들을 여기로 데려와야 한다는 거야. 힘 있는 사람들, 그러니까 정책을 결정하는 정치인들.」

「그런데 말이지, 국회 의사당에는 3백 하고도 49명이나 되는 의원이 있다고.」 갈퀴가 한숨을 쉬었다.

「바로 그 때문에 교묘한 방법을 생각해 내야 하는 거지.」

「하지만 어떻게 그 사람들을 여기로 데려올 건데? 내가 듣기로는 그 사람들 심지어 스톡홀름 외곽 교외 지역에도 발걸음을 안 한다던데.」 스티나가 말했다.

「뭐, 우리가 거대 광업 회사에서 나온 사람들이고 아주 귀중한 광산 매장층을 발견했다고 말할 수도 있겠지.」 천재가 제안했다. 「이윤을 5 대 5로 나누자고 제안하면 분명 여기로 와서 둘러볼 거야.」

「아무도 그런 말엔 안 걸려들걸. 그냥 금광을 찾아냈다고 확 말해 버리면 안 될까?」 스티나가 대꾸했다.

「사랑의 터널에 페로몬을 뿌리고 부테릭스[34]에서 사온 가짜 금을 늘어놓아도 되겠다. 그럼 곧바로 행복해지고 유순해질걸.」 안나그레타가 키득거렸다.

34 스웨덴의 파티 용품 전문 회사로, 1903년 창업했다.

「복잡한 계획은 필요 없어. 실은 내게 아주 재미있는 아이디어가 있거든.」메르타가 다시 손을 비볐다. 「하지만 당연히 우리가 아주 애를 많이 써야 하겠지…….」

49

매력 강좌는 순조롭게 출발했다. 처음에는 강좌에 등록한 사람이 무척 적었지만 스티나가 멋진 아이디어를 냈다. 희망자에 한해 〈화장법〉 수업을 영상으로 찍어 제작해 본다는 아이디어였다. 영상에는 참가자들의 화장 전과 후의 모습을 담았다. 그러자 이내 강좌 신청이 꽉 찼다. 심지어 갈퀴도 호기심이 일어 거기에 참여하고 싶어졌다. 어쨌거나 그의 자존감도 그랜드 호텔에서 약간 충격을 받았으니 말이다. 하지만 스티나는 자기 강좌를 따로 진행하는 선생에게 그게 그리 좋은 아이디어가 되기 어렵다고 말해 뒀다.

강좌 첫날 수강생들은 두 그룹으로 나뉘었고, 스티나는 전에 합의를 본 대로 여성 수강생을 담당했다. 그녀는 신경 써서 화장을 하고 하이힐, 딱 붙는 슬랙스, 거기에 잘 어울리는 재킷으로 멋을 한껏 냈다. 여기에 더하여 반짝이는 귀걸이와 목걸이도 걸쳤다. 1930년대풍 헤어스타일(그녀가 듣기로는 이게 요즘 최신 유행이라고 했다)이 어찌나 우아한

지 미용사마저 질투심이 솟을 듯했다. 정말 압도적으로 근사한 모습이라서 일곱 명의 여성 수강생들은 할 말을 잃었다. 세상에, 은퇴 노인이 이렇게 멋져 보일 수 있단 말이야?

수강생들은 세 명을 제외하고 모두 예순 살 이상이었다. 강좌를 잘못 찾아온 게 분명한 젊은이 한 명과 실제 나이보다 더 늙어 보이는 다소 초라한 행색의 55세 수강생 두 명으로, 어쨌거나 강좌에 끝까지 남았다. 수강생 대부분은 평균적인 스웨덴 사람이었지만, 연재만화 속 인물 같은 기묘한 인물 두 명만은 예외였다. 하지만 갈퀴와 스티나가 사전에 합의를 본 대로 강좌에 등록한 사람들이라면 모두 따뜻이 환영받을 것이었다. 더 많은 사람을 도울수록 더 좋은 것이니까.

수강생들이 교실에 착석하자 스티나가 따스한 미소를 지으며 우아한 걸음걸이로 강단에 올라 두 팔을 앞으로 쭉 뻗었다.

「모두 안녕하세요. 환영합니다!」 그녀는 그렇게 말한 뒤 여성스러운 몸짓으로 머리를 뒤로 쓸어 넘겼다(그녀는 수강생들이 강의의 의미를 이해하고 요점을 파악할 수 있도록 이 몸짓을 세 번이나 반복했다). 그런 다음 강의 개요를 간단히 설명했고, 그러는 동안 실용적인 복장을 입고 기대에 차서 그녀 앞에 앉아 있는 사람들을 살펴보았다. 마지막으로 스티나는 공식 강좌 일정표를 나눠 주며 이렇게 말했다.

「아시겠지만 여기 시골에는 독신 남성들이 남아돌죠. 많은 멋진 남성들이 자기 소유의 농장에 살면서 여성들을 애타게 기다리고 있어요. 친애하는 여러분, 그게 지금 우리가 바꿔야 할 상황입니다. 왜냐하면 여러분, 그래요, 바로 여러분이 이 강좌가 끝난 뒤 변화를 일으킬 수 있는 사람들이기 때문이죠!」

그 자리에 있던 여성들은 허리가 타이어 두른 듯하건 아니건, 화장을 했건 안 했건, 콧수염이 있건 없건 간에 서로를 쳐다보았고, 그 즉시 희망을 품게 된 듯했다.

「하지만 어떻게 시작하면 되죠?」 풍만한 여성 한 명이 질문했다. 그녀는 오랜 세월에 걸쳐 욕실 저울을 마르고 닳도록 사용하며 계속해서 갈아 치워 온 여성이었다.

「우리가 이 강좌를 통해 차근차근 다 살펴볼 거예요.」 스티나가 말했다. 「건강과 영양에 대한 다양한 요령을 전해 드릴 거예요. 매일 지팡이를 사용해 산책하며 하루를 시작해야 해요. 더 강해진 기분이 들고, 몸 상태도 더 좋아질 거예요. 몸무게도 1~2킬로그램 정도 빠지겠죠. 그런 다음에는 제 옷장을 보러 오시면 돼요. 제가 옷도 좀 보여 드리고 그런 물건을 산 이유에 대해서도 말씀드릴게요. 화장품 사용법, 사람들 사이에서 처신하는 방법, 다른 사람에게 말을 걸 때 제대로 운을 떼는 법도 배울 거예요. 그 외에도 이런저런 요령들을 가르쳐 드릴게요. 영상에 찍힌 자기 모습을 잘 연구하면 얼마 안 가 변화를 깨닫게 될 거예요.」

「그럼 남자들은요? 우리만 남자들을 즐겁게 해줘야 하는 건 아무래도 아니지 않나요?」 헤어네트를 쓰고 턱에는 뽑아야 할 털 몇 가닥이 달린 여성이 말했다.

「오, 물론 아니죠. 남자들은 숙련된 남성 강사에게 특별 교육을 받아요. 잘될 테니까 한번 기다려 보세요.」

흡족해하는 웅성거림이 강의실을 채웠고, 스티나는 용기가 났다. 그녀는 손뼉을 쳐서 사람들의 주의를 끌었다.

「자, 그럼 시작합시다. 제가 여러분들이 본인 모습을 확인할 수 있도록 학교 운동장에 카메라를 설치했어요. 그걸로 본인의 외모, 자세, 움직임 등을 볼 수 있겠죠. 그런 다음 같이 영상을 보며 그것에 대해 이야기할 거예요. 서로에게 예의를 지키는 한에서 모두 하고 싶은 말을 자유롭게 할 수 있어요. 토론 뒤에 유명 영화배우는 어떻게 움직이는지 같이 보고 나서 비교를……..」스티나가 말을 멈췄다.

여성들이 촬영 문제를 생각하는 동안 교실에는 죽음 같은 침묵이 흘렀다. 세상에! 영상에 찍힌다고? 어머나, 이를 어째. 어쩌면 좋지?

「자, 그럼 운동장으로 나가서 시작해 볼까요.」

그녀는 사람들을 모아 다 같이 바깥으로 데리고 나갔다. 이제 갈퀴가 교실로 들어올 차례였다. 스티나와 마찬가지로 갈퀴도 수강생들에게 환영 인사를 건넨 뒤 수업 내용을 설명하고 나서 외모는 어떻게 해야 하는지, 옷은 어떻게 입어야 하는지, 주변 사람들을 매혹시키는 방법에는 무엇이 있는지 등에 대해 최선을 다해 조언해 주었다. 놀랍게도 몇몇 사람들이 그에게 이의를 제기했다.

「왜 목에다 스카프를 두르면 더 매력적이라는 거죠?」수강생 한 명이 질문했다.

「TV 앞에 앉아 맥주를 마시고 감자칩을 먹지 말라는 이유가 뭐죠? 그럼 퇴근하고 집에 와서 할 수 있는 게 또 뭐가 있어요?」또 다른 수강생이 물었다. 말투가 대놓고 공격적이었다. 질문한 사람은 전직 무술가였고, 근육도 아주 잘 발달해 있어서 갈퀴는 자칫하다가는 얼굴에 주먹을 맞을까 두려워 감히 반박하지 못했다.

「어, 그러니까, 네, 주말에야 맥주 드셔도 되죠. 하지만 매일은 안 됩니다. 너무 많이 마셔도 안 되고요. 왜냐하면 안 그랬다가는 과체중이 되거든요.」그는 좀 더 수강생의 입맛에 맞는 조언을 했다. 「요즘은 무알콜 맥주도 구할 수 있으니까요.」

「무알콜? 풋, 그딴 건 당신이나 잔뜩 드시지……」방금 광산에서 빠져나와 샤워도 하지 않은 것 같은 한 건장한 70대가 툭 하고 내뱉었다. 뒤이어 침묵이 흘렀고, 갈퀴는 자기가 지금 지뢰밭에 서 있다는 사실을 깨달았다. 그래서 그는 맥주 대신 개인위생, 남성용 향수, 어울리는 복장 등에 대한 이야기를 꺼내기 시작했다. 몇몇 수강생들이 제대로 잘 차려입은 건 사실이었지만, 몇십 년째 같은 재킷과 바지를 입고 있는 듯한 사람들도 제법 되었다.

「내 재킷은 1952년에 산 건데 앞으로 몇 년은 더 갈 수 있을 거요.」광산에서 온 사람이 사람들에게 호언장담했다.

「내 바지가 얼마나 편한데, 그걸 왜 바꿔요?」또 다른 사람이 질문했다. 입고 있는 바지가 하도 축 늘어져 있어서 만약 그가 마술사였다면 양쪽 다리에 각각 토끼 한 마리씩은 쉽게 숨길 수 있을 정도였다. 하지만 갈퀴가 남성용 향수 이야기를 꺼내자 분위기는 더 나빠졌다.

「선생, 이제 좀 있으면 말에다가도 향수를 뿌리라고 하시겠구먼..」 부르트레스크에서 온 농부가 외쳤다. 표정이 상당히 불만스러워 보였다.

「닭들이 샤넬 향수 냄새를 풍기며 돌아다니겠네.」 또 다른 사람이 비웃듯 말했다.

갈퀴가 건강식 문제를 꺼내며 수강생들이 맥주와 베이컨 샌드위치 소비를 줄이고 대신 과일과 채소를 더 많이 먹어야 한다고 했을 때도 상황은 딱히 더 나아지질 않았다. 그가 에라 모르겠다 하는 심정으로 지팡이 사용이 건강에 이득이 된다는 말을 시작하자 이번에는 거의 난리가 났다.

「선생, 이 학교에는 제대로 된 체육관이 없소? 봉, 트레드밀, 크로스 트레이너, 로잉 머신이 갖춰진 체육관 말이요. 진짜 남자들을 위한 설비들이 있는 곳. 난 절대 빌어먹을 이쑤시개 따위를 들고 돌아다니지 않을 거라고!」 무술가가 소리쳤다.

갈퀴는 잠시 쉬는 시간을 갖자고 제안하고는 스티나를 찾아 적절한 조언을 얻기 위해 서둘러 나갔다. 강의를 계속 진행하는 것이 생각했던 것보다 훨씬 더 힘들었다. 하지만 매력 강좌에 등록을 한 건 본인들 아닌가? 왜 조언을 안 받아들이려고 하는 거지?

「나보다는 당신이 더 힘들 거야. 자기가 제일 잘 안다고 생각하는 사람과는 말이 통하기 힘들지. 술책을 좀 부려야 할걸!」

한편 무술가는 창고에서 역기를 찾고 있었고, 그곳에 다른 사람들도 같이 데려갔다. 사람들은 즉시 역기를 들어 올리기 시작했지만 체격도 볼품없고 나이도 예순이 넘다 보니 얼마 안 가 허약함이 티가 났다. 어떤 사람은 손목을 삐었고, 또 다른 사람은 근육이 심하게 늘어나 괴로워하는 와중에 하도 입어서 이미 반들반들 닳아 빠진 바지 윗부분이 찢어졌다.

이때쯤 갈퀴는 발걸음을 신중히 옮겨야 한다는 사실을 깨닫기 시작했다. 이 사내들은 거친 사람들이었고, 그 사실에 맞춰 교육 내용을 수정해야 할 터였다. 그는 얼른 주제를 바꿔 여성을 대하는 법을 가르쳤다. 그가 그 이야기를 꺼내자 사람들이 관심을 보였다. 하느님 감사합니다. 이제 흥이 오른 갈퀴는 여성을 꼬드기는 속임수와 수법에 대해 아는 바를 탈탈 다 털었고, 그게 얼마나 잘 먹히는지 말해 주었다. 그러는 동안 수강생들은 갈퀴의 강의를 열심히 받아 적었는데, 그중에는 몰래 교실로 들어와 뒤쪽에 앉아 있던 천재도 포함되어 있었다.

갈퀴가 사람들 앞에 서서 여성에 대해 이야기하는 동안 수강생들은 모두 무척 즐거워 보였다. 콧수염을 기른 사람 한 명만 제외하고. 갈퀴는 그가 불편했다. 에럴 플린 내지는 오래전 잊힌 1930년대 배우를 우상으로 삼고 있는 게 분명한 그 콧수염 남자는 강의를 듣기는 했지만 말은 한마디도 하지 않았다. 그저 갈퀴를 빤히 바라보기만 할 뿐이었다. 매력 강좌의 강사로서 이상한 반응을 접할 마음의 준비는 해야 했지만, 갈퀴는 무척 거북한 기분을 느꼈다. 그 사람은 계속 빤히 갈퀴를 쳐다보았고, 이 때문에 갈퀴는 소름이 돋기 시작했다. 그때 번뜩 생각났다. 저 사람을 예전에 본 적이 있다는 사실이.

50

    월요일, 화요일, 수요일에는 여성 수강생과 남성 수강생이 따로 강의를 들으며 각자 새롭게 거듭났다. 목요일 아침이 되자, 수강생들은 자기들이 얼마나 많이 변했는지를 직접 확인했다. 수강 중에 찍힌 영상을 보면서 그들은 자신들이 믿을 수 없을 정도로 나아졌다는 사실을 깨달았고, 그리하여 자존감이 한껏 상승했다. 목요일 오후, 마침내 두 그룹이 함께 모일 시간이 되었다. 스티나와 갈퀴는 크루아상을 곁들인 다과회를 마련했고, 수강생들은 자기들이 할 수 있는 가장 멋진 대화를 실제로 연습해 볼 수 있었다. 처음에는 다들 좀 헤맸지만 이내 훨씬 편안해졌다.

    강좌 마지막 날에는 모두 상당히 멋있어졌다. 애초에 보였던 수줍고, 주뼛거리고, 서툴던 모습은 거의 찾아볼 수 없었다. 그들은 완전히 반대로 탈바꿈했다. 수강생들은 스티나와 갈퀴가 마련한 종강 파티에 예의 바르고, 친절하며, 세상 경험이 풍부한 모습으로 가뿐하게 등장했고, 남성과 여성 수강생들은 새롭게 몸에 익힌 사교성을 유감없이 발휘했다. 몇몇은 진짜로 추파를 던지기까지 했는데, 에럴 플린을 닮은 뢰반데르는 최근 이 지역에 이사 온 매력적인 50대 여성 엘리사베트 앞에서 아주 멋진 모습을 선보였다. 엘리사베트는 유쾌하고 긍정적인 사람 같았고, 뢰반데르는 전화번호를 물어보면서 강좌 후에도 같이 어울리지 않겠느냐고 제안했다. 그녀는 무척이나 예뻤던지라 뢰반데르는 같이 사진을 찍어도 되겠냐고 물었고, 그녀는 우호적인 미소를 지으며 찍어도 좋다고 말한 뒤 사진을 보내 달라고 했다.

「이 강좌, 은퇴한 노인들 대상으로 하려던 거 아니었어?」 메르타가 엘리사베트와 그 외의 나이가 적은 여성 수강생들에게 미심쩍은 시선을 보내며 물었지만, 갈퀴와 천재는 융통성을 발휘해야 얻는 게 많은 법이라고 그 즉시 해명했다.

자기도 한몫 기여하고 싶었던 안나그레타는 수강생들이 로맨틱한 조명에 예쁜 장식도 해둔 체육관으로 들어설 때 갈퀴에게 다가갔다.

「여기다 페로몬을 좀 뿌릴까 하는데, 어떻게 생각해?」 그녀는 기꺼이 자기 몫을 할 생각이었는데, 한 주간 이어진 강좌 내내 자신이 좀 쓸모없었다는 느낌이 들어서 뭐라도 돕고 싶었기 때문이었다.

「아니, 절대 안 돼! 우린 정신이 멀쩡한 상태를 유지해야 한다고.」

하지만 최근 들어 남의 말에 고분고분 따르지 않게 된 안나그레타는 체육관과 강당에 열정의 페로몬을 몰래 약간 뿌리고는 조금 떨어진 곳으로 가서 결과를 지켜보았다. 별다른 일은 일어나지 않았다. 고양이 네 마리가 시끄럽게 가르랑거리며 학교 건물로 들어올 때까지는. 그제야 안나그레타는 자기가 실수로 〈달아오른 꼬마 악마〉 대신에 고양이용 페로몬을 뿌렸다는 사실을 깨달았다.

그날 저녁 스티나와 안나그레타는 작고 맛있는 샌드위치와 샴페인을 내왔고, 갈퀴는 주변을 돌아다니며 잡담을 나눴다. 그런데 수강생들과 어울리던 중 갈퀴는 그 에럴 플린을 닮은 사람에게 더 이상 콧수염이 달려 있지 않다는 것을 알아차렸다. 자기에게 가장 잘 맞는 모습이 무엇인지 깨닫고 외모에 변화를 준 것이 분명했다. 그는 미소를 지으며 도회적인 태도로 샴페인 잔을 들고 선 채 활기차고 어여쁜 엘리사베트와 다시 대화를 나누고 있었다. 그는 미소를 짓고, 웃음을 터뜨리며, 농담을 하다가 엘리사베트의 엉덩이가 아니라(스티나가 그러지 말라고 강의에서 주의를 준 바 있었다) 팔에 손을 얹었는데 — 갈퀴가 말했던 〈신체 접촉〉이었다 — 지금 이 상황을 한껏 즐기는 듯 보였다. 하지만 에럴 플린을 닮은 그는 누가 자기를 지켜보고 있다는 사실을 불현듯 알아챈 게 분명했다. 바로 다음 순간 몸을 돌려 갈퀴를 빤히 보았기 때문이다. 그 눈길은 냉정했고 의심이 가득했다. 그가 휴대 전화를 꺼내더니 갈퀴를 겨냥해 그를 찍기 시작했을 때, 갈퀴는 얼른 달려가서 휴대 전화를 짓밟아 버리고픈 심정이었다. 하지만 그는 동요하지 않은 듯 보여야 했다. 그 사람이 누군지 떠올랐기 때문이다. 안나그레타가 교통 검문소에서 실수로 손을 흔들었던 그 경찰관들 중 한 명이었다. 그런데 여긴 왜 온 거지? 매력적인 사람이 되고 싶어서 왔으리라고는 도저히 생각할 수 없었다……. 정보를 캐러 돌아다니고 있다고 보는 쪽이 더 말이 되었다.

종강 파티가 끝나자 수강생들은 수료증을 받은 뒤 앞으로 학교에서 열릴 강좌에 등록해 달라는 권유를 받았다. 한편 갈퀴는 메르타에게 허겁지겁 다가가 말했다.

「경찰이 낌새를 챘어!」

메르타는 눈꺼풀을 실룩거렸지만, 그 외에는 어떤 반응도 보이지 않았다.

「쿠르트 뢰반데르 말이지?」 메르타는 태연함을 가장하며 말했지만, 갈퀴는 그녀의 목소리가 팽팽하게 긴장되어 있다는 사실을 알 수 있었다. 「그래, 나도 알아봤어. 스콕소스에서 나를 심문했던 경찰이야. 하지만 내가 아는 한에서는 그자가 우리에 대해 새로운 정보를 파악한 건 없어. 문제가 일어날 거라고는 생각하지 않아.」 그녀는 미소를 지으며 갈퀴의 어깨에 팔을 둘렀다.

그 순간 갈퀴는 메르타가 여기 있다는 사실에 안도했다. 그녀 역시 엄청나게 겁을 먹었다는 사실을 알고 있었음에도 말이다. 확실히 메르타가 가끔 사람을 힘들게 하는 건 사실이지만, 갈퀴는 그녀가 주변에 있으면 어느 정도 안전하다는 느낌을 받았다. 메르타는 늘 해결책을 마련하고, 절대 포기하지 않으니까.

흥겨운 파티 다음 날 쿠르트 뢰반데르는 경찰서 컴퓨터 앞에 앉았다. 그는 휴대 전화에서 영상을 내려받았고, 이제 더는 참고 기다리기가 힘들었다. 물론 뢰반데르는 갈퀴가 노인 강도단의 일원이라고 오랫동안 의심을 해왔지만, 이제 아무래도 증거를 잡은 것 같았다. 새로 확보한 영상 덕에 갈퀴가 몸을 움직이는 방식을 확실히 알 수 있었으니까. 쿵스홀멘 경찰서 사람들이 블롬베리의 CCTV 영상을 손봤고, 그래서 화질이 보다 선명해지기는 했지만, 뢰반데르 역시 미국산 최신 영상 처리 프로그램을 인터넷에서 내려받은 진짜 컴퓨터광에게서 도움을 받았다. 그리고 그 결과 스톡홀름 경찰이 해낸 것보다 훨씬 더 선명한 화질을 얻어냈다. 뢰반데르의 얼굴이 기대감에 빛났다. 학교의 10대들, 특히나 특별한 재능을 가진 학생들은 정말 굉장했다. 그는 몸을 앞으로 기울였다. 블롬베리의 플래시 드라이브에 있던 영상과 그가 찍은 영상을 컴퓨터 화면에 나란히 놓고 대조해 보면 같은 사람인지 아닌지 확인할 수 있을 게 분명했다. 만약 일치한다면? 그렇다면 갈퀴를 비롯한 노인 강도단을 조만간 감옥에 집어넣게 될 터였다.

51

아침 햇살이 주방을 환하게 비추었다. 메르타는 창문으로 가서 커튼을 쳤다. 노인 강도단은 그날의 첫 번째 커피, 포리지, 치즈샌드위치로 아침을 해결했다. 관절은 당연히 뻣뻣하게 굳어 있는 기분이었지만 뇌세포는 깨어나고 있었다. 주방 레인지의 잔열이 사람들을 덥혀 주었고, 메르타가 비스킷을 굽고 있는 오븐에서는 맛있는 냄새가 풍겨 왔다. 안나그레타가 오븐을 열어 보고는 비스킷이 타버리겠다 싶어 뜨거운 베이킹 팬을 끄집어냈다. 그런 다음 커피 주전자를 가져와 비스킷과 함께 주방 식탁에 올려놓았다. 이 선물에도 사람들은 사실상 아무 반응이 없었다. 모두 기분이 축 처져 있었다.

「정말로 경찰이 우리 뒤를 캐고 다닌다고 생각해?」 안나그레타가 그렇게 물으며 갈퀴에게 몸을 돌렸다.

「낌새가 안 좋더라고, 그 에럴 플린 닮은 놈. 그 빌어먹을 자식이 날 찍었어……」

「우리가 감시당하는 것과 우릴 체포하는 건 완전히 다른 문제야.」메르타가 사람들을 안심시켰다.

「우리가 그동안 너무 설쳤어. 바로 그것 때문이야.」천재가 걱정이 가득한 목소리로 말했다. 「사방에서 눈에 띄는 짓을 하고 다녔잖아. 납작 엎드리는 편이 훨씬 나았는데.」

「경찰이 우리에게 온다면 우리도 계획을 준비하고 있어야 한다고 봐. 늘 한발 앞서 나가야지. 전에도 그랬잖아.」메르타가 말했다.

「또 그렇게는 못 해! 우리가 지금까지 쌓아 온 걸 정말로 모두 무너뜨리자고?」갈퀴는 갑자기 무척 피곤해 보였다.

「물론 그건 안타깝지. 하지만 필요하다면…….」메르타가 고집했다.

「설사 그런 일이 벌어져도 노르웨이는 안 가.」

「그렇게 말하지 마. 요즘은 노르웨이에 스웨덴 사람이 많이 이주해서 우리도 군중 사이에 숨을 수 있어. 인터폴은 우리를 체포할 기회를 못 잡을걸.」

「여기 상황이 너무 위험하지만 않다면 잠시 노르웨이에서 납작 엎드려 있어도 좋겠지. 그런 다음 헴마비드건 스톡홀름이건 돌아가자고.」천재가 그렇게 제안하고는 메르타에게 윙크를 했다. 그녀가 그의 지지를 받고 있다는 명백한 신호였다. 이에 메르타는 다시 용기를 회복하여 〈유괴 계획〉, 일명 〈정치인 홈스테이〉에 대해 다시 말을 꺼낼 수 있었다. 작전명을 그렇게 바꾼 건 친구들을 겁주지 않기 위해서였다.

「우리 아직 할 일이 많아.」그녀가 운을 뗐다. 「우리 나라의 미래에 대한 문제라고.」

「아하, 난 당신이 〈전 세계〉라고 말할 줄 알았는데.」 갈퀴가 말했다.

「내가 다음 주 국회 일정을 확인해 봤어. 전화를 받은 직원 말로는 장관과 국회의원 몇 명이 팔베리 콘퍼런스 센터에서 열리는 기후와 환경 관련 회의에 참석한대.」

「팔베리면 여기서 별로 멀지 않네.」 안나그레타가 말했다. 「차로 몇 시간 거리밖에 안 돼.」

「정확해.」 메르타가 말했다. 「바로 거기서 기회가 생길 거야. 정치인들을 꼬드겨서 여기 오도록 만드는 거지. 아주 간단해.」

「그리고 모든 게 달라지겠군.」 갈퀴가 한숨을 쉬었다.

「바로 그거야! 그게 진정한 목적이지. 권력자들에게 자신들의 결정이 일으킨 결과를 깨닫도록 해줘야 해.」

이 말에 강도단의 나머지 친구들은 정신이 번쩍 들었고, 이후 한 시간 동안 경찰 문제는 까맣게 잊은 채 그 대신 정신 개조가 필요한, 혹은 최소한 뭔가 깨달을 필요가 있는 정치인 무리를 어떻게 다뤄야 할지 의논했다. 대담한 아이디어가 차례차례 나오며 난상토의가 벌어졌고, 마침내 사람들은 여러 단계로 이루어진 계획에 최종적으로 합의를 보았다. 토론이 끝났을 때, 메르타는 노인 강도단이 지금처럼 행동할 준비가 되어 있는 모습을 처음 본다고 생각했다. 다들 열의에 불타올라 불꽃이 튀는 게 거의 눈에 보일 정도라서, 메르타가 사람들에게 스웨덴 금 보관소를 털자는 말이라도 한 듯했다. 메르타와 천재는 즉시 준비에 착수했다.

　두 사람은 그날 저녁 늦게 위층으로 올라가면서 커다란 플립 차트와 다양한 색깔의 펠트 펜을 가져갔다. 그들은 그날 일찍 차를 몰고 팔베리로 가서 사전 조사를 했고, 콘퍼런스 센터에서 정치인들의 일정표를 한 부 얻었다. 여느 회의와 마찬가지로 선출직 의원들이 강의를 듣고, 커피를 마시며 휴식하고, 점심과 저녁을 먹고, 스파와 사우나에도 갈 예정이었다. 일정이 무척이나 즐겁게 잘 짜여 있는 듯해서, 이자들을 꼬드기려면 진짜로 유혹적인 제안, 이 훌륭한 콘퍼런스 센터의 소유주가 손님들에게 제공할 수 없을 그런 제안을 생각해 내야 했다. 메르타가 천재의 손을 잡고는 애정을 담아 쓰다듬었다.

　「당신 무척 창의적이잖아, 천재. 우리가 뭘로 저 사람들을 유인해 낼 수 있을까?」

　「캠프파이어 앞에 진수성찬을 차려 놓은 야생 사파리라면 나는 갈 것 같네.」

　「하지만 사파리에 엘크, 노루, 멧돼지 같은 동물을 어떻게 준비하지?」

　「빨간 머리 요나스 기억나? 자연에 나가는 걸 제일 좋아하는 애. 어쩌면 개랑 내 학생들이 도움을 줄 수도 있지 않을까? 여기 출신 사람들은 야생 동물에 대해 한두 가지는 당연히 알거든. 엘크, 노루, 운이 좀 따르면 곰도 찾을 수 있겠지. 게다가 사냥용 미끼로 쓰는 호루라기 피리도 있고.」

　「무슨 이야기야?」

「뭐, 말하자면 노루를 꾀어낼 수 있는 호루라기 피리가 있다는 거지. 피리를 불면 발정기인 수컷 노루가 좋은 시간을 보내려고 숲에서 나오거든.」

「사람에게 쓰는 호루라기 피리를 만들면 어떨까?」메르타가 킥킥 웃었다.

「난 절대 안 만들어. 그게 당신 손에 들어가면 어떻게 되겠냐고.」천재는 그렇게 말하고는 메르타를 포옹했다.

메르타와 천재는 그날 저녁 늦게까지 앉아 계획에 사용하기 적당한 프로그램의 윤곽을 짜보았다. 은행을 털던 시절처럼 포근하고 좋은 분위기가 감돌았다. 당시 두 사람은 무척이나 가까워졌고, 그러다 결국 약혼까지 하게 되었다. 비록 메르타는 지금까지 결혼은 안 된다고 단호히 거부하고는 있지만. 이제 그들은 다시 함께 계획을 짜고 있었고, 잠자리에 들기 전까지 캠프파이어, 야외 만찬, 신나는 동물 관람뿐 아니라 깜짝 구경거리도 당연히 포함되어 있는 프로그램으로 구성된 야유회 계획을 짰다.

「계획이 아주 멋지게 보여서 아무도 우리의 숨겨진 의도를 의심하지 못하겠어.」메르타가 만족스러운 듯 말했다.

「맞아. 예순 명 정도 되는 회의 참석자 중에서 적어도 스무 명 정도는 미끼를 물 게 분명해. 생각해 봐. 우리가 좌지우지할 수 있는 스웨덴 정치인의 지분이 상당하다는 거야…….」

「정말 굉장하다, 그렇지?」메르타가 말했다.

천재도 그 말에 동의하려다가 불현듯 의심에 사로잡혔다.

「하지만 메르타, 이런 생각이 드네. 만약 국가적 위기가 닥쳤는데 우리가 국회의원과 시장 전원을 여기 헴마비드에 붙들고 있다면 어떻게 되는 거지? 설마 지금 우리가 하려는 게 어리석은 짓은 아니겠지, 응?」

「전혀 그렇지 않아. 우린 그저 충분한 이유가 있어서 정치인 몇 명을 대상으로 홈스테이 행사를 진행하는 거야. 안 그러면 그 사람들이 어떻게 우리 이야기를 듣겠어?」

「하지만 일이 잘못될 경우를 대비해서 예비 계획도 짜둬야 하지 않을까?」

「당연히 그래야지. 하지만 그건 나중에 생각해 보자.」 메르타가 말했다. 긴 하루를 보내고 난 뒤라 피곤해지기 시작했고 머릿속도 어질어질했다. 그녀는 계획을 세우는 대신 무척 여성스러운 방식으로 천재의 목을 끌어안아 그의 주의를 딴 데로 돌렸다. 그러고는 예비 계획에 대한 문제는 까맣게 잊어버렸다.

쿠르트 뢰반데르 경감은 스톡홀름에서 보낸 CCTV 영상의 화질을 개선하는 데 성공했다. 그는 기대감에 잔뜩 차서 컴퓨터 앞에 앉아 화면을 열심히 바라보았다. 현재 그는 갈퀴가 강좌 중에 서 있고, 걷고, 움직이는 모습을 찍은 영상을 갖고 있었고, 그 영상을 블롬베리의 플래시 드라이브에서 건진 CCTV 영상 옆에 놓았다. 이제 답을 얻을 것이다. 그는 두 개의 아이콘을 클릭한 뒤 몸을 앞으로 기울였다. 뢰반데르는 침묵 속에서 두 영상을 나란히 지켜봤고, 그렇게 하여 나온 결과는 그를 기쁘게 했다. 결국 그는 도저히 자신을 억제할 수가 없었다.

「대박이다!」 국립 박물관, 한델스방켄 은행의 강도 사건에 앞서 건물 외부에서 움직이던 용의자의 움직임이 갈퀴의 몸짓 언어와 일치한다는 사실을 발견한 뢰반데르가 포효하듯 소리를 질렀다. 이뿐만이 아니었다. 그는 그 키 큰 여자, 요란하게 웃어 대던 그 사람도 알아볼 것 같았다. 스톡홀름 경매 회사 바깥에서 CCTV에 찍힌 그 사람이 분명했다. 따라서 그가 헴마비드에서 만난 그자들은 노인 강도단 말고 다른 사람일 수가 없었다. 더 이상 볼 것도 없었다. 그는 미소를 지으며 휴대 전화를 들고 쿵스홀멘 경찰서로 전화를 걸었다.

52

마침내 출발이다! 나들이하기에 이보다 더 좋은 날은 생각할 수 없었지만, 메르타는 지금 초조했다. 그녀는 깊은 생각에 잠긴 채 창밖을 바라보았다. 첫 낙엽이 떨어지고 나자 나무들은 한껏 장엄한 자태로 붉게 타올랐다. 태양이 빛났고, 그들은 오로지 시골에서만 그토록 강렬하고 압도적으로 발산될 수 있는 자연의 아름다움에 둘러싸였다. 이제 정치인들도 사람들이 이러한 아름다움 속에서 충만한 삶을 누릴 수 있다는 사실을 깨닫게 되리라. 더 많은 사람들이 시골에서 살 수 있다는 사실도 알게 되리라. 하지만 동시에, 그들은 더 많은 걸 배우게 되리라. 그들의 삶에 놀라움이 들이닥치리라…….

대절 버스는 팔베리와 헴마비드 사이의 부실하게 관리된 도로를 덜컹거리며 나아갔고, 그 결과 좌석에 앉아 있는 열네 명의 정치인(이 중에는 장관도 포함되어 있었다)은 본의 아니게 몸이 위아래로 들썩거렸다. 여기 시골에는 주 고속도로 하나를 제외하고는 교통망이 별로 많지 않았고, 그러다 보니 버스에 탄 스톡홀름과 그 외 지역 사람들은 정치인들이 도로 유지 보수에 돈을 대는 것을 멈췄을 때 어떤 일이 벌어지는지를 강제로 경험해야만 했다. 메르타는 이 사람들에게 신장 보호용 복대라도 줬어야 했나 생각하며 키득거렸지만, 이런 도로는 시골 소도시와 시골 사람들에게는 일상의 일부였으니, 뭐, 권력자들도 한번 겪어 봐야 했다. 비가 내리거나 폭풍이 몰아치지 않으니 다행이라고 여겨야 했다. 그럴 때는 도로 상황이 더 나빴으니까.

팔베리의 콘퍼런스 센터 소유주는 노인 강도단이 제안한 〈야생 체험 프로젝트〉를 처음에는 거절했지만, 메르타가 수익의 20퍼센트를 제공하겠다고 약속하자 즉시 관심을 보였다. 메르타는 그에게 자신이 오랫동안 여행 기획 일을 해왔고, 현재는 〈놀라움과 함께하는 야생 사파리〉라는 새로운 여행사를 대표하는 수석 대리인직에 있다고 설명했다. 소유주는 메르타를 호텔에 있는 화려한 콘퍼런스 센터에 초대했고, 그녀는 그곳에 가서 호텔과 멋진 콘퍼런스 센터뿐 아니라 흥미진진한 야생 체험 프로젝트에 대해서도 칭찬과 찬사를 아끼지 않았다. 메르타는 물 흐르듯 유창한 언변으로 식사, 캠프파이어, 야생 동물과의 짜릿한 만남 등이 포함된 헴마비드로의 야유회에 대해 설명했다. 그런 다음 스티나가 날조해 낸 번들번들한 홍보 소책자를 건넸다.

「야생에서 몇 시간 소풍을 즐기는 건 당신에게도 분명 이익이 돼요, 페테르!」 메르타가 유쾌한 미소를 지으며 말했다

(그녀는 협상할 때 성이 아니라 이름을 불러야 한다는 걸 배운 적이 있었다). 「회의 참석자들은 저녁 늦게 돌아오게 될 거고, 따라서 당신 호텔에서 추가로 하룻밤을 더 묵어야 해요. 어쩌면 주말 내내 머물 수도 있겠죠.」 그녀가 그렇게 말을 맺었다. 그렇게 호텔 소유주는 완전히 메르타의 손에 놀아났고, 온화한 미소를 지으며 그녀의 말에 전부 다 동의했다.

안나그레타는 인터넷에서 메르타를 지원했다. 그녀는 매력적인 여행사 홈페이지를 만든 다음 거기에 무척이나 신뢰가 가는 멋진 후기들을 마구 작성해 놓았다. 고객 리뷰에서 이렇게 많은 별과 좋아요 표시를 받은 야생 사파리는 지금껏 없었고……. 그래서 여행 계획이 마침내 광고를 타자 모든 장소가 곧바로 전부 예약되었다.

메르타는 덜컹거리는 버스에서 불편하게 앉아 있는 정치인들을 보며 그들이 도로를 제대로 유지 보수하는 것이 얼마나 중요한지를 떠올려 주길 바랐다. 어쨌거나 그들은 곧 웰컴 드링크와 구운 엘크, 월귤, 지역에서 재배한 채소로 이루어진 멋진 저녁 식사를 위로차 대접받게 될 터였다. 식사는 이르마가 전부 다 마련하겠다고 약속했다. 학교 식당을 담당하는 교사들의 도움을 받기로 한 것이다. 식사를 하고 난 다음에는 노인 강도단 전원이 계획에 참여한 독특한 야생 사파리가 이어질 예정이었다. 강도단이 가능한 한 많은 여우, 엘크, 멧돼지를 꼬드기고 고대 사냥법과 이 지역의 역사에 대해서도 강의하기로 되어 있었다. 스티나의 말을 빌리자면 미끼가 달린 프로그램을 제공하는 것이었다. 하지만 스티나는 화룡점정을 이루기 위해서는 1838년 출간된 시 선집에서 사냥과 관련된 시를 뽑아 낭송해야 한다고 제안했다. 이 제안은 그리 열광적인 반응을 이끌어 내지 못했고, 그래서 그녀는 대신 헤르만 세테르베리[35]의 「봄의 노래」의 마지막 구절은 어떠냐고 했다. 자기가 감정을 듬뿍 담은 풍부한 비브라토로 정치인들에게 그 구절을 낭송하겠다는 것이었다.

아무도 입을 열지 않았다. 메르타도 표정을 관리하는 데 시간이 좀 필요했다.

「그 사람들에게 시를 낭송하고 노래를 불러 주면 좋긴 해, 스티나. 하지만 아무래도 그건 야생 사파리를 보러 나온 정치인들이 원하는 바는 아닌 것 같다.」 메르타가 할 수 있는 한 정중한 태도로 그렇게 말하자 나머지 사람들도 헛기침을 하며 동의했다.

「더 세게 한 방 날릴 수 있는 게 있어야 하잖아.」 갈퀴가 해명했다.

「그래, 그래야지!」 메르타는 그렇게 말하면서도 자기가 세운 계획을 하나하나 곱씹어 보며 거의 죄책감이나 다름없는 감정을 느꼈다. 왜냐하면 그녀는 사람들이 직접 경험하기 전까지는 그게 무슨 일이건 잘 이해하지 못한다는 의견을 갖고 있었기 때문이다. 그리고 이번 일은 실제 상황이었다. 스티나가 예리하게 지적했듯, 노인 강도단은 고생을 통

35 Herman Sätherberg(1812~1897). 스웨덴의 시인이자 의사.

해 교훈을 주는 교육법을 적용해야 했다.

　이제 드디어 시작이었다. 메르타는 버스에서 노래를 불러볼 수도 있지 않을까 잠시 생각했지만, 그냥 조용히 있는 편이 더 낫겠다는 사실을 깨달았다. 그래야 정치인들이 방해받지 않고 창밖을 보며 아름다운 자연을 만끽할 수 있을 테니까. 그래서 그녀는 마이크를 껐고, 버스는 어두운 숲, 거울 같은 수면이 찰랑이는 호수, 붉은색을 칠한 농장과 전통적인 목재 울타리, 소와 말이 풀을 뜯어 먹는 목초지를 지나갔다. 우선은 그들에게 깊은 감명을 줘야 한다고 메르타는 생각했다. 정치인들이 시골에 대해 긍정적인 인상을 얻는 게 중요했다. 그래야만 시골이 투자할 가치가 있는 곳이라는 점을 깨달을 테니까.

　사람들이 봐야 할 건 다 봤다는 생각이 들자, 메르타는 이제 그들에게 오늘날의 현실을 새롭게 직시하도록 할 때가 됐다고 생각했다. 그녀는 운전기사에게 고갯짓을 하며 샛길을 가리켰다.

「여기서 오른쪽으로 돌아 들어가 주세요.」

　기사가 방향을 바꿔 샛길로 들어섰다. 버스는 헴마비드 근처의 버려진 지역, 한때 번영했던 지역의 쇠락을 목도할 수 있는 장소로 향했다. 버스 승객들은 침묵 속에서 텅 빈 농가, 버려진 농장과 벌채된 숲을 지나갔다. 황량하고 황폐해진 풍경이었다. 버스 안에 불편한 기운이 감돌자, 메르타가 마이크를 켜고 입을 열었다.

「안타깝게도 지금까지 많은 마을과 농장이 어쩔 수 없이 문을 닫아야 했습니다.」그녀가 버스 창밖을 가리키며 말했다. 「노르웨이의 상황과는 완전히 다르죠. 노르웨이에는 시골이 이익을 얻을 수 있는 정책이 있어요. 노르웨이 사람들은 우리보다 훨씬 더 노련해요.」

메르타가 이렇게 말한 건 사람들을 도발하기 위해서였다. 노르웨이가 더 낫다는 말을 듣는 걸 좋아하지는 않을 테니까…… 그녀는 마이크를 끄고 정치인들이 생각할 시간을 주었다. 마침내 스톡홀름에서 온 한 젊은 정치인이 손을 들자 메르타가 다시 마이크를 켰다.

「여기 늑대가 사나요?」그가 질문했다.

「요즘은 없어요.」메르타는 저 스톡홀름내기가 아무것도 깊이 생각하지 않았다는 사실을 알아차렸다.

「그럼 곰은? 곰은 있어요?」오른쪽 앞좌석에 앉은 사람이 물었다. 노르셰핑에서 온 늙은 정치인이었다.

「곰이 사는 굴을 방문하게 될 거예요. 조심해서 몰래 다가가면 실제 곰을 볼 수도 있겠죠.」메르타는 맞장구를 치려고 거짓말을 했다. 동시에, 그녀는 자기가 더 분명히 말해야 한다는 점을 깨달았다. 그녀가 목소리를 높였다. 「보시다시피, 스웨덴의 많은 지역이 쇠락하고 있습니다. 더 이상 시골에서 자립할 수 없기 때문이에요.」

「정말이요? 설마!」노르셰핑의 정치인이 놀란 얼굴로 말했다.

도로 표면이 점점 더 울퉁불퉁해졌다. 이제 버스는 문 닫은 낙농장과 상점, 텅 빈 마을과 오래전 버려진 옥수수밭에 조성된 전나무 인공림을 지나갔다. 사람들이 떠난 집과 물에 잠긴 채 적막한 광산도 지나쳤다. 버스 안은 눈에 띄게 조용해졌고, 심지어 평소에는 입을 다무는 게 힘들었던 메르타도 발언을 자제할 정도였다. 때로는 침묵이 말보다 더 효과적인 법이다. 실제로 메르타는 헴마비드에 도착할 때까지 한마디도 하지 않았다. 버스가 마을로 들어서자 메르타는 마이크를 몇 번 톡톡 두드리고는 소리를 켜서 큰 소리로 선언했다.

「진심으로 환영합니다! 이제 목적지에 거의 다 도착했어요. 저녁 식사를 하고 나면 깜짝 놀랄 것들이 잔뜩 마련되어 있을 겁니다. 즐거운 시간 보내시길 바랄게요!」

「깜짝 놀랄 것들이라고요?」 노르셰핑의 정치인이 물었다.

「네, 그게 바로 아주 흥미진진한 대목이죠.」 메르타가 미소를 지으며 대답했다.

53

순한 남성용 향수인 〈돌체〉를 몸에 뿌리자마자 쿠르트 뢰반데르 경감은 그 선택을 후회했다. 전국에 지명 수배령이 내려진 범죄자 다섯을 체포하러 나가는데 삼나무와 카르다몸 냄새를 풍길 수는 없는 노릇이었다. 존경심을 불러일으키는 남성 호르몬의 기운을 분비해야 할 판에 말이다. 하지만 그가 쓰는 다른 남성용 향수 〈남자다운 에로스〉도 딱히 적당한 향수는 아니었다. 그걸 뿌렸다가 일흔 살이 넘은 여성 범죄자 세 명에게 스토킹이라도 당한다면……

왜냐하면 분명 그들이 젊은이는 아니었기 때문이다. 노인 강도단의 단원들 말이다. 젊기는커녕 할머니 나이대였다. 하지만 어쨌거나 몇 달간 열심히 수사한 끝에 그는 그들을 찾아낼 수 있었다. 증거도 확보했다.

뢰반데르는 〈경찰〉이라는 단어가 가슴팍 주머니에 적혀 있는 연청색 셔츠를 입고 진청색 타이를 맨 뒤 방염 바지와 어두운 색깔의 멋진 경찰복 재킷을 착용했다. 그 교활한 범죄자들은 오랫동안 수배 대상이었고, 지금껏 모두를 성공적으로 속여 왔다. 하지만 그에게는 통하지 않았다. 그의 끈기가 성과를 냈고, 이제 그들을 체포할 사람은 다름 아닌 쿠르트 뢰반데르 경감이었다! 그는 고개를 똑바로 들고 계단을 내려가 경찰모를 쓰고 외투를 걸친 뒤 자기 차로 갔다. 이제 불과 몇 시간 뒤면 노인 강도단 전원이 유치장 신세가 되리라.

뢰반데르의 볼보 스테이션왜건이 곧장 출발하여 스콕소스 쪽으로 속도를 냈다. 운전대에 얹은 그의 손은 축축했고 몸은 긴장으로 팽팽했다. 마침내 게르트 아론손 경감도 스톡홀름에서 오는 중이었다. 그를 설득하는 데 얼마나 오랜 시간이 걸렸는지! 그는 계속해서 핑계를 대며 처리해야 할 더 중요한 일이 있다고 말했다. 블롬베리의 플래시 드라이브에 러시아 은행 계좌와 금융 사기 말고도 다른 건들이 아주 많다는 것이었다. 뢰반데르는 노인들이 연루된 기묘한 교통 검문소에 대해 이야기하고 스톡홀름에서 받은 CCTV 화면과 자기가 찍은 영상의 유사점도 언급했다. 하지만 아론손은 러시아 쪽 수사에 완전히 몰두하고 있었기 때문에, 잉마르 셰베리 기자가 끝없이 경찰을 괴롭히지 않았다면 그 스톡홀름 경찰관들은 한 발짝도 움직이지 않았을 것이다.

「우리가 그 노인네들을 잡겠습니다.」 아론손은 그렇게 말했었다. 「느긋하게 마음 편히 먹고 기다리셔야 해요, 쿠르트. 그 사람들을 잡는 데 그렇게 힘을 많이 쓸 필요가 없어요. 조만간 크게 한번 삐끗할 거고, 그럼 잡아 가둘 수 있다고요.」

하지만 뢰반데르는 그 말에 만족하지 못했고, 그때 그 프리랜서 기자가 마치 하늘에서 떨어진 선물처럼 등장했다. 그런데도 아론손은 성가시다는 태도로 일관했다.

「그러니까 우리가 이 건에 시간을 갖다 바치라는 거죠? 갱단 총격전 같은 게 일어나지 않길 바라야겠군요!」그가 쿵스홀멘 경찰서에 앉아 농담을 했다. 「하지만 뭐, 시골에서 하루쯤 보내는 거야 괜찮겠네요. 우리가 그 노인네들을 체포하면 바퀴 달린 보행기에 실은 다음 경찰 밴까지 굴려서 집어넣을 수 있을 테고 말이죠.」

그러고는 아론손은 자기 농담에 폭소를 터뜨렸다. 광대자식! 그는 이 건이 아주 중요한 기회라는 사실을 전혀 깨닫지 못했다. 노인 강도단은 헴마비드에서 안전하다고 느꼈고, 전혀 의심을 품지 않고 있었다. 따라서 경찰이 그냥 가서 그들을 잡아 오기만 하면 될 일이었다. 그래도 뒤늦게나마 뢰반데르와 아론손은 스콕소스에서 만나 뭘 할지 의논하기로 합의했다. 빨리 움직여야 할 것이었다. 그 노인들이 경찰이 쫓아오고 있는 건 아닌지 의심을 품기 전에 말이다.

뢰반데르는 정확히 오후 5시 30분에 스콕소스에 있는 카페테리아 주차장에 차를 세우고 가게 안으로 들어갔다. 만나기로 한 시간은 6시였지만 그는 약속 시간보다 일찍 도착하고 싶었다. 그래야 평화롭고 조용하게 마음의 준비를 할 수 있을 테니까. 집에 앉아서 아내 베탄이 나불거리는 소리를 들으니 여기 있는 편이 나았다. 그는 카푸치노를 주문한 다음 체크무늬 테이블보가 덮인 둥근 탁자에 앉았다. 뢰반데르의 결혼 생활은 오래전에 끝났고, 그는 퇴직 후가 걱정이었다. 그때 가서 뭘 한다? 이혼? 아니면 부부 상담을 받으러 가야 하나? 뭐, 그 문제는 나중에 처리하자. 지금 가장 중요한 일은 노인 강도단이었다. 경찰이 오는 중이었다. 몇 시간 안에 노인 강도단은 검거될 것이다!

그가 휴대 전화를 꺼내 문자 메시지가 온 게 없나 확인하려는데 카페테리아 문이 열렸다. 처음에 그는 쿵스홀멘에서 경찰이 도착한 줄 알았다. 하지만 들어온 사람은 엘리사베트, 매력 강좌에서 같이 사진을 찍은 활기차고 멋진 그 여성이었다. 뢰반데르는 미소를 지으며 자리에서 일어났다. 이제 기다리는 일이 지루하지 않을 것 같았다…….

쿠르트 뢰반데르 경감의 부인 베탄은 커피와 코코넛케이크 두 개를 먹고 난 다음『란드』에 실린 주간 십자말풀이를 풀었다. 그녀가 하품을 하고는 두 번째 커피를 만들려는데 전화벨 소리가 들렸다. 그녀는 그 자리에 서서 주위를 둘러보았다. 내가 전화기를 어디 놓아 뒀더라? 당연히 주방 싱크대 옆이었다. 하지만 신호음은 욕실에서 나오고 있었다…….그렇다면 쿠르트의 전화기가 분명했다. 그녀는 욕실 문을 열고 신호음이 들리는 세탁 바구니로 갔다. 지저분한 빨랫감을 뒤지자 남편의 휴대 전화가 나왔다. 요즘 스트레스가 많은 게 분명했다. 평소에는 무척 꼼꼼한 사람인데. 베탄은 액정을 흘끗 보았다. 누가 전화한 거지? 혹시 불륜 상대? 그렇다면 이제 확인할 기회가 생긴 셈이다. 하지만 휴대 전화 비밀번호가 뭐였지?

베탄은 남편이 컴퓨터를 놓아 둔 책상을 수색했다. 책상에 놓여 있는 건 다 들어 올려 보고 서랍도 샅샅이 뒤져 보았다. 성과가 전혀 없었다. 하지만 그녀는 쉽게 포기할 생각이 없었다. 지난주에도 경찰서에서 근무하는 남편에게 여러 번 전화를 했지만 연락이 닿지를 않았다. 결국 경찰서 교환대에 전화를 걸고 나서야 남편이 한참 전에 집에 갔다는 말을 들었다. 최근 남편의 변화도 눈에 띄었다. 옷을 멋들어지게 잘 차려입는 데다 순하고 은은한 남성용 향수도 뿌리고 다녔다. 하지만 그녀가 가장 크게 놀란 건 남편이 콧수염을 밀었다는 사실이었다. 분명 뭔가 숨기는 게 있었다…….

베탄은 다른 방도 수색해 보았지만 역시 성과가 없었다. 그러다가 그녀는 수색을 멈추고는 논리적으로 생각해 보려했다. 쿠르트는 좀 게으른 구석이 있었다. 만약 휴대 전화 암호를 적어 놓았다면 컴퓨터 근처에 뒀을 것이다. 그녀는 다시 남편의 서재로 돌아갔다. 책상은 꼴사나운 데다 무척 구식이었다. 한참 전에 갖다 버려야 했을 물건이었다. 하지만 그래, 맞아. 그녀가 예전에 본 영화에서는 주인공이 중요한 메모를 책상 밑에 붙여 놓았다. 그녀는 남편의 의자를 옮긴 다음 무릎을 꿇고 커다란 떡갈나무 책상 아래를 기어갔다. 좋았어! 여기 있다! 그녀는 몸을 꿈틀거리며 얼른 책상에서 빠져나와서는 자기 휴대 전화를 가져와 책상 아래 붙어 있던 포스트잇 메모지를 찍었다. 아무 흔적도 남기지 않도록 조심해야 한다. 서재에서 나온 베탄은 남편의 잠긴 휴대 전화를 가지고 와서 앞에 놓고 앉았다.

54

　버스 운전기사는 문 닫은 헴마비드 진료소와 마을 가게를 지나 공유지로 차를 몰았다. 버스 창밖으로 모닥불이 타오르는 모습이 보였다. 기사는 천천히 차를 몰아 벤치와 식탁이 있는 피크닉 장소를 지나쳐 숲 가장자리 바로 옆에 있는 주차장 끝까지 계속 나아갔다. 그런 다음 엔진을 끄고 버스문을 열었다. 메르타가 버스 출구 앞에 서서 환영의 미소를 지었다.

　「계단 조심하세요. 병원도 폐업했고 진료소도 문을 닫았거든요. 무슨 일이라도 생겼다가는 아주 먼 길을 가야 해요.」그녀는 그렇게 말하고는 잠시 뜸을 들여 그 정보가 사람들에게 잘 접수될 수 있도록 했다. 그녀가 한쪽으로 몸을 비키자 손님들이 지나갔다. 그때 메르타는 정치인 한 명이 임신중이라는 사실을 알아차렸다. 뭐, 큰 문제는 아니었다. 행사는 몇 시간이면 끝나니까.

　다소 지친 상태로 버스에서 내린 열네 명의 손님들을 매력 강좌 수강생들이 미소를 지으며 맞이했다. 수강생들 모두 머리를 단정히 빗어 곱게 단장했고, 옷도 말쑥하게 차려입었으며, 웃음도 따스했다. 그들은 정중하고 친절한 대화를 나누며 지역에서 나는 재료로 만든 맛있는 샌드위치와 마실 것을 같이 대접했고, 갈퀴는 뒤에 서서 그들을 지켜보며 제대로 하고 있는지 확인했다. 손님들이 나무를 깎아 만든 전통 음료잔인 코사에 마실 것을 채우자, 메르타가 다시 한번 사람들에게 공지했다.

「즐거운 시간 보내시길 바랄게요. 간단히 요기를 하신 다음에 야생 사파리 일정을 계속 진행하려고 합니다.」 그녀가 그렇게 말하며 코사를 들고 참가자들과 건배를 했다.

정치인들은 매력 강좌의 수강생들과 어울리며 즐거운 시간을 보냈다. 이제 수강생들은 사교성이 확실히 몸에 배어서 남의 말을 경청하고 관심을 기울이는 동시에 칭찬을 건넬 줄도 알게 되었다. 수강생들은 최선을 다해 자기 매력을 발휘했고, 사파리에 참가한 지역 정치인들과 국회의원들은 이렇게 호의적인 관심을 처음 받아 보았다. 얼마 안 가 그들은 모두 무척 기분이 좋아졌다.

「여러분, 식탁에 앉아 주세요!」 요리하는 냄새가 바람에 실려 날아올 때 메르타가 사람들에게 말했다. 모두 길쭉한 식탁에 시선을 돌리기 시작했다. 저쪽 나무들 사이에 천재와 학생들이 같이 만든 거대한 식탁이 자리 잡고 있었다. 두터운 목재 널로 만든 식탁은 갈퀴가 제공한 대형 돛천으로 덮여 있었고, 야생화와 녹색 솔잎으로 치장되어 있었다. 각자의 자리 옆에는 맥주 조끼, 접시, 식탁용 날붙이뿐 아니라 『야생에서의 생존: 실용 지침서』가 한 권씩 놓여 있었다. 스티나가 야생에 온 느낌을 사람들에게 더해 줄 거라고 생각한 책이었다(하지만 엘크에 대한 시를 낭송하자는 그녀의 제안은 투표를 통해 기각되었다).

식탁 의자는 거대한 목재 벤치로, 메르타가 부드러운 양가죽 깔개와 그에 어울리는 쿠션으로 장식해 놓았다. 무척이나 사람 마음을 끄는 모습이었다.

정치인들이 착석하자 매력 강좌의 수강생들이 맥주, 벌꿀술, 직접 증류한 아셰비트,[36] 월귤주스를 내왔고, 그 뒤 안나 그레타가 구운 감자와 채소를 곁들인 갓 잡은 농어 요리를 대접했다. 모닥불에서는 연기, 솔잎, 숲, 바비큐 향이 풍겨왔다. 사람들은 곧 화기애애하게 웃고 떠들기 시작했다. 땅거미가 내려앉자 그들은 더욱더 즐거운 시간을 보냈다. 아무도 갈퀴가 슬그머니 자리를 떴다는 사실을 알아차리지 못했다.

갈퀴는 메르타에게 자기가 저녁 행사 때 숲속 야생 동물을 몇 마리 나타나도록 하겠다고 호언장담했지만, 만찬 자리를 떠날 때는 심한 스트레스를 받고 있었다. 어떻게 해야 그게 가능하려나? 물론 그는 자기가 뱃사람으로서의 능력 못지않게 훌륭한 사냥꾼이기도 하다며 허풍을 쳐댔지만, 그 허풍은 사실 공수표였고 허튼 허영심에 불과한 것이었다. 천재처럼 소를 겁내지 않는 거야 사실이었지만, 그게 다였

36 진과 비슷한 스칸디나비아 술.

다. 그는 자기가 한 약속을 씁쓸한 마음으로 후회했다. 야생 사파리라니! 정치인들에게 콜모르덴 동물 공원이나 스톡홀름 스칸센 동물원의 공짜 표를 주는 게 훨씬 낫지 않았을까?

만찬이 끝나가면서 저녁 프로그램을 선보일 시간이 되었다. 메르타는 자리에서 일어나 팔을 활짝 펼치면서 잔을 두드렸는데, 잔에서 달가닥달가닥하는 소리가 들리자 그제야 코사가 나무로 만들어져 있다는 사실을 깨달았다. 그녀는 당황하여 잔을 옆으로 치우고 대신 다음과 같이 사람들에게 공지했다.

「자, 여러분 모두 당연히 야생 동물들을 얼른 보고 싶으시겠죠…….」

「그럼, 물론이지. 곰, 늑대, 호라아아앙이도 보고 싶다고!」 펀치 음료를 지나치게 마신 노르셰핑의 늙은 정치인이 큰 소리로 외쳤다. 금발 직모가 땀에 젖은 이마에 찰싹 달라붙어 있는 모습이 만취한 듯 보였다. 메르타가 그에게 좀 피곤하다는 듯한 표정을 지어 보이고는 말을 이었다.

「그래서 저희가 야생 동물이 평소에 잘 다니는 길 근처에 은신처를 몇 군데 마련해 두었답니다. 은신처는 모두 나뭇잎과 나뭇가지로 위장해 뒀기 때문에 찾아내기 무척 어려워요. 그 안에 들어가서 조용히 앉아 동물들을 관찰하시면 됩니다.」

정치인들은 박수를 치며 무척 재미있는 일이겠다고 생각했고, 메르타는 은신처를 준비한 천재에게 속으로 조용히 감사를 표했다. 천재는 갈퀴, 자기 학생들과 함께 은신처를 제작하여 숲길을 따라 배치했다. 튼튼하게 잘 만든 이 은신처에는 작은 입구와 이중 관찰용 해치가 달려 있었다. 천재는 사무실에서만 일하는 이 사람들이 숲에서 길을 잃지 않도록 손전등과 나침반도 같이 넣어 두었다. 은신처 안에는 사람들이 추위를 느낄 경우를 대비하여 마련해 둔 부드러운 깔개와 모직 숄도 있었다.

「휴대 전화를 가지고 들어가면 사진도 찍을 수 있어요.」 메르타는 그렇게 말하고는 사람들이 얼마나 빨리 배터리를 다 쓸까 생각하며 미소를 지었다. 천재는 만약의 경우를 대비하여 무선 네트워크를 차단할 수 있는 전파 방해 송신기를 설치해 두었다. 원치 않는 전화가 오는 바람에 계획을 망칠 수는 없었다. 「그리고 끝으로,」 메르타가 계속 말했다. 「휴대 전화는 무음 상태로 설정해 두시는 거 잊지 마세요. 동물들을 놀라게 하고 싶지는 않으시겠죠?」

「이제부터는 조용히 하셔야 해요.」 안나그레타가 특유의 천둥 같은 음성으로 그렇게 거들었는데, 그렇게 말하며 흥분하는 와중에 그녀의 목소리에 점점 더 힘이 들어갔다. 코끼리뿐만 아니라 호랑이도 겁먹게 만들 목소리였다. 숲에 그런 동물들이 있는 경우라면 말이다.

안나그레타의 말을 신호로 사람들이 숲을 향해 움직였다. 그들은 스티나와 안나그레타의 안내를 받으며 차례차례 전망 좋은 장소로 이동했다. 정치인들이 은신처로 기어 들어가 편안히 자리를 잡자 안나그레타가 다시 한번 요란한 목소리로 조용히 있는 게 정말로 중요하다고 강조했고, 그런 다음 그들은 팔베리까지 돌아갈 시간에 맞춰 잠시 뒤 데리러 오겠다는 약속과 함께 운명의 손에 내맡겨졌다.

스티나와 안나그레타는 자기 일이 끝나자마자 갈퀴를 찾아가 이제 그가 나설 차례가 되었다고 말했다.

「그래, 알겠어.」 그는 웅얼거리듯 대답하고는 어두운 색깔의 야외 작업복을 걸쳤다. 그런 다음 자연에 대한 지식이 많은 과체중 8학년 학생 요나스 브라트와 함께 숲으로 들어갔다. 소년은 위장색 작업복에 튼튼한 갈색 부츠 차림이었다. 제멋대로 뻗은 빨간 머리가 모자 아래 삐져나와 있었다. 행사 전날 요나스와 갈퀴는 전술을 논의하며 어떻게 할지 계획을 세웠다. 요나스는 이 지역에 대한 유용한 지식이 풍부했고, 갈퀴는 소년을 믿었다. 더군다나 소년은 활기찬 데다 긍정적인 에너지도 가득해서 좋은 동행이 될 터였다. 요나스에게는 아이디어가 무척 많았고, 시바 디바가 심근 경색을 일으킬 뻔한 시나리오로 범죄 현장을 혼자서 꾸며 낸 사람도 바로 요나스였다. 만약 동물들이 문제라도 일으킨다면 분명 소년이 잘 대처할 수 있을 것이었다.

갈퀴와 같이 숲으로 들어간 요나스가 암컷 노루를 불러내는 피리를 꺼냈다. 요나스는 만전을 기하기 위해 여우, 멧돼지, 수컷 노루와 수컷 엘크를 불러낼 때 쓰는 피리도 챙겨 왔지만 정치인들은 우아한 암컷 노루를 제일 먼저 보게 될 것이었다.

「좋아, 이제 불어도 된다.」 갈퀴가 고개를 끄덕였고, 요나스가 피리를 세게 불었다. 몇 번 그렇게 불고 나자 암컷 노루

세 마리가 숲 가장자리에 나타났고, 두 사람은 자신감을 얻었다. 갈퀴가 계속 가자고 손짓을 했다. 그들은 숲속 깊은 곳으로 살금살금 계속 들어가다가 어느 둔덕에 이르렀다. 두 사람은 쓰러진 나무의 커다란 뿌리 옆에 자리를 잡고는 10여 분쯤 말없이 앉아 있었다. 이제 갈퀴가 엘크를 꼬여 낼 차례였다. 갈퀴는 인터넷을 검색해서 발정 난 엘크에게 짝짓기를 요구하는 다양한 울음소리를 찾아내 연습했다. 그가 조심스럽게, 그리고 조용히 자리에서 일어났다. 그는 집중력을 한껏 발휘하면서 두 손을 모아 입에 갖다 댄 다음 고개를 뒤로 젖혔다.

「외에에에, 오아웃, 에에에에에.」 진짜 엘크가 우는 것처럼 들리길 바라며 갈퀴가 소리를 질러 댔다.

아무 일도 일어나지 않았다. 전혀.

「에요이, 에요옷.」 그가 다시 시도해 보았다.

「바람이 오는 방향으로 소리를 내셔야 해요.」 요나스가 그에게 신호를 보냈다.

「아, 맞다. 당연히 그래야지.」 갈퀴가 말했다. 세부 사항을 완전히 잊었던 것이다. 그가 다시 시도했다.

「외에에에, 오아웃, 에에에에엣, 오아웃, 오아웃, 에에에에엣.」

역시 아무 반응도 나오지 않았다. 갈퀴가 액체가 든 작은 튜브를 꺼냈다. 인터넷에서 구한 것이었다. 그가 요나스의 옆구리를 쿡 찌르며 말했다.

「발정 난 엘크에게서 얻은 합성 엘크 소변이야…… 진짜로 제일 좋은 물건이지! 이건 분명히 효과가 있을 거야. 그냥 앉아서 기다리기만 하면 돼!」 갈퀴는 그렇게 속삭이고는 천천히 둔덕에서 내려왔다. 그 뒤를 요나스가 바짝 따라갔다. 두 사람이 동물이 다니는 길을 조용히 살금살금 이동하는 동안 갈퀴는 그 액체를 이곳저곳에 뿌렸다.

「숲의 왕을 위해서라면 못 할 게 없지!」 그가 익살스러운 몸짓을 하며 그렇게 말했다. 갈퀴는 정치인들이 헴마비드의 그 거대한 엘크를 볼 수 있게 되길 바랐다. 정치인들이 숨어 있는 쪽 길에 도착했을 때, 갈퀴와 요나스는 각자 전기 호루라기를 꺼내 땅바닥에 놓았다. 이제 동물들에게 직접 접근하지 않아도 리모컨으로 여우와 엘크를 그쪽 길로 유인할 수 있었다. 리모컨을 사용하는 건 두 사람에게 따로 할 일이 또 있었기 때문이다. 그날 일찍 요나스와 학생 몇 명이 나뭇가지를 모아 높이 쌓아 두었다. 그 나뭇가지 더미는 은신처를 찾는 멧돼지에게 완벽한 장소가 될 것이었고, 이제 갈퀴와 요나스는 검은 멧돼지를 거기 숨도록 유인하는 데 성공했는지 확인하러 가봐야 했다. 사실 이르마가 이 먼 북쪽에는 야생 멧돼지가 없다고 지적하기는 했지만, 녀석들의 번식 속도가 무척 빠르다는 점을 고려한다면 또 모를 일이었다. 두 사람이 나뭇가지를 쌓은 장소에 거의 다다랐을 때, 요나스가 갑자기 걸음을 멈췄다.

「맞다, 개. 우리 개가 필요하게 될 거예요. 여기서 기다리시면 제가 개를 데려올게요. 금방 다녀올게요.」 요나스는 그렇게 속삭이고는 재빨리 어둠 속으로 사라졌다.

요나스가 자기 개 이야기를 전에 하기는 했지만, 그때는 개 없이도 어떻게든 할 수 있을 것 같다는 식으로 말했었다. 아무래도 갈퀴가 발정 난 엘크 소리를 낸 것이 충분치 않았던 모양이었다. 요나스가 얼른 집으로 뛰어가 가족이 기르는 추적견 에스킬을 데리고 오는 동안, 갈퀴는 숲에서 야생에 대한 두려움, 어둠 속에 있을 미지의 동물들에 대한 두려움을 꾹 참으며 인내심 있게 기다렸다. 곰이 공격적일 수 있다는 소리를 들은 적이 있었다. 혼자 있을 때 그런 야수와 마주치길 바라는 사람은 없다. 특히나 무장도 안 한 상태라면. 메르타에게 불안해하며 지적한 대로, 조심해야 했다. 스웨덴 국회가 그들 때문에 의원을 잃기라도 한다면 정말 곤란할 테니까!

한편 조금 떨어진 곳에서는 천재가 움직일 시간이 되었다. 정치인들이 시골에 대해 가능한 한 가장 긍정적이고 멋진 인상을 받는 동시에 그들이 내린 수많은 서투른 결정의 결과로 야기된 피해를 경험토록 해야 한다는 것이 핵심 아이디어였다. 그런 연유로, 선출직 정치인들이 은신처에 숨어 있는 동안 메르타가 다음 행동을 개시하자는 신호를 보냈다. 그녀가 천재에게 몸을 기울여 그의 귓가에 속삭였다.

「이제 당신 차례야. 고생을 통해 교훈을 주는 교육법을 적용해야 할 때인 거지.」

「쉽게 말해, 내가 한바탕 난리 법석을 일으켜 줬으면 한다는 거잖아……..」

「그 정도까지 심하게는 말고, 천재. 행운을 빌어!」 메르타는 그렇게 말하고는 격려하듯 따뜻이 안아 주었다. 「내 이야기 무슨 뜻인지 알잖아. 1970년대 기억해? 그때 사람들이 말했지. 〈책임자들 모자에 똥이 떨어지기 전까지는 환경 문제에 관해서 아무 논의도 없을걸.〉 우린 대신 이렇게 말할 수 있겠네. 〈스톡홀름 사람들은 정전을 한번 겪어 봐야 자기들이 얼마나 깊은 똥구덩이에 빠졌는지 깨달을 것이다.〉」

「그거 스티나가 한 말이야?」 천재가 물었다.

메르타는 고개를 끄덕이고 그의 뺨에 입을 맞췄다. 「자, 이제 가!」

천재는 고개를 끄덕이고 심호흡을 하여 폐에 공기를 가득 채운 뒤 오늘 저녁 수행해야 하는 과업이 기다리고 있는 작업장으로 비척비척 걸어갔다. 상고머리 식스텐, 라세, 소피 등 그가 아끼는 학생들은 그동안 작업장에서 다양한 형태의 드론을 실험했는데, 이번 여름에 5킬로그램짜리 물건을 나를 수 있는 커다란 드론을 개발하는 데 성공했다. 〈스파이더맨〉이라는 이름이 붙은 그 드론은 특정 목적지까지 짐을 운반한 뒤 그곳에 물건을 내려놓고 나서 기지로 돌아올 수 있었다. 이번 일에 완벽하게 들어맞는 기계였다. 학생들이 직접 스파이더맨을 조종해야 했겠지만, 천재는 노인 강도단의 수상쩍은 활동에 학생들을 연루시키고 싶지는 않았기 때문에 자신이 직접 드론 조종을 연습했다. 본인이 완벽히 드론을 조종해서 태국 연등 사건 때처럼 바람의 변덕에 휘둘리지 않도록 준비를 확실히 해두어야 했으니까.

작업장으로 가는 길에 갈퀴는 공구 창고로 가서 철제 틀로 모양을 잡은 깔때기형 통발을 집어 들고 안뜰로 나왔다. 그런 다음 스파이더맨을 가져와서 통발을 드론 아래에 갈고리로 걸어 놓고 리모컨으로 통발을 분리할 수 있는지 점검했다. 다 순조롭게 잘 되었다. 천재가 하늘을 올려다보았다. 초승달, 완벽했다. 설사 경찰이 범죄자를 경계 중이라 해도 빛이 그리 많지 않았다. 그는 허리를 곧게 편 뒤 주름지고 힘센 손가락으로 조이스틱을 움켜쥐었다. 그는 그동안 익힌 내용을 마지막으로 한 번 더 되새기고 나서 통발을 조정한 뒤 드론을 이륙 지점으로 갖다 놓고 작동 버튼을 눌렀다. 스파이더맨이 부르릉 하는 소리를 내고는 하늘로 솟아오르더니 멀어져 갔다.

55

다시 쿠르트 뢰반데르의 집. 베탄은 자기가 저지른 짓을 후회 중이었다. 무척 부끄러웠다. 다른 사람들처럼 그녀 역시 남의 휴대 전화를 들여다보는 게 비겁한 짓이라고 생각하는 사람이었다. 하지만 남편 휴대 전화니까, 뭔가 중요한 게 있을지도 모른다……. 포스트잇에 적혀 있는 여러 가지 암호와 비밀번호를 시험해 보는 동안 베탄은 온갖 핑계를 궁리해 냈다. 처음에 시험해 본 암호 세 개는 휴대 전화에 통하지 않아서 컴퓨터에다 집어넣어 보았는데, 그중 하나가 컴퓨터에 먹혔다. 네 번째 암호로는 휴대 전화를 열었다.

이제 그녀를 막을 것은 없었고, 베탄은 아무 거리낌 없이 남편의 연락처 목록을 확인했다. 세상에, 이 여자들 이름 다 뭐야! 이게 업무 때문이라고? 말도 안 돼. 그는 그녀를 배신하고 있었다! 사진은 어떨까? 그녀는 얼른 사진을 훑어보았다. 자연 풍경을 찍은 사진 다음에 노부인과 노신사 들을 찍은 일련의 사진이 나왔다. 남자 노인 두 명이 바에 앉아 있는

흐릿한 흑백 사진도 있었다. 비디오 화면에는 그 두 노인 중 한 명이 맥주잔을 들고 바를 왔다 갔다 하는 모습이 찍혀 있었고, 다른 동영상에는 같은 노인이 학교 운동장을 걸어 다니는 장면이 찍혀 있었다. 대체 쿠르트는 뭐 하러 이런 걸 저장해 놓은 거지? 그녀는 계속 사진을 살펴보다 몸이 뻣뻣이 굳었다. 여자들 사진이 잔뜩 나왔던 것이다! 게다가, 세상에, 남편은 그중 가장 예쁜 여자와 함께 사진까지 찍었다. 사진에 표시된 시간 정보를 살펴보니 사진을 찍은 것은 그가 베탄에게 동료들과 같이 일하러 나왔다고 말한 바로 그 시각이었다. 결국 거짓말이었던 것이다! 컴퓨터에 더 많은 비밀이 들어 있지 않을까?

그녀는 다시 수색을 시작했고, 아주 체계적으로 컴퓨터 파일을 훑어보았다. 문서들, 일 관련 서류들, 근무 일정과 그만큼이나 지루한 업무 내용이 들어 있었다. 그런 것들은 결백해 보이긴 했는데, 〈중요 사항〉이라고 이름 붙인 이 폴더는 대체 뭐지? 그녀가 폴더를 열어 링크를 클릭하자 링크가 데이트 사이트인 틴더로 연결되었다. 여기도 온갖 예쁜 여자 사진들이 있었다! 베탄의 눈에 눈물이 고였다. 개자식! 35년 동안 결혼 생활을 했는데, 그녀를 속이고 있었던 것이다!

쿠르트 뢰반데르는 카푸치노를 마시며 엘리사베트와 30분 정도 즐거운 시간을 보내다가 시계를 흘끗거렸다. 스톡홀름 경찰들이 늦고 있었다. 지금쯤이면 여기 왔어야 하는데. 그가 전화를 걸려는데 엘리사베트가 저녁에 열린다는 야생 사파리 이야기를 꺼냈다. 자기도 행사를 돕기 위해 가는 중이라고 했다.

「당신은 안 가요?」 그녀가 물었다.

「어, 아쉽지만 어렵겠습니다. 같이 간다면 좋겠지만 할 일이 있거든요.」

「안타깝네요. 저는 지금 서둘러 가봐야 해요. 안 그러면 늦거든요.」 그녀가 매력적인 미소를 지으며 말했다. 「하지만 만나서 반가웠어요!」

쿠르트 뢰반데르는 기쁨에 얼굴이 붉어졌고, 도움을 주러 가지 못하는 이유를 설명하려다가 간신히 자제했다.

「그런데 지금 무슨 업무 중이세요? 경찰복을 입고 계셔서요. 강좌 때는 안 입으셨는데.」 엘리사베트가 말했다.

임무에 대해 아무 말도 하지 않겠다고 다짐했건만 입에서 저절로 말이 새어 나왔다. 그녀에게 깊은 인상을 주고 싶어서였다.

「사실 비밀입니다. 우리 경찰관들은 평소에 과묵한 편이죠.」

「아아.」 그녀가 경탄하는 듯한 목소리로 말했고, 그게 바로 뢰반데르가 원해 마지않던 반응이었다.

「뭐, 보시다시피…… 임무 때문에 바빠요.」 그는 으스대지 않으려 애쓰는 목소리로 그녀에게 털어놓았다. 「스톡홀름에 있는 동료들과 함께 큰 건에 매달려 있거든요. 제가 나중에 말씀드리죠.」

그래도 뢰반데르에게 입을 다물어야 한다는 정신머리는 남아 있었다. 천만다행으로 그는 어떤 것도 누설하지 않았다. 그는 창밖을 보았지만 도로는 텅 비어 조용했다. 그는 다시 시계를 보았다. 여기로 오는 중에 무슨 문제라도 생겼나? 전화를 해보는 게 최선이었다. 그는 주머니에 손을 넣어 휴대 전화를 찾다가 도중에 멈췄다. 빌어먹을, 전화기를 집에 놓고 왔다. 노인 강도단의 최근 사진을 스톡홀름 경찰에게 보여 줄 생각이었는데. 집까지 차를 몰고 가서 휴대 전화를 가져올 시간이 있을까? 아니, 그쪽 경찰들이 언제든 여기 올 수 있었다. 베탄에게 부탁해서 들고 와달라고 하는 편이 나았다.

전화기를 빌릴 수 있겠냐는 부탁에 엘리사베트는 고개를 끄덕였고, 그는 재빨리 집 전화번호를 눌렀다. 그는 잠시 신호음을 듣고 있다가 자기가 자기 휴대 전화에 전화를 걸고 있다는 사실을 깨달았다. 으윽! 그가 통화 종료 버튼을 누른 뒤 베탄의 휴대 전화로 전화를 걸려는데 엔진 소리가 들렸다. 경찰용 밴이 주차장으로 들어오는 모습이 보였다.

「이런, 가봐야겠네요. 조만간 다시 만나면 좋겠습니다.」 뢰반데르는 그렇게 말하며 엘리사베트에게 전화기를 돌려주고는 같이 있어서 즐거웠다고 서둘러 인사한 뒤 중요한 일이 있다고 웅얼거리며 자리를 떴다.

엘리사베트는 놀란 얼굴로 그가 나가는 모습을 보다가 계산을 한 다음 문으로 갔다. 밖으로 나오던 그녀는 뢰반데르의 옆에 경찰 밴이 서 있는 광경을 보았다. 그녀는 당황스러운 기분으로 자기 도요타 자동차에 타서 안전벨트를 맸다. 백미러를 통해 뢰반데르가 경찰관 두 명과 함께 다시 카페테리아로 돌아가는 모습이 보였다. 다시 들어가는 걸까? 대체 무슨 임무를 맡고 있기에?

엘리사베트는 헴마비드로 돌아가 농장 가게에 들러 먹을 것을 샀다. 그녀는 과일, 빵, 랩샌드위치를 고른 다음 마실 게 뭐가 있나 찾아봤다. 카를스베르가 좋겠지. 여러 종의 맥주가 진열된 선반 옆에 매력 강좌의 강사였던 우아한 노부인 스티나가 서 있었다. 그녀가 들고 있는 바구니에 맥주 캔이 여럿 들어 있었다.

「숲에 있는 사람들이 목말라해서요.」 엘리사베트의 모습을 보자 스티나가 미소를 지으며 말했다. 「사람들 시원한 맥주 진짜 좋아하잖아요.」

「정말 그래요. 저도 제가 마실 맥주 하나 챙겨야겠네요.」

「웰컴 드링크 마실 때 같이 자리하지 못해서 아쉬웠어요. 정말 즐거운 시간 보냈는데. 당신과 뢰반데르 씨만 자리에 없었거든요. 뢰반데르 씨는 어디 아픈 건 아닌가 궁금했죠.」

「아뇨, 그분 무척 바빠 보이던데요. 아까 스콕소스에서 우연히 만났어요. 경찰복을 입고 스톡홀름 경찰들을 기다리고 있더라고요. 저는 그분이 경찰인 걸 몰랐어요.」

「다들 남에 대해서는 모르는 게 많은 법이죠.」 스티나가 중얼거렸다.

「더 사실 거 있나요?」 막 가게를 닫을 참인 롤란드가 물었다.

「어, 아뇨.」 스티나는 평소와 달리 서둘러 대꾸하고는 이미 장을 다 본 엘리사베트를 바짝 붙어 따라갔다. 두 사람은 계산을 한 뒤 롤란드에게 도와줘서 고맙고, 즐거운 저녁 보내라고 인사했다. 롤란드가 계산대를 정리하고는 자리에서 일어섰다.

「저도 감사하기는 마찬가지예요. 매력 강좌를 진행한 뒤로 사람들이 엄청 사근사근하고 정중해졌거든요. 분위기가 정말 좋아졌죠. 뢰반데르만 해도 그래요. 그 사람 예전에 이 지역에서 가장 촌스러운 경찰관이었는데, 지금은 나름대로 쾌활하고 매력적인 사람이 됐잖아요.」

「강좌에서는 자기가 경찰이란 이야기 안 하더라고요. 왜 그랬을까요?」 엘리사베트가 말했다.

「뭐 제가 경찰관이었어도 비밀도 엄수하고 말도 별로 안 하겠죠. 그런데 그 사람 최근에 헴마비드에 유별나게 자주 들락거렸어요. 보통 경찰이 여기는 거의 안 오는데. 하지만 요즘은…… 모르겠네요. 함정 수사 같은 걸 준비 중일 수도.」

스티나는 점점 더 불편해졌다.

「하지만 별일이 일어난 적이 없잖아요? 그러니까 여기서 범죄자를 신경 쓸 필요는 없고요, 그렇죠?」 그녀가 물었다.

「그렇죠, 제 생각도 그래요. 하지만 장담은 못 하죠.」 롤란드 스벤손이 가게를 닫는다는 뜻으로 블라인드를 내리며 말했다. 「그런 말도 있잖아요, 가장 잔잔한 물에…….」[37]

---

37 〈가장 잔잔한 물에 가장 못생긴 물고기가 헤엄친다〉는 스웨덴 속담.

56

스파이더맨은 드론치고는 유별날 정도로 조용하고 빨랐
다. 통발이 달려 있음에도 불구하고 천재는 이 공중 유영 수
송기를 놀라울 만큼 잘 조종했고, 드론을 전력선 방향으로
날려 보낼 즈음에는 어떤 제약도 느끼지 못했다. 시골은 문
화와 같다고 천재는 생각했다. 인간에게 무척이나 중요하고
정치인들도 온갖 말을 얹지만, 정부로부터의 지원은 전혀
이루어지지 않는다는 점에서 말이다. 그러니 이제, 되갚을
때였다!

실제로 스파이더맨이 더 멀리 날아갈수록 천재는 점점 더
화가 났고, 그래서 드론이 전력선에 다다랐을 때쯤에는 엄
청난 격노에 휩싸여 있었다. 메르타는 전력망에 대해 이런
저런 이야기를 무척 많이 했다. 그녀에게 깊은 감동을 줄 일
을 해보는 건 어떨까? 뭐 하러 이런 변변찮은 지역 전력망을
갖고 고민해야 하나? 그래 봤자 이 세상의 작은 일부에 불과
할 텐데. 그렇다, 메르타가 마음 깊은 곳에서 원하는 일을 하

자. 스톡홀름 놈들에게 교훈을 주자 이거다! 천재는 드론을 북쪽으로 돌려 220킬로볼트 전력선을 향해 전속력으로 계속 날아가도록 조종했다. 드론이 전력선에 다다르자 그는 전선 위를 선회하며 조심스럽게 목표를 겨냥한 뒤 철제 통발을 그 위에 곧장 떨어뜨렸다. 딱딱거리는 소리와 함께 엄청난 밝기의 불꽃이 튀었다. 그러더니 사방이 컴컴해졌다.

「됐어. 이제 관계 당국이 분명 나서겠지.」천재는 흡족한 기분으로 중얼거렸고, 동시에 스스로의 대담함에 정말로 크게 놀랐다. 하지만 그때 그의 머릿속에 메르타가 다시 떠올랐다. 예전에 정전이 일어났을 때, 그녀는 사보타주라는 행위가 참으로 효과적이라는 사실을 잘 알고 있었다. 이제 그가 바로 이 사보타주를 실행했다. 과감하게 저질러 버렸다. 박살을 내버린 것이다! 당연히 메르타도 만족스럽지 않을까?

천재는 그 즉시 기분이 정말 좋아졌고, 잔뜩 흥분한 채 드론을 전력선 위로 높이 띄웠다. 그는 집중력을 유지하며 스파이더맨을 우듬지로 날려 보낸 뒤 안전하게 집으로 복귀시켰다. 드론을 집 지붕 위까지 날아오게 한 다음 누가 보고 있지 않은지 조심스럽게 확인하고 나서 부드럽게 뒤뜰에 착륙시키고 엔진을 껐다. 그리고 나서 얼른 드론을 분해하여 작업장으로 들고 갔다.

숲에서의 시간은 참으로 빠르게 흘렀고, 지금까지는 정말 파란만장한 저녁이었다. 갈퀴는 길을 따라 걸으며 야생 체험 프로젝트에서 자기 몫을 다 해냈다는 사실에 뿌듯해했다. 요나스와 함께 정치인들에게 상상도 못 할 규모의 경험을 확실히 안겨 준 것이다. 의도했던 것보다 동물이 훨씬 많이 나오기는 했지만 말이다. 일부는 계획대로 진행되었고, 또 일부는 실행 중에 어쩌다 보니 일이 벌어졌다. 동물 호출용 피리 같은 문제는 꽤나 까다로웠다. 노인이다 보니 모든 걸 다 기억하기가 늘 쉽지는 않았다.

요나스는 노루를 불러내는 피리를 다 불고 나서 다른 피리로 바꾸고 싶어 했고, 갈퀴는 나머지 피리가 들어 있는 상자를 소년에게 주었다. 요나스는 무슨 피리를 불지 오랫동안 숙고하다가 여우 피리를 꺼냈는데, 갈퀴가 그만 숲에다 피리 상자를 깜박하고 놓아두고 말았다. 공교롭게도 그 피리 상자를 칼레가 발견했다. 전동 스쿠터를 몰고 다니는, 호기심 많기로 악명 높은 칼레가 말이다…….

칼레는 들뜬 손으로 상자를 열었고, 피리를 발견하자 그 즉시 시험을 해보고 싶어졌다. 소년은 잔뜩 흥분한 채 차례차례 피리를 불어 보았는데, 불다가 멈출 의향은 전혀 없었다. 온갖 구애의 소리가 숲에 울려 퍼지자 야생 동물들이 몰려오기 시작했다. 처음에는 사랑에 목마른 엘크가 나타났고, 그다음에는 여우가 추파를 던지며 등장했다. 애타는 동물들이 차례로 길에 허겁지겁 나타나며 온갖 형태의 신음과 으르렁거리는 소리가 사방으로 퍼져 나갔다. 정치인들은 자기 눈을 믿을 수가 없었다.

정치인들이 잘 있는지 보려고 숲으로 들어왔던 메르타가

갑자기 걸음을 멈췄다. 수컷 엘크 한 마리가 그녀 앞을 쏜살같이 지나쳐 눈앞의 밀회 장소로 달려갔고, 뒤이어 잔뜩 들뜬 여우, 오소리 두 마리, 정열적으로 울부짖는 울버린 한 마리가 지나갔다. 이 정도로는 충분치 않다는 듯 갑자기 우지끈하는 소리가 엄청 크게 들리면서 갈퀴가 쌓아 둔 나뭇가지 더미에서 멧돼지가 뛰쳐나왔다. 북쪽 지방에 멧돼지라니!

멧돼지가 지나갈 때 메르타는 얼른 커다란 떡갈나무 뒤로 피신했다. 온갖 짐승 울음과 짝짓는 소리가 개 짖는 소리, 나무 위에서 들리는 경고의 울음과 뒤섞였다. 정말로 숲 전체가 생명을 얻은 듯했다. 메르타는 한동안 그 광경을 지켜보다가 은신처 안에서 카메라 섬광이 잇따라 번쩍이고 있다는 사실을 알아차렸다. 이제 정치인들이 집에 돌아가서 할 이야깃거리가 분명 생기리라고 메르타는 생각했고, 그녀는 그 사실에 기뻐하며 이번 행사가 그들의 기억 속에 남기를 바랐다. 하지만 그보다 더 중요한 사실은, 그들의 휴대 전화 배터리가 곧 다 닳아 버릴 거라는 점이었다.

메르타는 근처에 뒤늦게 도착한 야생 동물이 없다는 사실을 확인한 뒤 헤드 랜턴을 켜고는 안나그레타와 스티나를 데리러 공유지로 갔다. 공유지에 도착해 보니 헴마비드 전체가 어둠에 잠겨 있었다. 완벽했다. 〈정전 작전〉이 성공한 것이었다.

「메르타, 거기 있구나!」

스티나가 그녀에게 다가왔는데, 완전히 엉망진창인 모습

이었다. 머리칼은 헝클어지고 얼굴은 땀에 젖은 채 숨을 엄청나게 헐떡이고 있었다.

「경찰.」 그녀가 헉헉거리며 말했다. 「경찰이 우릴 쫓고 있어.」

「또? 확실해?」

「엘리사베트. 강좌 수강한 사람 있잖아, 그 사람이 스콕소스에서 경찰을 봤대. 쿠르트 뢰반데르가 스톡홀름에서 온 게 확실한 경찰들을 만났대.」

「뢰반데르? 그 사람은 우리에 대한 증거가 하나도 없어.」

「하지만 그러다가 그자가 우릴 감옥에 가두면?」

「절대 그럴 일 없어. 지금 지역 전체가 정전이야. 정전 덕에 경찰 당국이 아주 오랫동안 바빠질걸.」 메르타는 미소를 짓고 그렇게 말하면서 천재를 떠올렸다. 그가 있으면 언제나 든든했고, 그는 이번에도 나라를 위해 제 몫을 다했다.

「경찰이라니. 세상에나, 이제 우리 어쩌지?」 스티나가 애처롭게 더듬거렸다.

「걱정 마. 설사 일이 잘못돼도 내게 다른 계획이 있어.」 메르타가 말했다. 사실 그녀도 마음 깊은 곳에서는 엄청나게 걱정되었지만 그 사실을 숨기고 있었다. 스톡홀름에서 이먼 지역까지 경찰이 왔다니, 그건 절대 좋은 소식이 아니었다. 특별한 이유가 없이 여기까지 올 리가 없었으니까…….

「다른 계획? 하지만 천재 이야기로는 너한테 그런 거 없다던데.」 스티나가 말했다. 스티나의 목소리는 심지어 처량하게 들릴 정도였다.

「그때는 그랬다는 거야. 그동안 생각할 시간이 있었어.」

그 말에 스티나는 진정하고는 안나그레타를 데려왔다. 셋은 그날 저녁의 마지막 의식을 진행하기 위해 정치인들을 모아서 데려오려고 숲으로 다시 들어갔다.

다행히 세 명 모두 헤드 랜턴을 끼고 있었다. 천만다행인 까닭은 완전한 정전이 일어나서 현재 헴마비드 전역을 비롯하여 사방이 어둠에 잠겨 있었기 때문이다. 하지만 그 점이 오히려 좋았는데, 정전 때문에 경찰은 손이 모자랄 테고, 따라서 숲에서 노인들을 추적할 시간 따위는 없을 터였기 때문이다. 그러므로 숲속에 있는 메르타와 친구들은 당연히 안도감을 느꼈다. 그리고 이 점 하나만큼은 분명했다. 메르타는 지금껏 시골을 살리고자 엄청난 노력을 기울였고, 이제 와서 포기할 수는 없다는 사실 말이다. 그녀는 오늘 저녁을 멋지고 깔끔하게 마무리해야 했다. 그래야 정치인들을 그녀가 원하는 방향으로 이끌 수 있을 테니까.

57

쿵스홀멘 경찰서의 게르트 아론손은 즉시 지휘권을 장악하고는 뢰반데르에게 이제 본인이 노인 강도단 검거를 책임진다고 통보했다. 뭐라고? 뢰반데르는 그 자리에 그대로 굳어 버렸다. 스톡홀름 경찰이 검거 작전을 지휘한다고? 그 수배자 노인들의 꼬리를 밟은 사람은 자기였는데 말이다. 교활한 강도단을 체포할 사람이 있다면 그건 다른 누구도 아닌 바로 자신, 쿠르트 뢰반데르여야 했다. 그가 모든 일을 다 해냈다. 그는 이 지역 출신이었고, 정보도 모두 그의 손에 있었다. 그런데 이 스톡홀름 놈들은 자기들이 작전을 이끌 거라고 멋대로 짐작하고 있었다. 무슨 식민지 정권처럼!

「그러니까 아주 강력한 증거가 있다, 이 말 아닙니까.」 경찰 밴의 운전대를 잡고 있던 아론손이 천박하고 거만한 목소리로 말하며 헴마비드를 향해 속도를 올렸다. 차는 엉망인 도로를 달리며 불편하게 덜컹거렸고, 뢰반데르는 뒷좌석에서 속으로 욕을 퍼부어 댔다. 그냥 자기 차를 탔어야 했다.

뢰반데르의 차가 서스펜션이 훨씬 나았다. 하지만 그는 어쩔 수 없이 자기 차를 스콕소스에 그냥 놔두어야 했다. 아론손이 말했듯 공동 작전을 수행하려면 급습 때는 함께 뭉쳐 다니는 게 최선이었으니까.

「어, 그렇죠. 제게 증거가 있으니 우리가 그 노인네들을 체포할 수 있어요.」뢰반데르가 대답했다.

「은퇴 노인 사냥이라니, 나 참, 이게 무슨 추태람. 조심해라, 노인들아. 우리가 간다!」아론손은 그렇게 말하며 웃음을 터뜨렸고, 뢰반데르의 불만은 점점 커져 갔다. 이자의 말투는 건방질뿐더러 우월감에 차 있었다. 스톡홀름 경찰은 이 건을 진지하게 여기지 않고 있단 말인가? 스톡홀름 경찰은 처음에는 이 건을 맡았다가 나중에 가서는 그냥 내버려두고 블룸베리의 러시아 은행 계좌에만 집중했다. 만약 뢰반데르가 단독으로 감시하지 않았더라면 노인 강도단은 계속해서 끔찍한 강도 행각을 벌일 수도 있었다.

하지만 이제 드디어 시작이었다! 카페에서 뢰반데르는 스톡홀름 경찰들에게 몇 시간이면 그들을 잡아들일 수 있을 거라고 설득했다. 그러면 마침내 노인 강도단이 검거되는 것이었다. 그랬다. 뢰반데르는 동료 경찰을 환영하며 커피와 대니시페이스트리를 대접했고, 자기 공로가 인정되고 정중한 대우를 받길 바랐다. 하지만 이자들은 그를 공기 취급했다! 무엇보다 뢰반데르가 휴대 전화를 깜박하고 왔다며 놀려 먹었다. 실수를 했다는 건 인정하지만, 사람이니까 실수도 하는 것이었다. 그렇지 않은가?

「당신이 확보한 증거로 충분하다고 생각해요?」아론손이 물었다.

「증거요? 그럼요, 물론이죠. 제가 오랫동안 감시해서 손에 넣은 증거입니다. 게다가 우리에겐 블롬베리의 플래시 드라이브에서 확보한 사진도 있고요. 제가 상당히 열심히 일했죠.」뢰반데르가 대답했다.

「플래시 드라이브? 뭐 좋아요, 그런데 거기에는 증거라 할 만한 게 별로 많지 않던데.」아론손이 억센 스톡홀름 억양으로 말했다.「우린 증거가 더 필요해요.」

「전에 말씀드렸지만 제가 새로 확보한 물증을 보시면 모든 게 맞아떨어질 겁니다.」

「뭐, 그럼 좋아요, 우리한테 그걸 보여 주셔야겠군.」아론손이 말했다. 그의 목소리에서는 좀체 확신이 느껴지질 않았다.

뢰반데르는 속으로 욕을 퍼부었다. 아론손의 건방진 태도는 오로지 뢰반데르가 시골 마을 경찰이기 때문이라서가 아닐까? 게다가 저자는 노인 강도단을 무척 깔보고 있었다. 꼭 노인 범죄자를 잡아 가두는 게 수치스럽기라도 하다는 양 말이다. 하지만 노인 강도단은 경매장 절도 외에도 여러 다른 범죄에 확실히 연루되어 있었다. 스톡홀름 경찰은 감사해도 모자랄 판이었지만, 현재 그들에게는 더 중요한 할 일이 있었다. 카페에서 아론손은 러시아와 돈세탁, 비밀 러시아 은행 계좌 이야기를 주로 했다. 마치 노인 강도단 일로 하루를 몽땅 쓰게 생겼다는 사실에 심통이 난 듯 보일 정도였다. 반면 뢰반데르 본인은 이 건을 조사하면서 노인 강도단에게 다소간 존경심마저 들게 되었다. 그들은 분명 범죄자들이었지만 강도 수법은 무척이나 영리했고, 지금까지는 스웨덴 전역의 경찰과 수사관을 속여 넘기는 데 성공했다. 설사 경찰이 그들을 체포하더라도 이는 엄청난 업적으로 남을 것이었다!

「나 참, 여기 도로는 진짜 환장하게 엉망이군! 신장 결석 발작을 일으키고도 남겠어!」 아론슨에 이어서 스톡홀름에서 같이 온 동료 경찰 브뤼놀프 옌손도 큰 소리로 욕을 내뱉었다. 경찰 밴이 한쪽으로 쏠리고, 튀어나온 돌을 치고, 푹 파인 구멍을 쿵 찧는 바람에 다들 뭔가를 단단히 붙들고 있어야 했다. 뢰반데르는 속으로 조용히 기도하면서 노인 강도단을 추적하다가 차량 추격전이 벌어지지 않기만을 바랐다. 그런 일이 생기면 강철로 된 엉덩이가 필요할 테니까. 그가 막 그런 생각을 한 찰나 밴이 커다란 돌에 부딪혔고, 아론슨은 그만 차량을 제어하는 데 실패하고 말았다.

「쌍!」 욕설이 들리더니 뒤이어 펑크 난 타이어 때문에 생기는 익숙한 흔들림이 따라왔다. 밴은 처음에는 한쪽 방향으로 미끄러졌다가 그다음에는 다른 쪽 방향으로 미끄러졌다. 차 아랫부분에서 긁히는 소리가 났고, 그러고 나서 차가 멈췄다.

「젠장, 망할 놈의 모굴 스키보다 더 끔찍하군!」 아론슨이 고함을 질렀다.

「쌍, 쌍, 쌍.」 옌손도 덩달아 욕을 해댔다.

하지만 뢰반데르는 말없이 앉아 있었다. 바로 그때 경찰 무선 통신망에서 딱딱거리는 소리가 나더니 스콕소스 경찰서에서 연락이 왔던 것이다.

「정전이 발생했다. 변전소에 화재 발생. 사보타주로 보인다. 바로 출동 가능한가? 여기 지금 지원이 필요하다.」

메르타는 정치인들이 앉아 있는 은신처로 가던 중 천재와 마주쳤다. 그가 헤드 랜턴을 켜고는 즐거운 얼굴로 그녀의 손을 잡았다.

「임무 완수했어. 결과가 아주 만족스러워.」 천재가 윙크를 했다. 「완전히 다 정전됐어.」

「완벽한 타이밍이었어. 경찰이 우릴 쫓고 있었거든.」

「세상에, 또야!」

「그래, 또 그러는 것 같네. 만약의 경우를 대비해 우리도 준비를 해둬야겠어. 정전이 일어난 게 얼마나 다행인지 몰라. 당신이 멋지게 해낸 것도 그렇고. 경찰은 정전에 완전히 정신이 팔릴 거야.」

「진짜로 화가 났어. 그, 시골에 사는 우리가 이런 식으로 대접받고 있다는 사실에 대해 말이야.」 천재가 말했다. 「그래서, 그래, 크게 한 방 터뜨려 줬지!」

천재의 눈빛이 반짝거렸다. 그 모습이 무척이나 뿌듯해하는 듯 보여서 메르타는 그저 몸을 앞으로 기울여 그를 꼭 안아 줄 수밖에 없었다.

「천재, 당신은 무척 용감해. 정말로!」

「메르타……. 나는 악당에서 시골 살리기 활동가가 되었어! 누구도 나보고 융통성 없다는 소리는 못 할걸.」

메르타와 친구들이 은신처 지역에 도착했을 때, 그들이 마주친 것은 환하게 빛나는 정치인들의 얼굴이었다. 하도 많은 야생 동물을 보는 바람에 기분이 최고조에 이르렀던 것이다. 그들은 좀 얼떨떨한 상태로 은신처에서 기어 나왔다.

「와, 이거 진짜 대단하다는 말밖에는 할 수가 없겠군요.」 휴대 전화로 엘크와 소심한 스라소니를 찍는 데 성공한 노르셰핑의 베테랑 정치인이 소리쳤다.

「여기 이렇게 다양한 동물들이 살고 있을 줄이야. 솔직히 말해 여기 있는 어떤 동물들은 스칸센 동물원에서만 볼 수 있을 줄 알았어요.」 노루, 엘크, 늑대를 봤다고 생각한 다른 정치인이 말했다. 메르타는 그 정치인이 봤다는 〈늑대〉가 추적견 에스킬이라는 것을 알아차렸지만 아무 말도 하지 않았다. 중요한 것은 참가자들이 만족했다는 사실이었으니까.

「그나저나 왜 이렇게 어둡죠? 마을에 정전이라도 일어났어요?」 룬드에서 온 정치인이 물었다.

「가끔 이래요. 하지만 저희는 익숙해요.」 메르타가 말했다. 「걱정되시면 헤드 랜턴을 빌려드릴게요.」

하지만 룬드에서 온 그 정치인은 두 팔을 앞으로 뻗으며 자기는 야간 시력이 매우 좋다고 말했다.

사람들은 유쾌하게 잡담을 나누며 노인 강도단이 마지막

순서를 마련해 놓은 숲속 빈터로 걸어갔다. 강도단은 무척 신중히 고려한 끝에 그 장소를 선정했는데, 헴마비드 인근에 위치한 옛 주조소와 선사 시대 사냥꾼들이 사용한 구덩이 함정이 이 지역의 역사가 오래되었음을 보여 주었기 때문이다. 이는 이번 방문에 특별한 차원을 더해 줄 터였다. 스티나와 안나그레타는 이날 일찍부터 이곳에 무대를 마련해 두었는데, 일행이 도착하자 태양광 램프에 불을 밝혔다. 빈터에는 나뭇등걸로 만든 연단이 설치되어 있었으며, 구덩이 함정 뒤에서는 횃불이 타오르고 있었다. 스티나와 안나그레타는 TV에서 방송되는 다양한 예능 프로그램에서 이 무대의 영감을 얻었는데, 특히 리얼리티 게임 쇼인 「로빈손」[38]의 각본과 분위기 있는 무인도 회의에 매혹되었다.

「그 사람들이 할 수 있으면 우리도 할 수 있지. 횃불 몇 개만 타올라도 효과 끝내줄걸.」 스티나가 그렇게 말했고, 안나그레타도 그에 동의했다.

정치인들이 모두 모이자 메르타가 나뭇등걸로 만든 연단으로 올라갔다. 깜박깜박 빛나는 횃불 속에서 그녀는 동물을 함정에 빠뜨려 잡던 선사 시대 사냥법에 대해 이야기하기 시작했다. 그녀가 정치인들 옆에 있는 옛 함정 구덩이를 가리켰다.

「이 구덩이는 석기 시대부터 있던 거예요. 보시면 알겠지

---

38 스웨덴의 서바이벌 쇼로, 1997년부터 방송되기 시작했다. 참가자들이 고립된 장소에서 두 부족으로 나뉘어 음식, 불, 쉼터 등을 마련하면서 경쟁을 통해 최종 우승자를 선발한다는 설정이다.

만 당시 여기서는 이런 식으로 사냥을 했죠. 사실 사람들은 몇만 년 동안 여기서 수렵 생활을 했어요. 하지만 오늘날 우리는 어떤 동물도 죽일 필요 없이 야생을 즐길 수 있게 되었죠.」

「그래, 맞아요. 다들 기후 문제에 예민해야 해요. 채소를 먹어야지. 양상추만으로는 방귀를 제대로 뀔 수 없으니까.」 노르셰핑에서 온 정치인이 다 들리게 중얼거렸다. 동료 정치인들은 그가 약간 창피했다.

「여러분께서는 실제로 사냥할 필요 없이 사냥감을 구경하고 사진도 찍을 수 있었어요. 환상적이었죠, 그렇지 않나요?」 메르타가 계속 말했다. 「원하신다면 여기 구덩이도 마음껏 사진을 찍으세요. 하지만 그 전에 우선 제가 조그만 깜짝 선물을 드릴게요.」

어둠 속에서 앞으로 걸어 나온 스티나가 버섯 채취용 나이프 열네 개가 들어 있는 가방과 수제 종이에 참가자들의 이름을 새긴 멋들어진 수료증 한 묶음을 메르타에게 건넸다. 메르타가 미소를 지었다.

「오늘 자연 속에서 함께하고 여러분을 안내할 수 있어서 정말 즐거웠어요. 헴마비드를 앞으로도 기억해 주길 바라는 마음으로 여러분 각자에게 기분 좋은 기념품을 드리고자 합니다.」

메르타는 참가자들을 한 명씩 호명하고는 기념품과 스티나가 만든 수료증을 건넸다. 수료증에는 스티나가 그린 아름다운 엘크와 노루 수채화가 그려져 있어, 사방에서 감탄의 웅성거림이 들렸다. 그런 다음 참가자들은 수료증을 들고 어찌어찌 간신히 사진을 찍었는데, 휴대 전화에 배터리가 거의 남지 않았기 때문이다. 마지막으로 천재가 참가자들에게 펜과 종이, 칠판을 각자 하나씩 주었다.

「오늘 있었던 이 짧은 여행에 대한 소감을 써주시지 않겠어요? 네, 평가 후기라고 생각해 주시면 됩니다.」 그가 말했다.

「잠깐만요. 우선 단체 사진을 찍어야 해요. 그 전에 자리를 뜨지 말아 주세요.」 메르타가 외쳤고, 이를 신호로 스티나와 안나그레타가 함정 구덩이 양옆에 각각 파라핀 램프를 설치한 뒤 메르타에게 삼각대를 건넸다.

「알겠어요, 당연히 단체 사진 찍어야지.」 노르셰핑 정치인이 혀 꼬인 발음으로 외쳤다. 「내가 사진 벽에 딱 붙여 놓을 거야.」

「좋아요.」 메르타가 삼각대를 조정한 뒤 정치인들을 향해 카메라를 돌렸다. 「조금 더 모여 주시겠어요?」

정치인들이 고개를 끄덕이고 가까이 모였다.

「좋아요, 아주 좋아요.」 메르타가 열정적으로 외쳤다. 「키가 크지 않은 분들은 앞으로 나와 주시고요, 뒷사람을 가리고 서 있지 않은지 다들 확인하셨나요?」

메르타는 사람들이 자리를 바꾸는 동안 기다렸다. 가장자리에 서 있던 사람들이 중앙으로 조금 더 이동했다.

「이제 정말 사진 잘 나오겠어요.」 메르타가 계속 말했다. 「그런데 조금만 더 가까이 모여 주시겠어요? 화면에 모두 다

안 들어와서요. 두 걸음만 뒤로 가주실래요?」그녀는 진짜
제대로 된 사진사들이 하듯 팔을 이리저리 휘둘렀다. 「아주
좋아요, 이제 완벽하게 나오겠어요!」

메르타는 임신한 정치인 페트라를 손짓으로 불러 그녀에
게 플래시 장치를 주고는 조명 설치를 도와 달라고 부탁했
다. 하지만 이 부탁은 그저 계략의 일환일 뿐이었다. 왜냐하
면 바로 다음 순간 숲에서 무슨 소리가 들리자 메르타가 얼
른 몸을 돌렸기 때문이다.

「이런!」그녀가 소리치며 다시 정면을 향하고는 손을 흔
들어 댔다. 「뒤로 물러서요! 뒤로! 멧돼지예요!」

그 말에 정치인들은 순종적인 노인들처럼 몇 걸음 뒤로
물러섰다. 이것이야말로 메르타가 짠 계획이 성공하는 데
필수적인 상황이었다. 잠시 뒤 메르타와 친구들은 수많은
팔과 다리가 대자로 쭉 뻗어 있는 모습을 볼 수 있었다. 페트
라를 제외한 나머지 사람들이 뒤로 넘어지며 구덩이 함정
속으로 사라졌던 것이다. 바로 다음 순간 갈퀴가 함박웃음
을 지으며 숲에서 나왔다.

「성공했군!」갈퀴가 속삭였다.

메르타는 공모자다운 윙크를 보내고는 아무 내색도 하지
않은 채 구덩이로 갔다.

「어머나, 세상에. 이를 어째. 이런 큰일이! 어디 다치진 않
으셨어요?」

신음 소리와 웅성거림이 들렸지만 아무도 다친 것 같지는
않았다.

나머지 노인 강도단 단원들도 구덩이 쪽으로 가 아래를 내려다보았다. 그렇다, 천재가 자기 일을 제대로 해둔 게 분명했다. 정치인들은, 와르르 떨어지기는 했어도, 잔뜩 쌓아둔 전나무 가지 위로 부드럽고 편안하게 착지했다. 구덩이가 충분히 부드럽고 푹신해서 다치지는 않았지만 꽤나 깊었기 때문에 빠져나올 수는 없었다. 결국 함정에 무력하게 갇히고 만 셈이었다. 메르타가 천재에게 몸을 돌리고는 목소리를 낮춰 말했다.

　「저 사람들 일단 한숨 돌려야겠어. 그런 다음 계속 진행하자.」

　천재가 고개를 끄덕였다. 메르타가 구덩이 가장자리에서 몸을 숙이고 말했다.

　「세상에, 이를 어째. 가엾게도!」 그녀는 다시 탄식하고는 과장된 동작을 취하며 손으로 얼굴을 감싸듯 앞에 갖다 대었다. 그러면서도 그녀는 무표정을 유지하기가 정말 힘들다고 생각했다. 평소에는 책상에 앉아 있었을 정치인들이 지금 이렇게 구덩이에 갇혀 있다니, 정말 웃기기 짝이 없는 일이었다……. 「세상에, 이제 어쩌지! 걱정 마세요, 우리가 얼른 도움을 요청할게요! 그 전까지는 우리 같이 최선을 다해 즐겁게 시간을 보내야겠네요!」

58

「최선을 다해 즐겁게 보내자고?」 알아듣기 힘든 웅얼거림
이 구덩이 아래에서 들렸다.

「숨바꼭질을 하면 되겠군!」 룬드에서 온 정치인이 익살맞
게 소리쳤다.

「아니면 의자 없이 의자 놀이를 하는 건 어때요?」 또 다른
사람이 제안했다.

「구조를 기다리는 동안 편히 계세요. 게임을 하셔도 되고
서로 대화해도 좋고요. 그동안 저희가 가서 사다리를 가져
오면 돼요.」 안나그레타가 제안했다.

「아니면 행사 평가 설문지를 작성하셔도 되겠네요. 그럼
시간을 절약할 수 있으니까요. 펜과 종이도 갖고 계시니까.」
메르타가 말했다.

천재가 구덩이로 가서 태양광 램프를 아래로 비췄다. 이
미 몇 시간 동안 켜두었던 터라 처음만큼 밝지는 않았다.

「설문지를 작성하는 데 충분하면 좋겠군요. 만약 빛이 모

자라면…….」

「그냥 전화로 도움을 요청해서 우리가 여기서 나갈 수 있게 해주면 안 돼요?」 룬드에서 온 정치인이 천재의 말을 끊었다.

「맞아, 소방서에 전화를 걸라고!」 노르셰핑 정치인이 거들었다.

「소방서요? 죄송해요. 소방서는 문을 닫았어요.」

「하지만 스콕소스에는 있을 거 아니에요?」

「그렇긴 한데 여기서는 전화를 걸기 힘들어요. 휴대 전화 신호가 잘 안 잡히는 지역이거든요.」

「그럼 헴마비드 시내에 사람을 보내라고요, 젠장! 빌어먹을 유선 전화는 있을 거 아닙니까, 안 그래요?」 노르셰핑 정치인이 소리를 질렀다.

「안타깝게도 없습니다.」 천재가 말했다.

「인터넷도 전혀 안 돼요. 그만큼 상황이 열악하죠.」 메르타가 정치인들에게 알려 주었다. 비록 그건 절반의 진실이었지만 말이다. 마을 일부 지역에서는 인터넷이 제대로 작동했으니까.

구덩이 아래에서 〈뭐라고?〉라는 경악의 외침이 들렸다.

「아, 그럼 청구서 요금을 납부하려면 은행까지 가야겠네요?」 평소 집안 재정을 맡아 관리하던 스톡홀름 출신 정치인이 결론을 내렸다.

「아뇨, 은행 지점도 폐점했어요.」

이제 구덩이는 쥐 죽은 듯 조용해졌고, 메르타는 무척이

나 짧은 시간에 그들에게 시골의 부실한 시설 문제를 알려
줄 수 있었다는 사실에 기분이 좋아졌다. 고생을 통해 교훈
을 주는 교육 방식……. 하지만 아직 다 끝난 게 아니었다.
제대로 효과를 보려면 정치인들의 기분을 계속 좋게 해줘야
했다.

메르타는 사탕 바구니와 그 외 간식이 될 만한 걸 좀 가지
고 오라며 스티나와 안나그레타를 보냈고, 둘은 펀치 음료,
맥주잔, 감자칩, 견과류를 들고 금세 돌아왔다. 정글 로어 캔
디는 물론이고. 그들은 간식을 줄에 묶어 구덩이 아래로 내
려보내고는 아래 있는 사람들에게 마음껏 드시라고 했다.
그러면서 안나그레타는 다음과 같이 선언했다.

「아쉽지만 이게 저희가 가진 전부예요. 가게에서 뭘 더 살
수가 없었거든요. 전기가 들어오지 않아서 계산대가 작동을
안 해요.」

「그럼 스콕소스로 차를 타고 가면 되잖아요!」 나뭇가지로
만든 침대에서 툴툴거리는 목소리가 나왔다.

「그렇긴 하죠. 하지만 여기 주유소에서 기름을 채울 수가
없어요. 오늘 저녁에 여러분들을 집까지 모시고 갈 버스에
휘발유를 넉넉히 남겨 둬야 하거든요.」 스티나가 말했다.

「그래도 펀치는 제법 맛있지 않나요?」 안나그레타가 사람
들을 안심시키려고 애쓰면서 모두가 기운을 내자는 뜻에서
건배를 하자고 제안했다. 그런 다음 그녀와 스티나는 정치
인들을 격려하고자 각자 노래를 불렀는데, 자신들이 직접
작곡한 「인생은 함정으로 가득해」라는 활기찬 왈츠였다. 노

래를 부르고 나서는 다시 건배를 제안했다. 펀치와 견과류가 효과를 발휘한 덕에 분위기는 훨씬 나아졌고, 그래서 안나그레타는 훨씬 편하게 다음 공지 사항을 전할 수 있었다.

「안타깝지만 안 좋은 소식이 있어요. 전력망이 이상을 일으키는 바람에 소방서에 이리로 바로 오라고 요청할 수가 없어요. 비상 호출이 너무 많아서 소방관들이 전부 다른 곳에 묶여 있는 상황이에요.」

「그래서 사다리가 도착할 때까지 잠시 기다리셔야 해요.」스티나가 덧붙였다.

「제가 사다리를 찾으러 사람을 보냈으니 가능한 한 얼른 꺼내 드릴게요. 게다가 조명도 더 확보했어요. 칼레라는 학생에게 태양 전지 스쿠터가 있거든요.」

메르타는 한 가지에 대해서만큼은 단호한 태도를 취했는데, 이왕 이렇게 정치인들을 같은 장소에 모아 둔 이상 유망한 누군가를 그들에게 보여 주는 것이 중요했기 때문이다. 칼레는 젊은 사업가의 완벽한 실례였고, 정치인들이 발전 기금을 통해 지원한다면 분명 성공할 아이였다. 그래서 횃불과 파라핀 램프가 다 타서 꺼지고 태양광 램프의 빛도 다 꺼지자 천재가 자신의 학생을 데리러 갔다. 나머지 강도단원들은 구덩이 주위에 서서 즐거운 대화를 나누고 있었는데, 갑자기 안나그레타가 뭘 좀 더 해야겠다는 마음을 먹었다.

「우리 이야기 좀 해야 돼.」안나그레타가 그렇게 말하더니 친구들에게 구덩이에서 떨어진 곳으로 따라오라는 신호를 보냈다. 그래야 정치인들이 그들이 하는 말을 못 들을 테니까. 강도단이 돌과 나무에 앉자 그녀는 헛기침을 하고는 단호한 어조로 말했다. 「우리 너무 상냥하고 정중해! 이왕 정치인들을 구덩이에 잡아넣었으니 빠져나올 수 있게 해서는 안 돼. 안 되고말고.」 그녀가 평소와는 달리 나직하게 이야기해서, 메르타는 안나그레타가 지금 진심이라는 사실을 깨달았다.

「그럴 수도 있겠지만, 지금 다 잘되고 있잖아. 정치인들이 오늘날 시골이 어떤 상황인지 좀 배울 수 있게 됐다고. 뭘 더 할 수 있겠어?」 메르타가 물었다.

「더 거칠게 나가야 해. 제대로 교훈을 가르쳐 줘야 한다고. 법적으로 구속력이 있는 약속을 할 때까지 구덩이에서 꺼내 주지 말자.」 안나그레타가 씩씩거리며 어두운 밤하늘을 향해 주먹을 불끈 쥐었다. 「전기도, 휘발유도, 기차도 없어. 버스도 거의 안 다녀. 가게도 없고, 진료소도 없고, 약국도 없어. 은행 지점은 문을 닫았지. 진짜로 나라가 어떻게 돌아가고 있는 거야?」 그녀가 말을 이었다. 숨을 하도 깊이 들이마셔서 숨소리가 그녀의 목소리보다 더 크게 들릴 지경이었다. 「내가 생각하는 최악이 뭔지 알아?」

이제 메르타는 진짜로 걱정이 되기 시작했다. 「아니, 뭔데?」

「요즘은 약국에 의약품 재고가 거의 없어. 주로 피부 관리 제품이나 화장품을 판다고. 정치인들이 정신 차리고 압력을 넣기 시작하지 않으면 우린 다 죽을 거야. 우리 모두가 죽을 거라고.」

「저기, 안나그레타. 아직 약국에서 약을 팔고 있어. 맞잖아?」메르타가 그녀를 달래 보려고 했다.

「메르타, 대부분의 의약품 재고가 떨어졌어. 부정맥이 일어날 때 립글로스는 하나도 도움이 안 된다고. 그게 현실이야!」

강도단은 모두 놀라 안나그레타를 바라보았다. 그녀가 이렇게까지 단호한 모습을 보이는 건 정말로 오랜만이었다.

「그럼 저기 구덩이에 있는 정치인들이 어떻게 해야 한다고 생각하는 거야?」스티나가 속삭이듯 말했다.

「올해가 가기 전에 시골 문제를 정치적 의제로 올리겠다고 약속해야 해. 구체적인 계획을 제안하고 자금을 대야 한다고. 어때? 이제 우리가 필요한 조치에 대한 우리의 요구 목록을 작성해서 그들에게 주는 거야. 서명해야 하는 문서 말이야.」

「아, 그래. 그러면 법적인 구속력이 생기겠구나.」메르타가 친구를 감탄스러운 듯 바라보았다. 안나그레타는 경제 문제에 관해서는 정말로 뛰어났는데, 법적인 문제에도 아는 게 많은 듯했다.

「그런데 대체 어떻게 서명을 시켜?」스티나가 물었다.

「식은 죽 먹기야. 그냥 이게 퀴즈라고 말하면 돼. 그러면 누가 이의를 제기해도 문제 되지 않을 거야. 구두 약속은 아무 가치가 없어. 법적으로 중요한 건 서류에 쓴 거야. 내가 하루 이틀 산 게 아니라고!」안나그레타가 뿌듯해했다. 그녀는 무척이나 조용조용 이야기하고 있었지만, 사람들은 예의 그 말 울음 같은 그녀의 웃음소리를 어렴풋이 들을 수 있었다.

「정말 똑똑한 계획이야. 안나그레타, 넌 천재야!」 메르타
가 그렇게 외치며 친구를 포옹했다. 다들 환호성을 지르고
건배를 한 다음 축하의 노래를 합창하고픈 마음이었다. 하
지만 안타깝게도 아직은 기다려야 했다. 알이 부화하기도
전에 닭을 세고 있으면 안 되는 법이니.

59

쿠르트 뢰반데르는 마구 욕설을 퍼부었다. 이제 드디어 스톡홀름 경찰을 여기까지 오게 했는데, 노인 강도단을 잡을 참인데, 타이어에 펑크가 나다니. 그것만으로는 충분치 않다는 듯, 차량이 형편없는 도로에서 엄청나게 혹사당해 망가졌다. SUV가 아닌 차체가 낮은 밴이다 보니 차대가 뭔가에 부딪혀 탈이 난 게 분명했지만 뭐에 충돌했는지는 알수 없었다. 그래서 헤드 랜턴 빛에 의지하여 어렵사리 바퀴를 갈아 끼웠는데도 밴을 출발시키기가 힘들었다. 드디어 시동이 걸리나 싶더니 거의 곧장 꺼져 버렸다. 달팽이 같은 속도로 차를 몰고 갈 수야 있겠지만 그 이상은 불가능했다. 아무도 원인을 몰랐고, 불행히도 그들 중 누구도 엔진에 대해서는 쥐뿔도 알지 못했다. 엎친 데 덮친 격으로 비상 통제 센터에서 그들에게 개입을 요청했다. 정전으로 혼란이 야기되는 바람에 가능한 한 모든 지원이 필요한 상황이었다.

하지만 뢰반데르는 저항했다. 「절대 안 됩니다! 우리는 밴도 망가졌다고요. 다른 사람에게 연락하세요!」그가 씩씩거리며 짜증스럽게 무선 통신을 끊었다.

과체중인 아론손의 동료 경찰이 앞 좌석 사이로 머리를 쑥 들이밀며 말했다. 「지금 당장 노인네들을 체포할 수는 없을 것 같은데, 당신 집에 가서 간단히 요기라도 하죠. 그럼 컴퓨터에 있는 증거도 같이 볼 수 있을 테고요, 쿠르트.」

뢰반데르는 바보가 아니었다. 그는 이자들에게 우선순위가 무엇인지 알아차리고는 울분에 휩싸였다. 이 스톡홀름 경찰들은 일단 간식부터 좀 먹고 나서 시간이 남을 경우 증거를 보겠다는 소리였다. 빌어먹을 놈들! 하지만 당연하게도 뢰반데르는 스스로를 탓할 수밖에 없는 처지였다. 휴대전화를 두고 왔으니 말이다. 그러니 지금으로서는 협조할 준비가 되어 있는 모습을 보여야만 했다.

「좋은 생각이군요! 알겠습니다. 저희 집으로 가죠.」뢰반데르가 그렇게 말했고, 스톡홀름 경찰들은 엔진이 허락하는 만큼의 속도로 차를 몰고 나아갔다.

두어 시간 뒤 스콕소스 외곽에 있는 이층집으로 들어가는 쿠르트 뢰반데르의 심경은 복잡했다. 밴의 시동이 여러 번 꺼지는 통에 동료 경찰들은 무척 피곤해했고, 불편한 길을 온 탓에 상태가 좋지 않았다. 뢰반데르 역시 지쳐 있기는 마찬가지라 집 안에 돌고 있는 분위기를 알아차리질 못했다. 하지만 문을 열자마자 그는 뭔가 잘못됐다는 걸 느꼈다. 베탄이 짧게 인사했지만 그녀의 얼굴은 따스하지 않았고, 그를 반기는 표정도 아니었다. 그녀는 무척 심각해 보였다. 뢰반데르는 주위를 흘끗 둘러보았다. 주방 식탁에 반쯤 먹다 남긴 음식 접시가 있었고, 거실에는 파라핀 램프와 양초가 있었다. 개방형 벽난로도 타오르고 있었다. 여전히 전력은 복구되지 않은 상황이었다.

「오는 길에 문제가 생겼거든. 그래서 동료 경찰들을 집에 데리고 와서 간단한 식사와 커피라도 대접해야겠다 싶더라고.」 그가 설명했다.

「알겠어.」 베탄은 그렇게 말하고는 매몰차게 등을 돌렸다. 평소 그녀가 그에게 이런 식으로 쌀쌀맞게 구는 일은 없었다. 심지어 세탁기에 흰옷과 색깔 있는 옷을 같이 집어넣는 바람에 불행한 사태가 벌어졌을 때조차도 이러지는 않았다. 뢰반데르는 그녀를 달래기 위해 얼른 지하실로 내려가 파라핀 랜턴 두 개, 향초, 휴대용 석유 화로를 들고 왔다. 그런 다음 랜턴과 초에 불을 붙이고 화로를 작동시켰다.

「제가 커피를 만들 테니 발코니에 앉아 계시죠. 자기도 이리로 와서 같이 앉자.」 뢰반데르가 쾌활한 목소리로 애써 말했다.

「당신과 커피를? 싫어, 쿠르트. 당신네들이나 커피 마셔.」

베탄은 식료품 저장실에서 카르다몸케이크와 비스킷 통을 들고 와서는 뢰반데르가 커피를 내리는 사이 커피 잔과 잔 받침을 발코니 테이블에 놓았다. 그러고는 손에 플래시 드라이브를 든 채 남편을 지나쳐 걸어갔다.

「혹시 이거 봤어?」 그녀는 싸늘한 눈빛으로 미소를 지었다. 그녀는 뢰반데르가 뭐라 말을 꺼내기도 전에 그 질문에 스스로 답했다. 「책상 위에 이 플래시 드라이브가 있더라고. 그래서 내가 여기다 휴가 때 찍은 사진이랑 아이들 사진을 채워 넣었어. 가족사진이 중요하잖아. 참 좋지, 안 그래?」

쿠르트 뢰반데르는 얼어붙었다. 베탄이 또 그의 일을 망치기 시작한 걸까? 그는 점점 커가는 아내의 질투심을 견딜 수가 없었다. 하지만 그는 마음을 다스리면서 아론손과 옌손에게 앉을 장소를 안내해 준 뒤 그들이 편안하게 자리를 잡자 커피를 따라 주었다. 베탄이 케이크가 든 접시를 들고 나와 테이블에 올려놓았다.

「정전 때문에 문제가 생겨서, 검거를 하려면 안타깝지만 기다리고 있어야 해.」 뢰반데르는 자상하게 말하려고 애쓰며 설명했다.

「그래, 일하느라 바쁜 거 같더라.」 그녀가 야릇한 어조로 말했다. 그러고는 자리에서 일어나 그의 휴대 전화와 노트북을 들고 왔다. 「이거 깜박했던데.」

「고마워, 여보. 맞아. 내가 오늘 아침에 좀 서둘렀거든.」

아론손과 옌손이 각자 케이크를 한 조각씩 집어 들고는 베탄을 슬쩍 바라보았다.

「휴대 전화 놓고 가서 안됐네. 엘리사베트가 전화했던데.」 그녀가 계속 말했다.

엘리사베트? 쿠르트 뢰반데르는 무슨 말인지 몰라 그녀를 멍하니 바라보다가 깨달았다. 강좌를 같이 들었던 엘리사베트를 말하는 게 분명했다. 그녀의 전화기를 빌려 집에 전화를 걸었으니까. 물론 실수로 자기 휴대 전화에 전화를 걸기는 했다. 하지만 베탄이 어떻게 발신자를 알아낸 거지? 어찌 어찌 그의 휴대 전화를 열어 본 것이 분명했다……. 뢰반데 르는 점점 불안해지면서 식은땀을 흘리기 시작했다. 그는 얼른 컴퓨터 쪽으로 대화의 물꼬를 돌렸다.

「자기가 노트북을 가져와서 정말 잘됐어. 여기 동료분들에게 중요한 사진을 보여 줘야 하거든.」

「그래, 그렇겠지. 지금 여자들 사진 생각하고 있는 거지?」

뢰반데르의 발밑이 떨리기 시작했다. 망할, 컴퓨터까지 뒤져 보다니! 뢰반데르는 어째야 할지 알 수가 없었다. 대체 어떻게 해야 이 상황에서 빠져나간다? 그러다 그는 좋은 생각을 떠올렸다.

「저기, 베탄, 그 사진들은 모두 기밀이야. 그러니 본 걸 잊어버리는 게 좋아. 우리가 지금 인신매매와 관련된 중요한 조사를 하는 중이거든.」

「그래서 틴더에서 여자들과 데이트 중이시다? 연락처 목록을 보니 인맥이 화려하시던데.」

「아냐, 그러니까, 그렇게 생각하지 말고……. 우리가 중요한 수사 중이라서 바쁘다니까. 이건 정말 비극적인 사건이라고. 왜냐하면…….」

「살면서 성가신 일을 마주치는 것만큼 힘든 게 없지.」그녀가 말했다.「당신이 이 문제를 잊도록 기꺼이 도울게, 진짜로. 이 문제를 싹 날려 버리는 것도 그렇고.」

뢰반데르가 반응하기도 전에 베탄은 노트북을 집어 들고 발코니 난간 너머로 던져 버렸다. 그렇다, 그녀는 남편이 미처 자리에서 일어서기도 전에 뢰반데르의 휴대 전화를 붙잡았고, 그 기계 역시 같은 운명을 맞이했다. 그는 넋이 나간 얼굴로 휴대 전화가 발코니 난간 위를 아치형 곡선을 그리며 날아가다가 이웃집 안뜰의 벌겋게 달아오른 바비큐 그릴 위로 착륙하는 모습을 지켜보았다. 증거! 그가 모은 증거 전부가 연기가 되어 사라져 버리고 있었다…….

60

어느덧 밤 10시였고, 그 불운한 정치인들은 여전히 구덩이 함정에 갇혀 있었다. 안나그레타가 그들을 즐겁게 하고자 최선을 다하는 동안, 메르타는 규칙적으로 구덩이 가장자리로 가서 안타깝게도 아직 도움을 얻지 못하고 있다고, 하지만 곧 지원 인력이 도착할 거라고 말했다. 그러나 잠시 뒤 메르타는 구덩이에 빠진 손님들이 명백히 초조해하고 있다는 사실을 알아차리고는 천재를 데려왔다. 퀴즈를 풀 시간이었고, 그러기 위해서는 스쿠터가 필요했다.

「칼레가 나서야 할 때야. 빛이 더 필요해.」

「그래, 확실히 빛이 필요하지. 이제 이 정치인들께서 빛을 보시겠군.」 천재는 그렇게 말하고는 그들 뒤의 어둠 속으로 사라졌다. 얼마 지나지 않아 덜컹거리는 스쿠터 소리가 나더니 우듬지에 불이 들어왔다.

「이 아이는 제 제자 칼레입니다. 강력한 태양 전지 배터리로 움직이는 스쿠터를 발명했죠. 정전이 일어나면 우리를 도와줄 수 있어요.」천재가 구덩이 가장자리에 소년을 데리고 와서 뿌듯한 마음으로 설명했다. 「이제 조명이 좀 들어올 겁니다. 아래쪽이 잘 보이실 거예요.」천재가 칼레와 함께 스포트라이트의 방향을 조정했고, 그러자 구덩이 바닥이 환해졌다.

「시골에서 할 수 있는 일이 참 많아요. 개발 자금을 확보할 수 있다면 더 많아질 거고요.」메르타가 말했다. 「이 스쿠터도 완벽한 보조 전력으로 사용할 수 있죠.」

「곧 이 스쿠터로 휴대 전화 열 대를 충전할 수 있게 될 거예요.」칼레가 열띠게 말했다. 「다른 아이디어도 많이 있어요.」

「사다리나 좀 발명해 주면 좋겠는데.」가능한 한 빨리 구덩이에서 나가고 싶었던 노르셰핑 정치인이 중얼거렸다. 그는 전나무 가지 쿠션을 댄 구덩이에서 인망을 잃은 상황이었다. 어둑어둑한 구덩이 아래에서 딴생각을 품은 그는 절대 해서는 안 되는 짓을 했다. 여성 정치인들에게 손을 댄 것이다. 그중 한 명이 분개하여 씩씩거리며 팔꿈치로 배를 치자 그의 눈에 별이 번쩍였다. 다른 정치인에게는 가랑이를 차이는 바람에 무릎을 꿇었다. 세 번째 정치인은 그의 바지에 손을 넣고 프로펠러 돌리듯 쥐어짜며 꼬집는 바람에 거의 매듭이 생길 정도였다. 이 모든 게 그가 약간 〈다정한〉 마음을 품는 바람에 생긴 일이었다. 그는 더 이상 단 1초도 구덩이 아래 머물고 싶지 않았다.

「이제 마지막 퀴즈를 풀 수 있게 조명이 들어왔네요. 펜과 종이를 준비해 주세요!」 안나그레타가 아래를 내려다보며 다소 헝클어져 있는 사람들에게 말했다.

구덩이 아래서 알겠다는 의미의 웅성거림이 들렸다. 노르셰핑 정치인만은 예외였는데, 퀴즈 같은 데 참여할 만한 사람도 아니었을뿐더러 핥아야 할 상처도 있었기 때문이다.

「그럼 좋아요. 저는 만약 여러분에게 여기 시골을 바꿀 수 있는 직접적인 권한이 있다면 하고 싶은 일이 뭔지 목록을 작성해 볼 수 있겠다는 생각을 했어요. 다시 말해, 자유 재량권이 있을 경우 뭘 하고 싶으냐는 거죠. 이해하셨죠?」

정치인들이 전나무 가지 위에 앉아 몇 분간 의논을 했다. 아래에서 들리는 웅성거림에 약간 활기가 도는 듯했다.

「제가 여러분들의 관심을 끌 만한 주제를 몇 개 골라 봤어요.」 안나그레타가 계속 말했다. 「이제 이렇게 진행할 거예요. 제가 몇 가지 예시를 드리면 여러분이 그에 대한 자기 생각을 쓰는 거죠. 약속의 형식으로 쓰시면 돼요. 이렇게 쓰는 게 제일 좋겠죠. 〈나는 다음과 같이 약속합니다……〉 예를 들면 이런 식으로요. 아시겠죠? 그러면 더 현실적으로 보일 테니까요.」

몇몇은 좀 이상한 퀴즈라고 생각했다. 보통 퀴즈를 풀 때는 몇 가지 보기 중에서 답을 고른 다음 그 답 옆에 체크 표시를 하는데 말이다. 하지만 그때쯤에는 대부분 지쳐 있어서 따질 기력이 없었다. 더군다나 다른 여흥이 없기도 했다. 그래서 정치인들은 뭐가 뭔지 잘 이해도 못 한 채 고개를 끄덕이며 알겠다고 대답했다.

「좋아요, 그럼 1번 문제입니다. 시사 문제로 시작하죠.」 안나그레타가 말을 이었다. 「정전이 발생했고 전력이 없습니다. 이 문제를 정치적으로 어떻게 해결할 수 있을까요? 한 줄로 써주세요.」

안나그레타는 그렇게 말하고는 사람들이 답을 쓰도록 가만히 있었다. 연필로 끄적이는 소리가 멈추자 그녀가 퀴즈를 계속 진행했다.

「은행 지점이 문을 닫았습니다. 이에 어떻게 대응하시겠습니까? 열다섯 단어 이내로 답해 주세요.」

정치인들(장관 한 명과 다수의 시장, 국회의원들)은 문제를 듣는 즉시 이게 정말로 흥미로운 퀴즈라고 생각했다. 시사 문제였으니까 말이다. 그들이 기꺼이 질문에 답하는 동안 구덩이 위에서는 메리 포핀스를 닮은 사람이 정치인들을 열렬히 응원했다. 그들은 이런 퀴즈가 대체 어디에 도움이 되는지에 대해서는 더 이상 생각지 않고 우편배달, 버스 운송, 도로 관리, 전기와 철광석과 목재를 특정 지역에서 얻는 대기업들이 해당 지역에 세금을 내야 하는지 아니면 다른 곳에 내야 하는지 여부 등에 대한 대답을 적어 내려갔다. 안나그레타는 그들에게 계속 질문을 퍼부었고, 정치인들은 문을 닫은 주유소와 진료소에 대해 무슨 조치를 취할지, 불법 장거리 트럭 운송과 대규모 삼림 벌채에 대해 어떻게 생각하는지에 대해서도 대답했다. 심지어 외국 광산 채굴업자들에 대한 질문도 받았다. 본의 아니게 함정에 갇혀 있던 정치인들은 계속 답을 적어 내려갔는데, 안나그레타가 마지막 질문을 하려는 찰나 구덩이 아래에서 툴툴거리는 목소리가 들렸다.

「좀 재미있는 질문 없나? 이게 더 일 같구먼!」노르셰핑 정치인이 말했다. 그는 지치기도 했고 구덩이에서도 완전히 사람들 눈 밖에 나 있는 기분이었다. 여자들은 여전히 그에게 화가 잔뜩 나 있었고, 숙취도 올라오고 있었다.

「원하시면 지금 끝낼게요. 하지만 답변에 서명하는 건 잊지 마세요. 가장 잘 쓴 답변 세 개를 골라 추첨을 해서 당첨자에게는 커다란 엘크 관절을 드릴 거거든요.」

연필 끄적이는 소리가 더 들렸다. 메르타가 바구니를 아래로 내려보냈다. 각 문제에 대한 답변과 서명이 빼곡히 적혀 있는 A4용지를 담기 위해서였다. 이내 바구니는 종이로 가득 찼다. 바구니를 끌어 올리자 정치인들의 약속 밑에 적혀 있는 깔끔한 서명이 메르타의 눈에 들어왔다. 오, 세상에, 세상에! 안나그레타가 엄청난 일을 해낸 것이다!

「그럼 모두 행운을 빌게요.」안나그레타가 구덩이에 있는 사람들에게 손을 흔들며 소리쳤다. 「저희는 사다리를 모으느라 무척 바빠요. 할 수 있는 한 서두르고 있죠. 왜냐하면 시골에서는 서로서로 돕고 살거든요.」

「이 빌어 처먹을 곳에 단 1분도 더 못 앉아 있겠어!」노르셰핑 정치인이 고함을 질렀고, 그 즉시 메르타가 이 상황에 대처했다. 그녀는 저 불만을 당장 가라앉히는 게 최선이라고 생각했고, 그래서 곧바로 대형 엘크 관절 추첨을 선언했다. 스웨덴의 정치인들이 구조를 기다리며 저 아래 전나무

가지 더미 위에 앉아 있는 동안 메르타는 멋진 대형 엘크 관절을 누구에게 줄지 추첨한 것이다. 하지만 그녀는 우선 그 정치인들이 모두 제대로 처신하여 퀴즈에 답변을 채웠는지 확인했는데, 그 답변이야말로 미래를 위해 필요했기 때문이다.

그녀는 얼른 답변들을 살펴보고는 얼굴이 환해졌다. 구덩이 옆에 있는 임신한 정치인 페트라를 포함하여, 모든 정치인들이 자기도 모르는 새 서면 답변과 서명으로 법적 구속력이 있는 약속을 한 것이다. 메르타는 뛸 듯이 기뻤다. 이제 정치인들을 손안에 넣었으니 말이다. 만약 이들이 약속을 이행하지 않을 경우, 그녀는 그냥 신문에 연락만 하면 됐다.

메르타는 천재에게 몸을 돌렸다. 그는 눈에 띄지 않는 곳에서 대기 중이었다.

「됐어.」메르타가 말했다. 「임무 완료야. 이제 꺼내 줘도 되겠어.」

천재는 칼레에게 스쿠터에 사다리를 좀 챙겨 오라고 미리 이야기해 둔 참이었고, 그래서 모든 일이 별안간 매우 신속히 진행되었다. 그들은 다 함께 튼튼한 알루미늄 사다리 두 개를 구덩이까지 나른 다음 아래로 내렸다. 구덩이에 있는 사람들이 열심히 그들을 도와 사다리를 고정시켰다.

「여러분들 정말 솜씨 좋네요!」메르타가 우쭐거리며 그렇게 외치고는 정치인들이 위로 올라오게 되어 기쁘다고 환영했다.

정치인들이 차례로 구덩이에서 기어 올라와 땅에 발을 딛자 메르타는 그들을 이끌고 길을 안내했다. 그들이 다 같이 걷는 동안 뒤에서는 칼레가 스쿠터로 길의 어두운 부분을 밝혀 주었다. 잠시 뒤, 마침내 그들 모두 버스 기사가 기다리고 있는 공유지에 도착했다. 기사는 라디오를 듣고 있었다.

「경찰 말이 정전이 내일까지는 이어질 거라네요.」 기사가 사람들에게 알려 주었다. 「이런 사보타주는 아주 끔찍한 일이죠.」

「나무만 쓰러지지 않았어도.」 메르타가 순진한 척 한마디 했다. 그런 다음 그날 저녁 야생 체험을 한 손님들에게 몸을 돌려 말했다. 「생각보다 일정이 좀 길어지기는 했지만, 여러분이 즐거운 시간을 보내셨다면 좋겠어요. 호텔까지 돌아가는 여정이 즐겁기를 바랄게요. 수료증 챙기는 거 잊지 마시고요.」

조금 전까지 참으로 비참한 기분이었던 노르셰핑 정치인은 이제 다시 기분이 무척이나 좋아졌는데, 자기가 퀴즈에서 엘크 관절을 획득한 이유가 뛰어난 답변을 썼기 때문이라 생각해서였다. 하지만 추첨 결과를 조작한 사람은 당연히 메르타였다. 왜냐하면 그녀 생각에 가장 중요한 것은 정치인들의 비위를 계속 맞추는 것이었으니까. 그래야 그들이 시골을 위해 열심히 일할 터였기 때문이다.

장관, 시장들, 그리고 열한 명의 국회의원들은 이번 여행에 대해 주최자들에게 감사를 표하고는 옷에 붙은 나뭇가지와 머리카락에 붙은 전나무잎을 털어 냈다. 그런 다음 — 다소 비틀거리는 걸음으로 — 버스에 타서 자리에 앉았다. 이

야생 사파리 체험은 예상보다 훨씬 위험했지만, 무척이나 특별한 경험을 했다는 점에 대해서는 참가자들의 의견이 일치했다. 룬드에서 온 하원 의원의 말마따나 〈기억에 남을 유별난 체험이었고, 오랫동안 잊지 못할 행사〉였다.

「정말 멋진 소감이네요.」메르타가 말했다. 「혹시 이번 경험을 통해 새로 깨닫게 된 점이 있나요?」

「우리는 시골이 예전 그대로의 모습인 줄 알았는데, 아니더군요.」룬드의 하원 의원이 그렇게 말하자 나머지 사람들이 동의하며 고개를 끄덕였다.

「그렇다면 시골을 위해 뭔가 해주셨으면 좋겠어요. 퀴즈를 풀 때 그렇게 하겠다고 약속도 하셨으니까.」메르타가 홀릴 정도로 친근한 태도로 말했다. 만약 안 그랬다가는, 그녀는 속으로 조용히 생각했다. 글쎄, 여러분이 했던 약속은 법적 구속력이 있는 문서 형태로 내가 아주 잘 보관하고 있으니!

메르타와 노인 강도단은 손님들에게 손을 흔들며 작별을 고했고, 그들이 이뤄 낸 위업에 무척이나 기뻐하며 집으로 느긋이 돌아갔다. 그들이 미처 몰랐던 것은 버스가 헴마비드를 빠져나와 팔베리 방향으로 돌자마자 임신한 정치인 페트라 발 하원 의원이 좌석을 꽉 붙들며 이렇게 소리를 질렀다는 사실이었다.

「양수가 터졌어요!」

그렇게 된 이상 선택의 여지는 별로 없었다. 정치인들은 버스 기사가 260킬로미터 떨어진 가장 가까운 병원으로 가기 위해 먼 길을 돌아가는 동안 꾹 참을 수밖에 없었다.

그리하여 그 불운한 정치인들은 다음 날 이른 아침이 되어서야 호텔로 돌아갔다. 그들은 숲에서 야생 동물만 본 게 아니라 버스 바닥에서 태어난 아기도 봤다.

열네 명의 정치인들은 본업으로 돌아가면서 다음과 같이 의견 일치를 보았다. 지금이 바로 시골에 도움이 되는 긍정적인 일을 할 때라고.

에필로그

노인 강도단은 마음껏 크게 노래를 불렀다. 미니버스에는 즐거운 분위기가 감돌았다. 경찰에게서 빠져나간 데다 축하할 일들도 차고 넘쳤다. 하지만 그때 메르타가 노르웨이 국가를 불러 젖히기 시작했는데, 뒷좌석에 앉아 있던 갈퀴는 그걸 감당할 수가 없어서 손으로 귀를 막고는 자기 처지를 한탄했다. 국가까지 부르는 건 아니지! 그는 최근 아침 회의에서 다른 사람들이 노르웨이로 가자고 결정했을 때 혼자만 반대표를 던지는 바람에 패배했다. 그러나 이제 뭘 하기에는 너무 늦었다. 짐을 가득 싣고 트레일러와 가짜 번호판까지 단 미니버스를 탄 강도단은 국경을 넘어가는 중이었다. 시골의 숨통을 틔워 주고 시민들을 더 잘 보살피는 나라로.

헴마비드를 뜨는 것 말고는 선택지가 거의 없었다. 경찰이 그곳까지 그들을 추적하는 데 성공했기 때문이다. 설사 경찰에 체포당하지 않더라도 계속 머무르는 게 너무 위험해졌다. 하지만 그렇다 해도 하고많은 곳 중에 하필이면 노르웨이라니!

「같이 부르자, 갈퀴. 뚱하니 앉아 있지 말고.」 스티나의 목소리가 들렸다. 그녀가 안고 있는 다비드와 비너스상이 이리저리 흔들리고 있었다. 「당신 테너 음성은 정말 멋지잖아. 〈그래, 우린 이 땅을 사랑한다〉[39]는 정말 아름다운 곡이라고.」

그 아름다운 노르웨이 국가가 미니버스에서 한 번 더 불리자 갈퀴는 앓는 소리를 냈다. 메르타는 노래를 다 부르고 난 뒤 백미러를 통해 동정하는 눈길로 갈퀴를 바라보았다.

「노르웨이는 훌륭한 해운 국가야. 상황이 진정될 때까지 잠시만 머물러 있으면 돼. 노르웨이에 있는 동안에는 당신이 원한다면 오슬로나 스타방에르 외곽에서 지내자. 그럼 배는 실컷 볼 수 있으니까.」

갈퀴는 한탄을 그만뒀다. 불평할 일이 사실 뭐가 있겠는가? 경찰은 그들을 검거하는 데 실패했고, 노인 강도단은 실제로 노르웨이에서 무척 즐거운 시간을 보낼 수 있었다. 그들은 인터넷을 통해 러시아 다이아몬드 귀걸이를 태국의 억만장자에게 팔았다. 억만장자는 다이아몬드값으로 8천만 크로나를 지불하고 조각상을 팔면 추가로 1백만을 더 주겠다고 제안했는데, 이 제안에 스티나는 참으로 우쭐해졌다. 하지만 제안을 거절했다. 스티나 생각에 이 조각상에 얽힌 기억은 1백만 크로나 이상의 가치가 있었기 때문이다.

그들은 태국에서 받은 돈으로 헴마비드의 젊은 사업가들을 위한 발전 기금을 조성했다. 그 일은 참으로 시의적절했

39 노르웨이 국가.

494

는데, 똑똑해진 천재와 갈퀴의 학생들이 그 돈으로 작업장 뿐 아니라 항해 교실도 인수할 수 있었기 때문이다.

게다가 이르마의 학교 역시 문을 닫지 않아도 되었다. 그곳은 특별한 재능을 가진 10대 영재를 폭넓게 가르치는 학교로 번영할 터였다. 학교가 잘 운영되면서 전국의 정치인이 참관 수업을 예약하겠다며 전화를 걸어 댔다. 헴마비드의 상황은 무척 전망이 밝아 보였고, 그래서 메르타는 기뻤다. 노인 강도단이 (노르웨이 방식으로) 시골에 내린 처방은 현재 각지로 퍼져 나가고 있었다.

노인 강도단 역시 밝은 미래를 꿈꿨다. 그들은 칼 라르손의 그림을 뉴욕에 높은 가격으로 팔아 치운 뒤 그 돈을 새로운 고향에서 자본금으로 삼을 예정이었다. 반면 마르틴 보르예는 종마 사육장에서 스티나의 그림을 끼고 살 수밖에 없으리라.

천재는 노르웨이에서 새 작업장을 열 생각이었고, 안나그레타는 자기와 키가 맞는 멋진 노르웨이 연인을 만나길 바랐으며, 스티나는 도서관을 열 계획이었다. 갈퀴는 모형 선박을 만들고 싶어 했으며, 메르타는 노르웨이의 석유를 훔칠 수 있는 최고의 방법을 조사하느라 바빴다. 간단히 말해, 강도단의 모든 단원이 새로운 생활 환경에 적응하는 중이었다.

헴마비드에 있는 롤란드 스벤손의 농장 분위기도 무척이나 좋았다. 시퀸이 망아지를 낳았는데, 그게 다가 아니었다. 그 망아지가 샤프 아이와 무척 닮았던 것이다. 롤란드는 메르타에게 다음과 같은 문자 메시지를 보냈다. 〈이 녀석 굉장한 말이에요! 돈을 제대로 긁어모을 겁니다. 녀석이 경주마 생활을 다 끝내면 3천 내지 4천만 크로나에 팔려고 해요. 그렇게 생긴 이익은 헴마비드에 돌아갈 거예요……. 제 이야기는, 당신과 당신 친구들이 그랬듯 우리도 시골에 투자를 해야겠다는 거죠!〉

노인 강도단이 이 소식을 들었을 때, 그들은 샴페인 잔을 높이 들어 올리며 성공적인 한탕을 마친 뒤 늘 그랬듯 「샴페인 갤럽」을 부르기 시작했다. 이제 시퀸이 낳은 망아지가 열심히 경주해서, 노인 강도단이 평범한 은행 강도 행각을 통해 벌 수 있었을 금액보다 훨씬 더 많은 돈을 시골에 안겨 줄 것이므로.

옮긴이의 말

　『얼떨결에 시골을 접수한 메르타 할머니』는 스웨덴 소설가 카타리나 잉엘만순드베리가 쓴 메르타 할머니 시리즈의 네 번째 소설이자 최신작이다. 전작까지 〈우아한 강도 인생〉을 즐기던 노인 강도단은 최근 벌인 절도 행각이 메르타의 판단 착오로 꼬이는 바람에 현상 수배자 명단에 오르며 어쩔 수 없이 시골로 도피해야 하는 처지에 놓인다. 하지만 막상 도착한 외진 시골 마을 헴마비드의 낙후된 현실에 충격을 받은 메르타는 늘 그랬듯 이 문제를 해결할 수 있는 방법을 궁리하며 분주하게 움직이기 시작하고, 일단 그녀가 그렇게 마음을 먹고 움직이는 이상 메르타를 말릴 수 있는 사람은 아무도 없다. 메르타 안데르손에게 〈하루는 고작 스물네 시간〉이니까.

　그간 메르타 할머니와 노인 강도단의 활약을 즐거운 마음으로 따라왔던 독자라면 이번 작품에서 몇 가지 변화가 일어났음을 알아차릴 것이다. 그중 가장 큰 변화는 이야기의 중심이 〈범죄〉가 아니라는 점이다. 물론 범죄가 아예 없지는 않다. 작품 속에서 노인 강도단은 경찰을 사칭하며 교통 단속을 벌이기도 하고, 우유 트럭을 털거나 경주마를 유괴하고자 시도하며, 그림을 바꿔치기하기도 한다. 하지만 작품 전체의 맥락에서 보았을 때 이러한 범죄는 일종의 〈기분 전환〉(우유 트럭, 경주마 유괴)이나 인물들의 노고에 대한 작가의 보상(다이아몬드, 그림) 등 주변적인 요소에 더 가깝다.

그렇다면 『얼떨결에 시골을 접수한 메르타 할머니』가 정말로 중요하게 여기는 것은 무엇일까? 그건 바로 〈정치〉다. 시골을 살리자는 메르타의 제안에 천재가 은행털이 대신에 새 직업을 갖자는 거냐고 묻자 메르타는 〈게릴라 활동가〉가 되자고 한다. 그러면서 다음과 같이 말한다. 〈이 마을은 쇠락해 가고 있어. 우리가 관광객을 끌어들이고, 새 일자리를 만들고, 사람들이 여기로 이사를 오도록 해야 해. (……) 지금 우리에게 기회가 생겼다고. 진짜 모범적인 마을을 만들 수 있는 기회.〉 그러자 다른 동료 갈퀴가 다음과 같이 받아친다. 〈혹시 총리나 뭐 그런 게 돼서 스웨덴 전체를 다스려 보겠다는 생각을 한 적은 없으신가?〉

갈퀴는 그저 비꼬는 마음으로 던진 말이겠지만, 사실상 메르타와 노인 강도단은 〈총리나 뭐 그런 게〉 되는 걸 제외한 온갖 정치적 활동을 벌인다. 교통 단속으로 저가 수입품을 차단하고, 축제를 열어 지역 경제 활성화에 이바지하며, 폐교 직전의 학교를 개혁함으로써 인구를 유입시킨다. 나중에는 수배 전단 따위 아랑곳 않고 시위에 나서더니, 급기야 진짜로 정치인들을 불러들여 지역 발전에 기여하겠다는 약속을 받아 낸다. 이러한 활동을 〈정치〉라 하지 않을 수는 없고, 정치는 범죄보다 훨씬 힘들다. 그들에게 범죄는 〈신속하고 간단하며 익숙한〉 일이지만 정치에는 뒷감당이, 사명과 책임이 따르기 때문이다. 작품 중간에 메르타 역시 깨닫는다. 〈시골의 활동가로 살아가는 것이 은행 강도보다 훨씬 더 어려운 일이 되리라는 점〉을.

그렇지만 이러한 변화가 완전히 난데없지는 않다. 작품 전체에 감도는 밝고 온화한 분위기에도 불구하고, 메르타 할머니 시리즈는 어떤 면에서 보자면 현실적인 사회 관찰과 비판적인 시선에 기반을 두고 있는 〈범죄 소설〉이기 때문이다(이 〈현실 반영적 범죄 소설〉은 〈노인 소설〉과 더불어 북유럽 문학의 장기이기도 하다). 전작에서는 노인 복지, 금융 비리 등이 주요 의제가 되었다면 이번 작품에서는 도시와 시골의 격차, 다시 말해 도시가 시골의 자원과 생산물을 가져가기만 할 뿐 그 이익을 분배하는 데는 인색한 불균형한 상태가 문제시된다. 〈서울 공화국〉이라는 표현이 낯설지 않은 우리나라에서도 곱씹어 생각해 볼 부분이다.

이 문제에 대해 소설이 제안하는 해결책은 (작가의 전작들과 마찬가지로) 간단명료하고 낙관적이다. 결국에는 모두가 서로를 이해하고, 난관은 알아서 물러가며, 사람들은 순순히 메르타와 노인 강도단의 속임수에 넘어간다. 악역에게는 벌이 주어지지만 가혹하지 않고, 선한 사람에게는 합당한 보상이 따른다. 그야말로 〈소설 같은〉 일이다. 하지만 이 작품에서 중요한 것은, 많은 예술 작품이 그렇듯 대답이 아니라 질문일지도 모른다. 메르타와 노인 강도단은 나름의 답을 내놓은 뒤 떠났고, 그 답은 이야기만이, 소설만이 꿈꿀 수 있는 행복한 소망으로 가득하다. 현실의 대답은 책을 읽은 독자들의 몫일 것이다.

2023년 12월
최민우

옮긴이 **최민우** 소설가이자 번역가. 지은 책으로는 소설집 『머리검은토끼와 그 밖의 이야기들』, 장편소설 『점선의 영역』, 『발목 깊이의 바다』 등이 있고, 옮긴 책으로는 『오베라는 남자』, 『폭스파이어』, 『쓰지 않으면 사라지는 것들』, 『죽이기 전까진 죽지 않아』, 『위대한 앰버슨가』 등이 있다.

얼떨결에 시골을 접수한 메르타 할머니

발행일 2023년 12월 5일 초판 1쇄

지은이 카타리나 잉엘만순드베리
옮긴이 최민우
발행인 홍예빈·홍유진
발행처 주식회사 열린책들

경기도 파주시 문발로 253 파주출판도시
전화 031-955-4000 팩스 031-955-4004
www.openbooks.co.kr